Porque você é minha

BETH KERY

Porque você é minha

Tradução
ALEXANDRE BOIDE
CAROLINA CAIRES COELHO

pa ra le la

Esta edição foi publicada em acordo com The Berkley Publishing Group, membro do Penguin Group (USA) Inc.

A Editora Paralela é uma divisão da Editora Schwarcz S.A.

Grafia atualizada segundo o Acordo Ortográfico da Língua Portuguesa de 1990, que entrou em vigor no Brasil em 2009.

TÍTULO ORIGINAL Because You Are Mine

CAPA Alceu Chiesorin Nunes

IMAGEM DE CAPA Joshua Rindner

PREPARAÇÃO Rita Mattar e Lilia Zambon

REVISÃO Verba Editorial

Dados Internacionais de Catalogação na Publicação (CIP)
(Câmara Brasileira do Livro, SP, Brasil)

Kery, Beth
Porque você é minha / Beth Kery ; tradução Alexandre Boide, Carolina Caires Coelho. — 1ª ed. — São Paulo : Paralela, 2013.

Título original: Because You Are Mine.
ISBN 978-85-65530-26-2

1. Ficção erótica 2. Ficção norte-americana. I. Título.

13-01492 CDD-813

Índice para catálogo sistemático:
1. Ficção : Literatura norte-americana 813

[2013]

EDITORA SCHWARCZ S.A.
Rua Bandeira Paulista, 702, cj. 32
04532-002 — São Paulo — SP
Telefone (11) 3707-3500
Fax (11) 3707-3501
www.editoraparalela.com.br
atendimentoaoleitor@editoraparalela.com.br

PARTE 1
PORQUE VOCÊ ME TENTA

1

Francesca olhou ao redor quando Ian Noble entrou no recinto, em grande medida porque todos os presentes no luxuoso bar e restaurante fizeram o mesmo. Seu coração disparou. Em meio aos demais convidados, ela viu quando um homem alto, vestido com um terno impecável, feito sob medida, tirou o casaco e revelou os contornos longilíneos de seu corpo. Ela reconheceu Ian Noble de imediato. Seu olhar se voltou para o elegante casaco preto que ele manteve pendurado no braço. Um pensamento passou por sua cabeça: o casaco tudo bem, mas o terno não tinha nada a ver. Aquele homem combinaria melhor com um par de jeans, certo? Mas sua observação era absurda. Para começar, ele estava lindo naquele terno, e para completar, segundo uma matéria que ela havia lido na revista *GQ*, aquele indivíduo por si só representava uma boa parte do volume de negócios das alfaiatarias da Savile Row, em Londres. Aliás, o que mais um descendente da aristocracia britânica poderia vestir? Um dos sujeitos que haviam entrado com Noble estendeu a mão para pegar seu casaco, mas ele fez um gesto negativo com a cabeça.

Aparentemente, o enigmático sr. Noble estava planejando uma aparição das mais breves no coquetel que ele mesmo organizou em homenagem a Francesca.

“Lá está o sr. Noble. Ele vai adorar conhecer você. É um grande fã do seu trabalho”, comentou Lin Soong. Francesca notou um toque de orgulho na voz daquela mulher, como se Ian Noble fosse seu amante, não seu patrão.

"Ao que parece ele tem coisas mais importantes para fazer do que me conhecer", rebateu Francesca, abrindo um sorriso. Ela deu um gole em sua água com gás e observou enquanto Noble conversava secamente ao telefone, com dois homens postados a seu lado e o casaco ainda pendurado no braço, como se estivesse pronto para bater em retirada. Uma sutil contorção nos lábios evidenciou que ele estava irritado. Por algum motivo, aquela demonstração de sentimentos a fez relaxar um pouquinho. Ela não disse nada para seus amigos — a atitude descontraída e irreverente era uma de suas marcas registradas —, mas estava estranhamente ansiosa em relação a seu encontro com Ian Noble.

Os demais presentes retomaram suas conversas, mas o nível de energia pulsando no recinto pareceu ter subido com a chegada de Noble. Era curioso o fato de que aquele homem culto e sofisticado tenha se tornado um ícone para uma geração de aficionados por tecnologia que jamais haviam vestido outra coisa que não fosse uma camiseta. Ele parecia ter uns trinta e poucos anos. Francesca tinha lido que Noble ganhou seu primeiro bilhão com uma então inovadora empresa de mídias sociais que, ao ingressar no mercado de ações, arrecadou mais de treze bilhões, que alavancaram o enorme sucesso de sua operação de comércio varejista na internet.

Tudo que ele tocava virava ouro, ao que parecia. Por quê? Porque ele era Ian Noble. Era capaz de fazer o que quisesse. Francesca abriu um sorrisinho satisfeito ao pensar nisso. Era algo que ajudava na construção de sua imagem como um sujeito arrogante e detestável. Ele estava investindo no trabalho dela, era verdade, mas, assim como diversos outros artistas ao longo da história, Francesca tinha uma saudável desconfiança em relação a seu mecenas. Infelizmente, porém, todos os artistas miseráveis precisavam de um Ian Noble.

"Vou até lá dizer que você já está aqui. Como eu disse antes, ele ficou impressionado com as suas pinturas. Escolheu você sem pensar duas vezes entre os três finalistas", contou Lin, referindo-se ao prêmio que Francesca havia vencido. O ganhador seria o responsável por confeccionar a peça central do lobby do novo arranha-céu de Noble em Chicago, onde eles estavam naquele momento. O coquetel em homenagem a Francesca estava sendo realizado em um restaurante chamado Fusion, moderno e caríssimo, localizado dentro do edifício. O mais importante para Francesca era que ela ganharia cem mil dólares, algo muito bem-vindo para uma mestranda em belas-artes sem muitos recursos.

Lin fez surgir em um passe de mágica alguém para conversar com Francesca em sua ausência, uma jovem negra chamada Zoe Charon.

"É um prazer conhecer você", cumprimentou Zoe, abrindo um sorriso que era o sonho de qualquer dentista enquanto apertava a mão de Francesca. "E parabéns pelo prêmio. Imagina só: eu vou olhar para a sua pintura todos os dias ao entrar no trabalho."

Francesca sentiu uma sensação de vergonha cada vez mais familiar ao comparar suas roupas às de Zoe. Lin, Zoe e todos os demais presentes no evento usavam peças sofisticadíssimas de alta-costura. Como ela poderia imaginar que suas roupas de inspiração hippie não seriam adequadas para uma festa de Ian Noble? Como poderia saber que o estilo *boho chic* na verdade era chique só no nome?

Ela foi informada de que Zoe era assistente de gerência na Noble Enterprises, em uma subsidiária chamada Imagetronics. *Que diabo seria aquilo?*, Francesca perguntava a si mesma enquanto fingia demonstrar interesse, voltando os olhos para a entrada do restaurante de quando em quando.

A fisionomia de Noble se atenuou um pouco quando Lin foi até ele. Poucos segundos depois, uma expressão de tédio e desprendimento se instalou em seu rosto. Ele assentiu com a cabeça e olhou no relógio. Claramente, Noble estava tão disposto a encarar o ritual de ser apresentado a um dos muitos beneficiados de suas ações filantrópicas quanto Francesca estava a fim de conhecê-lo. Para ela, aquele coquetel em sua homenagem era um dos efeitos colaterais desagradáveis por ter sido a vencedora do prêmio.

Ela se virou para Zoe e abriu um sorriso escancarado, determinada a relaxar e se divertir um pouco depois de confirmar que sua ansiedade em relação ao encontro com Noble tinha sido pura perda de tempo.

"Então, qual é a desse Ian Noble?"

Parecendo meio desconcertada diante de um questionamento tão direto, Zoe olhou para o bar, onde estava seu patrão.

"Qual é a dele? Em poucas palavras, é um deus."

Francesca soltou um riso de deboche. "Ah, mas isso é só afirmar o óbvio, né?"

Zoe caiu na risada, assim como Francesca. Por um momento, elas se tornaram apenas duas meninas dando risadinhas ao comentar sobre o cara mais bonito da festa. Que era Ian Noble, isso Francesca era capaz de admitir. E não só da festa. Ele era o homem mais hipnotizante que ela havia visto na vida.

Francesca parou de rir ao notar a expressão no rosto de Zoe. Ela se virou. Noble estava olhando para ela. Uma sensação de calor se espalhou por seu corpo. Não teve tempo nem de respirar fundo ao perceber que ele vinha a passos largos em sua direção, deixando Lin estupefata atrás de si.

Francesca sentiu uma ridícula vontade de sair correndo.

"Ah... ele está vindo para cá... Lin deve ter contado que você está aqui", disse Zoe, parecendo tão surpresa e desarmada quanto Francesca. Zoe, no entanto, parecia ser mais experimentada na arte da etiqueta que Francesca. Quando Noble chegou até elas, todos os vestígios da menina risonha haviam desaparecido, dando lugar a uma mulher elegante e contida.

"Boa noite, sr. Noble."

Os olhos dele eram azuis e penetrantes. E cruzaram com os de Francesca por uma fração de segundo. Ela teve que se esforçar para conseguir respirar enquanto isso.

"Zoe, certo?", ele perguntou.

Ela não conseguiu esconder sua satisfação com o fato de Noble saber seu nome. "Sim, senhor. Trabalho na Imagetronics. Gostaria de apresentá-lo a Francesca Arno, a vencedora do Prêmio Visões do Futuro."

Ele pegou a mão de Francesca. "Prazer em conhecê-la."

Francesca se limitou a acenar com a cabeça. Ela não conseguia falar. Seu cérebro estava temporariamente sobrecarregado pela imagem dele, o calor de sua mão, o som de sua voz grave, seu sotaque britânico. A pele branca marcava o contraste com os cabelos escuros e bem cortados e o terno cinza. *Um anjo moreno.* Foram essas as palavras que passaram por sua mente, sem a menor censura.

"Não consigo nem dizer o quanto fiquei impressionado com seu trabalho", ele falou. Não estava sorrindo, e seu tom não era nada condescendente, mas havia certa curiosidade em seu olhar.

Ela engoliu em seco. "Obrigada." Ele soltou a mão dela aos poucos, sentindo sua pele entre os dedos. Seguiu-se então um terrível momento de silêncio, durante o qual ele se limitou a encará-la. Ela se ajeitou e endireitou as costas.

"Fico feliz por ter a oportunidade de agradecer pessoalmente pelo prêmio. Isso significa muito para mim." Ela fez seu discurso pré-ensaiado de uma forma meio apressada.

Ele encolheu os ombros de leve e fez um sinal com as mãos como quem dizia que não era para tanto. "Você mereceu." Ele a olhou bem nos olhos. "E vai fazer jus ao prêmio."

Sua pulsação disparou, fazendo uma artéria saltar em sua garganta. Francesca ficou torcendo para que ele não reparasse nisso.

"Sim, mas só porque tive a oportunidade. É por *isso* que estou agradecendo. Eu provavelmente não teria como concluir o segundo ano do mestrado se não tivesse ganhado esse dinheiro."

Ele hesitou por um instante. Com o canto do olho, Francesca percebeu que Zoe havia ficado tensa. Envergonhada, Francesca olhou para o outro lado. Teria ela exagerado na dose?

"Minha avó sempre diz que eu não sei como me portar diante da gratidão", ele comentou, num tom de voz mais sereno... mais afetuoso. "Você tem todo o direito de me dizer o que pensa. E fico feliz por ter proporcionado essa oportunidade, srta. Arno", ele concluiu, assentindo com a cabeça. "Zoe, você poderia passar um recado para a Lin? Eu decidi cancelar o jantar com o Xander LaGrange no fim das contas. Por favor, peça para ela remarcar."

"Claro, sr. Noble", Zoe respondeu antes de se afastar.

"Você quer se sentar?", ele perguntou, apontando com o queixo para um sofá de couro, em frente a uma mesa vazia.

"Claro."

Ele se posicionou atrás de Francesca enquanto ela se instalava no sofá. Isso a desagradou, pois estava se sentindo estabanada e desconfortável. Depois que ela se sentou, ele se posicionou a seu lado com um único movimento, esbanjando confiança e elegância. Francesca alisou o tecido um tanto transparente do vestido vintage com miçangas bordadas que ela havia comprado em um brechó em Wicker Park. Aquela noite de setembro estava mais fria do que ela imaginava quando escolheu a roupa com que iria ao evento. A jaqueta jeans que completava seu visual era sua única opção para combinar com as listras finas da estampa do vestido. Sentiu-se ridícula ao se ver sentada ao lado daquele homem tão impecavelmente bem-vestido, perfeitamente masculino.

Francesca começou a mexer inquietamente no colar, e sentiu que ele a encarava. Seus olhos encontraram os dele. Ela levantou o queixo em sinal de desafio. Um pequeno sorriso se insinuou nos lábios dele, e algo se contraiu no ventre dela.

"Então você está no segundo ano do mestrado?"

"Pois é. No Instituto de Arte de Chicago."

"Um ótimo curso", ele murmurou. Noble apoiou as mãos na mesa e se recostou no assento, parecendo absolutamente à vontade. Seu corpo longilíneo parecia relaxado, porém alerta, fazendo com que Francesca o associasse a um grande predador cujo repouso poderia se transformar em ataque brutal em uma fração de segundo. Seus quadris eram estreitos, mas os ombros eram largos, sugerindo a presença de músculos muito bem definidos por baixo da camisa branca bem passada. "Se eu bem me lembro da sua ficha, você é formada em artes plásticas e arquitetura pela Northwestern, não?"

"Sim", respondeu Francesca, quase sem fôlego, desviando o olhar das mãos dele. Eram mãos elegantes, mas também enormes, com dedos grossos e aparentemente habilidosos. Por alguma razão, sua visão a deixou perturbada. Ela não conseguia parar de pensar em como seria o toque daquelas mãos contra sua pele... ao redor de sua cintura...

"Por quê?"

Seus pensamentos inapropriados foram interrompidos, e ela notou que ele a encarava fixamente. "Por que eu me formei em artes plásticas e arquitetura?"

Ele confirmou com a cabeça.

"Arquitetura por causa dos meus pais, e artes por gosto pessoal", ela respondeu, surpresa com a própria sinceridade. Ela costumava demonstrar uma boa dose de distanciamento e desdém ao se confrontar com aquela pergunta. Por que seria obrigada a escolher apenas um de seus dois talentos? "Meus pais são arquitetos, e o sonho da vida deles era que eu também fosse."

"E você fez com que ele se realizasse, pelo menos em parte. É formada em arquitetura, mas não pretende seguir carreira."

"Mas nem por isso deixo de ser arquiteta."

"Fico feliz de ouvir isso", ele falou antes de olhar para um homem muito bonito, com olhos claros e cinzentos contrastando com a pele escura e os *dreadlocks*. Noble apertou sua mão. "Lucien, como vão as coisas?"

"De vento em popa", ele respondeu antes de lançar um olhar de curiosidade na direção de Francesca.

"Srta. Arno, este é Lucien Lenault. Ele é o gerente do Fusion, e um dos *restauranteurs* mais famosos da Europa. Eu o escolhi a dedo no melhor restaurante de Paris."

Lucien sorriu e revirou os olhos, fingindo aborrecimento com a apresentação de Ian. "Espero que o mesmo possa ser dito sobre o Fusion muito em breve. É um prazer conhecê-la, srta. Arno", ele acrescentou com seu delicioso sotaque francês. "O que vão querer?"

Noble olhou para ela, à espera de uma resposta. Seus lábios eram estranhamente carnudos para um homem com feições tão masculinas, o que para ela lhe conferia um aspecto sensual, ainda que severo.

Rústico.

De onde haviam surgido aqueles pensamentos?

"Eu não vou querer nada", respondeu Francesca, tentando disfarçar o fato de que seu coração começou a bater freneticamente.

"O que tem aí?", ele perguntou, apontando para seu copo semivazio.

"O que eu costumo beber sempre, água com gás com gelo e limão."

"Isto é uma celebração, srta. Arno." Seria por causa do sotaque

que ela se sentia toda arrepiada quando ele dizia seu nome? Era uma maneira bem peculiar de falar. Um acento britânico, sem dúvida, mas havia alguma outra influência se insinuando em sua fala de quando em quando, algo que ela não era capaz de identificar. "Traga uma garrafa de Roederer Brut", Noble disse a Lucien, que sorriu, fez uma leve mesura e se afastou.

Ela ficou ainda mais confusa. Por que ele fazia tanta questão de falar com ela? Não devia ser algo corriqueiro para ele beber champanhe com os beneficiários de suas ações filantrópicas. "Como eu ia dizendo quando Lucien apareceu, fico feliz de saber que você é uma arquiteta formada. O seu conhecimento nesse ramo sem dúvida é o que determina a precisão, a profundidade e o estilo de suas obras de arte. A pintura que você inscreveu no concurso é espetacular. Conseguiu capturar perfeitamente o espírito do que eu queria para o lobby do prédio."

Ela percorreu seu terno impecável com os olhos. Por algum motivo, o apreço dele por linhas retas não era nada surpreendente. Sua arte muitas vezes se inspirava no amor que ela sentia por formas e estruturas, mas precisão definitivamente não era seu forte. Longe disso. "Que bom que eu agradei você", ela falou em um tom de voz que esperava ser o mais neutro possível.

Ele esboçou um sorriso. "Tem alguma coisa por trás dessa afirmação. Você não ficou feliz por ter me agradado?"

Ela ficou de queixo caído. Teve que segurar as palavras que se acumularam na garganta. *Eu não faço arte para agradar ninguém além de mim mesma*. Conseguiu se conter no último segundo. No que ela estava pensando? Aquele homem era o responsável por uma grande transformação em sua vida.

"Como eu disse antes, não poderia estar mais contente por ter ganhado o prêmio. Estou felicíssima."

"Ah", ele murmurou quando Lucien apareceu trazendo o champanhe e um balde de gelo. Noble não se deu ao trabalho de olhar para Lucien enquanto o outro abria a garrafa. Continuou observando Francesca com um interesse quase científico. "Mas ficar feliz por ter ganhado o prêmio não é o mesmo que ficar feliz por ter me agradado."

"Não foi isso que eu quis dizer", ela esclareceu, observando Lucien, que removia a rolha da garrafa com um estouro. Seu olhar perplexo se voltou para Noble. O rosto dele permanecia impassível, a não ser pelos olhos faiscantes. Que diabo ele estava falando? E por que motivo, além do fato de ela não ser obrigada a aturar aquele tipo de questionamento, sua pergunta a tinha deixado tão perturbada? "Fiquei feliz por você ter gostado da pintura. De verdade."

Noble não respondeu, apenas olhou distraidamente enquanto Lucien despejava o líquido espumante nas taças. Antes que Lucien se afastasse, acenou com a cabeça e balbuciou um agradecimento. Francesca pegou sua taça ao ver que ele fazia o mesmo.

"Meus parabéns."

Ela forçou um sorriso quando as taças se tocaram de leve. Nunca tinha provado nada como aquilo — o champanhe era seco, gelado e produzia uma sensação deliciosa ao deslizar pela língua e descer pela garganta. Ela olhou de soslaio para Noble. Como ele conseguia ignorar a tensão suspensa no ar que parecia sufocá-la?

"Acho que, como você é da realeza, uma simples garçonete não é boa o bastante para servi-lo", ela comentou, torcendo para que sua voz não saísse toda trêmula.

"Como é?"

"Ah, eu só quis dizer que..." Ela xingou a si mesma em pensamento. "Eu sou garçonete... para ajudar a pagar as contas enquanto termino o mestrado", acrescentou, quase em pânico diante da aparência tranquila e um tanto intimidadora dele. Ergueu a taça e deu um grande gole na bebida gelada. Se Davie soubesse que ela havia virado quase de uma vez uma taça de champanhe caríssimo... Seu melhor amigo ficaria histérico, e até os outros colegas com quem dividia a casa — Caden e Justin — cairiam na gargalhada diante de sua mais recente demonstração de falta de traquejo social.

Se pelo menos Noble não fosse tão lindo... Perturbadoramente lindo.

"Sinto muito", ela murmurou. "Não sei por que disse isso. É que... eu li que os seus avós pertenciam à família real britânica... um conde ou uma condessa, sei lá."

"E você imaginou que eu não aceitaria que uma simples garçonete me servisse, é isso?", ele perguntou. Ela notou que ele estava achando graça naquilo, e que se tornava ainda mais atraente quando se divertia. Francesca soltou um suspiro e começou a relaxar um pouco. Ele não tinha se sentido *absurdamente* ofendido.

"Fiz a maior parte dos meus estudos aqui", ele contou. "Me considero um americano, na verdade. E, posso garantir para você, Lucien veio aqui nos atender porque quis. Nós somos sócios, além de amigos. Esse costume da aristocracia inglesa de preferir os serviços de um mordomo em vez dos de uma copeira hoje só existe nos livros de história, srta. Arno. E, mesmo que ainda existisse, duvido que um filho bastardo estivesse em condições de adotá-lo. Sinto muito se eu tiver desapontado você."

As bochechas dela estavam em chamas. Por que não conseguia manter a boca fechada? E o que ele estava dizendo, que era um filho ilegítimo? Nada do que ela havia lido apontava para isso.

"Onde você trabalha?", ele perguntou, parecendo ignorar a vermelhidão no rosto dela.

"No High Jinks, em Bucktown."

"Nunca ouvi falar."

"Isso não é exatamente uma surpresa", ela disse baixinho antes de dar mais um gole de champanhe. Ficou impressionada ao ouvir sua risada grave e áspera. Arregalou os olhos ao mirar o rosto dele. Ele parecia tão *satisfeito*. Sentiu seu coração disparar. Ian Noble era uma visão formidável em qualquer momento, mas quando sorria se transformava em uma séria ameaça à compostura feminina.

"Você se importaria em me acompanhar... em uma caminhada? Tem uma coisa importantíssima que eu quero que você veja", ele falou.

Ela interrompeu o movimento de levar a taça aos lábios. O que estava acontecendo ali?

"Tem a ver com o prêmio", ele explicou, assumindo um tom mais impessoal. Autoritário. "Quero mostrar para você o que imaginei para a pintura."

Além do choque, o que ela sentiu foi raiva. Seu queixo se ergueu. "Eu vou ter que pintar o que você quiser?"

"Sim", ele respondeu sem pensar duas vezes.

Ela largou a taça na mesa, produzindo um ruído alto e derramando todo o conteúdo. Ele parecia absolutamente impassível. Era de fato o arrogante que ela imaginava. Conforme o esperado, ganhar aquele prêmio estava se revelando um pesadelo. Apenas as narinas dele se mexiam enquanto a encarava sem piscar — e ela fazia o mesmo.

"Sugiro que você veja sobre o que estou falando antes de se ofender desnecessariamente, srta. Arno."

"Francesca."

Alguma coisa faiscou em seus olhos azuis, como um relâmpago. Por uma fração de segundo, ela se arrependeu da intensidade com que havia dito aquilo. Mas então ele acenou com a cabeça.

"Francesca, claro", ele assentiu com gentileza. "Desde que você me chame de Ian."

Ela fez de tudo para ignorar o frio na barriga. *Não caia nessa*, alertou a si mesma. Ele era exatamente o tipo de mecenas que gostava de controlar tudo, e de reprimir seus instintos criativos durante o processo. Era ainda pior do que ela temia.

Sem dizer uma palavra, Francesca levantou do sofá e se dirigiu à porta de entrada do restaurante, sentindo com cada célula de seu corpo que ele vinha atrás.

Ele mal abriu a boca quando saíram do Fusion. Limitou-se a conduzi-la por uma rua que margeava o rio Chicago e a Wacker Drive.

"Aonde estamos indo?", ela quebrou o silêncio depois de um ou dois minutos.

"Para a minha residência."

Os sapatos de salto alto dela pisaram em falso na calçada, e ela se deteve. "Estamos indo para a sua casa?"

Ele parou e olhou para trás, com o casaco balançando ao lado de suas coxas grossas por causa do vento forte que vinha do lago Michigan. "Sim, estamos indo para a *minha casa*", ele afirmou num tom sutil e um tanto sinistro de zombaria.

Ela franziu a testa. Ele estava claramente se divertindo às custas dela. *Que bom que estou aqui para lhe proporcionar entretenimento, sr. Noble.* Ele respirou fundo e olhou na direção do lago Michigan, visivelmente incomodado com a atitude dela e procurando realinhar seus pensamentos.

"Entendo que isso deixe você desconfortável, mas pode confiar em mim. É uma questão puramente profissional. Sobre a pintura. Quero que você pinte a paisagem que eu vejo do meu apartamento. Com certeza você não acredita que eu vá fazer alguma coisa de errado. Um monte de gente viu que saímos juntos do restaurante."

Isso ele não precisava nem dizer. Ela sentiu todos os olhares do Fusion se voltarem para eles quando saíram.

Ela lançou um olhar meio atravessado para ele quando recomeçaram a andar. Os cabelos escuros dele balançando ao vento por algum motivo lhe pareceram algo familiar. Ela piscou os olhos algumas vezes, e a sensação de *déjà vu* desapareceu.

"Está me dizendo que eu vou ter que trabalhar no seu apartamento?"

"Tem bastante espaço por lá", ele comentou, irônico. "Você não vai precisar nem me ver se não quiser."

Francesca olhou para seus dedos dos pés pintados com esmalte, escondendo a expressão de seu rosto. Ela não queria que ele suspeitasse que imagens nada apropriadas surgiram em sua mente diante daquela afirmação — visões de Ian saindo do chuveiro, com seu corpo nu ainda molhado e escorregadio, com uma toalha fina sobre os quadris como a única coisa a separá-la da visão da glória da beleza masculina em sua plenitude.

"É uma proposta nem um pouco ortodoxa", ela comentou.

"Eu não sou nem um pouco ortodoxo", ele se apressou em afirmar. "Você vai entender tudo quando olhar pela minha janela."

Ele morava no número 340 da East Archer, em um edifício em estilo renascentista da década de 1920, que ela já admirava desde a época em que o estudou em uma aula de arquitetura. Aquela torre de tijolos, elegante e misteriosa, de alguma forma combinava com ele. E ela não ficou nem um pouco surpresa ao ser informada de que seu apartamento ocupava os dois últimos andares inteiros.

A porta do elevador privativo se abriu silenciosamente, e ele fez um sinal com a mão para que ela saísse primeiro.

Foi como adentrar um lugar mágico.

O luxo dos tecidos e da mobília saltava aos olhos, mas, apesar da riqueza ostensiva, aquele hall de entrada ainda conseguia ser acolhedor — uma acolhida um tanto austera, era verdade, mas uma boa acolhida mesmo assim. Ela se olhou em um espelho de moldura antiga. Seus longos cabelos loiros arruivados haviam sido desalinhados pelo vento, e suas bochechas estavam vermelhas. Francesca até gostaria de acreditar que era um efeito do vento, mas sabia que era uma reação provocada pela presença de Ian Noble.

Então ela notou as obras de arte presentes ali e esqueceu de todo o resto. Percorreram um corredor que era também uma galeria, e ela ficou de queixo caído ao admirar quadro após quadro — alguns que nem conhecia, mas outros eram obras clássicas que fizeram seu coração palpitar ao vê-los pessoalmente.

Ela parou ao lado de uma escultura em miniatura em uma coluna, uma réplica muito bem-feita de uma obra renomada da Grécia Antiga. "Eu sempre adorei a Afrodite de Argos", ela murmurou, percorrendo com os olhos o detalhamento das lindas feições faciais da estátua, e a contorção graciosa de seu corpo nu miraculosamente entalhado em alabastro.

"É mesmo?", ele perguntou, parecendo interessado.

Ela confirmou com a cabeça, maravilhada, e continuou andando.

"Essa eu comprei faz alguns meses. Não foi nada fácil", ele contou, despertando-a de seu estado de êxtase.

"Eu adoro Sorenburg", ela comentou, referindo-se ao autor da pintura diante da qual estava parada. Ela se virou para olhá-lo, e de repente se deu conta de que já fazia vários minutos que estava vagando como uma sonâmbula no interior de seu apartamento sem nem ao menos ter sido convidada, e que ele aceitou sua intrusão sem protestar. Agora ela estava numa espécie de sala de visitas, decorada com tecidos riquíssimos em tons de amarelo, azul e marrom.

"Eu sei. Isso estava no seu depoimento pessoal da ficha de inscrição do concurso."

“Não consigo acreditar que você goste de expressionismo.”

“Por que não?”, ele perguntou, provocando arrepios na nuca dela com sua voz grave. Ela o encarou. A pintura à qual se referia estava pendurada sobre um sofá revestido de veludo. Ele estava mais perto do que ela imaginava, perdida que estava em seu deslumbramento e deleite.

“Porque... você escolheu o meu quadro”, ela respondeu baixinho. Ela engoliu em seco. Ele desabotoou o casaco. Um perfume adocicado de sabonete entrou pelas narinas dela. Uma pressão quente e pesada se instalou sobre seu sexo. “Você parece gostar tanto de... *ordem*”, ela tentou explicar em um sussurro.

“Você tem razão”, ele confirmou. Um aspecto sombrio pareceu tomar conta de suas feições pronunciadas. “Eu detesto mesmo desleixo e desordem. Mas Sorenburg não tem nada a ver com isso.” Ele desviou os olhos para o quadro. “Tem a ver com extrair um sentido do caos. Você não concorda?”

Ela ficou de boca aberta enquanto o olhava de perfil. Nunca tinha ouvido a obra de Sorenburg ser descrita de maneira tão sucinta.

“Concordo, sim”, ela disse devagar.

Ele abriu um sorriso. Seus lábios carnudos eram sua característica mais marcante além dos olhos. E do queixo firme. E do corpo espetacular...

“Será que estou ouvindo bem?”, ele murmurou. “Eu ouvi mesmo um tom respeitoso na sua voz?”

Ela se virou para o Sorenburg. O ar fervia dentro de seus pulmões. “Nesse ponto você merece respeito. Tem um ótimo gosto para arte.”

“Eu agradeço. E sou obrigado a concordar.”

Ela arriscou uma olhadela de relance. Ele a encarava com seus olhos de anjo moreno.

“Pode deixar que eu penduro a sua jaqueta”, ele pediu, estendendo as mãos.

“Não.” Suas bochechas ficaram vermelhas quando ela notou o quanto tinha sido seca e abrupta. A vergonha desfez sua nuvem de encantamento. As mãos dele continuavam suspensas no ar.

“Vou tirá-la eu mesmo.”

Ela abriu a boca para protestar, mas se deteve quando notou seu olhar seguro e suas sobrancelhas levemente arqueadas.

"Não são as roupas que fazem a mulher, Francesca. É justamente o contrário. Essa vai ser a primeira lição que vou ensinar para você."

Ela lançou um olhar de falsa irritação na direção dele e tirou a jaqueta jeans. O ar gelado bateu em seus ombros. O olhar de Ian parecia afetuoso. Ela endireitou as costas.

"Pelo jeito você está planejando me ensinar um monte de lições", ela murmurou, entregando a jaqueta para ele.

"Talvez seja esse mesmo o caso. Venha comigo."

Ele pendurou os casacos e a conduziu pelo corredor-galeria até uma passagem mais estreita, iluminada pela luz difusa de luminárias antigas de bronze. Ele abriu uma das várias portas bem altas, e Francesca entrou na sala. Esperava ver outro recinto repleto de maravilhas, mas em vez disso viu-se em um espaço comprido e estreito com janelas do chão ao teto. Ele não acendeu a luz. E nem precisava. O ambiente era iluminado pelos arranha-céus e pelo reflexo de suas luzes na água escura do rio. Ela foi até a janela sem dizer uma palavra. Ele parou a seu lado.

"É como se estivessem vivos, os prédios... alguns mais do que os outros", ela disse com uma voz sussurrada. Ela lançou um olhar de arrependimento na direção dele e ganhou um sorriso em retribuição. A vergonha tomou conta dela. "Quer dizer, é o que me *parece*. Eu sempre pensei assim. Principalmente à noite... Eu consigo sentir."

"Eu sei que sim. Foi por isso que escolhi o seu trabalho."

"Não foi por causa das linhas retas e das reproduções precisas?", ela perguntou, temerosa.

"Não. Não mesmo."

A expressão dele se suavizou quando ela sorriu. Sentiu-se invadida por um prazer inesperado. Ele a entendia, *sim*, no fim das contas. E... ela havia proporcionado o que ele queria.

Ela apreciou aquela vista sensacional. "Eu entendo o que você quis dizer", ela admitiu, com a voz vibrando de empolgação. "Estou afastada da arquitetura há um ano e meio, e ando tão ocupada com os estudos nas artes que nem leio mais as publicações especializadas, caso contrário eu saberia. Ainda assim... é uma vergonha para mim não ter visto até agora", ela comentou, se referindo aos dois edifícios mais imponentes que se erguiam diante do rio. Ela balançou a cabeça, maravilhada. "Você transformou a Noble Enterprises em uma versão moderna da arquitetura clássica de Chicago. Parece uma releitura contemporânea do Sandusky. Brilhante", ela continuou, referindo-se à semelhança entre a sede da Noble Enterprises e o Edifício Sandusky, uma obra-prima em estilo gótico. O prédio da Noble Enterprises era como Ian: alto, elegante, de traços marcantes, uma versão moderna de algum ancestral gótico. Ela sorriu ao pensar nisso.

"A maioria das pessoas só entende isso quando aprecia a vista daqui", ele afirmou.

"É genial, Ian", ela disse com sinceridade. Arriscou um olhar na direção dele, notando o brilho de seus olhos, causado pelo reflexo dos prédios. "Por que você não falou sobre isso para a imprensa?"

"Porque eu não fiz isso para mostrar para a imprensa. Fiz para o meu próprio deleite, assim como a maioria das coisas que eu faço."

Ela se sentiu aprisionada por seu olhar, e não conseguiu responder. Afinal, aquilo não era uma tremenda demonstração de egoísmo? Por que, então, aquelas palavras tinham causado uma forte contração no meio das pernas dela?

"Mas fico feliz que você tenha gostado", ele falou. "Ainda tem outra coisa que eu gostaria de mostrar."

"Sério?", ela perguntou, quase sem fôlego.

Ele se limitou a acenar com a cabeça. Ela o seguiu, contente por ele não estar olhando para seu rosto vermelho. Chegaram a um cômodo com as paredes quase inteiramente recobertas de prateleiras de madeira escura, repletas de livros. Ao entrar ele se deteve, observando-a enquanto ela olhava curiosamente ao redor, até que seus olhos encontrassem a pintura pendurada sobre a lareira. Ela congelou por dentro. Caminhou até o quadro em um estado de transe, e constatou que se tratava mesmo de uma de suas próprias obras.

"Você comprou isso do Feinstein?", ela sussurrou, referindo-se a um dos amigos com quem morava — Davie Feinstein, dono de uma galeria em Wicker Park. O quadro pendurado ali era um dos seus primeiros a terem sido vendidos. Ela tinha feito questão de entregá-lo para Davie um ano e meio antes, como uma espécie de depósito antecipado do pagamento do aluguel, numa época em que havia acabado de se mudar para a cidade e estava totalmente sem dinheiro.

"Sim", confirmou Ian, bem atrás de seu ombro direito.

"O Davie não me contou que..."

"Pedi para a Lin providenciar tudo para mim. A galeria nem deve ter ficado sabendo para quem era o quadro."

Ela engoliu em seco ao olhar para o retrato do homem solitário que caminha pelo Lincoln Park em plena madrugada, de costas para quem contempla o quadro. Os edifícios ao redor pareciam ignorá-lo, como se fossem imunes à dor humana, da mesma forma que o homem retratado parecia alheio ao próprio sofrimento. Seu casaco aberto flutuava atrás de si. Seus ombros se encurvavam sob o vento, e as mãos estavam enfiadas nos bolsos da calça jeans. Cada linha de seu corpo exalava força e elegância, além da solidão resoluta que caracterizava uma grande força interior.

Ela adorava aquele quadro. Sofreu por ter que se desfazer dele, mas precisava pagar o aluguel.

"*O Gato que anda sozinho*", Ian disse atrás dela, com um tom de voz um tanto áspero.

Ela sorriu e riu baixinho ao ouvi-lo dizer o nome do quadro. "'Eu sou o Gato que anda sozinho, e todos os lugares são iguais para mim.' Eu pintei esse quadro no segundo ano da faculdade. Estava estudando literatura inglesa naquele semestre, e lendo Kipling. Essa frase parecia se encaixar com a pintura..."

Sua voz enfraquecia à medida que ela observava a figura solitária do quadro, mas com a atenção inteiramente voltada para o homem parado atrás de si. Ela olhou para Ian e sorriu. E ficou envergonhada ao sentir que tinha lágrimas nos olhos. Suas narinas tremeram de leve, e ela se virou subitamente, limpando o rosto. Ver um quadro dela naquele apartamento mexeu com alguma coisa em seu emocional.

"Acho melhor eu ir embora", ela falou.

Seu coração disparou, e no instante de silêncio que se seguiu ela foi capaz de ouvir apenas o fluxo acelerado de sangue em seus ouvidos.

"Talvez seja melhor mesmo", ele disse enfim. Ela se virou e soltou um suspiro de alívio — ou teria sido de arrependimento — quando viu seu corpo alto deixando o recinto. Ela o seguiu, murmurando um agradecimento quando ele devolveu sua jaqueta jeans ao chegarem ao hall de entrada. Mas ele a segurou quando ela tentou pegá-lo de suas mãos. Ela engoliu em seco e virou de costas, deixando que ele a vestisse. As juntas de seus dedos roçaram a pele dos ombros dela. Ela precisou se segurar para não se encolher toda quando ele pôs a mão por baixo de seus longos cabelos, tocando na nuca dela durante o processo. Ele removeu suavemente os cabelos dela de dentro da jaqueta, e os deixou cair sobre suas costas. Ela se estremeceu toda quando ele fez isso, e desconfiou de que ele tivesse sentido o corpo dela se abalar sob sua mão.

"Uma cor tão difícil de encontrar", ele murmurou, ainda acariciando os cabelos dela, fazendo seus nervos aflorarem ainda mais.

"Posso mandar o Jacob, meu motorista, levar você para casa", ele falou depois de um instante de silêncio.

"Não", ela respondeu, sentindo-se um tanto tola por não se virar para encará-lo enquanto falava. Ela não conseguia se mover. Estava paralisada. Todas as células de seu corpo estavam atentas aos movimentos dele. "Meu amigo pode vir me pegar daqui a pouco."

"Você vai vir pintar aqui?", ele perguntou. Sua voz grave ecoava a poucos centímetros dos ouvidos dela. Ela permanecia virada para a frente, sem olhá-lo.

"Sim."

"Gostaria que começasse na segunda. Vou pedir para Lin providenciar um crachá e a senha do elevador. O material necessário vai estar todo aqui quando você chegar."

"Não vou poder vir todos os dias. Eu tenho aula, geralmente de manhã, e trabalho como garçonete das sete da noite até a hora de fechar várias vezes por semana."

"Venha quando puder. O importante é que você venha."

"Certo, tudo bem", ela falou, sentindo a garganta seca. A mão dele ainda estava em suas costas. Será que ele estava sentindo seu coração pulsar?

Ela precisava sair dali. *Imediatamente*. Estava quase perdendo a cabeça.

Ela avançou até o elevador, apertando apressadamente o botão no painel. Se ela estava pensando que ele iria tocá-la de novo, estava enganada. A porta silenciosa do elevador se abriu.

"Francesca?", ele disse quando ela entrou.

"Sim?", ela respondeu, virando-se.

Ele estava de pé com as mãos escondidas atrás das costas, uma posição que fez com que seu paletó se abrisse e revelasse uma camisa justa sobre um abdome enxuto, quadris estreitos, um cinto com fivela prateada e... tudo o que tinha embaixo.

"Agora que você já tem certa segurança financeira, eu preferiria que não ficasse mais perambulando pelas ruas de Chicago de madrugada para encontrar inspiração. Nunca se sabe o que você pode encontrar pela frente. É perigoso."

Ela ficou de queixo caído, perplexa. Ele deu um passo à frente e apertou um botão no painel, fazendo com que a porta se fechasse. A última imagem que ela viu foi a de seus olhos azuis brilhando em um rosto impassível. Sua pulsação disparou, provocando um rugido em seus ouvidos.

Era *ele* quem ela havia pintado quatro anos antes. Era isso que ele estava tentando dizer — que sabia ter sido observado por ela enquanto caminhava pelas ruas escuras e desertas no meio da noite enquanto o resto do mundo repousava confortavelmente em suas camas. Francesca não havia se dado conta da identidade do objeto de seu retrato na ocasião, e ele provavelmente só descobriu que estava sendo seguido quando viu o quadro, mas não havia como questionar o fato.

Ian Noble era o gato que andava sozinho.

E queria que ela soubesse disso.

2

Ele conseguiu afastá-la de seus pensamentos durante dez dias. Fez uma viagem de dois dias a Nova York e concluiu a aquisição de um programa de computador que lhe permitiria criar uma nova rede que combinaria interações sociais e jogos eletrônicos. Também fez sua visita mensal ao apartamento que tinha em Londres. De volta a Chicago, o trabalho e as reuniões o mantiveram no escritório até depois da meia-noite. Quando chegava a seu apartamento, tudo estava sempre escuro e silencioso.

No entanto, não era *exatamente* verdade afirmar que ele manteve Francesca Arno distante de seus pensamentos. *E nem uma afirmação sincera*, Ian admitiu para si mesmo enquanto subia até sua cobertura naquela tarde de quarta-feira. A lembrança dela vinha em flashes arrebatadores, rompendo a barreira de sua concentração nas tarefas do dia a dia. A sra. Hanson, sua governanta, sem saber alimentava esses pensamentos, fornecendo detalhes da rotina dos afazeres dela no apartamento. Ele ficou contente de saber que aquela senhorinha inglesa toda tradicional havia gostado de Francesca, que a convidava de vez em quando para tomar um chá na cozinha. Ficou satisfeito de saber que Francesca se sentia confortável em sua casa, e se perguntou por que estava tão preocupado com isso. Afinal, o que interessava era a pintura, e certamente as condições oferecidas eram adequadas.

Ele se perguntou se não estava sendo grosseiro por ignorar a presença dela. O fato de ele a evitar conferia um caráter estranho à situação, como se houvesse algo mais envolvido, além do relacionamento profissional. Na quinta-feira anterior, ele foi até o ateliê recém-montado com a intenção de convidá-la para um lanche na cozinha. A porta estava semiaberta, e ele entrou sem bater. Por alguns segundos, pôde vê-la em ação, sem que ela o notasse.

Ela estava em pé sobre uma escadinha, trabalhando no canto direito da tela, totalmente absorta. Apesar de ele ter se esforçado para não fazer nenhum ruído, ela de repente se virou e ficou paralisada, encarando-o com seus olhos castanhos arregalados, com o lápis ainda sobre a tela. Uma grande mecha de cabelo se desprendeu da fivela na parte posterior da cabeça dela. Havia uma mancha de grafite em seu rosto liso, e seus lábios rosados se abriram de surpresa ao vê-lo.

Ele perguntou educadamente sobre o progresso do trabalho e tentou não reparar nas palpitações no pescoço dela, e nem ficar admirando o contorno de seus seios. Ela havia tirado a jaqueta para trabalhar, e estava usando apenas uma blusinha justa. Os seios dela eram bem maiores do que ele havia notado à primeira vista, criando um contraste tentador com sua cintura fina, seus quadris estreitos e suas pernas compridas.

Depois de trinta segundos de conversa protocolar, ele fugiu covardemente.

Ele tentou convencer a si mesmo de que o fato de pensar nela com tanta frequência era algo natural. Afinal de contas, ela era uma tremenda beldade. O fato de parecer ignorar completamente a própria sensualidade era fascinante. Por acaso ela teria sido criada longe da civilização? Ela deveria estar acostumada a ver os homens contorcendo o pescoço quando ela passava, de boca aberta diante da visão de seus cabelos loiros avermelhados, seus belos olhos castanhos, sua figura alta e imponente. Como seria possível que, aos vinte e três anos de idade, ela não soubesse que sua pele clara e perfeita, seus lábios rosados e luxuriosos e seu corpo gracioso poderiam ter um o efeito arrebatador sobre os homens?

Ele não sabia como responder, mas, depois de observá-la de perto, era capaz de afirmar que não se tratava de mera encenação. Ela caminhava com os passos desleixados de uma adolescente, e costumava dizer as coisas mais despropositadas.

Apenas quando ficou encantada com suas obras de arte, ou quando admirou o horizonte da cidade pela janela do apartamento, ou ainda ao ser surpreendida desenhando, como na outra noite — ou seja, quando estava imersa em sua arte —, sua beleza se revelava por inteiro.

E de quebra com uma característica adicional que ele não se lembrava de ter visto.

Ele parou na antessala da cobertura. Ela estava lá. Nenhum som saía lá de dentro, mas de alguma forma ele sabia que Francesca estava trabalhando em seu ateliê improvisado. Estaria ainda apenas definindo o traçado da tela gigantesca? Ele foi capaz de imaginá-la perfeitamente, seu lindo rosto contorcido em concentração, seus olhos escuros percorrendo as distâncias que ela estabelecia com o lápis na mão. Quando trabalhava, ela adquiria o aspecto digno e respeitável de um juiz no tribunal. Todo o embaraço em relação ao próprio corpo se perdia em meio ao talento e à elegância que ela aparentemente nem sabia possuir.

Ela também sequer imaginava o poder de seu magnetismo sexual. Ele, por outro lado, tinha total consciência desse potencial. Infelizmente, porém, também tinha ciência de sua ingenuidade. Era algo que exalava de dentro dela — inocência misturada com uma sensualidade inexplorada, criando um conjunto que o deixava fora de si.

O suor começou a brotar sobre seu lábio superior. Seu pau endureceu em questão de segundos.

Franzindo a testa, ele olhou no relógio e sacou o celular do bolso. Digitou alguns números e foi andando pelo corredor, tomando o caminho de seu quarto. Para seu alívio, seus aposentos ficavam do lado oposto ao que Francesca estava trabalhando. Ele precisava afastá-la de sua cabeça. Expurgar sua imagem.

Sua chamada foi atendida.

"Lucien, apareceu uma coisa de última hora, e acabei me atrasando. Podemos nos encontrar às cinco e meia em vez de às cinco horas?"

"Claro. Vejo você daqui quarenta e cinco minutos, então. Espero que esteja preparado, porque hoje eu estou com tudo."

Ian abriu um sorriso irônico ao entrar no quarto e fechar a porta atrás de si. "Hoje também estou sentindo que a minha espada está sedenta de sangue, amigão, então eu não sou o único que precisa estar preparado."

Lucien ainda estava rindo quando Ian desligou. Ele guardou sua pasta e tirou do closet o uniforme de esgrima — plastrão, calça e jaqueta. Despiu-se de maneira rápida e eficiente. De dentro da pasta tirou uma chave. Havia dois vestíbulos anexos a seu quarto. Em um deles, ninguém — nem mesmo a sra. Hanson — tinha permissão para entrar.

Era o território particular de Ian.

Ele destrancou a porta de mogno e entrou sem roupa em um cômodo de pé direito alto. Era cercado de prateleiras e gavetas dos dois lados, mantidas meticulosamente em ordem. Ele abriu uma gaveta e tirou algo de dentro dela antes de voltar para a cama.

Não era culpa de ninguém além dele mesmo não ter percebido que aquele inútil desejo estava crescendo em uma escala perigosa. Talvez fosse o caso de arrumar uma mulher no fim de semana, mas, enquanto isso, ele precisava fazer alguma coisa para dirimir seu apetite sexual.

Ele esfregou o lubrificante na mão. Sua ereção permanecia intacta. Estremeceu de prazer ao espalhar o gel frio pelo pau duro. Pensou em deitar-se na cama, mas não... de pé era melhor. Ele apanhou o tubo de silicone e o penetrou com seu pau enorme. Tinha um masturbador feito sob medida para seu tamanho, em silicone transparente. Ele gostava de ver quando ejaculava. O fabricante havia seguido suas instruções à risca, a não ser pela pintura em tom de cor-de-rosa na entrada do dispositivo. Ian considerou que aquilo não fazia a menor diferença, então não reclamou. O masturbador não era um substituto para o sexo. Com um estalar dos dedos, poderia conseguir uma boa quantidade de mulheres dispostas a chupá-lo onde quer que estivesse. Com o passar dos anos, porém, ele havia aprendido uma lição fundamental: ser discreto. Sua outrora considerável lista de parceiras tinha sido reduzida a apenas duas, que sabiam exatamente o que ele queria em termos sexuais e compreendiam até que ponto ele estava disposto a dar algo em troca.

A opção pelo masturbador era unicamente de ordem prática. O brinquedo sexual poderia ser deixado de lado após o uso sem nenhuma consequência.

Naquele dia, no entanto, um tremor de excitação se espalhou pelo seu corpo ao ver a cabeça de seu pau grosso penetrar naquele anel rosado e apertado. Ele flexionou o braço, enterrando o membro quase até a base no dispositivo de silicone. Moveu sua mão como se fosse um pistão, e gostou de sentir sua pele se esquentar rapidamente ao toque das bordas macias do masturbador.

Sim, era disso que ele precisava — de uma boa gozada para aliviar a tensão. Seu abdome, suas nádegas e os músculos de suas coxas se enrijeceram. As câmaras de sucção do masturbador se contraíam enquanto ele se movia, simulando o sexo oral. Ele tirava o pau quase inteiro a cada movimento, para depois enfiá-lo de novo até o fundo, nas profundezas úmidas e escorregadias do dispositivo.

Em geral, ele fechava os olhos e iniciava uma fantasia sexual enquanto se masturbava. Naquele dia, porém, por algum motivo, seu olhar permanecia fixado na visão de seu pau penetrando aquele anel rosado. Ele imaginou lábios humanos no lugar do anel de silicone. E olhos castanhos enormes o encarando.

Os lábios de Francesca. Os olhos de Francesca.

Você não tem tempo nem motivo para seduzir uma inocente. Esqueceu que já se deu muito mal fazendo isso?

Ele até podia ser um dominador relutante, mas com certeza gostava de exercer o controle na hora do sexo. Havia aprendido a aceitar esse traço de sua personalidade, e a admitir que era ideal para sua vida solitária. Não que ele quisesse ficar sozinho. Simplesmente tinha a capacidade de entender que isso era inevitável. Seu trabalho o consumia. Era um centralizador. Todos diziam isso a seu respeito — a mídia, seus parceiros de negócios... sua ex-mulher. Ele se resignou a admitir que estavam todos certos. Felizmente, já estava acostumado à solidão.

Não é certo submeter uma mulher como Francesca a seus caprichos.

A voz que o alertava dentro de sua cabeça foi abafada por seu coração acelerado e por seus gemidos de excitação pela estimulação da genitália.

Ele a usaria a seu bel-prazer, aquela boca gostosa. Ela ficaria assustada com sua brutalidade repentina? Ou excitada?

Ou as duas coisas?

Ele gemeu ao pensar nisso, e seu braço começou a se mover mais depressa. Todos os músculos de seu corpo estavam tensos e rígidos.

Seu pau pareceu enorme quando ele o enfiou de volta no masturbador de silicone. Ele não queria uma gozada induzida pela própria mão. Porém, o que de fato desejava não poderia ter, então teria de se contentar com aquilo mesmo.

O que ele de fato desejava era obrigar uma beldade de cabelos loiros e pernas compridas a se ajoelhar à sua frente e enfiar o pau em sua boca úmida e apertada... o que ele desejava de fato era ver a excitação nos olhos dela quando ele chegasse ao clímax e se entregasse a ela.

O orgasmo dominou seu corpo, fulminante e delicioso. Ele perdeu o fôlego ao ver sua ejaculação dentro do tubo transparente, seu sêmen preenchendo a câmara interna de sucção. Depois de um instante, fechou os olhos com força e soltou um gemido áspero, sem parar de gozar.

Como ele tinha sido idiota por não ter feito aquilo antes. Não conseguia parar de gozar. Estava claramente necessitado. Ele não costumava negligenciar suas necessidades sexuais, e não conseguia entender o motivo daquela semana de abstinência. Tinha sido um grande erro.

Poderia tê-lo levado a perder o controle, uma ideia que ele não era capaz de admitir. Pessoas que não ficavam atentas a suas necessidades acabavam cometendo erros estúpidos, tornando-se desleixadas e correndo riscos desnecessários.

Seus músculos relaxaram quando os últimos tremores do orgasmo percorreram seu corpo. Ele removeu o masturbador do pênis sensível. Agarrou com a mão o membro escorregadio e ficou ali parado, com a respiração acelerada.

Ela era uma mulher como outra qualquer.

Ou talvez não fosse. Ela o havia surpreendido com sua pintura. Ele havia ficado desconfortável com isso. Em troca, sentia vontade de capturá-la... fazê-la pagar por ter entrado em sua mente, visto coisas que não deveria ver, graças a seu talento e sua incrível precisão.

Era necessário dominar aquele desejo poderoso e dilacerante. Virou-se e caminhou na direção do banheiro para se lavar e se preparar para o treino de esgrima.

Mais tarde, depois de se vestir, notou que seu pau ainda estava demasiadamente sensível, e que a ereção ainda não se dissipara por completo. Droga.

Ele havia avisado a Francesca e à sra. Hanson que queria ficar sozinho em casa naquele fim de semana. Precisava dar um telefonema. Sem dúvida nenhuma, estava precisando dos préstimos de uma mulher experiente, que soubesse exatamente como satisfazê-lo e fazê-lo esquecer daquele estranho desejo.

Lucien não estava mentindo. Estava *mesmo* muito bem disposto. Ian resistia com esforço aos avanços agressivos do amigo, defendendo-se de suas estocadas rápidas, esperando calmamente por uma brecha para contra-atacar. Treinavam juntos fazia dois anos, e ele já tinha pleno conhecimento do estilo do outro, e de como suas emoções o afetavam durante o combate. Lucien era um esgrimista talentoso e inteligente, mas ainda não tinha se dado conta de como o estado de humor de Ian era capaz de influenciar suas ações em uma luta.

Talvez isso se deva ao fato de Ian conseguir dominar seus sentimentos e reagir sempre estrategicamente.

Nessa noite, Lucien exalava uma energia volátil, ainda mais que a habitual, e estranhamente estava pouco cauteloso. Ian se manteve à espera até decifrar a movimentação ofensiva de Lucien. Percebeu suas intenções, refutando o movimento com o qual ele esperava liquidar a fatura. Lucien soltou um grunhido de frustração ao receber o contragolpe de Ian.

"Você sabe ler pensamentos, porra", murmurou Lucien, arrancando a máscara e deixando os longos *dreadlocks* caírem sobre os ombros. Ian também removeu a sua.

"A sua desculpa é sempre essa. Na verdade, é tudo uma questão de estratégia, e você sabe disso."

"Mais uma", desafiou Lucien, erguendo a espada diante de seus olhos cinzentos e faiscantes.

Ian sorriu. "Quem é ela?"

"Quem é *quem?*"

Ian o olhou com ironia enquanto removia a luva. "A mulher que está fazendo o seu sangue ferver como um animal no cio." Aquela frustração de Lucien estava deixando Ian confuso, pois seu amigo costumava ter muita sorte com as mulheres.

Lucien fechou a cara e olhou para o lado. Ian se deteve enquanto tirava a outra luva, e franziu a testa, sem entender. "O que está acontecendo?", ele perguntou.

"Preciso perguntar uma coisa para você", informou Lucien em um tom de voz baixo e preocupado.

"O que é?"

Lucien o encarou. "Os empregados da Noble podem namorar entre si?"

"Depende do cargo que ocupam. Está no contrato de trabalho. Gerentes e supervisores são proibidos de sair com seus subordinados, e são demitidos caso algo do tipo seja descoberto. Os gerentes são instruídos a não se relacionar entre si, apesar de não serem proibidos de fazer isso. O contrato deixa claro que, caso um relacionamento surgido fora do ambiente de trabalho interfira nas relações profissionais, existe um precedente para a demissão. Acho que você sabe muito bem que isso não é aconselhável, Lucien. Ela trabalha no Fusion?"

"Não."

"Ela trabalha em algum cargo de chefia na Noble?", Ian perguntou enquanto tirava a outra luva, o plastrão e a jaqueta, ficando apenas com a calça bem justa e a camiseta.

"Não sei direito. E se a relação deles com a Noble for... não muito ortodoxa?"

Ian lançou um olhar de desconfiança para o amigo enquanto largava a espada e pegava uma toalha. "Não muito ortodoxa... como a relação do gerente de um restaurante e a gerente de uma unidade de negócios?", ele perguntou, sarcástico.

Lucien abriu um sorriso um tanto amargo. "Talvez seja melhor eu comprar o Fusion de você, assim nenhum de nós vai precisar se preocupar com isso."

Ambos se assustaram quando ouviram alguém bater na porta da sala.

"Pois não?", respondeu Ian, com as sobrancelhas erguidas. A sra. Hanson não tinha o costume de interromper seus treinos. Ela sabia que interrupções eram inadmissíveis quando ele queria se concentrar na esgrima ou em sua rotina de exercícios.

Ian ficou ainda mais surpreso quando viu Francesca entrar. Seus longos cabelos estavam presos em um rabo atrás da cabeça, mas algumas mechas estavam soltas por sobre o pescoço e as bochechas. Ela estava sem maquiagem, vestindo um jeans bem justo, uma blusa de moletom de zíper e um par de tênis cinza e branco. Não eram calçados de alta qualidade, mas Ian notou que eram os itens mais caros que ela estava usando. Pela abertura da blusa, ele viu a alça fina de uma blusinha apertada. A imagem de seu peito recoberto por apenas aquela peça fez sua cabeça girar a mil.

"Francesca. O que está fazendo aqui?", ele perguntou com um tom de voz involuntariamente irritado, em contraste com a recordação tão vívida. Ela estava parada a vários metros da área de luta. Seus lábios rosados e sensuais a deixavam irresistível mesmo quando fazia uma cara de poucos amigos.

"A Lin precisa falar com você sobre alguma coisa urgente. Você não atendeu o telefone, então ela ligou para cá. A sra. Hanson saiu para comprar coisas para o jantar, então eu vim dar o recado."

Ian acenou com a cabeça, usando a toalha pendurada no pescoço para limpar o suor do rosto. "Eu ligo para ela assim que sair do banho."

"Vou dizer isso para ela", falou Francesca, e deu meia-volta para sair.

"Como assim? Ela ainda está na linha?"

Francesca confirmou com a cabeça.

"Tem uma extensão logo ali na entrada da sala de exercícios. Diga que eu ligo daqui a pouco."

"Certo", respondeu Francesca. Ela olhou de relance para Lucien e deu um sorrisinho simpático para ele antes de se virar para sair.

A irritação tomou conta dele. *Bom, mas pelo menos Lucien não ficou babando em cima dela como você.*

"Francesca."

Ela se virou.

"Você pode voltar aqui depois de falar com a Lin, por favor? Não tivemos tempo de conversar durante a semana. Queria saber como anda seu trabalho."

Ela hesitou por um instante. Seus olhos percorreram o peito dele, deixando-o paralisado por um momento.

"Claro. Eu já volto", ela respondeu antes de sair da sala e fechar a porta atrás de si.

Lucien abriu um sorriso quando Ian se virou para ele. "Quando eu viajei para o Sul dos Estados Unidos, o pessoal de lá me deu um conselho... 'Um bom banho gelado faz milagres'..."

Ian o encarou. "Nem comece", ele se limitou a dizer.

Lucien pareceu intimidado. Ian piscou os olhos, com uma mistura de agressividade primitiva e vergonha da própria grosseria correndo no sangue. Foi quando algo passou por sua cabeça, e ele estreitou os olhos.

"Espere aí... a mulher de que você estava falando, que trabalha para a Noble..."

"*Não é* a Francesca", garantiu Lucien, com os olhos faiscando na direção de Ian ao abrir a geladeira para pegar uma garrafa de água. "Acho que você precisa começar a seguir suas próprias regras sobre romances no ambiente de trabalho."

"Não seja ridículo."

"Vai me dizer que não está interessado nessa maravilha da natureza?", questionou Lucien.

Ian arrancou a toalha do pescoço.

"O que eu quis dizer foi que as regras dos contratos de trabalho não se aplicam a *mim*", ele esclareceu em um tom de voz austero que indicava que a conversa estava encerrada.

"Acho que essa foi a deixa para eu ir embora", ironizou Lucien. "Vejo você na segunda."

"Lucien."

Ele se virou.

"Me desculpe por ter sido grosseiro com você", falou Ian.

Lucien encolheu os ombros. "Eu sei como é viver em privação. É uma coisa que tende a deixar a pessoa meio... impaciente."

Ian não respondeu, limitou-se a observar o amigo ir embora. Pensou a respeito do que Lucien dissera sobre Francesca, sobre a recomendação de um banho frio. Lucien tinha razão.

Ele estava precisando controlar aquele fogo.

Olhou para a porta e viu que Francesca voltava para a sala.

Ela lamentou quando notou que Lucien estava indo embora, despedindo-se com um aceno. A atmosfera da sala de exercícios espaçosa e bem equipada ficou mais pesada quando ele fechou a porta atrás de si e ela ficou a sós com Ian. Ela parou diante da superfície acolchoada.

"Pode chegar mais perto. Não tem problema. Pode andar na pista de tênis mesmo", ele garantiu.

Ela se aproximou com cautela. Era desconfortável olhar para ele. Seu belo rosto permanecia impassível, como sempre, e seu corpo estava absurdamente sexy vestido apenas com calças apertadas e uma camiseta branca. Ela imaginou que a camiseta precisava ser apertada mesmo, por causa dos aparatos que vinham por cima. Aqueles trajes não deixavam muita margem para a imaginação, revelavam cada curva de seu peito musculoso.

Estava claro que o exercício físico era uma das prioridades de sua vida. Seu corpo era uma máquina lindamente azeitada.

"Pista?", ela repetiu ao cruzar o chão acolchoado para se aproximar dele.

"A área de luta de esgrima."

"Ah." Ela olhou para a espada com curiosidade, esforçando-se para ignorar o cheiro suave que emanava do corpo dele — de sabonete adocicado misturado com suor masculino.

"Como estão as coisas?", ele perguntou num tom frio e educado, que não combinava muito bem com a intensidade de seu olhar. Ela não era capaz de entendê-lo. Na quinta-feira da semana anterior, por exemplo, ela o surpreendeu observando-a enquanto desenhava. A conversa havia sido bem formal, mas ela ficou quase sem fôlego quando viu a maneira como ele olhava para seus seios, fazendo seus mamilos enrijecerem. Ela não conseguia tirar da cabeça a lembrança de quando visitou pela primeira vez a cobertura, o toque dele em sua pele... a referência ao quadro.

Ele havia ficado contente ou aborrecido por ela tê-lo retratado? Era impressão sua ou ele havia insinuado que o nome da pintura não era assim tão figurativo quanto ela imaginava, que o objeto do quadro de fato caminhava solitário pela vida?

Bobagem, ela repreendeu a si mesma enquanto se esforçava para retribuir o olhar dele. Ian Noble só estava interessado em seu talento como artista.

"Estou bastante ocupada, mas de resto vou bem, obrigada", ela respondeu, fornecendo um breve relatório de seu trabalho. "A tela está preparada. O contorno está pronto. Acho que vou poder começar a pintar na semana que vem."

"E você tem todo o material necessário?", ele perguntou ao passar a seu lado e abrir a geladeira. Seus movimentos esbanjavam elegância. Ela adoraria vê-lo praticando esgrima — liberando sua agressividade com gestos graciosos.

"Tenho. A Lin fez um ótimo trabalho, providenciou tudo. Precisei de mais uma coisinha ou outra, e ela comprou na segunda-feira mesmo. A eficiência dela é uma coisa assustadora."

"Disso eu não duvido. Se precisar de qualquer coisa é só falar." Ele abriu a garrafa de água com um movimento preciso de torção do pulso. Seus bíceps incharam sob as mangas da camiseta, aparentando serem duros como pedras. Algumas veias saltaram em seus antebraços. "E quanto ao tempo, como está se virando? Você tem as aulas, o trabalho, a pintura... a sua vida social..."

A pulsação dela disparou. Ela baixou a cabeça para que ele não percebesse isso ao olhar para seu pescoço, e fingiu que observava uma das espadas em cima da mesa.

"A minha vida social não é das mais agitadas."

"Você não tem namorado?", ele perguntou baixinho.

Ela sacudiu a cabeça, passando os dedos pela empunhadura de uma delas.

"Mas com certeza tem amigos com quem passar o tempo livre."

"Sim", ela confirmou, olhando para ele. "Tenho uma amizade bem próxima com as três pessoas que moram comigo."

"E o que vocês fazem em seu tempo livre?"

Ela encolheu os ombros e tocou o cabo de outra espada. "Conseguir um tempo livre anda meio difícil ultimamente, mas eu não faço nada de muito diferente do normal... videogame, bares, pôquer..."

"E isso é o normal para um grupo de meninas da sua idade?"

"Os amigos que moram comigo são todos homens." Ela o encarou a tempo de ver uma sombra de desgosto se insinuar entre suas feições até então estoicas. O coração dela disparou. Os cabelos dele, escuros e bem cortados, estavam molhados de suor na nuca. Sem mais nem menos, ela imaginou sua língua percorrendo aquela região do corpo dele, provando seu suor. Ela piscou e olhou para o outro lado.

"Você mora com três homens?"

Ela confirmou com a cabeça.

"E o que os seus pais acham disso?"

Ela o olhou por sobre o ombro. "Eles não gostam nada da ideia. Mas, enfim, azar o deles. Caden, Justin e Davie são pessoas incríveis."

Ele abriu a boca, mas se interrompeu. "Não é uma coisa muito comum", foi o que disse depois de alguns segundos, num tom contido que demonstrava que aquilo não era exatamente a tradução de seus pensamentos mais sinceros.

"Não é mesmo muito ortodoxo. Mas isso não é problema para você, certo? Você não me disse isso na outra noite?", ela perguntou, voltando sua atenção de novo para as espadas. Desta vez ela envolveu a empunhadura com a mão e a agarrou, apreciando a sensação do aço frio e duro sob o punho fechado. Sua mão deslizava sobre o corpo da arma.

"Pare com isso."

Ela se assustou com seu tom de voz, e largou a espada como se o aço tivesse queimado sua mão. Ela o olhou, perplexo. As narinas dele estavam alargadas. Seus olhos faiscavam. Ele levantou o queixo e deu um gole apressado na água.

"Você pratica esgrima?", ele perguntou secamente ao deixar a garrafa sobre a mesa.

"Não. Bom... não exatamente."

"Como assim?", ele perguntou, andando na direção dela com a testa franzida.

"Eu já pratiquei um pouco com o Justin e o Caden, mas... Nunca encostei numa espada de verdade", ela revelou, meio sem graça.

O olhar de curiosidade sumiu do rosto dele. Ele abriu um sorriso. Era como ver o sol surgir por sobre uma paisagem escura e assustadora. "Você está se referindo ao jogo do Game Station?"

"Sim", ela admitiu, ainda um tanto na defensiva.

Ele apontou para a prateleira onde ficavam as espadas. "Pode pegar aquela ali."

"Como é?"

"Pegue aquela espada ali, a última. Foi a Noble Enterprises que desenvolveu esse jogo de esgrima. Vendemos a patente para a Shinatze uns anos atrás. Em que nível você costuma jogar?"

"Avançado."

"Então o básico você já sabe." Ele a observava fixamente. "Pegue a espada, Francesca."

Havia um tom de desafio em sua voz. E um sorriso em seus lábios carnudos. Ele estava zombando dela de novo. Ela ergueu a espada e o encarou. O sorriso dele se escancarou. Ele apanhou uma espada para si, entregou uma máscara para ela e apontou para a pista com o queixo. Quando ficaram de frente um para o outro, ele bateu a lâmina de sua espada contra a da ofegante e assustada Francesca.

"*En garde*", ele disse, tranquilo.

Os olhos dela se arregalaram de pânico. "Espera aí... nós vamos fazer isso... agora?"

"Por que não?", ele rebateu, assumindo posição. Ela olhou nervosamente para a espada, e depois para seu peito desprotegido. "É uma espada de treino. Você não iria conseguir me machucar nem se quisesse."

Ele atacou. Ela se defendeu instintivamente com a espada. Ele avançou, e ela recuou de forma um tanto estabanada, mas ainda capaz de deter sua lâmina. Até mesmo em meio ao susto do ataque surpresa, ela não pôde deixar de admirar sua musculatura bem definida e toda a força produzida por seu corpo longilíneo.

"Não precisa ficar com medo", ela o ouviu dizer enquanto tentava se defender de todas as formas. Ele mal parecia fazer algum esforço. O equivalente a uma caminhada no parque, no máximo. "Se você está familiarizada com o jogo, seu cérebro sabe quais são os movimentos adequados para me enfrentar."

"Como você sabe?", ela conseguiu dizer enquanto fugia da trajetória da lâmina.

"Porque fui *eu* que criei o programa. Defenda-se, Francesca", ele ordenou ao mesmo tempo que ensaiava mais um ataque. Ela deu um grito e deteve a lâmina a poucos centímetros de seu ombro. Ele continuou atacando sem cessar, obrigando-a a recuar pela pista, com o ruído metálico do choque entre as espadas preenchendo o ar ao redor.

Ele começou a produzir ataques mais velozes — ela sentiu que a espada investia contra ela com mais força —, mas a expressão em seu rosto permanecia impassível.

"Você está ficando desprotegida na oitava", ele murmurou. Ela soltou o ar com força quando ele atingiu o lado direito de seu quadril com a lâmina sem o menor esforço. O contato da espada com seu corpo havia sido brevíssimo, mas sua pele começou a arder.

"De novo", ele falou, todo tenso.

Ela o seguiu até o centro da pista, com o sangue fervendo nas veias por ser subjugada com tanta facilidade. Eles cruzaram as espadas, e dessa vez ela atacou, avançando na direção dele.

"Não deixe a raiva por ter sido vencida cegar você", ele disse quando o embate começou.

"Eu não estou com raiva", ela mentiu por entre os dentes cerrados.

"Você tem potencial para ser uma boa esgrimista. É forte. Você malha?", ele perguntou em meio a movimentos de ataque e defesa.

"Eu corro", ela respondeu, e então soltou um grito quando ele desferiu um ataque mais pesado.

"Concentre-se", ele ordenou.

"Se você ficasse quieto eu conseguiria!"

Ele riu, e ela abriu um sorrisinho. Uma gota de suor escorria por seu pescoço enquanto ela usava toda sua energia para deter as investidas dele. Ele tentou uma finta, e ela se deixou enganar pelo falso ataque. Mais uma vez, foi atingida na lateral do quadril.

"Se você não se proteger na oitava, vai ficar com o traseiro todo roxo."

O rosto dela ficou vermelho. Ela resistiu à vontade de tocar a lateral da nádega, que ainda doía por causa do contato com a lâmina. Ela se enrijeceu e respirou fundo. O olhar dele estava fixo no ombro dela. Ela notou que a jaqueta havia se aberto um pouco mais durante o embate, e aproveitou para se ajeitar.

"De novo", ela falou, procurando demonstrar toda a calma possível. Ele acenou a cabeça em concordância.

Ela se recompôs e o encarou no centro da pista. Sabia que estava sendo irracional, tinha plena consciência disso. Além de ser um esgrimista experiente, ele era um homem no auge da forma. Ela jamais o derrotaria. Ainda assim, seu espírito competitivo jamais se deixaria abater. Ela tentou se recordar de alguns movimentos que praticava no videogame.

"*En garde*", ele falou. Eles cruzaram as espadas.

Dessa vez ela deixou que ele avançasse, tomando o cuidado de se defender em todas as posições. Mas ele era forte demais, e veloz demais. À medida que se aproximava, ele ia sufocando totalmente os ataques dela. Ela se defendia freneticamente, tentando detê-lo. Sua excitação cresceu quando ele chegou mais perto. Apesar de lutar com todas as forças, sabia que seria derrotada.

"Pare", ela gritou, frustrada, enquanto ele a encurralava no fim da pista.

"Você desistiu", ele falou, golpeando a espada dela com tanta força que quase a arrancou de sua mão. Ela mal conseguiu se defender do ataque seguinte.

"Não."

"Então *pense*", ele ordenou.

Ela tentou desesperadamente obedecer. Estava acuada demais para avançar, então se limitou a estender o braço, forçando-o a dar um pulo para trás.

"Muito bem", ele murmurou.

Sua espada se moveu tão rapidamente que ela só viu um borrão. Nem ao menos sentiu o toque do metal contra a pele. Ela parou de se defender e olhou para baixo, em choque. Ele havia feito um corte preciso na alça de sua blusinha.

"Pensei que você tivesse dito que as espadas não eram afiadas", ela falou com a voz embargada.

"Eu disse que a sua não era". Ele torceu o pulso, e a espada dela saiu voando pelo ar, caindo sobre o chão acolchoado com um baque surdo. Ele arrancou a máscara. Ela o encarou, horrorizada. Teve que se segurar para não correr. Ele parecia muito ameaçador naquele momento.

"Jamais fique desprotegida, Francesca. Jamais. Da próxima vez que isso acontecer, eu vou castigar você."

Ele largou a espada e caminhou até ela. Tirou a máscara do rosto dela e jogou no chão. Agarrou sua nuca com uma das mãos, e com a outra, o queixo. Logo em seguida, abaixou-se para beijar sua boca.

A princípio, a surpresa da iniciativa a deixou paralisada de choque. Então ela sentiu o cheiro dele, e o gosto. Ele puxou a cabeça dela para trás e enfiou a língua entre seus lábios, deixando clara sua intenção de devorá-la. Explorá-la. Possuí-la.

Sentiu um líquido quente entre as pernas. Uma reação como aquela a um simples beijo era algo sem precedentes em sua vida. Ele a puxou mais para perto, espremendo-a junto a seu corpo. Ele era tão gostoso. Tão rígido. *Misericórdia, senhor*. Como ela pôde pensar que ele estava indiferente? Estava sentindo na pele a excitação dele. Era como ser condenada a um inferno de luxúria masculina e não ter escolha a não ser se deixar levar.

Ela gemeu com a boca colada à dele. Os lábios dele acariciavam os seus com maestria, mantendo-os abertos. Ela esfregou a língua na dele, entregando-se ao beijo da mesma forma como havia aceitado o desafio da luta. Ele grunhiu e chegou ainda mais perto, fazendo os olhos dela se revirarem sob as pálpebras fechadas ao sentir toda a dimensão de sua ereção. Ele era enorme, e estava completamente duro. Sentiu seu sexo se contrair. Seus pensamentos se perderam em mil direções. Ele a forçou a caminhar para trás, e ela se rendeu, sem saber o que estava fazendo. Sem parar de se beijar, eles percorreram vários metros.

O ar escapou dos pulmões dela para a boca faminta dele com o impacto contra a parede. Ele a pressionou ainda mais, mantendo-a comprimida entre duas superfícies duras como pedra. Ela instintivamente começou a se esfregar contra ele, sentindo seus músculos bem definidos, estimulando sua enorme ereção.

Ele soltou o ar com força e afastou a boca da dela. Antes que ela se desse conta do que estava acontecendo, ele puxou sua blusinha no local onde a alça havia sido cortada. Seus longos dedos percorreram a curvatura do seio dela e se enfiaram por dentro do sutiã, que cedeu, expondo tudo o que deveria esconder. O olhar de excitação no rosto dele era visível ao contemplar sua pele nua. Ela sentiu aquele pau enorme contra seu ventre e soltou um gemido. As narinas dele se alargaram, e sua cabeça mergulhou para baixo.

Ela soltou um ruído abafado quando a boca quente e molhada dele envolveu seu mamilo. O movimento de sucção foi vigoroso, fazendo o mamilo se enrijecer e inchar, provocando uma nova contração e uma onda de calor entre suas pernas. Ela gemeu. O que estava acontecendo com ela? Sua vagina se contraía violentamente, dolorosamente, implorando para ser preenchida. Talvez ele tenha ouvido seu gemido, porque parou de sugar seu mamilo e o acariciou com sua língua morna e suave. Depois recomeçou a chupar.

Aquele desejo tão visível a deixou excitadíssima. Ele a estava machucando um pouco, mas lhe proporcionando muito prazer. O que mais a estimulava era a avidez incontrolável que ele demonstrava. Ela queria estimulá-lo... fazê-lo crescer. Arqueou seu corpo contra o dele e soltou um gemido desesperado. Nunca um homem havia tido a ousadia de beijá-la e tocar seu corpo com uma combinação tão poderosa de tesão e maestria.

Como ela poderia saber que iria gostar tanto daquilo?

Ele agarrou e comprimiu o seio dela em sua mão enquanto continuava a chupá-lo. Um gemido áspero escapou de sua garganta. Ele ergueu a cabeça, e ela perdeu o fôlego ao se ver privada de seu calor... de seu prazer. Ele observou o rosto dela, com a expressão impassível e os olhos faiscando. Ela era capaz de sentir a tensão que pulsava dentro dele, sua relutância. *Ele iria dar para trás?*, ela pensou de repente. *Ele a queria ou não?*

Foi quando ele moveu sua mão livre, agarrando o sexo dela por cima das roupas. E apertando. Francesca soltou um gemido de prazer.

"Não", ele disse do nada, como se estivesse contestando a si mesmo. Sua cabeça mergulhou novamente na direção dos seios dela. "Eu vou pegar o que é meu."

PARTE 2
PORQUE EU NÃO PUDE RESISTIR

3

Francesca bem que imaginou que não seria uma boa ideia se envolver com alguém como Ian Noble. Ela sabia que ficava desconcertada toda vez que ele a olhava com aquele brilho enigmático nos olhos azuis. E ele mesmo não tinha avisado com toda a sutileza que era um sujeito perigoso?

Lá estava a prova de tudo isso: quase noventa quilos de pura excitação masculina a imprensando contra a parede. Ele a estava devorando como se fosse a última refeição de sua vida.

Agarrou o peito dela com ainda mais força, avançando sobre ele com sua boca faminta. Abocanhou seu mamilo mais uma vez, com um movimento suave e preciso de sucção. Francesca perdeu o fôlego, batendo a cabeça contra a parede ao sentir a excitação contrair seu sexo, uma reação sem precedentes. A mão dele no meio das pernas dela, pressionando, aliviando a dor... transformando-a em prazer.

"Ian", ela falou com a voz trêmula.

Ele levantou a cabeça e olhou para o peito dela. O mamilo estava todo vermelho e pontudo graças à ação de sua boca inquieta e sua língua molhada. O corpo dele estava todo tenso, ele esfregava o pau na barriga dela. Soltou um grunhido de satisfação masculina ao vê-la seminua.

"Eu precisaria ser um robô para poder resistir a isso, porra", ele comentou em um tom grave e indomado. Ela gemeu de tesão e surpresa. A expressão um tanto perdida no olhar fixo dele fez alguma coisa se atiçar dentro dela. *Quem* era aquele homem? Ela detestava a sensação de conflito que pressentia haver dentro dele. Francesca agarrou a nuca de Ian e passou os dedos por seus cabelos. Eram tão grossos e sedosos quanto pareciam ser. Ele a olhou nos olhos. Ela empurrou a cabeça dele de volta até o seio.

"Está tudo bem, Ian."

Ele respirou fundo. "Não está tudo bem coisa nenhuma. Você não sabe o que está dizendo."

"Eu sei o que estou sentindo", ela sussurrou. "E isso só eu sei dizer."

Ele fechou os olhos por um instante. Subitamente, ela sentiu a tensão se dissipar, e ele voltou a beijá-la na boca, comprimindo os lábios, pressionando o pau duro contra sua pele macia e acolhedora. Francesca puxou a cabeça dele para junto de si, deixando-se perder em sua essência masculina. Em meio a uma onda inebriante de tesão, ela ouviu o som de passos à distância.

"Ah, você está aqui... me desculpe." Os passos começaram a se afastar.

Ian ergueu a cabeça, e ela ficou hipnotizada por seu olhar. Ele endireitou o corpo e fechou a blusa dela com as mãos para esconder seus seios expostos.

"*Qu'est-ce que c'est?*", Ian foi logo perguntando. Ela olhou ao redor, confusa pelo questionamento feito em francês, uma língua que ela não dominava.

Os passos se detiveram. "*Je suis desolé*. O seu telefone não parou de tocar lá no vestiário. A Lin deve ter uma coisa muito urgente para falar com você."

Ela reconheceu a voz e o sotaque francês de Lucien. O som parecia distante, como se ele estivesse falando de costas para os dois. O olhar de Ian a intimidava. Ela foi capaz de sentir seu distanciamento. O corpo dele ainda estava junto ao dela, rígido e excitado, mas a porta de seus olhos haviam se fechado.

"Eu já devia ter ligado de volta. Foi um deslize da minha parte. Uma negligência", respondeu Ian, sem tirar os olhos de Francesca.

Os passos foram retomados, e ela ouviu a porta se fechar. Ele se afastou.

"Ian?", ela falou quase sem voz. Estava se sentindo estranha, como se seus músculos não tivessem mais função, como se o peso e a força de Ian fossem a única coisa a mantê-la de pé. Ela bateu com as mãos na parede, numa tentativa de fazer seu mundo voltar ao normal. Ele estendeu os braços e a pegou pelo cotovelo, fazendo-a se equilibrar. Seu olhar percorreu o rosto dela.

"Francesca? Está tudo bem?", ele perguntou.

Ela piscou e concordou com a cabeça. Pelo tom de voz, ele chegava a parecer irritado.

"Me desculpe. Isso não deveria ter acontecido. Não foi nada de caso pensado", ele disse, bem sério.

"Ah", ela soltou, sem saber o que dizer, com a cabeça girando a mil. "Quer dizer que não vai acontecer de novo?"

A expressão no rosto dele se atenuou. Ela se perguntou no que ele deveria estar pensando, torturando a si mesma mentalmente.

"Você não chegou a me contar. Os homens com quem você mora... você está dormindo com algum deles? Ou mais de um?"

Ela não entendeu nada.

"É claro que não estou dormindo com nenhum deles. Nós somos só amigos que dividem o mesmo teto."

Ele estreitou os olhos, percorrendo o rosto e os seios dela. "Você acha mesmo que eu acredito? Três homens vivendo na mesma casa que você e tendo uma relação puramente platônica?"

A raiva superou o tesão e tomou conta dela. Começou como o rugido de uma maré que se elevava. Ele estava deliberadamente tentando insultá-la? Porque, se fosse esse o caso, estava funcionando. Que sujeitinho irritante. Como pôde dizer isso na maior cara de pau depois do que tinha acabado de fazer?

(Depois do que ela havia *deixado* que ele fizesse?)

Ela se afastou da parede, e se deteve a alguns metros dele. "Você perguntou, e eu disse a verdade. Não me interessa se você acredita ou não. A minha vida sexual não é da sua conta."

Ela se virou para ir embora.

"Francesca."

Ela parou, mas se recusou a encará-lo. Uma sensação de humilhação estava começando a se misturar com a raiva. Se ela olhasse para o rosto bonito e prepotente dele, poderia não resistir.

"Só perguntei porque queria saber qual era a sua... experiência."

Ela se virou rapidamente e o olhou sem acreditar no que ouvia. "É isso o que importa para você? A *experiência?*", ela perguntou, torcendo para que a pontada de dor que sentiu ao escutar aquilo não transparecesse em seu tom de voz.

"Sim", ele respondeu. Sem nenhuma gentileza. Sem nenhuma condescendência. Simplesmente um sim, você não está à minha altura, Francesca. Você é só uma gorda desajeitada, burra e sem sal.

Ele fechou a cara e desviou os olhos dela.

"Eu não sou o que você pode estar pensando. Não sou um cara legal", ele falou, como se isso explicasse tudo.

"Não", ela falou, aparentando mais calma do que realmente sentia. "Não é mesmo. Talvez esses puxa-sacos com quem você anda nunca tenham dito nada, mas isso não é uma coisa para se orgulhar, Ian."

Dessa vez, ele não tentou detê-la quando ela saiu da sala.

Francesca estava sentada à mesa da cozinha, emburrada, vendo Davie passar manteiga na torrada.

"O que foi que deixou você nesse mau humor? Não que antes o seu humor estivesse dos melhores. Qual é o problema?", perguntou Davie, referindo-se ao fato de que no dia anterior ela tinha ido para casa depois da aula, e não para a cobertura de Noble.

"Está tudo bem", Francesca respondeu com um sorrisinho que não pareceu ter deixado Davie muito convencido.

A princípio, ela se sentiu surpresa e irritada pelas palavras — e atitudes — de Ian em sua sala de exercícios dois dias antes, mas isso logo deu lugar à preocupação. Aquilo teria comprometido seu prêmio? A falta de "experiência" dela a havia tornado menos valiosa para Ian, e consequentemente descartável? E se ele cancelasse o acordo e ela não tivesse como pagar pelos estudos? Afinal de contas, ela não era uma funcionária regular de Noble. Não tinha um contrato de trabalho, só uma promessa de mecenato. E Ian tinha a reputação de ser um tirano, certo?

Ela tinha ficado tão ansiosa e confusa em relação ao beijo e sua relação profissional com Ian que nem conseguiu aparecer por lá para pintar no dia anterior.

Davie pôs uma torrada no prato e arrastou um pote de geleia até ela pela superfície da mesa.

"Obrigada", murmurou Francesca, levantando a faca sem muita disposição.

"Coma", ele ordenou. "Você vai se sentir melhor."

Davie era uma combinação de irmão mais velho, amigo e figura materna para Francesca, Caden e Justin. Era cinco anos mais velho que os demais, e os tinha conhecido quando voltou para a Northwestern para fazer seu MBA. Foi lá que encontrou Justin e Caden, que faziam o mesmo curso, e tomou contato com o círculo de amizades dos dois, do qual Francesca fazia parte. O fato de ele ser formado em história da arte e estar voltando a estudar para adquirir os conhecimentos necessários para transformar sua galeria em uma rede foi o que fez Francesca se aproximar dele.

Depois que Justin, Caden e Davie terminaram a pós-graduação, e Francesca a graduação, ele ofereceu a todos um lugar para morar na cidade. A casa de cinco quartos perto do Wicker Park que havia herdado dos pais era grande demais para ele. Além disso, Francesca sabia que Davie precisava de companhia. Seu amigo era sujeito a crises de melancolia, e ela sabia que a presença dos três por perto podia ser de grande ajuda. Davie tinha sido rejeitado pelos pais ao sair do armário, ainda na adolescência. Haviam acabado de se reconciliar quando sua mãe e seu pai morreram em um acidente de barco bizarro no litoral do México três anos antes, fato que deixou Davie ao mesmo tempo aliviado e arrasado.

Ele até desejava uma relação estável, mas sua sorte no amor era parecida com a de Francesca. Eram confidentes um do outro, uma válvula de escape para suas diversas experiências amargas, tediosas e decepcionantes com os homens.

Todos os quatro se davam muito bem entre si, mas Francesca e Davie eram os mais próximos em termos de gosto e temperamento, enquanto Justin e Caden muitas vezes pareciam compartilhar das mesmas obsessões da maioria dos homens heterossexuais de vinte e poucos anos — uma carreira que rendesse um bom dinheiro, diversão e uma vida sexual ativa com mulheres atraentes.

"Era o Noble no telefone?", Davie perguntou, lançando um olhar para o celular dela em cima da mesa. *Droga*. Ele percebeu que a ligação que ela havia recebido no celular a tinha deixado chateada.

"Não."

Davie lançou um olhar de quem não estava satisfeito diante da resposta monossilábica, e ela suspirou.

Ela não tinha contado nada sobre o que acontecera na sala de exercícios de Ian Noble para Caden e Justin, que, por serem jovens executivos de grandes bancos de investimentos, estavam sempre a bombardeando de perguntas sobre Noble. Ela jamais diria que o ídolo misterioso deles a havia prensado contra a parede, beijado-a e dado uns amassos nela, até deixá-la de pernas bambas. Também não tinha dito nada para Davie, o que era um sinal de que aquela experiência na verdade significara muita coisa para ela.

"Era a Lin Soong. A Sexta-Feira do Noble", Francesca admitiu e deu uma mordida na torrada.

"E?"

Ela mastigou e engoliu antes de responder. "Ela ligou para dizer que Ian Noble decidiu formalizar o contrato para eu fazer a pintura. O pagamento vai ser feito de uma vez, e adiantado. Ela garantiu que os termos do contrato eram favoráveis, e que o Noble não tinha como deixar de me pagar. Mesmo se eu não terminar, ele não vai pedir o dinheiro de volta."

Davie ficou de queixo caído. A torrada escorregou por entre seus dedos engordurados. Com os cabelos castanhos caídos sobre a testa e sua palidez matinal, parecia mais um garoto de dezoito anos do que um homem de vinte e oito.

"Por que essa cara de enterro, então? Isso é uma boa notícia, não, o Noble querer que você seja paga aconteça o que acontecer?"

Francesca deixou a torrada de lado. Seu apetite sumiu de vez quando ela enfim percebeu todas as implicações do que Lin tinha dito com seu tom de voz ao mesmo tempo profissional e caloroso. "Ele precisa ter todo mundo sob seu controle", ela comentou, amarga.

"Do que você está falando, Cesca? Se esse contrato for mesmo o que a assistente dele falou, o que você ganhou foi uma carta branca. Não precisa nem trabalhar e vai receber mesmo assim."

Ela levou o prato até a pia.

"Exatamente", ela resmungou, abrindo a torneira. "E Ian Noble sabe muito bem que, fazendo isso, ele *garante* que eu vou terminar o projeto."

Dave se recostou na cadeira e a olhou. "Você está me deixando confuso. Está me dizendo que chegou a cogitar a ideia de *não* terminar a pintura?"

Enquanto ela pensava em como responder, Justin Maker irrompeu na cozinha usando apenas calça de moletom, com seu peitoral dourado brilhando à luz do sol, e os olhos verdes inchados pela falta de sono.

"Preciso de café", ele murmurou com uma voz rouca, abrindo o armário para pegar uma caneca. Francesca lançou um olhar para Davie como se dissesse que não queria continuar a conversa naquele momento.

"Você e o Caden ficaram no McGill's de novo até a hora de fechar?", ela perguntou maliciosamente para Justin, referindo-se ao bar favorito deles. Ela passou o pote de manteiga para o amigo.

"Não. Viemos para casa à uma. Mas sabe quem vai tocar no McGill's no sábado à noite?", ele perguntou para Francesca enquanto pegava a manteiga. "A Run Around Band. Vamos lá, nós quatro. E depois jogamos umas rodadas de pôquer."

"Acho que não. Tenho um trabalho importante para entregar na segunda, e não me dou tão bem com essa rotina de dormir tarde e acordar cedo quanto você e o Caden", respondeu Francesca, já começando a sair da cozinha.

"Qual é, Cesca? Vai ser divertido. Faz um tempão que nós não saímos juntos", insistiu Davie, o que a pegou de surpresa. Assim como

Francesca, o gosto de Davie pelas noitadas foi só decaindo desde que saíram da Northwestern. Pelas sobrancelhas arqueadas de Davie, ela notou que ele pensava que uma noite de bebedeira poderia ajudá-la a desabafar sobre o que estava sentindo.

"Eu vou pensar", Francesca falou antes de deixar a cozinha.

Mas não pensou. Sua mente estava sendo consumida pela ansiedade do que dizer quando se encontrasse de novo com Ian Noble.

Infelizmente, ele não estava lá quando ela chegou à cobertura naquela tarde. Não que ela esperasse que ele estivesse. Em geral Ian não ficava em casa a essa hora. Sem saber o que fazer a respeito do beijo, do prêmio — e, na verdade, de seu futuro como um todo —, foi até a sala que estava usando como ateliê.

Cinco minutos depois, estava pintando febrilmente. Não foi Ian Noble quem a convenceu. Muito menos ela mesma. Foi a pintura. Estava em seu sangue. Ela *precisava* terminar.

Ela se perdeu no trabalho durante horas, e só emergiu de seu transe criativo quando o sol começou a se esconder no horizonte.

A sra. Hanson estava misturando alguma coisa em uma tigela quando Francesca apareceu na cozinha para beber água. A cozinha de Ian parecia ser do tipo que se encontraria em uma propriedade rural inglesa — enorme, equipada com todos os artigos de cozinha existentes no mundo, mas ainda assim acolhedora. Ela gostava de ficar lá sentada conversando com a sra. Hanson.

"Você fez tanto silêncio que eu nem percebi que estava aqui!", exclamou a simpática e idosa governanta.

"Eu trabalhei bastante hoje", explicou Francesca, abrindo a enorme geladeira de aço inoxidável. A sra. Hanson sempre fez questão de que ela se sentisse à vontade. Na primeira vez em que abriu aquela geladeira, Francesca soltou uma exclamação de surpresa ao ver diversas garrafas geladíssimas de água com gás, além de um prato de porcelana com rodelas de limão coberto com uma película plástica. "Ian me disse que sua bebida predileta é água com gás. Espero que goste dessa marca", foi o que a sra. Hanson respondeu diante de sua surpresa.

Toda vez que abria a geladeira, Francesca experimentava a mesma sensação agradável ao constatar que Ian tinha se lembrado do que ela gostava de beber e feito questão de que ficasse disponível durante seu trabalho.

Patético, ela pensou consigo mesma enquanto pegava uma garrafa.

"Quer jantar?", perguntou a sra. Hanson. "Ian só vai comer mais tarde, mas eu posso preparar alguma coisa para você."

"Não, eu não estou com fome, na verdade. Mas agradeço." Ela hesitou um pouco, mas no fim acabou soltando: "Então o Ian está na cidade? Ele vai vir para casa?"

"Sim, ele me avisou hoje de manhã. Costuma comer às oito em ponto, seja em casa ou no escritório. Ian é muito apegado à rotina. Sempre foi assim, desde criança."

A sra. Hanson a encarou. "Por que você não fica aqui me fazendo um pouco de companhia? Está meio pálida. Acho que está trabalhando demais. Vou pôr a água para ferver. Vamos tomar um chazinho."

"Certo", concordou Francesca, sentando-se em um banquinho perto do balcão. Ela de repente se sentiu fraca, depois que a adrenalina da criatividade baixou. Além disso, ela não tinha dormido bem nas duas noites anteriores.

"Como era o Ian quando criança?", Francesca não se segurou e perguntou.

"Ah, aquele menino na verdade nunca foi criança", respondeu a sra. Hanson com um sorriso tristonho. "Era muito sério. E inteligente. Meio tímido. Mas, quando se acostumava com você, gentil e fiel como ninguém."

Francesca tentou imaginar o menino moreno, sombrio e tímido que Ian devia ter sido, e sentiu seu coração se apertar.

"Você não me parece muito bem", comentou a governanta enquanto despejava a água quente nas xícaras e punha alguns objetos sobre uma bandeja de prata: dois bolinhos escoceses, uma colher e uma faca de prata, ambas lindíssimas, guardanapos de linho, coalhada seca e geleia em duas belas tigelas de porcelana. Nada era feito sem capricho na casa de Noble, nem mesmo um chazinho na cozinha. "E a sua pintura, como está indo?"

“Está indo bem, muito bem, obrigada”, ela murmurou quando a sra. Hanson pôs a xícara e o pires diante dela. “As coisas estão se encaixando. A senhora deveria ir dar uma olhada.”

“Acho que eu iria gostar. Quer um bolinho? Estão deliciosos. Não há nada como um bolinho escocês com coalhada seca e geleia para espantar o mau humor.”

Francesca riu e sacudiu a cabeça. “Minha mãe morreria se ouvisse uma coisa dessas.”

“Por quê?”, perguntou a sra. Hanson, arregalando os olhos azuis e interrompendo o processo de passar a coalhada no bolinho.

“Porque a senhora está me dizendo para procurar consolo na comida. Os meus pais, junto com mais meia dúzia de psicólogos, fizeram o diabo para evitar isso desde os meus sete anos de idade.” Ela notou a expressão perplexa no rosto da sra. Hanson. “Eu era uma menina bem gordinha.”

“Não acredito! Você é tão magrinha.”

Francesca encolheu os ombros. “Quando entrei na faculdade, perdi o excesso de peso em um ano ou dois. Entrei na equipe de corrida, e isso deve ter ajudado. Mas, na verdade, acho que ficar longe do olhar crítico dos meus pais foi o mais importante.”

A sra. Hanson soltou um ruído de quem tinha entendido tudo. “Quando o seu peso deixou de ser um objeto de disputa de poder, a gordura perdeu o sentido?”

Francesca sorriu. “A senhora daria uma ótima psicóloga.”

A governanta deu risada. “O que lorde Stratham ou Ian teriam feito comigo nesse caso?”

Francesca interrompeu o gole que ia dar no chá. “Lorde Stratham?”

“O avô de Ian, James Noble, conde de Stratham. Trabalhei para lorde e lady Stratham por trinta e três anos antes de vir para cá servir Ian, oito anos atrás.”

“O avô do Ian”, Francesca murmurou, pensativa. “Quem vai ser o herdeiro desse título?”

“Ah, um sujeito chamado Gerard Sinoit, sobrinho de lorde Stratham.”

"Não vai ser o Ian?"

A sra. Hanson suspirou e pôs o bolinho de lado. "Ian é o herdeiro da fortuna de lorde Stratham, mas não do título."

Francesca enrugou a testa, confusa. Os costumes dos ingleses eram bem esquisitos. "Os Noble são avós do Ian por parte da mãe ou do pai?"

A sra. Hanson ficou bem séria. "Da mãe. Helen era a única filha do conde e da condessa."

"Ela..." Francesca não completou a frase por delicadeza, e a sra. Hanson confirmou tristemente com a cabeça.

"Sim, ela morreu. Ainda muito jovem. Teve uma vida trágica."

"E o pai do Ian?"

A sra. Hanson não respondeu de imediato. Parecia chateada. "Não acho que seja apropriado comentar sobre esse assunto."

Francesca corou. "Ah, claro. Me desculpe. Eu não quis ser intrometida, só estava..."

"Não que você esteja sendo impertinente", garantiu a sra. Hanson, tamborilando com os dedos no balcão. "É que eu considero a vida de Ian em família muito triste, apesar de toda sua fama e fortuna depois de adulto. A mãe dele era muito rebelde quando jovem... incontrolável. Os Noble não conseguiram exercer sua autoridade sobre ela", disse a sra. Hanson, com um olhar que implicava muita coisa. "Ela fugiu no fim da adolescência e só apareceu uma década depois. Os Noble temiam que ela estivesse morta, mas nunca encontraram provas. E nunca desistiram de encontrá-la. Foi uma época muito triste para a família Stratham." Eram lembranças visivelmente dolorosas para a sra. Hanson. "Eles estavam desesperados por notícias dela."

"Dá para imaginar."

A sra. Hanson concordou com a cabeça. "Foi uma época terrível. E as coisas não melhoraram muito depois que Helen finalmente foi encontrada, vivendo num casebre no norte da França, quase onze anos depois de fugir. Estava num estado lamentável. Doente. Desiludida. Ninguém descobriu o que tinha acontecido com ela. Até hoje acho que ninguém sabe. E Ian estava com ela... tinha dez anos de idade."

A sra. Hanson soltou um suspiro de lamento. Francesca levantou do banquinho.

"Sinto muito. Não foi minha intenção chatear a senhora", ela falou, com a cabeça dividida entre a curiosidade sobre Ian e a preocupação com o bem-estar da governanta. Ela encontrou uma caixa de lenços de papel e levou até a sra. Hanson.

"Está tudo bem, eu é que sou uma velha tonta", murmurou a sra. Hanson, pegando um lenço. "Qualquer um diria que os Noble são só meus patrões, mas, para mim, eles são a única família que eu tenho." Ela assoou o nariz.

"Sra. Hanson, o que aconteceu?"

Francesca pulou de susto ao ouvir aquela voz séria e masculina e se virou. Ian estava parado na porta da cozinha.

A sra. Hanson olhou ao redor, parecendo se sentir culpada. "Ian, você chegou mais cedo."

"Está tudo bem?", ele perguntou, com a preocupação estampada no rosto. Francesca percebeu que o sentimento da sra. Hanson de se considerar parte da família era recíproco.

"Estou bem. Por favor, não precisa se preocupar", ela falou, soltando uma risadinha e dispensando o lenço. "Você sabe que velhas como eu costumam ser choronas."

"Nunca imaginei que a senhora fosse chorona", respondeu Ian. Seus olhos se desviaram da sra. Hanson e pousaram sobre Francesca.

"Podemos conversar um instante na biblioteca?", ele pediu.

"Claro", ela respondeu, erguendo o queixo e se esforçando para não demonstrar nenhum tipo de reação diante do olhar implacável dele.

Um minuto depois, ela se virou ansiosa na direção do barulho que Ian fez ao fechar a pesada porta de nogueira maciça da biblioteca. Ele caminhou até ela com a passada fluida e graciosa de um predador feroz. Por que ela insistia em sempre comparar aquele indivíduo culto e sofisticado com um animal selvagem?

"O que você falou para a sra. Hanson?", ele quis saber. Francesca de certa forma já esperava por isso, mas mesmo assim se sentiu desconfortável com o tom de acusação em sua voz.

"Eu não falei nada! Só estávamos... conversando."

Ele não tirava os olhos dela. "Conversando sobre a minha família."

Ela quase soltou um suspiro de alívio. Pelo jeito ele só tinha ouvido o fim da conversa, e não sabia o que a sra. Hanson tinha dito sobre sua mãe. E sobre ele. Por algum motivo, ela tinha certeza de que ele não estaria tão calmo se soubesse que a sra. Hanson havia entrado em tantos detalhes.

"Sim", ela admitiu, endireitando o corpo para encará-lo de volta, o que exigiu um grande esforço. Às vezes aqueles olhos angelicais pareciam os de um anjo vingador. Ela cruzou os braços por cima dos seios. "Eu perguntei sobre os seus avós."

"E ela caiu no choro por isso?", ele perguntou num tom carregado de sarcasmo.

"Não entendi muito bem por que ela começou a chorar", disse Francesca. "Eu não estava xeretando sobre a sua vida, Ian. Só estávamos conversando, como duas pessoas educadas. Você deveria tentar fazer isso de vez em quando."

"Se quer saber sobre a minha família, prefiro que pergunte para mim."

"Ah, e você vai contar tudo nos mínimos detalhes, com certeza", ela rebateu, num tom igualmente sarcástico.

Um músculo se tornou saliente no maxilar dele. De forma abrupta, Ian caminhou até a escrivaninha larga e reluzente apanhou a estatueta de bronze de um cavalo e começou a brincar com ela com os dedos. Francesca se perguntou, com uma mistura de irritação e preocupação, se ele estava fazendo aquilo só para distrair as mãos com outra coisa que não fosse a vontade de estrangulá-la. Como estava de costas, ela pôde observá-lo melhor pela primeira vez naquele dia. Estava vestindo uma calça de corte impecável, uma camisa social branca e uma gravata da cor dos olhos. Como estava sempre de terno no trabalho, ela imaginou que ele devia ter tirado o paletó ao chegar em casa. A camisa engomada tinha um caimento perfeito sobre seus ombros largos. As calças delineavam seus quadris estreitos e suas pernas compridas: elegante e masculino. Ele era mesmo um belíssimo espécime, ela pensou, ressentida.

"A Lin me contou que falou com você hoje de manhã", ele mudou de assunto, pegando-a de surpresa.

"É verdade. Eu gostaria de conversar sobre o que ela falou", respondeu Francesca, agora ansiosa, além de irritada.

"Você veio pintar hoje", ele comentou em vez disso.

Ela piscou os olhos, surpresa. "Sim. Como... como é que você sabe?" Ela tinha a impressão de que ele havia ido direto para a cozinha quando chegou em casa.

"Sua mão direita está suja de tinta."

Ela nem notou que ele havia voltado os olhos naquela direção. Ele tinha olhos na nuca, por acaso?

"Pois é, eu vim pintar."

"Pensei que talvez você não fosse querer voltar depois do que aconteceu na quarta-feira."

"Bom, eu voltei. E não porque a Lin ligou para me comprar. Não precisava ter feito isso."

Ele se virou. "Pois *eu* achei que precisava. Não quero que você fique preocupada em relação aos seus estudos."

"Sim, mas *além disso*... você sabia que eu viria aqui terminar a pintura se me dissesse que iria me pagar de qualquer jeito", ela acrescentou, irritada.

Ele piscou os olhos e teve a decência de parecer meio encabulado.

"Eu não gosto de ser manipulada", ela avisou.

"Eu não estava tentando manipular você. Só não queria que você perdesse uma oportunidade que fez por merecer só porque eu perdi o controle. Não foi culpa sua o que aconteceu lá na sala de exercícios."

"Nós demos uns amassos", ela murmurou, ficando vermelha. "Não acho que tenha sido o passo em falso do século."

"Eu queria ter feito muito mais com você, Francesca."

"Você *gosta* de mim, Ian?", ela perguntou por impulso, arregalando os olhos. Ela não acreditava que tinha acabado de fazer a pergunta que atormentava sua cabeça fazia dias.

"Se eu *gosto* de você? Quero comer você. E muito. Isso responde à sua pergunta?"

O silêncio que se seguiu parecia esmagar os pulmões dela de tão pesado. O eco daquela declaração em voz rouca e áspera ainda preenchia o ar entre eles.

"Por que você está com medo de perder o controle? Eu não sou uma garotinha de doze anos de idade", ela conseguiu dizer enfim. Seu rosto ficou ainda mais vermelho quando ele o encarou.

"Não. Mas é como se fosse", ele falou, com um tom de quem estava encerrando o assunto. Ela se sentiu humilhada. Como ele conseguia ser tão frio, e com tanta facilidade? Ele caminhou até a escrivaninha e se sentou na cadeira revestida de couro. "Você pode ir agora... ou quer conversar sobre mais alguma coisa?", ele perguntou, educado. Indiferente.

"Só quero receber quando terminar a pintura. Não antes", ela falou, com a voz trêmula em razão da raiva contida.

Ele balançou a cabeça, pensativo, como se estivesse avaliando o pedido. "É só você não gastar o dinheiro até terminar, se faz questão de que seja assim. Mas o valor já foi transferido integralmente para a sua conta."

Ela ficou de queixo caído. "Como foi que você conseguiu o número da minha conta?"

Ele não respondeu, só ergueu um pouco as sobrancelhas, uma expressão nada reveladora.

Foi por muito pouco que ela não soltou o xingamento que pinicava sua garganta. Como não podia censurar seu mecenas por sua arrogância — ou generosidade —, não tinha nada mais a dizer para ele. A ira havia provocado um curto-circuito em seu cérebro. Ela se virou e tomou o caminho da porta.

"Ah... Francesca?", ele chamou com toda a calma.

"Quê?", ela perguntou, virando-se.

"Só não venha trabalhar aqui no sábado à noite. Vou receber visitas. Gostaria de ter privacidade."

Aquilo a atingiu como um soco no estômago. Ele estava dizendo que passaria o fim de semana com uma mulher. Por algum motivo, ela tinha certeza disso.

"Sem problemas. Eu já tinha combinado de sair no sábado à noite com os caras, para relaxar. As coisas andam meio tensas por aqui."

Os olhos dele se acenderam por um instante antes que ela se virasse, mas sua expressão permaneceu impassível.

Como sempre.

Davie dirigia com segurança o carro de Justin pelo trânsito intenso de sábado à noite em Wicker Park. Justin estava meio alto depois de ouvir a Run Around Band no McGill's por duas horas. Caden e Francesca também, aliás.

Daí aquela ideia absurda.

"Qual é, Cesca?", Caden Joyner protestou do banco traseiro. "Todo mundo vai fazer."

"Você também, Davie?", perguntou Francesca do banco do passageiro.

Davie deu de ombros. "Eu sempre quis uma tatuagem no braço... uma das antigas, tipo uma âncora ou coisa do tipo", ele falou, sorrindo para ela enquanto entravam na North Avenue.

"Ele acha que assim vai virar um pirata", brincou Justin.

"Bom, eu é que não vou fazer tatuagem nenhuma sem ter tempo nem para criar um desenho", ela falou, decidida.

"Sua desmancha-prazeres", gritou Justin. "Qual é a graça de *planejar* uma tatuagem? O legal é você acordar no dia seguinte com uma coisa horrorosa sem nem lembrar de como aquilo foi parar ali."

"Você está falando de tatuagem ou das mulheres que leva para casa?", perguntou Caden.

Francesca caiu na risada. Mal ouviu o telefone tocar na bolsa em meio à algazarra dos amigos. Apanhou o celular e não reconheceu o número que apareceu na tela.

"Alô?", ela atendeu, fazendo força para parar de rir.

"Francesca?"

O riso sumiu de seu rosto.

"*Ian?*", ela perguntou, incrédula.

"Sim."

Justin disse alguma coisa bem alto no banco de trás, e Caden caiu na gargalhada. "Estou interrompendo alguma coisa?", Ian perguntou com seu tom de voz sério e fleumático, criando um contraste com a fanfarronice dos amigos dela.

"Não, eu estou com meus amigos. Por que você me ligou?", ela quis saber, genuinamente curiosa, num tom de voz menos receptivo do que gostaria.

Caden continuava a rir, dessa vez acompanhado por Davie. "Pessoal... só um minutinho", Francesca pediu, e foi solenemente ignorada.

"Eu andei pensando numa coisa...", começou Ian.

"Não! Vire à esquerda!", gritou Justin. "O estúdio do Bart é na North Paulina."

Ela perdeu o fôlego quando Davie deu uma freada brusca, que a comprimiu contra o cinto de segurança.

"O que você disse?", Francesca perguntou ao telefone, mais desorientada pelo fato de Ian ter ligado do que pela mudança brusca de direção que sacudiu sua cabeça. Houve uma longa pausa do outro lado da linha.

"Francesca, você está bêbada?"

"Não", ela falou, sem perder a calma. Quem ele pensava que era para julgá-la daquela maneira?

"Você não está dirigindo, né?"

"Não. O Davie é que está dirigindo. E ele também não está bêbado."

"Quem é, Ces?", Justin perguntou lá de trás. "O seu pai?"

Ela caiu na gargalhada. Foi inevitável. A pergunta de Justin combinava perfeitamente com o tom presunçoso de Ian.

"Não conte para ele que você vai fazer uma tatuagem nessa sua bunda maravilhosa!", berrou Caden.

Sua risada dessa vez foi bem menos ruidosa. Ela morreu de vergonha ao imaginar que Ian estava ouvindo as piadinhas de seus amigos. Aquilo só provava que ela era tão imatura e idiota quanto ele imaginava.

"Você não vai fazer tatuagem nenhuma", disse Ian.

O sorriso dela desapareceu. Parecia mais um decreto do que um conselho.

"Na verdade, eu vou fazer uma tatuagem, sim", ela respondeu, irritadíssima. "E, por falar nisso, não sabia que você tinha o direito de mandar em mim. Eu aceitei fazer uma pintura para você, mas isso não significa que tenha virado sua escrava."

Caden, Davie e Justin de repente ficaram em silêncio.

"Você andou bebendo. Amanhã vai se arrepender de ter feito isso por impulso", Ian falou, com uma pitada de raiva em sua voz sempre tão tranquila.

"Como é que você sabe?", ela perguntou.

"Eu sei."

Ela piscou os olhos diante daquela resposta tranquila e impassível. Por uma fração de segundo, chegou a se convencer de que ele estava certo. Sua irritação chegou ao auge. Ela tinha feito força a noite toda para esquecê-lo — para apagar da lembrança a imagem dele dizendo que queria comê-la — e agora ele estragava tudo, ligando para ela e agindo daquele jeito.

"Você me ligou por algum motivo? Porque, se foi só para me encher o saco, eu vou tatuar um pirata na minha bunda", ela falou, lembrando aleatoriamente de uma das brincadeiras de seus amigos.

"Francesca, não..."

Ela apertou o dedo contra a tela do celular

"Cesca, você não fez isso..."

"Fez, sim", interrompeu Caden, parecendo perplexo e um tanto impressionado. "Ela deu um fora no Ian Noble e desligou o telefone na cara dele."

"Você tem *certeza* de que quer fazer isso, Cesca?", Davie perguntou depois de ela escolher o desenho de um pincel.

"É... acho que sim", ela murmurou, sentindo sua vontade de desafiar a arrogância de Ian fraquejar um pouco.

"Claro que ela quer. Tome mais um gole para criar coragem", sugeriu Justin, entregando a ela sua garrafinha prateada.

"Ces...", alertou Davie, preocupado, mas ela pegou a bebida, e estremeceu ao sentir o uísque abrindo caminho por sua garganta. Ela detestava bebidas fortes.

"Eu não gosto que os meus clientes bebam antes de passar pela agulha. O álcool aumenta o sangramento", disse o tatuador barbudo e cabeludo ao entrar no estúdio em que ela estava com os amigos.

"Bom, nesse caso...", Francesca falou, vendo ali uma chance de escapar.

"Não seja medrosa", insistiu Justin. "O Bart não vai expulsar você só porque bebeu um ou dois drinques, certo, Bart? Ele leva a ética muito a sério, mas acaba esquecendo rapidinho quando vê a cor da grana."

O tatuador encarou Justin, que o encarou de volta.

"Abaixe as calças e suba na maca, então", ordenou Bart.

Francesca desabotoou a calça jeans. Dave, Justin, Caden e Bart ficaram olhando enquanto ela se deitava de bruços na maca.

"Pode deixar que eu ajudo você!", Caden se ofereceu ansioso quando ela começou a abaixar a calça e a calcinha, expondo a nádega direita. Davie o agarrou pelo braço, fazendo cara feia. Caden encolheu os ombros e abriu um sorrisinho malicioso.

"Aqui?", Bart perguntou asperamente alguns segundos depois. Seu toque na pele de Francesca fez com que ela estremecesse de repulsa.

"É, e você pode desenhar um pote de tinta num desses buraquinhos da bunda dela pra acompanhar o pincel."

Ao ouvir a provocação de Justin, Francesca olhou para o lado. Ele estava olhando para sua bunda parcialmente desnuda com um interesse masculino genuíno.

"Acho melhor dar uma olhada do outro lado também, para saber onde ficaria melhor", sugeriu Caden.

"Calem a boca, vocês dois", ela repreendeu. Não era nada confortável ser olhada por Justin e Caden daquela maneira. Talvez no fim das contas fosse mesmo uma ideia bem idiota. Seus pensamentos foram interrompidos quando Bart apareceu trazendo na mão um tubo com uma agulha na ponta. Ela notou que as unhas dele estavam sujas. E tinha medo de agulhas. O uísque parecia se revirar em seu estômago.

"Espera um pouco aí, pessoal, agora fiquei em dúvida", ela resmungou, fechando os olhos como se estivesse lutando contra uma ânsia de vômito.

"Qual é, Cesca? Ei... que porra é essa..."

Ela virou a cabeça na direção da exclamação de surpresa de Caden, e o gesto abrupto fez com que seus cabelos voassem sobre o rosto, cegando-a temporariamente. Sentiu Bart agarrando sua calça, como se alguém o estivesse puxando pelo braço.

"Tire a mão dela agora mesmo ou nunca mais vai trabalhar nesta cidade, isso eu posso garantir." Bart a largou imediatamente. "Francesca, levante-se daí."

Ela seguiu a ordem sem pensar duas vezes. Saiu da maca, levantou as calças e deu de cara, incrédula, com a expressão rígida e furiosa de Ian.

"O que *você* está fazendo aqui?"

Ele não respondeu, e continuou fuzilando Bart com os olhos. Quando ela fechou o botão da calça, ele a agarrou pelo braço. Ela foi cambaleando atrás dele, em direção à porta de saída do estúdio. Ele parou diante do perplexo trio formado por Davie, Caden e Justin. Parecia se erguer sobre eles como uma torre escura e sinistra.

"Vocês três são amigos dela?", perguntou Ian.

Davie confirmou com a cabeça, e seu rosto ficou pálido.

"Pois deveriam ter vergonha."

Justin pareceu ter sido o primeiro a voltar a si. Deu um passo à frente como se fosse começar uma discussão, mas Davie o segurou.

"Não, Justin. Ele tem razão", Davie falou, ponderado.

O rosto de Justin ficou vermelho, e ele parecia pronto para começar uma briga, mas Francesca também o desencorajou a isso. "Está tudo bem, pessoal. Sério *mesmo*", ela garantiu para Justin antes de sair do estúdio com Ian, de mãos dadas com ele.

Ela teve dificuldade de acompanhar suas passadas largas enquanto caminhavam na rua escura e arborizada. Ela de fato não achava que estava bêbada, então por que tudo no mundo tinha ganhado contornos irreais desde que ouviu a voz autoritária de Ian mandando que Bart a soltasse?

"Que tal você me dizer o que pensa que está fazendo?", ela perguntou, quase sem fôlego, enquanto trotava ao lado dele.

"Você baixou a guarda de novo, Francesca", ele falou entre os dentes.

"Do que você está falando?", ela quis saber.

Ele parou de repente no meio da calçada, lançou os braços sobre ela e a beijou furiosamente. Mas com delicadeza. Por que ela era incapaz de notar isso quando era beijada por Ian?

Ela gemeu junto à boca dele, e seu corpo todo ficou tenso antes de se ajustar aos contornos longilíneos do parceiro. O gosto e o cheiro de Ian provocaram nela um tsunami de luxúria. Seus mamilos endureceram, como se já tivessem aprendido a associar aquele gosto ao prazer. Mas ele afastou os lábios dos dela muito antes do que ela imaginava — ou desejava —, considerando a potência de sua ereção.

E como ela o desejava... Essa verdade só recaiu sobre ela com todo seu peso naquele exato momento. Francesca nunca imaginou que um homem como Ian pudesse se interessar sexualmente por ela, por isso nunca deu margem a pensamentos sobre seu desejo por ele.

A luz difusa da rua fazia os olhos dele brilharem em seu rosto impassível enquanto a encarava. Ela sentiu a raiva e o tesão ressoarem por todo seu corpo na mesma medida.

"Como você tem coragem de deixar aquele inútil, que nem licença de trabalho tem, enfiar uma agulha na sua pele? E que tipo de idiota fica de bunda de fora numa sala cheia de bêbados?", ele soltou.

Ela perdeu o fôlego. "*Um bando de bêbados...* eles são meus amigos." Ela piscou os olhos, confusa, tentando absorver o restante da informação. "E o Bart não tem licença de trabalho? Espera aí... *como foi* que você descobriu onde eu estava?"

"O seu amigo gritou o nome do estúdio quando vocês estavam no carro para Deus e o mundo ouvirem", ele falou, irritado, afastando-se dela e fazendo sua pele se ressentir da ausência dele.

"Ah", ela disse, devagar. Observou enquanto ele atravessava uma faixa de gramado perto do meio-fio e abria a porta de um sedã escuro e luxuoso.

Ela o encarou com desconfiança. "Aonde nós vamos?", ela perguntou.

"Se você entrar no carro, para o meu apartamento", ele respondeu, bastante direto.

O coração dela começou a ressoar nas têmporas. "Por quê?"

"Você baixou a guarda, Francesca. Eu disse o que ia fazer se você ficasse desprotegida de novo. Lembra?"

O mundo para ela se reduziu ao brilho nos olhos dele e às batidas do próprio coração ressoando em seus ouvidos.

Jamais fique desprotegida, Francesca. Jamais. Da próxima vez que isso acontecer, eu vou castigar você.

Um líquido morno começou a escorrer pelas coxas dela. Não... ele *não podia* estar falando sério. O pensamento que lhe ocorreu naquele momento foi sair correndo e voltar a participar do ritual idiota proposto por seus amigos bêbados.

"Você tem a opção de entrar ou não no carro", ele falou, mais sério do que nunca. "Só quero que saiba o que vai acontecer se decidir entrar."

"Você vai me castigar?", ela quis confirmar, trêmula. "Tipo... me *bater?*" Francesca mal conseguiu acreditar que havia pronunciado aquelas duas últimas palavras. E nem que ele tinha acabado de fazer um sinal afirmativo com a cabeça.

"Isso mesmo. E, graças ao seu mau comportamento, vai ser uma sessão de palmatória. E eu faria mais, se você tivesse um pouco mais de experiência. E vai doer. Mas nada que você não seja capaz de suportar. Eu nunca machucaria você a ponto de deixar marcas, Francesca, nunca mesmo. Você é preciosa demais. Dou minha palavra quanto a isso."

Francesca olhou para as luzes acesas do estúdio já distante e depois de volta para Ian.

Era o tipo de loucura ao qual ela não conseguia resistir.

Ele não disse nada — limitou-se a fechar a porta quando ela se acomodou no banco do passageiro do carro.

4

A porta do elevador se abriu, e ela o seguiu para dentro da cobertura com uma mistura de temor e excitação.

"Venha até o meu quarto", Ian falou.

Meu quarto. Essas palavras pareceram ecoar em sua cabeça. Nunca tinha entrado naquela parte do imenso apartamento, foi o que ela pensou, distraída. Ia seguindo no encalço dele, como uma menina de colégio pega em flagrante fazendo coisa errada. A inegável ansiedade que sentia parecia se referir a algo meio obscuro dentro dela. Alguma coisa dizia que, assim que entrasse nos aposentos de Ian, sua vida iria mudar para sempre. E, como se fosse capaz de captar isso no ar, Ian parou diante de uma porta de madeira ricamente ornamentada.

"Você nunca fez isso antes, não é?", ele perguntou.

"Não", ela admitiu, torcendo para não ter ficado toda vermelha. Estavam ambos falando através de sussurros. "Tudo bem para você?"

"A princípio não. Mas o meu desejo por você falou mais alto, me fez aceitar a sua inocência", ele explicou. Ela baixou os olhos. "Tem *certeza* de que quer fazer isso, Francesca?"

"Só me diga uma coisa antes."

"O que você quiser."

"Quando você me ligou... enquanto eu estava no carro... Você não chegou a dizer por que tinha ligado."

"É isso que você quer saber?"

Ela confirmou com a cabeça.

"Eu estava sozinho aqui no apartamento. Não conseguia trabalhar nem me concentrar."

"Pensei que você tinha dito que ia receber visitas."

"Foi o que eu disse. Mas depois não conseguia mais parar de pensar em você. Outra pessoa não iria servir."

Ela respirou profundamente. Aquilo causava um efeito nela, toda aquela sinceridade.

"Foi quando fui até o ateliê ver o que você pintou ontem. Que trabalho brilhante, Francesca. Nesse momento, senti uma necessidade de ver você."

Ela abaixou um pouco mais a cabeça para esconder o quanto tinha ficado deliciada ao ouvir aquelas palavras. "Tudo bem. Eu tenho certeza."

Ele ainda hesitou um pouco antes de virar a maçaneta. A porta se abriu. Ele fez um sinal e ela entrou, de forma um tanto cautelosa. Ian acionou um painel e várias lâmpadas se acenderam para compor uma luz ambiente em tom dourado.

Era um belo quarto — discreto, luxuoso, de bom gosto. Havia um sofá e algumas poltronas diante de uma lareira na frente dela. Um lindíssimo arranjo floral com lírios vermelhos e orquídeas num vaso Ming justificava a presença de uma mesa atrás do sofá. Sobre a lareira, uma pintura impressionista de um campo de papoulas. Salvo algum engano, era um original de Monet. *Incrível*. Seus olhos foram atraídos para o leito com quatro colunas entalhado em madeira maciça e, como o restante do quarto, decorado com uma bela paleta de tons de marfim e vermelho vivo.

"Os aposentos do senhor da propriedade", ela murmurou, abrindo um sorriso nervoso.

Ele apontou para outra porta, escondida atrás de um painel de madeira. Francesca o seguiu até um banheiro que era maior que o quarto dela. Ele abriu uma gaveta e retirou uma peça de roupa embrulhada em plástico transparente. Depois se sentou no balcão.

"Tome um banho e vista esse robe. Só o robe. Esqueça suas roupas.

Vai encontrar tudo o que for preciso nessas duas gavetas. Você está cheirando a uísque e fumaça de cigarro."

"Sinto muito se não estou agradando."

"Desculpas aceitas."

Ela ficou irritada diante daquela resposta. Um leve sorriso se insinuou nos lábios dele ao notar sua reação desafiadora. Ele claramente estava esperando que aquilo acontecesse.

"Você me agrada, Francesca. Mais do que deveria."

Ela ficou de queixo caído ao ouvir o elogio. Será que algum dia ela seria capaz de entender Ian?

"Mas você precisa aprender a me agradar na cama", ele falou.

"Eu quero fazer isso", ela disse baixinho, surpresa com a facilidade com que admitiu aquilo.

"Ótimo. Então, para começar, quero que você tome um banho e vista o robe. Quando terminar, venha para o quarto e terá seu castigo."

Quando ia saindo do banheiro, deteve-se mais um pouco. "Ah, e lave os cabelos, por favor. Deveria ser um crime deixar toda essa beleza fedendo a cinzeiro", ele murmurou antes de sair e fechar silenciosamente a porta.

Ela ficou parada por um momento sobre o piso de mármore impecável. Ele achava seus cabelos tão bonitos assim? Ela o agradava? Como ele podia ter esse tipo de pensamento em relação a ela? Como era capaz de beijá-la até quase fazer seu coração parar e às vezes olhar para ela com o interesse de quem contempla um quadro na parede?

Ela se lavou com capricho, e a experiência foi mais agradável do que imaginava. A porta de vidro do box logo ficou toda embaçada de vapor, e a névoa quente parecia acariciar sua pele desnuda. Era uma delícia se lavar com o sabonete inglês feito à mão de Ian, se cobrir com aquele cheiro límpido e picante. Por sorte, ela tinha raspado as pernas antes de ir ao McGill's, então com isso não precisava se preocupar.

Ela iria apanhar sem roupa?

Com certeza, respondeu para si mesma ao abrir a porta do box e sair do chuveiro. Ele tinha deixado bem claro que a queria nua por baixo do robe, que ela tirou da embalagem plástica. Seria uma peça novinha? Ele teria um estoque de robes para as "visitas" que recebia? Esse pensamento a deixou meio enojada, portanto ela tratou de expulsá-lo logo da cabeça, concentrando-se em encontrar um pente, desodorante, uma escova de dente e um enxaguante bucal que pudesse usar. Estava tudo tão bem arrumado no armário que ela tomou cuidado para pôr tudo de volta no lugar exato.

Ela dobrou suas roupas e as deixou sobre um banquinho. O reflexo no espelho chamou sua atenção. Encarou sua imagem, os olhos que pareciam enormes no rosto pálido, os cabelos molhados. Parecia meio assustada.

E daí que estou assustada?, ela pensou consigo mesma. Ele tinha dito que iria bater nela, e que iria doer. Ela concordou com aquelas práticas sexuais porque seu desejo por Ian era imenso.

E mexia com algo ainda maior: o medo que ela sentia de seu desejo de agradar Ian a qualquer custo.

Ela caminhou até a porta e a abriu. Ele estava sentado no sofá, com um tablet no colo. Deixou o dispositivo sobre a mesinha de centro quando ela entrou no quarto.

"Acendi a lareira para você", ele falou, medindo-a dos pés à cabeça. Ainda estava vestido com as mesmas roupas com que tinha invadido o estúdio de tatuagem — calças pretas feitas sob medida e uma camisa social listrada em branco e azul. Suas pernas compridas estavam cruzadas. Ele parecia absolutamente à vontade. O brilho do fogo reluzia em seus olhos. "Esfriou um pouco hoje à noite. Não queria que você sentisse frio."

"Obrigada", ela murmurou, sentindo-se desconfortável e insegura.

"Tire o robe, Francesca", ele disse baixinho.

O coração dela disparou. Ela desatou o nó e tirou o robe do corpo.

"Pode deixar aí mesmo", ele instruiu, apontando para a poltrona ali perto sem tirar os olhos dela. Francesca pôs o robe nas costas da poltrona e desejou que o chão se abrisse e a engolisse, observando os padrões intricados do tapete oriental como se ali estivesse o segredo do universo.

"Olhe para mim", ele falou.

Ela levantou a cabeça. Havia algo no olhar dele que ela nunca tinha detectado antes.

"Você é maravilhosa. Estonteante. Por que fica olhando para baixo, como se estivesse com vergonha?"

Ela engoliu em seco. A tão embaraçosa verdade atravessou a barreira de sua garganta. "É que... eu era gorda. Até os dezenove anos, mais ou menos... e acho que a minha autoestima não melhorou muito desde essa época", ela explicou, num tom de voz que mais parecia um sussurro.

Uma sutil expressão de quem havia se dado conta de algo surgiu em sua expressão sempre séria. "Ah... Mas às vezes você parece tão confiante."

"Não é confiança. É despeito."

"Sim", ele concordou. "Agora eu entendo. Melhor do que você imagina. É a sua maneira de mandar o mundo se foder por ter desprezado você." Ele sorriu. "Bravo, Francesca. Mas agora está na hora de entender como você é linda. Você precisa aprender a usar seus pontos fortes. Nunca deixar de explorá-los, ou pior, deixar que os outros os explorem por você. Chegue mais perto de mim, por favor."

Ela foi até ele, com as pernas trêmulas. Arregalou os olhos, perplexa, quando ele pegou um pote que estava a seu lado no sofá. Era tão pequeno, e Ian monopolizava sua atenção de tal forma, que ela nem tinha notado sua presença. Ele abriu a tampa e derramou um pouco da substância espessa na ponta do dedo. Depois levantou a cabeça e viu o espanto no rosto dela.

"É um estimulante clitoriano. Aumenta a sensibilidade dos nervos", ele explicou.

"Ah, entendi", ela murmurou, apesar de não saber do que se tratava.

Ele olhou para o meio das pernas dela. Seu clitóris pulsou de excitação — o olhar dele já era estimulação de sobra. "Estou deixando o meu egoísmo um pouco de lado por você."

"Como assim?", ela perguntou.

"Sempre dou prazer à submissa se ela me agrada. Mas em geral não me importa como elas se sentem ao serem castigadas. Ela que aguente tudo e tire dali sua recompensa. Acho que... estou mudando um pouco isso no seu caso."

"Submissa?", ela perguntou sem muita convicção, apegando-se a essa parte do discurso dele.

"Sim, eu sou dominante no sexo, apesar de não precisar de nenhum elemento de *bondage* ou dominação para me deixar com tesão. Para mim é uma preferência, não uma necessidade." Ele se inclinou para a frente no sofá, posicionou a cabeça a centímetros da barriga dela e aproximou o nariz de seu sexo. Ela o observou quando ele inalou profundamente e fechou os olhos.

"Tão gostosa", ele comentou, parecendo um tanto agitado.

Ela não teve tempo para se preparar para o que veio a seguir. Ele enfiou ousadamente o dedo grosso entre os lábios de seu sexo e esfregou o creme em seu clitóris com um toque seguro... e eletrizante. Ela mordeu o lábio para não gemer alto ao sentir aquele prazer concentrado estremecê-la toda. "Hoje eu vou castigar você, não vou mentir. E vou gostar. Muito. Mas também quero que você sinta prazer. A sua natureza é que vai cuidar disso, em grande medida, mas esse creme vai ajudar a estabelecer o clima ideal", ele falou, sem parar de esfregar. "Não quero que fique assustada, e nem que seus castigos sejam uma experiência desagradável. Resumindo, não quero que você tenha medo de mim, Francesca."

Ele deixou a mão cair sobre o colo. Seu olhar voltou a se concentrar no meio das pernas dela. Ele respirou fundo, e seu rosto assumiu uma expressão implacável antes que ele se levantasse de maneira abrupta.

"Por aqui, por favor", ele falou. Ela o seguiu até a frente da lareira, mas interrompeu o passo quando viu o que ele pegou de cima do aparador — uma enorme palmatória preta. "Chegue mais perto. Eu vou deixar você ver", ele disse quando notou seu temor.

Ele ergueu a palmatória para que ela inspecionasse. "Foi feita sob encomenda, à mão. Chegou na semana passada. Apesar da minha relutância, era em você que estava pensando quando a comprei, Francesca."

Os olhos dela se arregalaram.

"Vai arder quando eu bater em você com a parte de couro", ele disse baixinho. Ela sentiu mais uma vez um fluido morno no meio das pernas ao ouvir aquele tom autoritário. Ele flexionou o punho e mandou a palmatória pelos ares, e depois apanhou-a durante a queda. Ela ficou impressionada. O outro lado era revestido com uma pelagem espessa e marrom. "Mas eu vou aplacar a dor com o lado de pele de vison", ele completou.

A boca de Francesca ficou seca, e ela não conseguiu pensar em mais nada.

"Agora vamos começar. Abaixe-se e ponha as mãos sobre os joelhos", ele instruiu.

Ela fez o que ele mandou, com a respiração ofegante. Ele se posicionou logo atrás. Ela deu uma olhada ansiosa para trás. A luz do fogo fazia os olhos dele brilharem enquanto percorriam avidamente seu corpo.

"Minha nossa, como você é linda. Não me conformo que você não consiga ver isso, Francesca. Nem no espelho e nem nos olhos dos outros. E nem na sua alma." Os olhos dela se fecharam quando ele acariciou suas costas, seu quadril e sua bunda. Uma onda de prazer a percorreu. "Você merece mesmo ser castigada por querer macular essa pele. Tão perfeita. E branquinha. E macia", ele falou, percorrendo com os dedos compridos a abertura do traseiro de Francesca. As pálpebras dela se apertaram com força. Os sentimentos se acumularam na garganta, deixando-a confusa. Ele parecia genuinamente admirado.

Ela só abriu os olhos quando ele parou de acariciá-la.

"Abra as pernas e arqueie as costas. Vou querer ver esses seios lindos enquanto castigo você", ele mandou. Ela corrigiu sua postura e quase perdeu o fôlego quando ele se inclinou para a frente e agarrou um de seus seios e deu uma beliscadinha de leve no mamilo, fazendo-a estremecer de prazer.

"Agora flexione um pouquinho os joelhos. Isso ajuda a absorver a pancada. Pronto. Assim está perfeito. É assim que quero que esteja sempre que eu for castigar você." Ela sentiu falta do toque de seus dedos quando ele transferiu a mão para o ombro dela. "Sua pele é muito delicada. Você vai levar quinze pancadas."

O lado de couro da palmatória atingiu sua bunda. Ela arregalou os olhos e gritou. A rápida pontada de dor logo se transformou num ardor. "Tudo bem?", perguntou Ian.

"Sim", ela respondeu com toda a sinceridade, mordendo o lábio.

Ian entrou em ação mais uma vez, dessa vez acertando a curvatura de suas nádegas. Ele a aparou pelo ombro quando ela se inclinou para a frente em virtude do golpe.

"Você tem uma bunda maravilhosa", ele comentou com um tom de voz baixo e rouco, antes de desferir mais um golpe. "A corrida faz bem para você. Deixa sua bunda durinha e redondinha. Do jeito ideal para apanhar."

Ela soltou o ar com força ao sentir novamente o impacto da palmatória. Como era possível que aquela sensação de queimação das pancadas estivesse se transferindo para o clitóris dela? O calor e a excitação se espalhavam pelo meio das suas pernas. Ian atacou de novo, e ela não foi capaz de conter um grito de dor.

"Está doendo?", ele perguntou, fazendo uma pausa.

Ela confirmou com a cabeça.

"Se estiver doendo muito, você pode me dizer. Eu vou aliviar nas pancadas."

"Mas... eu aguento", ela falou, toda trêmula.

Ele se aproximou subitamente, apertou-a no quadril e se encostou nela por trás. Francesca perdeu o fôlego ao sentir aquele pau enorme pulsando junto ao seu traseiro. "Olha só", ele falou, "como você me agrada."

Ela sentiu seu rosto ficar vermelho. A queimação no clitóris se amplificou. Ele recuou e deu golpes e mais golpes com a palmatória, produzindo ruídos secos. Quando se preparou para desferir o ataque final, o traseiro dela estava em chamas. Ele deve ter notado o tremor nas coxas dela, porque murmurou um "Aguente firme", e a segurou com mais força pelo ombro. Apertou a palmatória contra a bunda dela, como se estivesse mirando bem seu último golpe. Depois ergueu a palmatória e bateu.

Um berro escapou da boca de Francesca imediatamente após o impacto. Ele a amparou quando o corpo dela se projetou para a frente.

"Shhhh", ele a acalmou. "Essa parte já acabou."

Ela gritou de novo, toda trêmula, quando ele virou a palmatória e começou a esfregar a superfície macia de pele de vison em seu traseiro ardente. Era muito bom. A tensão em seu clitóris se transformou em uma queimação dolorosa. Ela queria estender a mão e se tocar, exercer algum tipo de pressão ali. Seria o castigo imposto por Ian o motivo daquela excitação toda ou o creme estimulante que havia passado anteriormente? Só de se lembrar da sensação dos dedos dele em seu clitóris, ela gemeu. Estava febril. Ele interrompeu a carícia e a fez ficar de pé, puxando-a pelo ombro.

Ela se virou para ele, sentindo-se estranha... zonza... morrendo de tesão. Ele já tinha largado a palmatória. Ela ficou ali parada, quase fora de si, enquanto ele tirava os cabelos da frente de seu rosto.

"Você se comportou muito bem, Francesca. Muito melhor do que eu poderia sonhar", ele murmurou, acariciando o rosto dela com os polegares. "Você está chorando porque doeu?"

Ela sacudiu a cabeça.

"Por que então, linda?"

O nó na garganta a impedia de falar. Além disso, ela não saberia o que dizer.

Ele segurou o queixo dela com as duas mãos. Por ter estado acima do peso quase a vida toda, e por ser uma mulher alta, ela sempre se sentiu gigantesca e desproporcional. Mas Ian era muito maior que ela. Perto dele, Francesca se sentia pequena, delicada... feminina. Ela notou que as mãos dele tremiam.

"Ian, suas mãos estão tremendo", ela murmurou.

"Pois é. Deve ser a energia reprimida. Estou me segurando para não virar você de costas e meter com toda a força."

Ela piscou, em choque. Ele deve ter percebido, porque fechou os olhos por alguns instantes, arrependido do que tinha dito.

"Eu queria pôr você no meu colo e bater na sua bunda. Me agradaria muito ter você no meu colo, à minha mercê. Mas você é frágil demais. Se a sessão de palmatória já foi pesada, é melhor pararmos por aqui."

"Não, eu quero continuar", ela sussurrou e olhou bem nos olhos dele. *Eu quero agradar você, Ian.*

As pálpebras dele tremeram. Ele continuava a acariciar o rosto dela com o polegar, observando-a atentamente.

"Tudo bem", ele disse enfim, parecendo resignado. "Mas venha até a lareira primeiro."

Ela o seguiu até lá, mas ele tomou o caminho do banheiro.

"Eu já volto", ele falou.

Ela esperou perto da lareira, com o calor do fogo se misturando à excitação de seu corpo e criando uma estranha sensação de lassidão e euforia. Ele reapareceu logo depois, com um pente nas mãos.

"Vamos pentear seu cabelo primeiro e deixar secar perto do fogo."

Ela o encarou com perplexidade. Ele abriu um sorrisinho meio sem graça.

"Preciso fazer alguma coisa para me acalmar um pouco."

Ela retribuiu o sorriso de forma meio tensa e se virou de costas para ele, ao seu comando. A sensação paradoxal de relaxamento e ansiedade cresceu ainda mais quando Ian dividiu seus cabelos em partes iguais e começou a penteá-los lenta e sensualmente. Ela deixou que sua cabeça caísse para trás.

"Você está com sono?", ele murmurou atrás dela. Só de ouvir o som da voz dele seus mamilos ficaram duros e pontudos. As pontadas de queimação no clitóris se amplificaram. *Maldito creme.*

"Não, não mesmo. É que está gostoso."

Ele passava o pente desde a raiz até as pontas, que ficavam quase na cintura dela. "Nunca vi cabelos como os seus. Um loiro meio arruivado", ele comentou, bem sério. Começou a acariciar o traseiro dela, fazendo-a estremecer, e soltou um suspiro de derrota. Ele largou o pente sobre o aparador da lareira. "Até parece que isso iria me acalmar. Melhor seguirmos em frente. Venha comigo."

Ele caminhou até o sofá e se sentou na almofada do meio, com as pernas ligeiramente afastadas. Limitou-se a olhar para o colo para dar seu comando silencioso. A vergonha ressurgiu furiosamente dentro dela. Estava toda nua e ele todo vestido, e não tinha a menor ideia do que fazer. Engoliu em seco quando viu a ereção dele fazendo volume na calça, junto à coxa esquerda. Com os olhos vidrados, como se estivesse hipnotizada, Francesca se apoiou no sofá com as mãos e os joelhos e começou a se curvar sobre ele. Como a mão espalmada sobre suas costelas e quadris, ele a guiou até a posição que desejava.

Quando ela se ajeitou, seus seios estavam pressionados contra a coxa esquerda de Ian, sua barriga apoiada sobre ambas as pernas dele e seu traseiro, empinado sobre a coxa esquerda dele. Ele passou a mão pela cintura dela, e depois pela bunda, e ela sentiu seu pau se mexer sob as calças.

"Essa é a posição ideal para levar uns bons tapas na bunda. Entendeu bem?", ele perguntou, acariciando o traseiro dela com sua mão quente. Os nervos de Francesca ainda estavam à flor da pele por causa das pancadas anteriores, mas nada que produzisse desconforto.

"Sim", ela falou, confirmando com a cabeça ao mesmo tempo. Seus cabelos caíram sobre o rosto.

"Só tem uma coisa", ele informou, puxando os cabelos de volta e posicionando-os atrás do ombro. Ele empurrou de leve a nuca dela, fazendo com que a testa encostasse no tecido macio do sofá. "Da próxima vez você vai apanhar com os olhos vendados... quero que você se concentre somente na minha mão, que sinta o seu castigo... e a minha excitação. Mas, só por hoje, mantenha a cabeça abaixada e feche os olhos."

Ela apertou os olhos com força e se remexeu no colo dele. Ele ficou imóvel.

"Que foi? Isso excitou você?"

"É... acho que sim", ela respondeu, confusa. Ela achava que tinha sido isso. Sentiu uma pontada de tesão ao ouvir aquelas palavras. Por que será? "Deve ser o creme", ela murmurou.

Ele voltou a acariciar a bunda dela. "Vamos torcer para que seja mais que o creme", ele disse baixinho, e ela notou um tom de divertimento em sua voz. "Agora fique quietinha, senão vou bater ainda mais forte."

Ele levantou a mão e estapeou a nádega direita, depois a esquerda, depois a direita de novo, em rápida sucessão, fazendo os estalos secos ressoarem nos ouvidos dela quando parava. Ela mordeu o lábio para não gemer. Ele claramente sabia o que estava fazendo. Seus golpes eram firmes e precisos, rápidos mas não apressados. Ele desferiu mais uma saraivada de tapas, que acertaram todas as partes de seu traseiro, até as coxas. Sua bunda começou a arder de uma maneira diferente da anterior, com a palmatória. As mãos de Ian criaram uma espécie de calor lento e constante, que ia se espalhando pela pele. Ela logo percebeu onde ele gostava mais de dar as palmadas — na curvatura inferior das nádegas. Toda vez que ele atingia essa região, ela sentia a pressão do pau dele contra seu corpo e a tensão em suas coxas. A mão dele estava tão quente quanto a bunda dela. Seu pau também irradiava calor, através do tecido das calças até chegar à pele dela.

Ele deu mais um tapa naquele mesmo lugarzinho, e de repente agarrou a bunda dela e ergueu a pélvis, esfregando-a em seu pau duro. O gemido trêmulo dela se misturou com o grunhido grave soltado por ele. Seu clitóris passou de quente a fervendo ao sentir a extensão da excitação de Ian. O que Francesca mais queria era se virar de frente para ele e apertar o clitóris... se esfregar no pau dele como uma criatura selvagem sem nenhum pudor. Ele voltou a se sentar e a bater nela. Quando fez uma pausa depois de uma rápida sequência de tapas e voltou a acariciar a bunda dela com volúpia, ela perdeu o controle.

"Ah, Ian... não. Sinto muito, mas não aguento mais isso", ela gemeu, inquietando-se no colo dele. Ele parou, mas sem deixar de apertar a bunda dela com a mão.

"Está doendo muito?", ele perguntou, tenso.

"Não. Só não aguento mais ficar parada. Estou *pegando fogo*."

Durante alguns segundos repletos de ansiedade, ele não se moveu. Depois largou a bunda dela e escorregou a mão para o meio de suas pernas. Ela gemeu de agonia ao sentir a ponta dos dedos dele em seu sexo. O pau dele saltou sob as calças.

"Minha nossa... você está toda molhadinha", ela o ouviu murmurar. Parecia atônito. Francesca estava excitada demais para sentir vergonha... essa fase já tinha ficado para trás. Ela perdeu o fôlego quando ele a agarrou pelo ombro e a fez levantar.

"Venha cá", ele ordenou, áspero.

Ah, não. Ele tinha ficado irritado de novo? Ela se ajoelhou com a ajuda da mão dele.

"Sente-se aqui no meu colo", ele mandou.

Seus cabelos quase secos se espalharam sobre os ombros e as costas quando ela fez conforme Ian mandara. Ele pôs as mãos sobre os quadris dela, posicionando-a sobre as coxas. Ele ajeitou os cabelos dela atrás das costas, exibindo os seios por inteiro. Seu olhar se fixou sobre eles, com um leve sorriso.

"Veja só isso", ele disse baixinho. "Seus mamilos estão quase tão vermelhos quanto a sua bunda." O olhar dele encontrou o rosto dela. "Assim como as suas bochechas, Francesca... e os seus lábios. Você gostou de ser castigada, linda. E isso me agrada muito. Vai ser uma delícia foder essa sua bocetinha molhada."

O sexo dela se contraiu dolorosamente. Ele espalmou as mãos enormes em torno de suas costelas e abaixou a cabeça, levando seus seios até ele. Francesca ficou toda tensa à espera da chupada forte e deliciosa que havia experimentado na sala de exercícios, mas, em vez disso, ele contraiu levemente os lábios e beijou com carinho ambos os mamilos. "Tão perfeitos", ele sussurrou. As mãos dele se mexiam depressa. A excitação de Francesca chegou ao auge quando percebeu que ele estava desabotoando as calças. Ele apertou de leve a ponta de um mamilo entre os lábios, fazendo sucções breves e a acariciando com sua língua quente e úmida.

Francesca sentiu seu clitóris ferver, deixando-a em um estado de tormento. Ela começou a se remexer no colo dele. Não conseguia mais se controlar. Agarrou a cabeça dele e soltou um gemido incontrolável e febril. Ele ergueu os olhos e a encarou.

"Tudo bem", ele tentou acalmá-la, com os olhos brilhando de tesão. Então foi escorregando a mão pela barriga dela. Francesca gemeu quando sentiu seu dedo entre os lábios vaginais. Ele tocou o clitóris dela. Foi o que bastou. Um toque.

Ela explodiu como uma bomba-relógio.

Nem percebeu o que estava fazendo, nunca tinha sentido tanto prazer na vida. Por um pequeno instante, ele continuou acariciando-a enquanto ela gozava. Dominada pelo prazer, ela mal percebeu que ele falava baixinho e a apertava contra seu corpo, como se quisesse absorver os tremores do orgasmo dela. Francesca se estremeceu toda junto a ele, incapaz de conter seu prazer.

Ele mexeu a mão. Ela gritou quando sentiu o dedo grosso dele dentro da vagina.

Quando deu por si, Francesca estava deitada no sofá ao lado de Ian, que por sua vez a observava enquanto ela tentava recobrar o fôlego.

"Você nunca teve nenhum homem antes. Ou teve?"

A respiração ofegante dela foi cortada. Não parecia uma pergunta, e sim uma acusação.

"Não", ela falou, voltando a respirar com dificuldade. Por que ele estava olhando daquele jeito para ela? "Eu disse isso para você."

Os olhos dele brilharam de fúria. "Quando exatamente você me contou que era virgem, Francesca? Porque eu tenho certeza de que não me esqueceria desse tipo de informação", ele explodiu.

"Hoje mesmo, ali fora... antes de entrarmos no quarto", ela respondeu, apontando para a porta. "Você perguntou se eu já tinha feito isso antes, e eu falei..."

"Eu quis dizer deixar um homem castigar você. Dominar você. Não... *foder*", ele despejou antes de ficar todo tenso e começar a caminhar de um lado para outro diante da lareira, passando os dedos pelos cabelos bem cortados. Parecia estar enlouquecido.

"Ian, o que..."

"Eu sabia que isso era um erro", ele murmurou, amargurado. "Quem eu estava tentando enganar?"

Ela abriu a boca, em choque. Ele achava que tudo tinha sido um erro? Ele a estava rejeitando? Depois de *tudo aquilo*? De repente ela se sentiu bombardeada por imagens e sensações, lembranças recentes de como havia sido ousada, de como se deixou levar pelo tesão e o desejo.

Uma dolorosa lição aprendida na infância voltou à sua mente, algo que ela deveria ter lembrado antes de fazer tudo aquilo. Nada era mais vergonhoso que deixar escapar seus desejos, mostrar-se vulnerável, e ver esses desejos serem desprezados como se fossem lixo.

As lágrimas cegaram seus olhos, e ela procurou desesperadamente pela manta de caxemira largada sobre o sofá. Enrolou-se nela antes de se levantar. Ian deteve seu passo quando viu o que ela estava fazendo.

"O que você está fazendo?", ele rugiu.

"Estou indo embora", ela respondeu, tomando o caminho no banheiro.

"Francesca, pode parar agora mesmo", ele ordenou num tom de voz grave e intimidador.

Ela parou apenas para se virar e encará-lo. A mágoa e a raiva tomaram conta de seu corpo, formando um nó em sua garganta.

"Você acabou de perder o direito de mandar em mim", ela respondeu.

Ele ficou pálido.

Francesca se virou de novo, para que ele não visse as lágrimas escorrerem de seus olhos. Ian Noble já havia presenciado demonstrações de vulnerabilidade suficientes para uma noite.

O que já tinha visto era mais do que o suficiente para uma vida inteira.

PARTE 3

PORQUE VOCÊ ME PERSEGUE

5

Dois dias depois, Ian olhava pela janela de sua limusine enquanto Jacob Suarez descia uma rua com belas casas de tijolos aparentes. Um sócio dissera a ele que David Feinstein havia herdado a casa de seus já falecidos pais, Julia e Sylvester, mas que David possivelmente podia comprar a residência no Wicker Park sozinho. A galeria de arte de Feinstein estava indo muito bem. Aparentemente, o colega de quarto de Francesca tinha muito bom gosto e boas noções de negócios, além de uma atitude refinada, controlada e minuciosa que chamava a atenção de muitos especialistas em arte abastados.

Ian também ficou muito aliviado ao saber que David — ou "Davie", como Francesca o chamava — era gay. *Não que a orientação sexual dos colegas dela importasse muito,* Ian pensou, quando Jacob parou o carro. Ele havia comprovado na noite anterior que os amigos de Francesca não estavam tocando em nada que não deveriam.

E percebeu que ele mesmo *tinha* tocado coisas que não deveria, acrescentou a si mesmo, e, com isso, franziu a testa quando o motorista abriu a porta do carro para ele.

A imagem da expressão triste de Francesca ao sair do quarto dele na noite anterior ardeu em sua mente pela milésima vez. Ele a havia observado, contendo a raiva, quando ela fugiu da cobertura. Quis impedi-la, mas viu, pela expressão fixa e teimosa em seu belo rosto, que ela não escutaria nada do que tivesse a dizer naquele momento. Ele se enfurecera com ela por colocá-los naquela situação, e também consigo mesmo por ter visto apenas o que lhe fora conveniente.

Sim, sabia que ela era inocente, mas não a *tal* ponto. Sabia que era melhor esquecê-la. Para sempre.

Mas, ainda assim, continuava ali.

Ele bateu à porta de madeira pintada de verde-escuro com uma estranha determinação. De onde vinha tamanha obsessão? Seria do fato de Francesca tê-lo flagrado desatento em seu quadro, anos antes? O poder dela sobre ele tinha sido breve, mas assustadoramente conciso.

Ele queria puni-la e, ao mesmo tempo, possuí-la como retaliação ao inocente erro.

Soube, por intermédio da sra. Hanson, que Francesca não estivera na cobertura para pintar. A maneira como ela evitava a residência dele o deixava irritado — algo irracional, mas a lógica não parecia estar acalmando a emoção. Ian ainda não tinha decidido, ao bater mais uma vez à porta, se estava ali para se desculpar e garantir a Francesca que ele nunca mais voltaria a importuná-la, ou se queria convencê-la, a qualquer custo, a deixar que ele a tocasse mais uma vez.

Seus sentimentos confusos o deixaram tão chateado e frustrado que até Lin, que normalmente o acalmava quando seu humor não estava muito bom, decidiu sair de perto dele com a rapidez de um furacão de categoria cinco.

A porta da frente se abriu e um homem de cabelos castanhos, de estatura mediana, que aparentava menos do que seus vinte e oito anos, o cumprimentou com seriedade. Ele devia ter voltado há pouco de sua galeria, porque vestia roupas de trabalho, um terno cinza-escuro.

"Vim falar com Francesca", disse Ian.

Davie olhou para dentro da casa de um jeito ansioso, mas em seguida assentiu e deu um passo para trás, permitindo a entrada de Ian. Ele o levou a uma sala de estar muito bem decorada.

"Sente-se. Vou ver se Francesca está em casa", disse Davie.

Ian concordou e desabotoou o blazer antes de se sentar. Pegou um catálogo de uma almofada que estava a seu lado, prestando atenção a todos os sons da casa grande. Escutou o som de passos nos degraus. As páginas do catálogo tinham sido dobradas, como se alguém as tivesse lido pouco tempo antes. Era uma relação de quadros que seriam postos à venda na casa de leilão da região.

Davie voltou à sala de estar um pouco depois. Ian olhou para ele e deixou o catálogo de lado.

"Ela disse que está ocupada", disse Davie, aparentando um certo desconforto em seu papel de mensageiro.

Ian balançou a cabeça lentamente. Era o que ele esperara.

"Pode me fazer o favor de dizer a ela que esperarei até ela poder me atender?"

O pomo de adão de Davie ficou aparente quando ele engoliu em seco. Ele saiu da sala de novo sem responder e retornou um minuto depois, ainda sem Francesca. Fez uma careta como se pedisse desculpa. Ian sorriu e ficou de pé.

"Não é sua culpa", ele disse. Estendeu a mão. "A propósito, sou Ian Noble. Não fomos apresentados adequadamente."

"David Feinstein", disse Davie, apertando a mão de Ian.

"Pode permanecer aqui comigo enquanto espero?", perguntou Ian.

Davie demonstrou surpresa ao sinal de que Ian, de fato, esperaria, mas foi educado demais e não contra-argumentou. Sentou-se em uma cadeira de frente para Ian, do outro lado da mesa de centro.

"Sei por que ela está chateada comigo", disse Ian, cruzando as pernas e, mais uma vez, pegando o catálogo.

"Ela não está chateada."

Ian olhou para Davie.

"Está furiosa. E magoada. Eu nunca a vi tão magoada."

Ele fez uma pausa, esperando o impacto da honestidade de Davie diminuir. Por alguns instantes, ninguém disse nada.

"Eu a tratei de um jeito que não deveria", Ian finalmente admitiu.

"Então, você deveria se envergonhar", disse Davie, demonstrando raiva na voz baixa. Ian lembrou que ele dissera algo parecido aos outros colegas de quarto de Davie e Francesca no estúdio de tatuagens.

"Estou envergonhado", disse Ian, escutando com atenção. Fechou os olhos brevemente, chateado com o que ouvira. Pensou em Francesca na noite anterior, em sua doçura. A lembrança de sua boceta havia se alojado em seu cérebro como um vírus forte, tornando-se mais resistente a cada tentativa de esquecê-la; os pelos sedosos e dourados entre as coxas brancas e macias; os lábios tenros e claros; a vagina mais escorregadia e apertada que ele já tocara. Ele se lembrou dos tapas que lhe dera e do quanto adorara tudo aquilo... e de como *ela* também havia adorado.

"Infelizmente", ele continuou, virando-se para Davie, "meu embaraço não foi suficiente para me manter afastado. Estou começando a pensar que nada me afastaria dela."

Davie pareceu assustado. Pigarreou e ficou de pé.

"Acho que vou ver como a Francesca está se saindo com... o que ela está fazendo."

"Não se incomode. Ela não está mais aqui", disse Ian.

Davie olhou ao redor e parou ao lado de sua cadeira. "Como assim?"

"Ela saiu pela porta de trás cerca de vinte segundos atrás, se não estou enganado", ele disse, folheando as páginas do catálogo. Aproveitou o aparente susto de Davie para entregar o catálogo a ele.

"É seu?", perguntou Ian.

Davie confirmou.

"Sei o que você deve estar vendo. Quando a Francesca o pintou?"

Davie hesitou e pareceu recobrar a consciência. "Há cerca de dois anos. Eu o vendi na Feinstein ano passado. Fiquei feliz ao vê-lo voltar ao mercado nesse leilão. Gostaria de reavê-lo, vendê-lo por um preço justo e devolver o lucro a Francesca." Ele franziu o cenho. "Ela teve que vender muitos de seus quadros ao longo dos anos por praticamente nada. Detesto saber que ela precisou abrir mão de alguns antes de eu conhecê-la. A Francesca passou por dificuldades financeiras durante anos antes de nos tornarmos amigos. Posso não ter conseguido vender seu trabalho pelo preço que julgo valer, já que ela ainda é relativamente desconhecida, mas, pelo menos, eu dei a ela um valor mais alto do que alguns alimentos do mercado." Ele balançou a cabeça, indicando o catálogo. "Se eu conseguir reaver essa peça em especial, estou convencido de que posso vendê-la por um preço excelente. A Francesca está começando a se tornar conhecida nos círculos de artistas. Tenho certeza de que o prêmio que ela recebeu de você, e o reconhecimento que se seguiu, ajudaram."

Ian ficou de pé e abotoou o blazer. "Tenho certeza de que seu apoio ao trabalho dela também tem ajudado. Você tem sido um bom amigo. Pode me dar um cartão? Gostaria de tratar sobre um assunto com você, mas estou atrasado para uma reunião."

Davie demonstrou indecisão, até que, por fim, enfiou a mão no bolso com cara de quem teria que confessar algo grave a um ente querido mais tarde.

"Obrigado", disse Ian ao pegar o cartão.

"Francesca é uma pessoa maravilhosa. Eu acho... eu acho que será melhor para você se manter longe dela."

Ele observou com atenção a expressão ansiosa, porém determinada, de Davie por alguns segundos. Davie desviou o olhar, incomodado. O amigo de Francesca enxergava mais com aqueles olhos gentis do que normalmente revelava a seus clientes ricos. A amargura tomou conta de Ian pela sua falta de embaraço.

"Você, sem dúvida, está certo", disse Ian ao começar a caminhar em direção à porta, sem conseguir disfarçar o tom de resignação. "E se eu fosse um homem melhor, seguiria esse conselho."

E assim as coisas aconteceram: ela estava trabalhando à noite. A pintura a chamara de volta, apesar das circunstâncias insustentáveis.

Francesca misturou as cores rapidamente, usando a luz da pequena luminária que ela havia colocado sobre a mesa para poder ver, desesperada para conseguir o tom exato do céu da meia-noite antes que a luz mudasse. O restante da sala estava banhado na sombra, o que permitia que ela visse melhor as construções sérias e iluminadas contra um pano de fundo do céu escuro e aveludado. Ela parou abruptamente e olhou para trás, para a porta fechada do estúdio, esperando com tensão, o coração começando a ressoar nos ouvidos em meio àquele silêncio horripilante. As sombras pareciam se acumular no fundo da sala, enganando os olhos dela. A sra. Hanson garantira que estaria sozinha na cobertura aquela noite. Ian estava em Berlim, e a sra. Hanson ia visitar uma amiga fora do centro da cidade.

Mesmo assim, ela não se sentiu sozinha nem por um minuto desde que saíra do elevador para entrar no território de Ian.

Um local podia ser assombrado por alguém vivo? Era como se Ian continuasse na cobertura luxuosa, sua forte presença na mente dela, em sua pele, fazendo-a se arrepiar como se estivesse sendo tocada por algo invisível.

Estúpida, Francesca repreendeu a si mesma, pintando com pinceladas longas e fortes. Já fazia quatro noites desde que ela ficara nua e exposta no quarto de Ian. Ele havia tentado entrar em contato com ela. Telefonara diversas vezes, e houve até o episódio embaraçoso em sua casa, quando ela saíra correndo pela porta dos fundos como uma boba. Sentira-se aterrorizada com a ideia de vê-lo de novo... sentiu medo.

Você está com medo do que acontecerá se o vir, se ouvi-lo. Está com medo de acabar implorando a ele como uma tola para que ele termine o que começou naquela noite.

Ela balançou o braço na frente da tela. *Nunca*. Nunca imploraria àquele idiota arrogante.

Os pelos de seus braços se eriçaram, e ela olhou para trás de novo, não ouviu nem viu nada estranho, então, voltou a se concentrar no quadro. Não devia ter voltado ali, mas tinha que terminar aquele quadro. Nunca sossegaria se não terminasse, e não era porque Ian já havia pagado pelo trabalho. Quando um quadro entrava em sua vida, só a libertava quando era finalizado.

Ela se forçou a se concentrar. O fantasma de Ian — seus próprios fantasmas — dificultava a concentração.

Você ficou ali como uma tola enquanto ele lhe dava tapas; deitou-se no colo dele, totalmente nua, e permitiu que ele lhe desse tapas como se você fosse uma criança.

A vergonha inundou seu consciente. Será que ela estava tão desesperada, depois de passar a maior parte da vida acima do peso, para ver um homem como Ian demonstrar desejo por ela que estava disposta até a sacrificar sua dignidade? Por que outro motivo teria permitido ser possuída naquela noite? Até que ponto teria chegado se Ian Noble quisesse?

Seus pensamentos a deixaram aterrorizada. Descontou a angústia na tela, e por fim encontrou a concentração criativa que tanto procurava. Uma hora depois, colocou de lado a paleta e tirou o excesso de tinta do pincel. Esfregou os ombros para aliviar a tensão causada pelas pinceladas quase constantes. Seus amigos sempre se surpreendiam quando ela dizia para eles como era fisicamente desgastante pintar um quadro grande.

Os pelos de seu pescoço se eriçaram e seus dedos abandonaram o movimento. Ela se virou.

Ele vestia uma camisa branca que se destacava mais à penumbra do que o resto da roupa preta. Não usava o blazer e as mangas tinham sido arregaçadas. O dourado de seu relógio brilhava mesmo à escuridão. Ela permaneceu ali sem se mexer, com a sensação de que estava sonhando.

"Você pinta como se tivesse o diabo no corpo."

"Até parece que você sabe o que é isso", ela respondeu, com a voz ríspida.

"Acho que você sabe que eu sei."

Ela se lembrou de Ian caminhando sozinho nas ruas desertas. Afastou a onda de compaixão e de sentimento que a lembrança sempre trazia.

Ela tirou a mão do ombro dolorido e se virou na direção dele. "A sra. Hanson disse que você estaria em Berlim esta noite."

"Fui chamado de volta mais cedo por conta de uma emergência."

Ela ficou olhando para ele por um momento, sem palavras, vendo as luzes do céu refletidas em seus olhos.

"Compreendo", disse por fim, virando-se. "Então, já vou indo."

"Até quando pretende me evitar?"

"Enquanto você existir", ela rebateu rapidamente. Perceber a raiva na voz dele foi como atear fogo a sua fúria e confusão. Ela começou a passar por ele, com a cabeça baixa, mas ele agiu e segurou o braço dela, fazendo-a parar.

"Me solta!" Sua voz mostrava irritação, mas ela ficou horrorizada ao sentir lágrimas encherem seus olhos. Já era bem ruim vê-lo de novo, mas por que ele tinha que aparecer daquele jeito, pegando-a desprevenida e vulnerável? "Por que não pode simplesmente me deixar em paz?"

"Eu faria isso se conseguisse, pode ter certeza", ele disse, com a voz muito fria. Ela se remexeu para fugir, mas ele a segurou com ainda mais força, puxando-a contra seu corpo. Quando se deu conta, seu rosto estava encostado no peito rígido dele, coberto pela camisa, e os braços dele a envolviam.

"*Sinto muito*, Francesca. De verdade."

Por um momento, ela perdeu as forças e se recostou nele, soltou o peso do corpo, aceitou sua força e calor. Seu corpo estremeceu de emoção. Ela se concentrou na sensação causada pela mão dele acariciando seus cabelos. Mais tarde, ao analisar o lapso temporário, ela percebeu que o tom de voz dele havia feito aquilo. Ele parecera tão desesperado e sem esperança quanto ela. Ele não era o vilão, ela admitiu. Não a havia desonrado mostrando a ela um pouco de desejo de verdade naquela noite.

Ela simplesmente estava furiosa porque ele não a queria. Furiosa o suficiente para, pelo menos, ignorar sua inexperiência.

A emoção a deixou sufocada. Ela o empurrou, percebendo que o tamanho de seu desejo era enorme. Ele a soltou lentamente, mas ainda a manteve dentro de seu abraço.

Ela abaixou a cabeça e passou as mãos nas faces, recusando-se a olhar para ele.

"Francesca..."

"Por favor, não diga mais nada", ela disse.

"Não sou o homem certo para você. Quero deixar isso claro."

"Certo. Mais claro, impossível."

"Não estou interessado no tipo de relacionamento que uma moça de sua idade, experiência, inteligência e talento merece. Sinto muito."

Ela sentiu o coração doer com aquelas palavras, mas sabia que ele tinha razão. Seria ridículo pensar de outra maneira. Ele não era para ela. Não era óbvio? O Davie não vinha dizendo isso repetidas vezes nos últimos dias? Ela olhou para o bolso da camisa dele. Desejava fugir; desejava permanecer ali, no escuro, sendo abraçada por Ian. Ele segurou o queixo dela e aplicou pressão, forçando-a a olhar para ele. Quando olhou, percebeu que ele se retraiu discretamente.

Ela se livrou do abraço abruptamente, odiando a expressão de vergonha dele. Ele segurou o braço dela de novo, e ela parou.

"Sou abominável no que diz respeito a mulheres", ele disse. "Eu me esqueço de datas e compromissos. Sou grosseiro. Só me interesso por sexo... e em conseguir as coisas do meu jeito", ele afirmou, e ela olhou para ele chocada. "Meu trabalho é tudo para mim. *Não posso* perder o controle da minha empresa. *E não vou.* Sou assim."

"Por que, então, está se dando o trabalho de me dizer isso? Por que sequer veio aqui hoje?"

Seu rosto e mandíbula ficaram tensos, como se ele se controlasse para não dizer algo amargo. "Porque não consegui ficar longe."

Ela pensou na resposta por alguns segundos, confusa. Lembrou-se da surpresa daquela noite, afastando os outros pensamentos. "Se não consegue ficar longe, você terá que encontrar outra artista ou mudar o meu local de trabalho."

"Francesca, *não* me deixe de novo", ele disse, com o tom de voz intimidador. Mais uma vez, ela hesitou.

Ela conseguiu reunir dignidade suficiente para sair

Várias noites depois, aquela dor vazia ainda persistia, mas Francesca conseguiu escondê-la... dentro de sua mente e de sua alma. Doía muito quando seu telefone tocava e ela via que era Ian tentando entrar em contato. Ignorar aqueles telefonemas era mais difícil do que ela conseguia explicar.

Foi muito menos trabalhoso ignorar sua dor com uma noite agitada de sábado, trabalhando como garçonete no High Jinks. Ela se manteve tão ocupada que não teve oportunidade de pensar em Ian, nem no quadro, nem em seu ressentimento, com a casa lotada às duas da madrugada. O High Jinks era famoso como última parada no circuito de bares do Wicker Park-Bucktown. O público era formado por jovens profissionais e universitários do último ano. Enquanto muitos bares fechavam às duas, três ou quatro, o High Jinks permanecia aberto até cinco da manhã nas noites de sábado, servindo o pessoal que saía das baladas e os beberrões. O sábado era sempre um dia exaustivo, quando a paciência de Francesca era testada, mas ela tentava não perder a chance de trabalhar aos sábados; as gorjetas costumavam ser três vezes mais altas do que ela ganhava em qualquer outra noite da semana.

Ela pousou a bandeja no balcão das garçonetes e gritou seu pedido ao dono do estabelecimento, Sheldon Hays, um homem mais velho, frequentemente encrenqueiro e, às vezes, muito meigo, que estava servindo as bebidas naquela noite.

"Você precisa pedir ao Anthony que controle a entrada de pessoas", ela gritou mais alto do que a música e as conversas. "Estamos lotados."

Ela bebericou o refresco que mantinha no balcão e reclinou-se no bar quando Sheldon acenou para ela, como se quisesse dizer algo importante. "Preciso que você vá até a esquina e compre todo o suco de limão que encontrar na prateleira", ele gritou, referindo-se à loja de conveniência que permanecia aberta a noite toda. "Aquele idiota do Mardock se esqueceu de fazer o pedido de suco de limão, e está todo mundo pedindo."

Ela suspirou. Seus pés já a estavam matando, e ela não gostou nem um pouco da ideia de caminhar por cinco quarteirões. Ainda assim... seria ótimo respirar o ar fresco do outono por alguns minutos e dar aos ouvidos um intervalo de toda aquela música alta...

Ela assentiu para Sheldon e tirou o avental. "Pode pedir à Cara para me cobrir?", ela gritou.

Sheldon concordou, num sinal de que ela não deveria se preocupar, porque ele cuidaria de tudo. Entregou a ela algumas notas de vinte que pegou do caixa, e ela se enfiou na multidão.

Havia apenas quatro garrafas de suco de limão na prateleira da loja de conveniência. O rapaz do caixa, com cara de sono, remexeu-se o suficiente apenas para encontrar mais uma garrafa no estoque. Enquanto ela voltava para o High Jinks alguns minutos depois, levando suas compras, percebeu que a calçada estava repleta de pessoas caminhando em direção a seus carros e ao ponto de ônibus. *De onde estão vindo?* Francesca pensou confusa ao chegar ao quarteirão onde o High

Jinks ficava. Ela parou na esquina ao ver cerca de vinte pessoas saindo do bar, batendo a porta de madeira pesada.

"O que está acontecendo no High Jinks?", ela perguntou a um trio de rapazes.

"Incêndio no estoque", disse um deles e, pelo tom de sua voz, ficou claro que ele não gostava de ter sua bebedeira interrompida prematuramente por questões de segurança.

"*O quê?*", perguntou Francesca, mas os homens simplesmente continuaram andando. Ela correu em direção ao bar, assustada. Não sentiu cheiro de fumaça nem escutou nenhuma sirene. O segurança, Anthony, não estava em nenhum lugar quando ela abriu a porta e espiou do lado de dentro.

Não viu *ninguém*.

Ela parou na entrada do bar, observando. O bar, que estava repleto de clientes apenas vinte minutos antes, estava agora totalmente vazio e silencioso. Ela se sentiu em uma casa mal-assombrada.

Percebeu uma movimentação atrás do balcão. Para sua surpresa, ela viu Sheldon lavando os copos calmamente.

"Que diabos está acontecendo, Sheldon?", ela perguntou ao se aproximar. Com certeza ele não estaria ali, tão calmo, se estivesse acontecendo um incêndio no estoque.

Seu chefe olhou para ela e colocou um copo de cerveja sobre o balcão. "Eu estava esperando para ver se você voltaria bem", ele disse, secando as mãos em um pano de prato. "Vou ao meu escritório para dar um pouco de privacidade a vocês."

"Mas o quê..."

Sheldon apontou para além de onde ela estava, como se quisesse explicar. Francesca se virou. Ficou paralisada ao ver Ian sentado a uma das mesas, com as longas pernas cruzadas. Uma grande divisória a impedira de vê-lo ao entrar no bar. O coração dela se acelerou como sempre fazia diante dele. Apesar de estar chocada, viu que ele vestia calça jeans e a barba estava por fazer. Ele não parecia o Ian de sempre, um pouco desleixado, muito perigoso... mas ainda assim, sensual demais. Será que ele havia percorrido as ruas sozinho de novo?

Ele a paralisou com os olhos enquanto esperava com calma.

“Ele quer conversar com você em particular”, disse Sheldon atrás dele. “Deve estar querendo demais, mesmo. Sinto muito se você não quer conversar com ele, mas ele não é bem o tipo de cara pra quem se possa dizer não.”

“Você não conseguiu dizer não ao dinheiro dele”, Francesca murmurou de modo ácido, com a ansiedade e a irritação marcando seu tom. *O que ele estava fazendo ali? Por que não a deixava em paz para ela poder se esquecer dele? Será que ele tinha mesmo se dado o trabalho de fechar aquele bar porque queria conversar com ela?*

Você nunca vai esquecê-lo. A quem está querendo enganar?, ela pensou com amargura ao se virar para colocar o suco de limão sobre o balcão. Sheldon reagiu à cara feia dela com um tímido olhar, como se dissesse: “O que eu poderia fazer?”, e logo foi para seu escritório. Ela ficou tentando imaginar quanto Ian havia pagado ao dono do bar para conseguir fazer com que ele fechasse o estabelecimento na noite mais lucrativa da semana.

Ela demorou para esvaziar a sacola de compras e colocar as garrafas de suco de limão sobre o balcão, sentindo um arrepio no pescoço, sabendo que ele a observava. Que ele aguente o inconveniente de ter que esperar mais alguns segundos. Ele não podia ter tudo no momento que quisesse.

Ele esvaziou o bar todo só para falar comigo?

Ela silenciou a voz empolgada de sua mente com esforço. Quando não soube mais o que fazer para evitá-lo, ela se virou e caminhou lentamente até ele.

“Então você está se rebaixando, não é? Isto é um pouco exagerado para me convencer de que você não tem preconceito contra garçonetes, não é?”, ela perguntou de modo sarcástico ao se aproximar.

“Não vim aqui para você me servir. Não hoje.”

Ela olhou com raiva para ele. Esperava ver a cara de satisfação que ele sempre fazia quando a desafiava. Mas só viu cansaço e... seria resignação? Em *Ian Noble*?

“Sente-se”, ele disse baixinho.

Eles se olharam por um momento quando ela se sentou. Ela pensou em mil perguntas, mas as controlou. Ele havia agido de modo ousado ao tirar centenas de pessoas do bar e fechar um estabelecimento para vê-la no momento em que desejava. Ele teria que romper o silêncio depois de tudo aquilo; ela se recusava a dizer qualquer coisa.

"Não vai dar certo", ele disse. "Sei que vou machucar você. Sei que há uma boa chance de você acabar me odiando, até mesmo de me temer. Mas ainda assim não consigo parar de pensar em você. Preciso ter você. Completamente. Frequentemente... a qualquer custo."

Ela escutou o próprio coração ressoando em seu ouvido por vários segundos, tentando se recompor. Como podia sentir-se tão furiosa com um homem e ainda assim desejá-lo tanto a ponto de sentir que aquilo era uma necessidade biológica, como respirar?

"Não estou à venda", ela disse.

"Eu sei disso. Estou me referindo a um custo que não posso pagar com dinheiro."

"Sobre o que está falando?"

Inclinando-se para a frente, ele apoiou a testa na mesa. Vestia uma camiseta de algodão azul-escuro de manga curta. Estava sem o Rolex. Ela se lembrou muito bem de como havia se excitado na primeira vez em que vira aquelas mãos grandes e braços musculosos. Excitou-se de novo. Ainda mais agora que sabia o que ele conseguia fazer com elas.

"Sinto que perderei um pouco de minha alma nessa situação com você. Já perdi, pelo simples fato de estar aqui hoje", ele disse, olhando fixamente para ela. "Sei que vou tirar um pedaço de sua alma."

"Não sei de nada disso", ela rebateu, apesar de acreditar que ele tinha razão. "Como pode ter tanta certeza de que vai me machucar?"

"Tenho meus motivos", ele disse, de modo tão certo que ela sentiu o coração um pouco mais apertado. "Eu já disse que sou muito controlador. Você sabia que, quando eu vendi a Noble Technology Worldwide, ofereceram a mim o cargo de CEO?", ele perguntou, referindo-se à empresa de mídia social de enorme sucesso que ele havia fundado e construído, e então vendido. "Seria um cargo muito importante, mas eu recusei. Sabe por quê?"

"Porque você não tolerava a ideia de ver um quadro de diretores podendo vetar suas decisões?", ela perguntou com irritação. "Você precisa estar no controle total o tempo todo, não é?"

"Isso mesmo. Você aprendeu a me entender melhor do que eu pensei." Por que o sorriso dele parecia, ao mesmo tempo, amargurado e satisfeito? "Vou dizer outra coisa que você deve saber. Estive com uma virgem, certa vez. Ela engravidou e eu acabei me casando com ela. Foi uma catástrofe. Ela não suportou meu jeito controlador, e não estou falando apenas de meu controle dentro de quatro paredes, apesar de esse aspecto ter sido bem ruim. Ela me considerava um pervertido horroroso."

Ela se surpreendeu e entreabriu os lábios. Não havia dúvida, a julgar por sua expressão intensa, quase irritada, de que ele estava dizendo a verdade.

"O que aconteceu com o bebê?", ela perguntou, com a mente presa naquela informação inesperada a respeito da vida de Ian Noble.

"Elizabeth perdeu o bebê. De acordo com ela, foi por minha causa."

Ela observou, notou o desdém em sua expressão, o brilho de ansiedade em seus olhos. Ele tinha certeza de que Elizabeth estava errada. Ainda assim... a semente da dúvida permanecia.

"No fim de nosso casamento, minha esposa sentia medo de mim. Acredito que ela me considerava o diabo em pessoa. Talvez estivesse certa, em parte. Mas, na maior parte do tempo, fui um idiota. Um idiota de vinte e dois anos."

"E eu sou uma idiota de vinte e três", ela respondeu.

Ele franziu a testa. Ela percebeu que ele não entendeu o que ela quis dizer com aquilo. Por instinto, ela soube o que ele estava prestes a dizer. A sensação de inevitabilidade que tomou conta dela também deixou bem claro como ela reagiria.

Ele contraiu os lábios. "Para deixar tudo muito claro: quero possuí-la sexualmente. Totalmente. Do meu jeito. Ofereço a você prazer e a experiência. Nada mais. Não tenho mais nada a oferecer."

Ela engoliu em seco ao escutar as palavras que já esperava e temia. "Parece que você quer fazer isso para me esquecer."

"Talvez você tenha razão."

"Isso não é muito lisonjeiro, Ian", ela disse, mostrando-se irritada quando, na verdade, estava magoada.

"Não vim aqui para agradá-la. Farei com que a experiência seja a mais intensa e gratificante para você, mas não posso fazer falsas promessas. Tenho esse respeito, pelo menos", ele disse, baixinho.

"E essa experiência vai acabar quando você se cansar?"

"Sim. Ou quando você se cansar, claro."

"E quando isso vai acontecer? Depois de uma noite? Duas?"

O sorriso dele foi discreto. "Acho que pode demorar um pouco mais do que isso para tirá-la de minha mente. Bem mais. Mas não posso afirmar com certeza. Entende?"

O coração dela ameaçava saltar do peito, como se estivesse na linha de frente da guerra que se desdobrava dentro dela. Era um erro, e ela sabia. Mas, ainda assim...

"Entendo", ela disse. A tensão aumentava a cada batida forte de seu coração.

"E concorda com isso?"

"Concordo." *Que diabos estava fazendo?*

"Olhe para mim, Francesca."

Ela olhou para ele, com o queixo erguido num ângulo desafiador. Ele olhou para ela, observando. "Eu já disse a você uma vez que não deve permitir que a sua raiva a torne tola", ele disse, com suavidade.

Aquilo, mais do que qualquer coisa, fez com que ela se enfurecesse.

"Se você acha que sou criança demais para tomar uma decisão, não deveria ter feito a pergunta", ela disse. "Estou respondendo. Depende de você aceitar ou não. *Sim*", repetiu.

Ele fechou os olhos brevemente.

"Tudo bem", ele disse depois de um momento, calmamente, como se ela tivesse imaginado todo o conflito dentro dele. "Tudo bem, então. Tenho uma reunião importante em Paris na segunda-feira de manhã, não posso adiá-la. Gostaria de partir amanhã cedo."

"Tudo bem", ela disse, confusa pela mudança de assunto. "Então... até a sua volta."

"Não", ele disse, levantando-se. "Agora que tudo foi decidido, não posso esperar mais. Quero que venha comigo. Pode se ausentar por alguns dias?"

Ele estava falando sério?

"Eu... acho que sim. Não tenho aula na segunda-feira, mas tenho na terça. Mas acho que posso perder um dia."

"Ótimo. Buscarei você em sua casa às sete horas amanhã."

"O que devo levar?"

"Seu passaporte. Você tem um, não tem?"

Ela assentiu. "Estudei durante alguns meses em Paris no último ano da faculdade. Ainda está válido."

"Então, apenas o passaporte e você mesma. Darei todo o resto de que precisar."

Ela disfarçou a surpresa com a resposta dele com praticidade. "Não podemos partir mais tarde? Já são quase três da madrugada."

"Não, sete horas. Tenho horários a cumprir. Você pode dormir no avião. Eu tenho que trabalhar durante o voo." Ele olhou para o rosto dela. Suavizou levemente a expressão carregada. "Você *dormirá* no avião. Parece exausta."

Ela começou a dizer que ele também parecia cansado, mas percebeu que não mais. Toda a fadiga que notara nele no começo da conversa parecia ter desaparecido...

Agora que tinha conseguido o que queria.

"Venha aqui, por favor."

Algo em seu tom calmo e autoritário fez com que ela perdesse o fôlego. Ela havia acabado de concordar em parar de fugir dele, o que ele sabia muito bem. Será que queria provar que tinha poder sobre ela?

Ela se levantou e aproximou-se dele lentamente. Ele abriu a mão na lateral da cabeça dela, os dedos enlaçaram seus cabelos. Ele olhou para seu rosto, aqueles olhos angelicais que brilhavam com uma emoção que ela não compreendia.

Ele abaixou a cabeça e a beijou. Mordiscou seu lábio inferior e ela abriu os lábios, ofegante. Enfiou a língua em sua boca. Ela sentiu um calor em sua vagina. Ah, Deus. *Aquilo*, ela conseguia entender. A sabedoria se intensificava no calor daquele tipo de desejo. Ela gemeu, sua excitação, seu desejo percorrendo seu corpo com intensidade.

Quando ele se afastou um momento depois, ela sentiu a umidade e o calor entre as pernas.

“Quero que saiba”, ele disse perto de seus lábios sensíveis e trêmulos, “que eu teria controlado as coisas se conseguisse. Vejo você daqui a algumas horas.”

Ela permaneceu ali, incapaz de respirar normalmente até ele sair do bar, fechando a porta atrás de si.

6

Francesca foi para a cama naquela noite, mas não conseguiu dormir. A ansiedade crescente não permitiu. Ela se levantou antes de o alarme tocar, preparou e bebeu seu café, comeu um pouco de cereal e tomou um banho. Abrindo o guarda-roupa, sentiu-se desanimada. O que teria que vestir que fosse adequado para viajar com Ian Noble?

Já que nada do que ela tinha parecia apropriado, acabou escolhendo a calça jeans preferida, botas, uma blusinha e uma bata verde-musgo que ficava bonita em contraste com seu tom de pele. Já que não podia se vestir de modo sofisticado, pelo menos usaria roupas confortáveis. Caprichou nos cabelos, penteando-os e alisando-os — o que ela raramente fazia — e passou um pouco de base e brilho labial. Observou seu reflexo no espelho quando terminou, deu de ombros e saiu do banheiro.

Teria que ser daquele jeito mesmo.

Apesar de ele ter dito que ela não precisaria de nada, Francesca preparou uma mala com roupa íntima, algumas trocas de roupa, moletom para correr, alguns itens de higiene e o passaporte. Colocou a mala e a bolsa perto da porta e entrou na cozinha, onde encontrou Davie e Caden sentados à mesa. Davie sempre acordava cedo, mesmo aos domingos, mas Caden, não. Francesca se lembrou de que ele estava trabalhando até tarde naquele fim de semana para terminar um projeto do trabalho.

"Que bom que vocês estão aqui", ela disse, servindo-se de outra xícara de café, apesar de saber que não deveria; o nervosismo com a chegada de Ian a qualquer momento estava começando a fazer seu estômago ficar embrulhado. "Vou passar alguns dias fora", ela disse, virando-se para seus amigos.

"Vai para Ann Arbor?", Caden perguntou antes de cortar um waffle coberto por mel. Os pais dela viviam em Ann Arbor, Michigan.

"Não", ela disse, evitando o olhar de curiosidade de Davie.

"Para onde vai, então?", perguntou Davie.

"Hum... Paris."

Caden parou de mastigar e olhou para ela, que se assustou ao escutar uma batida rápida na porta da frente. Ela pousou a xícara sobre o balcão fazendo barulho, e o café espirrou em seu punho.

"Explico quando voltar", disse a Davie enquanto usava o pano de prato para secar o braço. Começou a sair da cozinha.

Davie entrou em seu caminho. "Você vai com o Noble?"

"Vou", disse Francesca, tentando entender por que se sentia tão culpada por confirmar.

"Então telefone assim que puder", Davie insistiu.

"Tudo bem. Ligo amanhã", ela disse.

A última imagem que viu ao sair da cozinha foi a cara de preocupação de Davie. *Droga*. Quando Davie fazia cara de preocupado, normalmente ele tinha motivos.

Será que aquela era a decisão mais idiota que ela já tinha tomado na vida?

Ela abriu a porta da frente e todos os seus pensamentos sobre Davie e sobre esperteza *versus* tolice desapareceram. Ele estava de pé diante da porta, vestindo uma calça azul-escura, uma camisa branca de botões aberta na gola, e uma jaqueta azul de capuz. Bem, pelo menos, não estava vestindo um de seus ternos imaculados, não destoava tanto das roupas que ela estava usando.

"Você está pronta?", ele perguntou, observando-a com os olhos azuis.

Ela assentiu e pegou a mala e a bolsa. "Eu... eu não sabia o que vestir", ela disse, fechando a porta ao sair.

"Não se preocupe com isso", ele disse ao pegar a mala dela. Ele olhou para trás, para ela, ao descer a escada. Ela sentiu o coração acelerado quando ele abriu um de seus raros sorrisos. "Você está perfeita."

Ela sentiu o rosto enrubescer com o elogio, e ficou contente quando ele se virou. Ele a apresentou a seu motorista, Jacob Suarez, um hispânico de meia-idade com um belo sorriso. Imediatamente, Jacob pegou a bolsa de Francesca e a colocou no porta-malas enquanto Ian abria a porta do carro para ela.

Ela se sentou em um dos assentos que pareciam um sofá, observando o ambiente luxuoso da elegante limusine. Ficou surpresa com a maciez do assento e o cheiro — couro misturado ao cheiro apimentado e limpo de Ian. A tela da televisão acoplada estava desligada, mas o laptop de Ian estava aberto sobre a mesa entre os dois bancos de couro. Música clássica ressoava do aparelho de som. Bach — os concertos de Bradenberg, ela reconheceu depois de alguns segundos. Parecia perfeito para Ian — o homem e a música eram matematicamente precisos e intensamente enérgicos. Havia uma garrafa fresca e recém-aberta da água com gás preferida de Francesca sobre a mesa perto do computador dele.

Ian tirou a jaqueta e se sentou no assento à frente dela.

"Você dormiu bastante?", ele perguntou quando se acomodou e o carro começou a descer a rua lentamente.

"Um pouco", mentiu.

Ele assentiu, observando o rosto dela. "Você está linda. Gosto de seu cabelo assim. Você não costuma alisá-lo, não é?"

Ela sentiu as faces quentes de novo, mas, dessa vez, de vergonha. "Demora muito."

"Você tem bastante cabelo", ele disse, esboçando um sorriso. Talvez tenha percebido que ela corava. "Não se preocupe. Não estou reclamando. Gosto de cada fio. Você se importa se eu trabalhar?", ele perguntou com repentina relutância. "Quanto mais eu fizer aqui e no avião, mais poderei me concentrar totalmente em você quando chegarmos lá."

"Claro que não", ela disse, um tanto atordoada com a repentina mudança de assunto.

Ela não se importava que ele trabalhasse. Gostava de poder observá-lo enquanto sua concentração estivesse voltada a outra coisa. *Ele usava óculos?* Ela o observou pegar um par de óculos finos e de lentes estilosas. Ele digitava com tanta rapidez que causaria inveja na mais eficiente das assistentes administrativas. Estranho... pensar que aquelas mãos enormes e masculinas pudessem se mover com tamanha precisão.

Ele usaria aquelas mãos para fazer amor com ela em breve. Ela mal conseguia acreditar. Seu primeiro homem seria Ian Noble.

Uma sensação quente e pesada se alojou no baixo-ventre e em sua vagina. Ela bebericou sua água com gás gelada e forçou-se a olhar pela janela. Uma série de perguntas invadiu sua mente. Quando eles passaram pela Skyway e seguiram em direção à Indiana, ela não conseguiu mais se conter.

"Ian, aonde estamos indo?"

Ele piscou e olhou para a frente, dando a ela a impressão de que acabava de sair de um transe profundo. Olhou pela janela.

"Para um pequeno aeroporto onde mantenho meu avião. Estamos quase chegando", ele disse, digitando mais um pouco no computador antes de fechá-lo.

"Você tem um avião?"

"Tenho. Eu viajo bastante, muitas vezes de uma hora para a outra. Um avião se tornou uma necessidade absoluta."

Claro, ela pensou. Ele nunca ficaria satisfeito esperando por qualquer coisa.

"Quero mostrar algo a você em Paris hoje à noite", ele disse.

"O quê?"

"É surpresa", ele disse, com os lábios muito bem formados e firmes esboçando um sorriso.

"Não gosto muito de surpresas", ela disse, incapaz de desviar o olhar daqueles lábios.

"Mas vai gostar dessa."

Ela olhou dentro dos olhos dele e percebeu um brilho de diversão, além de algo mais... um calor forte. Ela teve a sensação de que a afirmação que ele fez a respeito dos desejos dela estava totalmente certa.

Como sempre.

Alguns minutos depois, ela olhou pela janela, boquiaberta. "Ian, o que estamos fazendo?", ela perguntou enquanto Jacob subia uma rampa.

"Dirigindo para dentro do avião."

Eles entraram no jato que esperava na pista do pequeno aeroporto. Ela se sentiu como Jonas entrando na barriga da baleia. "Não sabia que era possível fazer isso."

Ela olhou para ele, surpresa, e ele riu baixinho, o som arrepiou os pelos da nuca e dos braços de Francesca. Ele segurou a mão dela sobre a mesa e a puxou para o assento ao lado dele. Colocou a mão na mandíbula dela, levantou-a, e abaixou-se para beijá-la, envolvendo o lábio inferior dela com os seus, mordiscando-o. Enfiou a língua em sua boca e gemeu, e o beijo suave tornou-se voraz.

Ele levantou a cabeça quando escutou a porta de Jacob bater. O carro parou totalmente. Ela olhou para ele, um tanto paralisada pelo beijo inesperado.

Ele se recostou e pegou a maleta no mesmo instante em que Jacob bateu uma vez à porta e a abriu. Francesca o seguiu para fora do carro, sentindo-se confusa, animada e extremamente excitada.

O avião era diferente de qualquer coisa que ela já tinha visto. Eles pegaram o elevador para o segundo andar e entraram em um espaço onde havia um bar, um centro completo de entretenimento e um espaço com prateleiras, uma poltrona de couro acoplada, e quatro cadeiras reclináveis espaçosas e chiques. Cortinas caras cobriam as janelas. Ela nunca diria que estava dentro de um avião.

Ela seguiu Ian, de mãos dadas com ele.

"Quer beber alguma coisa?", ele perguntou com educação.

"Não, obrigada."

Ele escolheu duas poltronas, uma de frente para a outra, com uma mesa no meio.

"Sente-se aí", ele disse, indicando com a cabeça a cadeira à esquerda. "Tem um quarto, mas prefiro que você descanse aqui", ele disse, apontando para o centro de entretenimento com móveis de mogno.

"Tem um *quarto*?", ela perguntou, sentindo uma onda ridícula de vergonha só de dizer a palavra.

Ele se sentou na poltrona, olhando para ela. "Mas prefiro que você durma onde eu possa vê-la. Mas pode usar o quarto, se quiser. Fica ali dentro", ele disse, apontando para uma porta de mogno. "E também o banheiro, se precisar."

Ela se virou para que ele não notasse sua reação àquelas palavras. Voltou um pouco depois, trazendo o cobertor macio e o travesseiro que havia retirado da gaveta. Ele não disse nada, mas ela percebeu o sorrisinho dele quando começou a mexer no computador.

Ela se sentou e analisou o painel de controle eletrônico no braço da poltrona, tentando descobrir como reclina-la. E começou a fazer isso.

"Ah... Francesca?", ele chamou, sem desviar os olhos da tela do computador.

"Sim?", ela perguntou, erguendo o dedo do botão do controle.

"Tire suas roupas, por favor."

Durante muitos segundos, ela permaneceu olhando. Sentiu os batimentos cardíacos ressoarem em seu ouvido. Talvez ele tivesse percebido sua paralisia, porque olhou para ela, calmo. Esperando.

"Pode usar o cobertor enquanto dorme", ele disse.

"Então, por que quer que eu tire as minhas roupas, se permanecerei coberta?", ela perguntou, confusa.

"Quero saber que você está disponível para mim."

Ela sentiu a lubrificação quente em sua vagina. *Deus*. Ela devia ser tão pervertida quanto Ian para reagir daquele modo às palavras dele.

Lentamente, ela ficou de pé, com as pernas trêmulas, e começou a se despir.

Ele apertou o botão "Enviar" de seu computador, mandando a seus funcionários um memorando detalhado. Pela quinquagésima vez nos últimos cinco minutos, ele olhou para o contorno do corpo feminino encolhido embaixo do cobertor. O leve subir e descer do tecido mostrava que ela ainda estava descansando tranquila. Ele poderia ter dito, em questão de segundos, o momento preciso em que Francesca havia finalmente se entregado ao sono, cerca de cinco horas antes. Estava totalmente atento a ela. Se estava tendo dificuldades para se concentrar — se estava sofrendo — não podia culpar ninguém além de si mesmo. Ele insistira para que ela tirasse as roupas. Ele ficou sentado olhando, hipnotizado, enquanto ela retirava peça por peça, ele sentia a garganta secar e o coração bater no mesmo ritmo da pulsação de seu pênis.

Sempre que ele se lembrava de Francesca desviando o olhar e enrubescendo, com os cabelos lindos e gloriosos que chegavam quase à sua cintura, os seios nus e lascivos, de mamilos grandes, pernas de fazer qualquer homem chorar, por serem tão compridas, torneadas e firmes — e, pior de tudo — os pelos aparentemente macios e ruivos na junção de suas pernas, esparsos o suficiente de modo que ele conseguia ver claramente os lábios inchados e a abertura, seu sangue começava a enrijecer seu pau mais uma vez. E como se lembrava daquilo constantemente, mantivera a ereção pelas últimas cinco horas.

Seria um inferno não tocá-la antes da noite, mas ele havia prometido a si mesmo que tornaria a experiência o mais especial que conseguisse. Pior ainda seria tocá-la sem possuí-la. Ele tirou os óculos e ficou de pé.

Seria uma tortura deliciosa. Ele estava acostumado a sofrer.

Sentou-se no assento ao lado dela. Ela estava deitada de lado, virada para ele, com o rosto imóvel, em repouso. Os lábios dela tinham um tom mais profundo do que o tom cor-de-rosa comum. Seu pênis pulsou contra o tecido da cueca samba-canção. Será que ela podia estar excitada dormindo?

Ele segurou a ponta do cobertor que cobria os ombros dela e o desceu lentamente até os joelhos, provocando a si mesmo ao ver aquele esplendor ser revelado centímetro a centímetro. Ele sorriu ao ver que os mamilos dela estavam arrepiados. Que tipo de viagem erótica uma moça inocente como Francesca fazia enquanto dormia? Ele observou seu corpo, parando nos pelos loiro-avermelhados entre as coxas. Será que havia um brilho causado pela umidade ali? Devia ser sua imaginação... o desejo depois de horas de tortura excitante.

Ele pousou a mão sobre a barriga lisa dela. Francesca dissera ter sido obesa na infância, mas ele não conseguia encontrar sinais disso. Por ter perdido peso muito jovem, ela deve ter sido poupada das estrias. Sua pele era impecável. Ela se remexeu levemente enquanto dormia, o rosto momentaneamente tenso, suspirou e voltou a dormir. Ele continuou percorrendo sua pele acetinada e quente. Esticou o braço, escorregando o dedo naqueles pelos macios, enfiando-o entre os lábios vaginais que tomavam seus pensamentos noite e dia.

Ele gemeu de prazer. Não era só sua imaginação. A lubrificação dela cobriu seu dedo. Ele se mexeu, encontrando o clitóris, provocando-o com a ponta do dedo, chamando-a para ele dos cantos mais escuros de seus sonhos. Ele esticou a mão por um momento por cima da vagina dela, e a excitação fez seu pau pulsar. Era tudo muito quente, úmido e maravilhoso naquela abertura.

Ele olhava para ela quando Francesca abriu os olhos. Por um momento, os dois simplesmente se entreolharam enquanto ele estimulava o clitóris com o dedo. Ele viu quando uma vermelhidão tomou seus lábios e faces.

"Era por isso que você me queria à vontade?", ela perguntou, com a voz baixa e rouca de sono.

"Talvez. Não consigo parar de pensar em sua vagina. Estou ansioso para passar o máximo de tempo possível enfiado nela." Ele tocou o clitóris aplicando mais pressão, e observou, fascinado, Francesca gemer e mordiscar o lábio inferior. *Meu Deus.* Ele acabaria morrendo de tanto prazer. Ela era uma orgia infinita de prazer preso em uma única mulher linda e encantadora.

"Deite-se de costas", ele disse, com o dedo ainda entre os lábios vaginais molhados, olhando intensamente para o rosto dela ao observar as reações sutis a suas manipulações... e ia desvendando-a. Ele moveu a mão acompanhando seu corpo. "Agora, abra as pernas. Quero ver você", ele instruiu.

Ela abriu as pernas firmes. Ele fixou o olhar entre as pernas dela, tocou o painel de controle e abaixou o apoio de pés da poltrona. Ajoelhou-se diante dela, com o corpo entre os joelhos. Tirou a mão e olhou para a genitália totalmente fascinado.

"Costumo pedir às mulheres para se depilarem para mim", ele

disse. “Isso aumenta a sensibilidade e deixa a mulher totalmente disponível.”

“Você quer que eu faça isso?”, Francesca perguntou. Ele olhou para ela, cujos olhos escuros brilhavam de excitação.

“Não quero que mude nada. Você tem a boceta mais linda que já vi. Posso ser exigente, mas sei quando não mexer em algo perfeito.”

Ela teve dificuldade para engolir a saliva. Ele esticou o braço e usou os dedos para separar os lábios vaginais dela, expondo as dobras cor-de-rosa úmidas e a abertura escorregadia que levava à vagina. Seu pênis pulsou forte, sabendo exatamente onde queria estar naquele momento. Ele queria enfiar a língua naquela abertura e sorver aquele líquido. Desejava sentir aquilo.

Mas se sentisse seu gosto, ele a possuiria ali mesmo. Certamente.

Relutantemente, ele ficou de pé e voltou a se sentar ao lado dela. Inclinou-se e beijou seus lábios entreabertos enquanto voltava a estimular seu clitóris.

“Isso é gostoso?”, ele perguntou, observando o rosto corado dela.

“Sim”, ela disse de modo intenso, e sua reação, juntamente com os lábios e as faces rosadas e os mamilos eriçados, o convenceu. Ele acariciou o clitóris, aplicando um movimento de vaivém delicado e rápido com a ponta do dedo. Ela gemeu e ele sorriu. Ela estava tão úmida que ele conseguia escutar o movimento de seu dedo em sua carne macia.

“Você reage tão rapidamente. Mal posso esperar para ver o tamanho do prazer que posso dar a seu lindo corpo.”

Ele tocou o clitóris ainda mais forte, e ela se contraiu.

“Ah... Ian”, ela gemeu, remexendo o quadril, erguendo a pelve contra a mão dele de modo a aumentar a pressão.

“Tudo bem, linda”, ele sussurrou perto de seus lábios, beijando-os quando ela os entreabriu. “Dou a você o que não me permito neste momento. Goza na minha mão.”

Ele observou, totalmente duro, a tensão de seu corpo esguio e macio tomar conta, e ela gemer de prazer. Ele sentiu o cheiro — o perfume único que exalou de sua pele quando ela gozou. Incapaz de se controlar, ele a beijou, silenciando seus gemidos, matando a sede em seus lábios.

Quando os espasmos do orgasmo finalmente diminuíram, ele afastou os lábios dos dela e encostou a cabeça no espaço entre o ombro e o pescoço dela, quase tão ofegante quanto a própria Francesca. Depois de um instante, ele reconheceu que não conseguiria acalmar sua ereção enquanto permanecesse sentindo aquele aroma intoxicante.

Ele se endireitou e ficou de pé, e caminhou de volta à poltrona.

“Chegaremos logo em Paris”, ele disse, digitando no teclado e percebendo que o dedo que ele usara para fazê-la gozar ainda brilhava pela lubrificação. Fechou os olhos por um momento para afastar a imagem excitante. A cena permaneceu ali, aparentemente gravada em sua mente. “Por que não vai ao banheiro, tomar um banho e se trocar?”

“Trocar?”, ela perguntou.

Ele assentiu e olhou para seu belo corpo corado após o clímax. *Deus*. Ela era linda: tinha os olhos escuros de uma ninfa, a pele clara e macia de uma irlandesa, o corpo voluptuoso de uma deusa romana. Ele resistiu ao desejo forte de enfiar o pênis dentro daquele paraíso como um animal selvagem.

“Sim, vamos sair para jantar”, ele disse rapidamente.

“Você comprou alguma coisa para eu vestir?”, ela perguntou, os olhos de ninfa arregalados de surpresa.

Ele sorriu e voltou a atenção para o trabalho com um esforço hercúleo. “Eu disse que daria tudo de que você precisasse, Francesca.”

Ela devia estar meio maluca, porque quando viu o enorme quarto opulento da aeronave, não ficou surpresa. Talvez porque estava começando a conhecer Ian melhor e sabia que ele não ficaria satisfeito com algo que não fosse a perfeição. Ela abriu a porta do armário, como ele a orientou, e viu um vestido longo preto pendurado no cabide.

“A Lin pediu para avisar que outras coisas de que você possa precisar estão na primeira gaveta da penteadeira ou sobre o móvel”, disse Ian um momento depois. “Ela disse que a temperatura em Paris será agradável esta noite, cerca de dezoito graus Celsius, por isso, a meia-calça é opcional”, ele acrescentou, olhando para o telefone celular, lendo uma mensagem de sua eficaz assistente.

Dentro da gaveta de mogno embutida, ela encontrou um requintado conjunto de lingerie de renda preta. Pegou mais um item preto, confusa, mas percebeu que se tratava de uma cinta-liga. Ela sentiu uma onda de embaraço ao pensar que Lin havia separado aquela peça íntima para ela. Talvez ela já estivesse acostumada a realizar tarefas desse tipo o tempo todo.

Correu os dedos sobre o último item da gaveta: meias sedosas. Olhou com nervosismo para a porta fechada do quarto e enfiou a cinta-liga dentro da gaveta de novo. Provavelmente, Ian queria que ela as usasse, mas ela não fazia ideia de como vestir meias e cinta-liga. Além disso, Lin dissera que as meias eram opcionais, certo?

Sobre a penteadeira, havia duas caixas — uma de papelão e outra de couro. Ela abriu a caixa de sapato primeiro e gemeu de prazer ao ver um par de scarpins pretos e aveludados, supersensuais, enrolados em papel de seda. Francesca não era detentora de sapatos caros, nem em sonho — seus tênis de corrida eram o calçado mais caro que possuía —, mas ela devia ter dentro de si um coração de mulher, porque mal pôde esperar para experimentar os saltos sofisticados. Ela viu a marca e fez uma careta. Os sapatos provavelmente custavam mais do que três meses de aluguel de sua casa.

Sentindo-se animada, ela abriu a última caixa. As pérolas brilharam forte em contraste com o tecido preto e aveludado. O colar era uma peça chique, e os brincos eram formados por apenas uma pérola. Os dois eram elegantes.

Será que aquilo tudo era parte do pagamento por ela ter permitido que Ian a possuísse por algum tempo? A ideia a enojou.

Deixando de lado a caixa de couro, ela correu para o banheiro e tirou o cobertor com o qual havia se coberto. Um banho quente a estabilizaria, faria com que ela conseguisse afastar a sensação ruim. Enrolou uma toalha na cabeça para não molhar os cabelos e abriu o chuveiro.

Ela saiu do banheiro vários minutos depois com a pele brilhando por causa do creme perfumado que encontrara sobre a pia. Ainda não havia decidido o que fazer com as roupas e joias caras que Ian havia lhe dado.

"Estamos a uma hora da chegada. Tivemos sorte. As condições foram perfeitas", a voz de um homem soou, assustando-a. Percebeu que era o piloto, que falava por um microfone de algum lugar. Ela pensou em Ian no outro compartimento, olhando para a frente, perdendo a concentração no trabalho ao ouvir o piloto.

Ele queria que ela vestisse a roupa que ele comprara. Ficaria irritado se ela se recusasse. Ela não queria discutir com ele. Não naquela noite. Afinal, ela havia concordado em embarcar naquela aventura maluca.

Não tinha vendido a alma ao diabo para poder sentir seu toque?

Deixou de lado o pensamento melodramático e se aproximou da gaveta, de onde tirou a lingerie de seda e renda.

Vinte minutos depois, saiu do quarto, sentindo-se totalmente consciente e certa de que cairia de cara com os saltos enormes que estava usando. Ian olhou para ela de soslaio, e então olhou de novo. Ficou boquiaberto ao vê-la.

"Eu não soube o que fazer com meus cabelos", ela disse. "Tenho umas presilhas de plástico na bolsa, mas elas não me pareceram..."

"Não", ele disse, levantando-se. Mesmo de salto, ela continuava cerca de oito a dez centímetros mais baixa do que ele. Ele esticou o braço e passou os dedos pelos cabelos dela. Pelo menos, ela os havia alisado de manhã, por isso não estavam armados depois das horas de sono. Estavam lisos e brilhantes e combinaram com o vestido preto depois de serem penteados, mas até mesmo Francesca — que nada entendia sobre moda — sabia que o vestido que estava usando pedia que os cabelos fossem presos. "Vamos conseguir algo para prendê-los amanhã. Mas hoje à noite, eles podem ficar soltos. Cabelos gloriosos como esses nunca se tornam inadequados."

Ela sorriu de modo incerto. Ele olhou para os seios, a cintura e a barriga dela, e ela corou. Francesca sentira-se assustada e também excitada ao ver como o tecido fino do vestido moldava seu corpo. O vestido era sensual e elegante — ou pelo menos seria no corpo de outra pessoa, corrigiu-se ela ao observar o rosto de Ian com ansiedade.

Será que ele tinha gostado? Ela não soube determinar com precisão pela cara que ele fez.

“Não vou ficar com nenhuma destas coisas”, ela disse. “São demais.”

“Eu disse que podia lhe oferecer duas coisas nessa situação.”

“Sim... prazer e experiência.”

“Sinto muito prazer ao ver sua beleza revelada. Quanto a você, a roupa faz parte da experiência, Francesca.” Ele a observou mais uma vez e soltou seus cabelos, com a mandíbula tensa. “Por que não aproveita? Eu sei bem que vou aproveitar”, ele disse, e se virou para entrar no quarto, fechando a porta com um clique breve.

Uma hora e meia depois, Francesca estava no meio do Palais-Royal, em uma mesa reservada no histórico restaurante Le Grand Véfour. Estava surpresa com a arte tão voluptuosa, a comida maravilhosa, a expectativa em relação ao que aconteceria mais tarde... com o olhar constante dos olhos semicerrados de Ian, que mal conseguia engolir a comida, muito menos apreciá-la como deveria.

A experiência toda foi pura sedução.

“Você quase não comeu”, disse Ian quando o garçom se aproximou para retirar os pratos de entrada.

“Sinto muito”, ela disse com sinceridade, retraindo-se por dentro ao pensar no dinheiro e esforços que tinham sido despendidos naquela refeição sublime, de bife *bourguignon* e purê de batata e trufas negras, que estava prestes a ser jogada no lixo. O garçom fez uma pergunta a Ian em francês, e ele respondeu de modo gentil, sem desviar o olhar dela. Uma coisa era certa: ela mal conseguira parar de olhar para ele desde que saíra do quarto do avião, vestindo uma versão moderna de um smoking clássico com uma gravata preta em vez de laço, uma camisa branca imaculada e um lenço enfiado no bolso. Ele atraiu todas as atenções no restaurante exclusivo enquanto a levava até a mesa.

“Está nervosa?”, ele perguntou baixinho quando o garçom se afastou.

Ela assentiu, intuindo o que ele queria dizer. Olhou para os dedos compridos dele, que faziam movimentos circulares na base da taça de champanhe, e controlou um arrepio.

"Você ficaria menos nervosa se soubesse que eu também estou?"

Francesca hesitou e olhou para ele. Os olhos azuis brilhavam ainda mais intensamente.

"Sim", respondeu. E depois de uma pausa. "Está nervoso?"

Ele assentiu de modo pensativo. "Creio que tenho bons motivos para isso."

"Por que está dizendo isso?", ela perguntou.

"Porque estou tão excitado para tê-la que existe a possibilidade de eu perder o controle. Nunca perco o controle, Francesca. Nunca. Mas pode acontecer esta noite."

A ansiedade percorreu o corpo dela ao perceber a intensidade na voz dele. Por que imaginar Ian descontrolado de tesão mexia tanto com ela? Surpreendeu-se quando o garçom voltou e colocou uma bela sobremesa diante dela e peças de prata para o café diante de Ian.

"*Est-ce que vous voulez quelque autre chose?*", perguntou o garçom a Ian.

"*Non, merci.*"

"*Très bien, bon appétit*", e assim o garçom se afastou.

"Não pedi isto", disse Francesca, olhando com dúvida para a sobremesa.

"Eu sei, eu pedi por você. Coma um pouco. Você vai precisar de energia, querida." Ela olhou para ele e viu seu sorriso. "É a especialidade da casa, *palet aux noisettes*. Ainda que estivesse a ponto de explodir depois de comer muito, ainda assim comeria isto. Acredite." Ela pegou o garfo.

Francesca gemeu de modo sensual um instante depois ao provar a combinação de bolo, mousse de chocolate, avelãs e sorvete de caramelo. Ele sorriu e ela retribuiu o sorriso, mais entusiasmada para uma segunda degustação.

"Você fala francês muito bem", ela disse antes de levar o garfo à boca.

"Não poderia ser diferente. Tenho cidadania francesa e inglesa. Às vezes, não sei bem se minha língua-mãe é francês ou inglês. As pessoas falavam francês onde cresci; minha mãe, inglês."

Francesca parou de mastigar, lembrando-se do que a sra. Hanson havia contado a ela, sobre os avós de Ian terem encontrado a filha no norte da França e descoberto um neto também. Ela queria perguntar mais sobre seu passado.

"Você nunca fala de seus pais", ela disse com cuidado, comendo mais do doce.

"Você também nunca fala dos seus. Não é próxima deles?"

"Não muito", ela disse, disfarçando a insatisfação ao perceber que ele havia mudado o assunto para não falar de si. "Durante toda a minha vida, pensei que eles me reprovassem por eu ser gorda. Agora que não estou mais acima do peso, concluí que eles simplesmente não me entendem. Ponto final."

"Sinto muito."

Ela deu de ombros, brincando com o garfo. "Nós nos damos bem. Não brigamos, não há drama. É que... é doloroso estar perto deles."

"Doloroso?", ele perguntou, parando com a xícara de café perto da boca.

"Não *doloroso*, acho. Só... estranho", ela disse, erguendo o garfo.

"Eles não reconhecem seu talento como artista?"

Ela fechou os olhos por um instante ao sentir os sabores derretendo na língua. "Minha arte os irrita. Mais a meu pai do que minha mãe", ela disse depois de sentir o doce e engolir. Ela passou o polegar pelos lábios, limpando uma gota de chocolate ao leite com a ponta da língua. Deus, que delícia.

Ela olhou para Ian quando este jogou o guardanapo sobre a mesa.

"Pronto. Está na hora de irmos", ele disse, empurrando a cadeira para trás.

"O quê?", ela perguntou, assustada com a atitude abrupta.

Ele se aproximou para ajudá-la a sair da cadeira. "Nada", ele disse, segurando sua mão. "Só me lembre de que, na próxima vez em que eu estiver me controlando, não devo pedir chocolate para você comer."

O prazer tomou conta dela com o comentário, e a intensidade dele foi ainda maior do que a do sabor delicioso do *palet aux noisettes*.

"Onde vamos nos hospedar?", perguntou Francesca a ele minutos depois, enquanto Jacob atravessava a quase deserta Rue du Faubourg

Saint-Honoré. Diferentemente do trajeto do aeroporto ao restaurante, quando ela havia permanecido sentada ao lado dele na limusine, segurando sua mão, Ian agora estava sentado à frente dela, com a atitude distante, olhando pela janela.

"No Hotel George v. Mas não vamos para lá ainda."

"Então, aonde..."

O carro diminuiu a velocidade. Ele assentiu ao olhar para fora. Ela arregalou os olhos ao reconhecer a forma e a arquitetura complexa do Segundo Império que tomava o quarteirão todo.

"*O Museu St. Germain?*", ela perguntou, brincando. Já conhecia o museu de antiguidades gregas e italianas da época em que estudou em Paris. O museu ficava em um dos poucos palácios particulares que restavam na cidade.

"Sim."

Ela parou de sorrir. "Está falando sério?"

"Claro", ele respondeu, com calma.

"Ian, já passa da meia-noite em Paris. O museu está fechado." Jacob parou a limusine. Um instante depois, o motorista bateu uma vez na porta de trás e a abriu. Ian saiu e segurou a mão dela para ajudá-la a sair do carro na rua pontuada por árvores e mal iluminada. Ele sorriu quando ela olhou para ele com desconfiança, e pegou sua mão.

"Não se preocupe. Não ficaremos muito. Quero tanto ir para o hotel quanto você. Mais, até", ele disse com a voz baixa. Ele a guiou pela calçada, até uma porta dentro de uma pedra em arco. Para sua surpresa, um homem elegante de cabelos grisalhos imediatamente atendeu quando Ian bateu na porta pesada de madeira.

"Sr. Noble", ele cumprimentou com o que pareceu uma mistura de satisfação e respeito. Eles entraram e o homem fechou a porta antes de digitar algo em um teclado. Francesca escutou um clique longo. Uma luz verde começou a piscar no que parecia ser um sistema complexo de segurança.

"Alaine. Não posso expressar a minha gratidão por esse favor tão especial", Ian disse quando o outro homem se virou. Os dois trocaram um aperto de mãos na entrada de mármore branca e a meia-luz, enquanto Francesca olhava ao redor, confusa, mas curiosa. Aquela não era uma entrada para o público.

"Bobagem, não foi nada", disse o homem de modo sorrateiro, como se estivesse em um tipo de missão noturna clandestina.

"Como está sua família? O monsieur Garrond está bem?", perguntou Ian.

"Muito bem, apesar de estarmos vivendo como gatos sem casa no momento; estamos realizando uma enorme reforma em nosso apartamento. Acho que estamos velhos demais para termos a rotina alterada. Como anda o lorde Stratham?"

"Minha avó disse que ele se tornou um cabeça-dura depois da cirurgia no joelho, mas a teimosia dele é boa, nesse caso. Ele está se recuperando bem."

Alaine riu. "Por favor, mande minhas saudações quando os vir de novo."

"Claro, mas talvez você os veja antes de mim. Vovó planeja vir à abertura da exposição de Polygnotus na próxima semana."

"Temos sorte", disse Alaine, sorrindo, e Francesca compartilhava da mesma sensação. Ele olhou para Francesca com educado interesse. Estava claro que ela notara sua atenção e curiosidade.

"Francesca Arno, quero que conheça Alaine Laurent. Ele é o diretor do St. Germain."

"Sra. Arno, seja bem-vinda", ele disse, segurando sua mão. "O sr. Noble me disse que a senhora é uma artista muito talentosa."

Ela ficou contente ao saber que Ian a havia elogiado sem seu conhecimento. "Obrigada. Meu trabalho não é nada parecido com o que o senhor vê todos os dias aqui. Eu adorava vir ao St. Germain quando era estudante em Paris."

"É um lugar de inspiração, assim como a arte e a história, não é?", ele perguntou, sorrindo. "Espero que a obra que o Ian mostrar esta noite ofereça inspiração especial. Estamos muito orgulhosos por termos a peça aqui no St. Germain", ele disse de modo misterioso. "Bem, vou deixá-los à vontade. Já organizei tudo para vocês. Por favor, saibam que não serão perturbados. Desliguei os mecanismos de vigilância do salão Fontainebleau para sua visita, de modo a dar-lhes um pouco de privacidade. Estarei na ala leste, se precisarem de mim", disse o monsieur Laurent.

"Não precisaremos. E quero agradecer de novo pela consideração. Sei que foi um pedido incomum", disse Ian.

"Tenho certeza de que você não o faria sem um excelente motivo", disse monsieur Laurent com gentileza.

"Chamarei você quando terminarmos nossa visita. Não demoraremos", disse Ian.

Monsieur Laurent fez uma leve reverência totalmente natural e graciosa e se afastou.

"Ian, o que estamos fazendo?", perguntou Francesca quando ele começou a levá-la por um corredor arqueado e escuro na direção oposta à que monsieur Laurent havia seguido.

Ele não respondeu imediatamente. Era difícil para ela manter o ritmo das passadas de Ian, afinal, estava usando saltos agulha. Rapidamente, eles começaram a entrar em corredores da enorme e linda construção e, por fim, adentraram áreas do museu que ela reconheceu. Era um museu ao estilo de salão *versus* uma galeria. O interior do St. Germain como palácio havia sido preservado. Caminhar pelas salas dava a impressão de estar dentro de um palácio lindo, elegante do século XVII, com detalhes decorativos inenarráveis e peças incríveis da arte grega e romana.

"Você quer que eu pinte algo para você, e a inspiração está aqui no St. Germain?", ela perguntou.

"Não", ele disse, sem olhar para ela enquanto caminhava, e o som dos sapatos dela no piso de mármore ecoava no teto e nos arcos de mármore.

"Por que está com tanta pressa?", ela perguntou, incrédula.

"Porque eu disse a mim mesmo que queria proporcionar a você esta experiência, mas também quero ficar a sós com você no hotel." Ele disse isso com tanta firmeza que Francesca não soube responder enquanto eles passavam por salões à esquerda e à direita, e as imagens que via apenas aumentavam a sensação de irrealidade. Ela achava que as coisas tinham sido surreais ao longo do dia todo, mas caminhar por corredores desertos de um palácio ao lado de Ian a deixou muito desorientada. Ele entrou em um salão longo e estreito, e de repente, parou.

A parada foi tão repentina que ela quase tropeçou, os cabelos cobriram seu rosto. Percebeu o que Ian observava e olhou para cima, fascinada. Ficou boquiaberta de surpresa.

"Afrodite de Argos", ela disse.

"Sim. O governo italiano a emprestou a nós por seis meses."

"*Nós?*", ela sussurrou ao observar a estátua valiosíssima de Afrodite. A luz da lua entrava pela coluna arqueada com aberturas do teto, cobrindo o salão e a estátua de suave luminescência. O torso graciosamente torcido e a expressão sublime entalhada no mármore branco eram de tirar o fôlego, destacando-se à meia-luz.

"O Palácio de St. Germain pertence à família de meu avô. James Noble é o patrono do museu. Sua coleção é uma das muitas contribuições ao público — um presente àqueles que compartilham de seu amor por antiguidades. Eu faço parte do quadro diretivo do St. Germain, assim como a minha avó."

Ela olhou para ele, surpresa com a admiração e reverência que ele dedicava à estátua. Uma *agradável* surpresa. Ele costumava ser tão estoico. Havia partes de Ian Noble que ela desconhecia.

"Você adora essa peça", ela disse ao se lembrar da miniatura que ele mantinha em sua cobertura em Chicago.

"Eu a compraria, se pudesse", ele admitiu. Seu sorriso pareceu um tanto triste. "Mas não se pode comprar Afrodite, não é? Pelo menos, é o que dizem."

Ela hesitou. Uma estranha sensação de fraqueza tomou conta dela, ali, ao lado daquele homem interessante e enigmático.

"Por que gosta tanto dessa peça em especial?", ela perguntou.

Ele olhou para Francesca, e a luz da lua tornava os traços dela tão lindos quanto os de Afrodite.

"Além da arte e da beleza? Talvez por causa do que ela está fazendo."

Ela franziu a testa e olhou de novo para a estátua. "Ela está se banhando, não é?"

Ele negou com um movimento de cabeça. Ela percebeu que ele olhava para ela. "Ela está partilhando seu ritual diário de pureza. Todos os dias, Afrodite se lava e surge renovada. É uma boa fantasia, não acha?"

"Do que está falando?", perguntou Francesca, olhando para ele, surpreendida pela imagem dele à sombra e pelo brilho em seus olhos. Ele esticou o braço. As pontas de seus dedos estavam quentes ao tocarem o rosto dela, mas ela se arrepiou mesmo assim.

"De podermos lavar nossos pecados. Fico pensando nos meus, Francesca", ele disse, baixinho.

"Ian...", começou ela, sentindo compaixão com o tom de voz dele. Por que ele tinha tanta convicção de que era impuro?

"Deixa pra lá", ele a interrompeu. Ficou de frente para ela, colocou as mãos em sua cintura e a puxou contra seu corpo. Ela arregalou os olhos. Com os saltos, ela estava mais alta e sentiu os testículos firmes dele pressionando seu monte de Vênus e a protuberância do pênis na coxa esquerda. *Como ele podia estar tão duro se eles nem sequer tinham se tocado? Seria algo relacionado à Afrodite?*, ela pensou.

Ele passou a mão no rosto de Francesca, virando sua face para a luz da lua. O coração dela começou a bater forte dentro do peito. Ele remexeu o quadril, deixando-a sem fôlego ao perceber sua ereção completa. Ele a segurou pelo quadril, abaixou a cabeça e esfregou os lábios nos dela, como se tentasse sugar sua respiração.

"Minha nossa, eu te quero tanto", ele disse quase com raiva, antes de beijá-la, a língua separando seus lábios. Entrar em contato com ele era como, de repente, ser jogada em uma fogueira. A força dele, seu gosto, a inundavam. Ela se remexeu, e ele a segurou contra seu corpo, e ela sentiu os músculos de seu corpo viril. Nunca antes havia visto tamanho desejo em um homem. Será que aquela excitação estava se acumulando dentro dele o dia todo? A semana toda?

Ela gemeu enquanto ele a beijava, seu corpo de mulher derretendo-se com o calor daquele corpo de homem. Ele levou as mãos às faixas do vestido dela. Quando ele interrompeu o beijo um momento depois, Francesca sentiu-se tonta de excitação. Ele deu um passo para trás. A lateral do vestido dela estava aberta, expondo a pele nua à luz da lua. Ele puxou o tecido para o lado, expondo o corpo quase nu. Seus olhos percorreram sua pele. Ela ficou sem ar ao ver a reverência nos traços dele, misturada ao desejo enorme. Suas narinas se dilataram ligeiramente.

“Quero que você se lembre disto pelo resto de sua vida”, ele disse abruptamente.

“Eu me lembrarei”, ela respondeu sem hesitação. Quem poderia se *esquecer* de uma experiência tão forte? Ela ficou surpresa com o que ele disse.

“Sente-se aqui”, ele disse, pousando a mão em seu quadril.

Ela pensou em dizer algo, mas ele a estava guiando para o pedestal de mármore que cercava Afrodite. Ela se sentou e sentiu o mármore frio e rígido embaixo do tecido fino de seu vestido. Ian apoiou as mãos nos joelhos dela e os separou. Ajoelhou-se diante dela.

“Ian?”, ela perguntou, confusa.

As mãos dele tremiam ao descer a calcinha dela até os joelhos? Francesca sentiu sua vagina contrair-se com a excitação pelo que estava por vir.

“Pensei que pudesse esperar. Não posso”, ele disse, e ela percebeu o tom de arrependimento no que ele disse. Ele olhava para o rosto dela enquanto acariciava as coxas e o quadril, e ela sentiu que esquentava o mármore frio. “Se eu não sentir seu gosto agora, acho que vou morrer. E se sentir seu gosto, não vou conseguir parar. Vou ter que foder você aqui e agora.”

“Nossa”, ela gemeu trêmula. Sentiu a umidade familiar no meio das pernas. Ele abaixou a cabeça. Com as mãos, afastou ainda mais as pernas. Ela arregalou os olhos ao sentir a ponta da língua quente dele entre seus lábios, esfregando e tocando seu clitóris.

Ela segurou os cabelos dele e gemeu. Jogou a cabeça para trás. Em meio à névoa de seu êxtase voluptuoso, ela viu Afrodite observando sua iniciação com calma, satisfação suprema.

PARTE 4

PORQUE VOCÊ PRECISA APRENDER

7

Ela se sentiu derretendo na pedra fria de mármore, perdendo toda a noção, vivendo apenas para sentir o próximo toque, o próximo deslizar sensual da língua de Ian em sua vagina. Ela enroscou os dedos nos cabelos dele, adorando as sensações. Como os seres humanos conseguiam viver, trabalhar, dormir e comer tendo tanto prazer disponível a eles?

Talvez *ele* fosse a resposta a sua pergunta. Nem todo mundo tinha um amante tão talentoso e glorioso à disposição. Certamente, a língua e a boca de Ian deviam ser as mais habilidosas no planeta na hora de dar prazer...

Ele começou a usar as mãos, e ela se deitou ainda mais sobre o pedestal, segurando-se, inclinando a pelve para um ângulo mais confortável. O gemido de satisfação dele em sua pele foi a recompensa. Ele abriu as coxas dela ainda mais, vasculhando, explorando. O grito dela ecoou no teto alto abobadado quando ele enfiou a língua mais profundamente em sua abertura.

"Ian!"

Ele a fodeu com a língua, lenta e cuidadosamente a princípio, mas, conforme os segundos foram passando, com mais luxúria, quando o quadril dela começou a fazer movimentos de vaivém. Ele gemeu, espalhando as mãos grandes sobre o quadril dela, os dedos segurando suas nádegas, e a manteve constante para terminar o que estava fazendo. Ela gemeu quando ele mordeu sua vagina toda com a boca, a língua alojada dentro de sua vagina, e usou o lábio superior para aplicar uma pressão constante em seu clitóris. Ele virava a cabeça rapidamente, de um lado a outro entre as coxas, estimulando-a bem no ponto. Ela arregalou os olhos.

Olhou para a deusa do sexo e do amor, arrebatada, entregando-se a um orgasmo forte. Ian a segurou, movendo a boca com força controlada, com a língua explorando, buscando cada tremor de prazer daquele corpo trêmulo. Quando ela se acalmou, ele demorou um pouco mais para sugar o líquido restante. Ele sabia que ela seria deliciosa, pelo gosto de sua boca e de sua pele, mas não tinha se preparado para tamanha luxúria.

Ele estava totalmente embriagado pelo sabor dela, mas ainda queria mais.

Mas seu pênis rígido tinha outros planos. Ele a puxou para si, beijando o contorno de sua barriga bem definida. Ficou em pé, fazendo uma careta pela dor que sentia no pênis. O gosto sublime dela havia, temporariamente, acalmado seu desejo, que voltou de modo intenso quando ele olhou o corpo dela, seminu e exposto sobre o pedestal, com a luz da lua brilhando em seus olhos escuros e fazendo brilhar sua boceta úmida.

Ele a ergueu, gostando da maneira com que ela se aconchegou contra ele. Ela sabia ser teimosa de vez em quando, caprichosa. Ele se emocionou ao vê-la recostar a cabeça em seu ombro, tão confiante.

Fez com que ele quisesse possuí-la ainda mais.

Ele a levou para um sofá baixo, de veludo, posicionado a vários metros do pedestal, na frente da Afrodite — um sofá digno de rei, se Ian se lembrava bem. Em vez de colocá-la ali, ele a deixou de pé. Rapidamente tirou o vestido e o colocou nas costas de uma cadeira próxima. Em seguida, tirou o smoking. Ela olhou para ele sem entender quando ele usou a peça para cobrir a almofada do sofá.

“Luís XIV já descansou aqui. Minha avó me estrangularia se eu... derramasse algo aqui.”

Seu sorriso discreto ficou maior quando ele ouviu o riso solto dela. Levou as mãos ao rosto dela e o ergueu para um beijo faminto, devorando-a de modo guloso. Ele sentiu o pênis pulsar quando ela, de modo tímido e por curiosidade, lambeu os lábios dele, sentindo o próprio gosto.

"Isso mesmo. Você também pode provar desse doce", ele disse ao afastar-se para encontrar um preservativo. O vulcão dentro dele já estava prestes a explodir. Ele não podia confiar em sua sanidade, não sabia como seria se não penetrasse Francesca logo... o mais rápido possível. "Deite-se no sofá", ele disse, a voz firme nos ouvidos dela.

Francesca se reclinou no smoking, as pernas e barriga pálidas sob a luz da lua e entrando em contraste com o preto da peça. O sofá não tinha braço, era longo e amplo, com o encosto curvado. Ela se deitou de modo a deixar o corpo reto, com a cabeça apoiada no encosto, os tornozelos apoiados na ponta do móvel. Sua beleza o deixou descontrolado, a ponto de ranger os dentes.

Começou a tirar a calça depressa. Abaixou a peça até os joelhos e tirou a cueca, expondo a ereção. Fez uma pausa enquanto desenrolava o preservativo um instante depois, e então percebeu que ela olhava para seu pênis com olhos enormes.

Ela estava com medo dele.

"Tudo bem. Vou fazer devagar", ele disse, descendo a borracha apertada em direção à base.

"Quero tocar você", ela sussurrou.

Ele parou, segurando a base do pênis, que pulsou em sua mão diante da doçura daquele pedido inesperado. Ele a imaginou fazendo o que pedira, e pensou no desespero que seria sentir seus dedos, seus lábios, sua língua...

"Não", ele disse de modo mais abrupto do que pretendia. Arrependeu-se ao ver a expressão surpresa dela. "Preciso penetrar você agora. Preciso. Já esperei tanto tempo. Tempo demais."

Ela só assentiu, com os olhos grandes e escuros encarando o rosto dele. Ian tirou os sapatos, as meias e a calça. A camisa foi mais um obstáculo. Ele a desabotoou, mas não conseguia desviar o olhar das pernas abertas dela, com a vagina molhada. Estava maluco de desejo. Ele se abaixou sobre ela, com os joelhos perto da beira do sofá largo, as mãos perto de seus ombros. Ele sabia que devia colocar os joelhos entre as coxas afastadas de Francesca, mas algo fez com que ele abrisse as próprias pernas, envolvendo-a por fora totalmente.

Tão linda... e para ele.

"Segure a ponta do sofá", ele a orientou.

Ela se mostrou confusa com o pedido, mas obedeceu mesmo assim, fazendo com que o pênis dele latejasse, pesado... ardendo. Quando os braços dela estavam acima da cabeça, segurando a ponta do sofá, ele gemeu de satisfação.

"Queria poder amarrá-la, mas como não posso, você deve manter os braços para trás, entendeu?", ele perguntou, tenso.

"Gostaria de tocar você", ela disse, e o movimento de seus lábios rosados o envolvia.

"Eu adoraria que você me tocasse também", ele disse, segurando seu pênis. "Por isso mesmo você vai manter os braços acima da cabeça, custe o que custar."

Ela estava tendo muita dificuldade para respirar normalmente, deitada ali, segurando-se na ponta de madeira do sofá, olhando para aquela imagem de grande beleza masculina. Queria muito poder tocar Ian, mas apenas ficou observando enquanto ele tocava a si mesmo. Ele escorregou a palma da mão na extensão do órgão grosso preparando-se para penetrá-la. Os músculos de sua vagina se contraíram de excitação e ansiedade. Ele estava tão grande, parecia tão carregado de desejo.

No último segundo, ele pareceu mudar de ideia e soltou o pênis, que permaneceu ereto entre os dois corpos. Ele abriu o fecho da frente do sutiã de seda. Ela sentiu uma excitação forte quando ele afastou a peça, revelando seus seios. Ela viu o pênis dele pulsar.

"Vênus", ele disse, esboçando um leve sorriso. Ela esperou, a respiração presa, torcendo para que ele tocasse a pele ardente de seus seios e os mamilos arrepiados, mas não foi o que ele fez. Segurou o pênis de novo. Abrindo as pernas de Francesca ainda mais, ele pressionou a cabeça do pênis contra sua abertura. Ela mordeu o lábio para abafar um grito. Ele gemeu — e ela não soube dizer se tinha sido por excitação ou por insatisfação — quando flexionou as pernas e conseguiu penetrá-la um pouco.

"Ai, meu Deus, você vai me matar", ele murmurou.

Ela viu como os traços dele estavam sérios, e viu os dentes brancos quando ele fez uma careta. Desejando dar prazer a ele mais do qualquer coisa naquele momento, ela ergueu o quadril. Gritou ao sentir a pontada repentina de dor, quase sem perceber quando Ian rosnou de modo intimidador e deu um tapinha em seu quadril como advertência.

"Mantenha-se parada, Frances. O que está tentando fazer, nos matar?"

"Não, eu só..."

"Não importa", ele disse, e ela percebeu que sua respiração estava ofegante. "Está se sentindo melhor agora?", ele perguntou depois de um instante.

Ela percebeu que ele estava se referindo à dor que ela havia sentido. Como podia saber que tinha sido dolorido? De repente, ela se deu conta de que o pênis dele estava pela metade dentro de seu corpo. Seus músculos se contraíram ao redor do órgão pulsante de Ian. Foi um pouco desconfortável, mas a dor aguda já havia passado.

Ian dentro dela. Fundido a ela.

"Não dói", ela sussurrou, com um temor em seu tom de voz.

Ela viu que ele engoliu em seco. Ele tirou a mão de seu joelho e a colocou entre suas pernas.

"Ah", ela gemeu, quando ele começou a pressionar e massagear seu clitóris com o polegar. Parecia saber a pressão exata a exercer para deixá-la louca de prazer. Seu pênis rígido aplicando pressão sobre seu clitóris dava outra dimensão de excitação.

"Pare de se remexer", ele disse, com uma mistura de desespero, carinho e excitação em ponto de erupção na voz. A mão dele tornava o desejo incontrolável. Ele pressionou com o quadril. Seu gemido foi alto quando o pênis entrou quase totalmente nela. Só sobrou espaço para a mão dele no meio das coxas dela. A dor se desfez em meio a uma sensação forte de pressão e prazer enquanto ele continuava a estimulação.

"*Ian*", ela gritou.

Ele movimentou o quadril levemente, pressionando a mão com mais firmeza contra o clitóris, e então o tocou com a própria pelve... uma... duas vezes. Ela gemeu e começou a tremer com um orgasmo, a vagina contraída, segurando o pênis dele. Dessa vez, apesar de sentir as ondas de prazer, teve a consciência de que o gemido dele era de excitação. Ela ainda estava gozando quando ele tirou a mão de sua vagina e se apoiou nos braços. Gemeu ao penetrar e sair de sua vagina de novo.

"Ai, meu Deus, sua *boceta*... melhor do que eu pensei que seria", ele gemeu de modo quase incoerente ao penetrá-la de novo, demoradamente e com força. "A melhor coisa será sentir sua pele."

Ela ainda estremecia enquanto as ondas do orgasmo tomavam seu corpo. Ian fez com que ela tremesse ainda mais conforme seus movimentos se tornaram mais intensos, a pelve começando a tocá-la com um ritmo forte. Ele parou um momento depois, totalmente envolvido no corpo dela, e bateu os testículos contra sua vagina exposta. Ela gemeu de prazer.

"Não quero machucá-la, mas você está me deixando maluco, Francesca", ele murmurou.

"Você não está me machucando."

"Não?"

Ela negou com um movimento de cabeça.

Ela sentiu a tensão aumentar no corpo dele. Ele começou a fodê-la de novo, e seu quadril o guiava com facilidade. Ela conteve um grito, que ardeu em sua garganta. Ela percebeu que ele estava se segurando antes, mas que agora se movimentava à vontade... e com maestria — uma qualidade que a surpreendeu. Seu movimento era delicado e selvagem ao mesmo tempo, controlado e descontrolado. Era como se ele inserisse prazer nela, tocasse sua carne com a carne dele até ela perceber que estava prestes a explodir a qualquer momento. Ela começou a remexer o quadril em movimento anti-horário, soltando pequenos gemidos sempre que eles se tocavam, com um som agudo de pele contra pele.

"Jesus", ele gemeu um momento depois, parecendo triste e extático ao mesmo tempo. Ele se apoiou de outra forma no sofá, e penetrou-a com tanta força que ela chegou a bater a cabeça no encosto do móvel. Surpresa, ela viu que ele havia estendido as pernas sobre o sofá e que seus pés agora estavam apoiados no chão. Ele se afastou do corpo dela e a penetrou de novo, rangendo os dentes.

"Ian, deixe-me soltar o sofá", ela implorou enquanto ele a penetrava sem parar e ela sentiu mais um orgasmo se aproximando. Ela desejava tocá-lo.

"Não", ele disse de modo tenso. Ele afastou os pés e a penetrou, gemendo quando seus corpos se tocaram. O sofá emitiu um rangido, mas felizmente, a peça valiosíssima não se desfez com os dois sobre ela. Ela batia a cabeça na almofada do encosto, seus seios balançavam a cada movimento forte do corpo dele, e a sensação só a excitava e inebriava. Ele levantou a mão e a levou entre seus corpos, abrindo os lábios vaginais dela, e remexeu o quadril, esfregando as bolas na vagina exposta dela, penetrando com movimentos circulares. "Só depois que você gozar de novo, linda."

Ela não parecia ter escolha. A pressão que ele aplicava nela era insuportável. Ela gritou surpresa quando sentiu a onda de prazer de novo. Ele gemeu de satisfação e começou a fodê-la com mais rapidez do que antes, deixando a selvageria que ele cuidadosamente controlava tomar conta dele.

Ela gritou protestando quando ele tirou o pênis abruptamente e apoiou os joelhos no sofá, envolvendo-a com as pernas. Sua respiração estava ofegante. Ela olhou para ele, seu orgasmo diminuindo com a ausência dele, e Francesca ficou surpresa com a atitude. À luz de emergência fraca, ela viu que ele usava a mão para se masturbar.

"Ian?"

Seu gemido foi de desespero ao começar a ejacular. Ela sentiu uma pontada no peito ao vê-lo gozar longe de seu corpo. Ela abaixou os braços lentamente, impotente... muito excitada com o que via.

Um instante depois, ele soltou o pênis e se curvou sobre ela, os músculos tensos, puxando o ar. Ela observou sua beleza sobre ela, possuindo seu corpo e alma, mas ele estava mais do que bonito, trêmulo e descontrolado pelo desejo.

Ela esticou os braços, escorregando as mãos por seu pescoço e massageando os músculos dos ombros. Ele se arrepiou ao toque, e ela adorou.

"Por quê?"

"Sinto muito", ele disse. "Comecei a me preocupar... gravidez."

"Tudo bem, Ian", ela sussurrou. Sentiu pena ao ver como ele se preocupava com a possibilidade de, sem intenção, engravidá-la. Cuidadosamente, ela pousou a mão sobre seu peito. Com a outra, pressionou suas costas para que ele deitasse o corpo sobre o dela.

"Venha aqui", ela insistiu ao perceber que ele resistia. Ele hesitou por um momento, mas logo se deitou sobre ela, o corpo pesado contra o dela, ato que Francesca viu como um milagre.

"Eu estava tão obcecado por você. Eu não... não estive com ninguém durante semanas. Não é muito comum isso acontecer. Percebi que estava tudo muito acumulado, e fiquei preocupado... pensei que o preservativo podia não ser suficiente. Tolice", ele disse ofegante.

Ela beijou o pescoço dele e acariciou suas costas largas. Algo forte e inexplicável cresceu dentro dela por ele ter admitido que havia se privado de suas práticas sexuais usuais.

Será que *ela* tivera mesmo algo a ver com aquela abstinência?

Não. Com certeza, não.

Isso a assustou um pouco, a complexidade dele, a solidão. Ela continuou a acariciá-lo enquanto ele se recuperava, o olhar fixo no rosto enigmático da Afrodite que os observava, tentando imaginar se ela os abençoava ou amaldiçoava.

Ele parecia perdido em um mundo particular no caminho para o hotel, apesar de ter se sentado ao lado dela no banco de trás da limusine, abraçando-a, e Francesca repousou a cabeça contra seu peito, acariciando seus cabelos. A princípio, temeu que ele estivesse arrependido de sua vulnerabilidade no museu — que ele próprio admitiu —, mas ela começou a relaxar depois de um tempo. Com os olhos semicerrados, ela observava as luzes de Paris pela janela, relembrando os detalhes do que havia ocorrido de modo tão inesperado naquele salão.

Ele não podia se arrepender de uma experiência tão incrível, certo?

O Hotel George v localizava-se perto do Champs-Elysées. *Chamá-lo de luxuoso era pouco*, Francesca pensou enquanto seguia Ian para dentro do elevador dourado. Ela se surpreendeu quando ele abriu a porta e ela viu a sala de estar repleta de antiguidades e tecidos finos, uma lareira de mármore, e arte original dos séculos XVII e XVIII.

"Por aqui", ele disse, levando-a para dentro de um quarto digno da realeza.

"Puxa! Que lindo!", ela disse, tocando as colchas de damasco e seda e observando o quarto decorado com muito bom gosto.

Ele a observou enquanto tirava o smoking e o pendurava em um mancebo.

"O hotel fica perto do local onde terei reunião amanhã. Preciso acordar cedo. Provavelmente não estarei aqui quando você acordar. Dê uma olhada na vista da varanda de manhã. Acho que você vai gostar. Vou pedir o café da manhã, e você pode comer lá fora, se quiser. Você me parece muito cansada."

Ela hesitou até entender a mudança de assunto. "Eu acho que estou, sim. Foi um dia longo. Nem acredito que hoje cedo eu estava no High Jinks. Tudo parece um pouco... surreal." Na verdade, ela se sentia uma pessoa diferente da que atendera Ian de manhã... diferente até da mulher que entrara no Museu St. Germain pela primeira vez. A maneira intensa de Ian fazer amor a havia alterado de alguma forma.

Ela olhou para ele com ansiedade, sem saber o que ele queria que ela fizesse.

"Por que não se prepara para dormir?", ele perguntou, apontando para a entrada do banheiro. "Jacob trouxe as nossas coisas enquanto jantávamos. Você vai encontrar a sua bolsa lá dentro."

"Você quer ir primeiro?", ela perguntou.

Ele negou com a cabeça ao começar a desabotoar a camisa. "Vou usar o banheiro da outra suíte."

"Tem outra suíte?"

Ele assentiu. "Jacob costuma ficar lá."

"Mas não está hoje?"

Ele olhou para ela. "Não. Eu queria você só para mim."

Ela sentiu a pulsação aumentar e se virou para ir ao banheiro.

Cuidadosamente, tirou o vestido, o sutiã e as joias, com as palavras de Ian ainda ecoando em sua mente.

Ao olhar para o espelho do banheiro, ela viu o que Ian devia ter percebido ao olhar para ela antes. Seu rosto estava pálido em contraste com os lábios vermelhos. Os olhos estavam grandes e envolvidos por olheiras escuras. Francesca queria tomar um banho, mas, de repente, sentiu-se exausta demais. Lavou o rosto na pia e escovou os dentes. Ficou olhando com receio crescente a própria bolsa de náilon que estava sobre um banquinho com uma almofada dourada. Ela parecia muito deslocada naquele local.

Assim como ela mesma, sem dúvida.

Depois da noite que tivera, ela se sentiu ridícula vestindo a calça de ioga e a camiseta que levara para servirem de pijama. Passou creme hidratante e penteou os cabelos antes de sair do banheiro. Parou ao ver Ian de pé, de perfil, ao lado do sofá, teclando em seu celular. Ela o observou encantada. Ele só vestia uma calça preta de pijama que começava bem abaixo do umbigo. O contorno de seu torso, desde a cintura mais fina ao peito, ombros e costas amplos e fortes, era lindo. Não havia um grama de gordura naquele corpo. Ele era tão disciplinado que ela era capaz de imaginar sua rotina de exercícios. Seus cabelos estavam úmidos do banho.

Ela nunca tinha visto um homem tão bonito na vida. E tinha certeza de que nunca veria.

Ele olhou para Francesca, que se remexeu sob aquele olhar. De repente, ele desviou o olhar e voltou a fazer o que estava fazendo.

"Por que não se deita?", ele perguntou, digitando uma mensagem.

Ela começou a afastar os travesseiros decorativos e a puxar a luxuosa roupa de cama.

"Tire suas roupas", ele disse do outro lado do quarto quando ela começou a subir na cama. Ela parou e olhou para ele. Ele não desviou o olhar do telefone. Ela sentiu a respiração ofegante ao se despir.

Por que ele não estava olhando para ela como fizera dentro do avião enquanto ela se despia, com os olhos azuis brilhantes acompanhando todos os movimentos?

Ela subiu na cama e puxou um lençol e um cobertor sobre o corpo. Ian permaneceu do outro lado do quarto, movendo apenas os polegares. Ela sentiu as pálpebras pesadas; a cama estava muito macia e quente. E adormeceu.

Abriu os olhos ao escutar um clique. Ian havia apagado a luz. Ela sentiu o colchão abaixar quando ele se deitou a seu lado. Ele a puxou contra seu corpo, mantendo suas costas grudadas em seu peito. Ela sentiu que ele ainda estava com a calça do pijama, e também... que não vestia mais nada por baixo.

De repente, ela despertou totalmente.

"Por que você pode ficar de pijama, mas eu tenho que permanecer nua?", ela perguntou.

Ele afastou seus cabelos do ombro e a acariciou, causando arrepios de prazer.

"Muitas vezes estarei vestido e você, nua."

"Isso não faz sentido", ela disse ofegante, enquanto os dedos compridos dele passavam pela curva de um de seus seios. Ela sentiu o pênis dele pulsar perto de suas nádegas. Seu clitóris se contraiu de prazer, como se respondesse.

"Gosto de estar em contato com seu corpo de qualquer modo, sempre que quiser."

"Enquanto você permanece vestido e no controle?", ela perguntou, com um toque de raiva na voz.

"Enquanto eu permaneço vestido e no controle", ele repetiu.

"Mas..."

"Nada de 'mas'", ele disse enquanto acariciava suas nádegas, sorrindo. Seu pênis roçava nela, e ele suspirou, afastando a mão. "Você não deveria estar reclamando, Francesca", ele a repreendeu, aconchegando-a com mais firmeza contra seu corpo. "Meu controle sobre você já é pequeno. Se quiser provas, pense na noite de hoje."

"Foi incrível", ela disse, relembrando os momentos.

Ele ficou parado por um momento, e então levou a mão entre as pernas dela. Ela respirou com dificuldade, tomada de excitação, quando ele pressionou os dedos em sua genitália e a envolveu com a mão, um gesto delicado e possessivo ao mesmo tempo.

"Eu a dominei hoje como faria com uma mulher muito experiente, e você... era virgem", ele murmurou, com um tom de raiva.

Ela ficou vermelha com a grosseria das palavras. *Dominou*, isso mesmo. Ela esteve totalmente à mercê dele, deitada no sofá, adorando cada minuto de sua maestria.

"Não sou mais virgem", ela disse. "Podemos fazer de novo, e você não precisaria se preocupar tanto dessa vez."

Seu pênis pulsou contra ela de novo. Durante alguns segundos, ela sentiu a tensão... a indecisão nele.

Lentamente, ele tirou a mão da vagina dela. "Não. Amanhã já está perto. Tenho muitas coisas que quero ensinar a você. Você merece pelo menos uma noite para se recuperar."

"Que coisas?", ela perguntou.

"Você vai ver em breve. Agora, vá dormir. Tenho um dia muito especial planejado para você amanhã."

Saber daquilo a deixou mais desperta. Mesmo assim, um momento depois, ela relaxou contra o corpo de Ian, aconchegando-se em seu calor.

Ian acordou de um sono profundo e de sonhos sensuais e encontrou o corpo nu de Francesca colado no seu, e seu pênis estava rígido contra o traseiro macio e bem delineado dela. Além disso, ele segurava um de seus seios.

Meu Deus.

Ele fez uma careta ao virar o corpo para olhar para o relógio, mantendo a mão no quadril de Francesca o tempo todo, mantendo o contato entre o pênis e as nádegas. Ela sentiu a movimentação e remexeu o quadril, o que fez com que ele rangesse os dentes ao sentir o estímulo sobre sua ereção.

Ele pegou o telefone e desligou o alarme que estava prestes a tocar. Em vez de se levantar, como deveria ter feito, ele colocou o celular de novo em cima do criado-mudo e abaixou a calça do pijama, expondo o membro rígido. Puxou Francesca mais para perto, ajeitou-se de modo a encaixar seu pênis entre as nádegas quentes dela. *Que delícia*, ele pensou ao empurrar o pênis inchado ainda mais fundo. A excitação que se formara dentro dele ao longo da noite, por tê-la nua a seu lado, vinha crescendo desde o momento em que ele gozou no St. Germain. Ele manteve o quadril dela firme e moveu o seu, aproveitando o prazer que percorria seu órgão sempre que roçava com mais força naquela pele acetinada e firme.

Ele notou que ela estava acordada. Escutou quando ela suspirou e disse seu nome, mas estava tão envolvido na delícia daquele feitiço sexual que só conseguia se mexer e gemer de prazer. Seu pênis estava enorme e duro, extremamente sensível naquele movimento de vai-vém. Ela tentou tocá-lo, mas ele segurou sua mão contra a barriga e a manteve ali enquanto continuava o que estava fazendo.

Desde quando ele ficava maluco daquela maneira só de sentir as nádegas de uma mulher?

"Espere um momento", ele disse de modo ríspido, continuando. "Não vai demorar muito."

E como ele mesmo disse, ele gozou apenas depois de alguns movimentos. Rangeu os dentes e observou sua ejaculação nas costas e nádegas dela. *Meu Deus, o que ela faz comigo?*, ele pensou entre os espasmos, tentando imaginar se o prazer teria fim. Ele se curvou sobre ela, com a respiração ofegante. Ela gemeu quando ele se afastou para pegar alguns lenços de papel, e ele limpou o líquido sobre a pele dela.

Checou de novo para ver se estava bem limpo. Ela havia virado a cabeça no travesseiro. As faces estavam coradas, e os lábios vermelhos. Ele deixou os lenços de lado e voltou a se aproximar dela.

"Você ficou excitada?", ele perguntou, beijando seus lábios com delicadeza. "Gostou de me ver usando seu corpo para me satisfazer?"

"Sim", ela disse perto dos lábios dele.

"Só por isso, você também vai gozar, linda."

Ele escorregou os dedos entre as coxas dela e encontrou sua vagina deliciosamente molhada. Ela suspirou, virando a cabeça para o outro lado, pressionando o rosto no travesseiro. Ele sorriu ao escorregar o dedo entre os lábios vaginais dela e estimular seu clitóris.

"Quero poder gozar dentro de você, Francesca. No seu corpo todo", ele disse, inclinando-se, respirando perto do ouvido dela. "Você também quer?"

"Ah, quero muito."

"Então, vai precisar tomar anticoncepcional."

"Sim", ela disse enquanto ele a acariciava com delicadeza e firmeza ao mesmo tempo.

De modo persuasivo.

Ele a observou de perfil enquanto a estimulava, fascinada pelo movimento suave de suas pálpebras e pela cor mais forte em suas faces. Seus lábios entreabertos o envolveram.

"Vou amarrar você mais tarde", ele disse. "E vou ensinar você a me satisfazer ainda mais do que já me satisfez. Você quer?"

"Sim", ela respondeu, com os lábios trêmulos. Ele os beijou enquanto pressionava o clitóris com mais intensidade. Ela remexeu o quadril e ele deu o que ela queria, movendo o braço todo enquanto a acariciava. "Quero satisfazer você, Ian."

"Você quer", ele rosnou, beijando-a um pouco. Muito. "E vai."

Ela gritou e estremeceu em sua mão. Ele acompanhou seu clímax, tornando-se cada vez mais excitado ao pensar que voltaria para o quarto mais tarde e a encontraria ali, pronta para se submeter a seu desejo... e ao dela.

Ele beijou o pescoço de Francesca enquanto ela se acalmava, sentindo gosto doce de sua pele. O gemido suave dela ressoou nos lábios dele.

"As leis são mais frouxas em Paris a respeito dos anticoncepcionais. Conheço um farmacêutico que pode nos conseguir remédios para meses. Você pode começar a tomar já", ele disse.

Ele pausou quando percebeu que ela hesitou.

"Eu não teria que ir a um médico?"

"Quando você voltar para casa, sim. Mas quanto antes começar, melhor. Posso pedir a Jacob que busque a pílula, e você pode tomá-la hoje mesmo. Conversei com o farmacêutico. Você não tem nenhum problema, não é? Pressão alta, problemas de coração na família?"

"Não, sou perfeitamente saudável. Fiz um check-up no mês passado." Ela estava virada de lado para ele. Ergueu o queixo e olhou para ele com os olhos escuros. "Claro que começarei a tomar o anticoncepcional. Sei como isso é importante para você, Ian."

"Obrigado", ele disse, beijando os lábios dela, pensando que ela não sabia nem metade da importância que isso tinha para ele.

Francesca ficou na cama quando Ian se levantou para se arrumar para a reunião, preguiçosa e satisfeita depois dos beijos e do orgasmo. Ela cochilou, mas abriu os olhos um pouco depois e encontrou Ian ao lado da cama, olhando para ela, extremamente elegante com um terno escuro, uma camisa branca e uma gravata de seda azul, e sentiu o cheiro apimentado de sua loção pós-barba.

"Quer que eu peça o café da manhã para você?", ele perguntou, com a voz grave tocando-a como um carinho no quarto silencioso. "Você pode comer na varanda. O dia está lindo."

"Eu mesma pedirei. Não precisa...", ela disse, a voz rouca de sono.

Ele apenas assentiu e se afastou como se estivesse prestes a partir. Hesitou e de repente se abaixou, beijando-a nos lábios.

Não havia a menor dúvida. Os beijos de Ian eram muito mais... *sexuais* do que os de qualquer outra pessoa. Não que ela já tivesse passado por muitas experiências, mas mesmo assim. Como um beijo breve como aquele conseguia fazer com que ela se lembrasse imediatamente de como tinha sido sentir os lábios dele em sua vagina, de modo carinhoso... e guloso?

Ela observou enquanto ele se afastava um instante depois, parecendo muito alto e controlado no terno preto, e sentiu uma mistura de alegria e arrependimento. Quando ele se foi, ela tomou um banho e lavou os cabelos, deixando-os secar enquanto estava na varanda ensolarada com vista para Paris e para a famosa fonte de art déco das Três Graças. Ela chamou o serviço de quarto e tomou o café da manhã do lado de fora, como Ian sugerira, e a experiência chique fez com que ela, mais uma vez, se surpreendesse.

Depois, ela entrou em contato com Davie. Durante boa parte da ligação, ela tentou convencer o amigo de que estava segura e feliz em Paris com Ian. Davie não se mostrou muito impressionado com a aventura. Na verdade, sua preocupação destacou algumas das coisas que eram fáceis de esquecer quando Ian estava ao seu lado, fazendo amor com ela, tirando de sua mente todas as coisas, exceto o desejo que ela sentia.

Ela se lembrou de como Ian havia pagado pelo trabalho todo de pintura, sabendo muito bem que ela nunca se recusaria a terminá-lo. Lembrou com detalhes como ele havia fechado o bar e dito que queria possuí-la sexualmente para esquecê-la.

E pensou em como ele a havia convencido a começar a tomar a pílula naquele mesmo dia.

Espere... *quando* ela havia tomado uma decisão coerente a respeito de algo tão importante para seu corpo? Simplesmente havia acontecido de alguma forma enquanto Ian a beijava e a estimulava, fazendo com que ela gritasse de prazer.

E então, sentiu uma pontada no peito.

Não, não tinha sido daquela maneira.

Ou tinha?

Por sorte, ela tinha a desculpa do preço alto da ligação para encurtar a conversa com Davie. No fim da conversa, ela temeu que o amigo percebesse a ansiedade em sua voz.

Inquieta, ela pegou as roupas de corrida, e parou ao perceber que Ian não havia dado a ela uma chave do quarto. Ela telefonou para a recepção, e falou em inglês com uma das atendentes. A mulher disse que o nome dela constava na lista de hóspedes e que ela podia pegar uma chave na recepção se mostrasse seus documentos.

Ela se trocou e foi para as ruas de Paris, correu por quilômetros nas ruas estreitas e depois pela Champs-Elysées, cheia de turistas e consumidores, passando pelo Arco do Triunfo. Quando ela voltou ao hotel, já tinha expulsado grande parte de sua ansiedade e preocupações. Correr sempre a acalmava.

É *claro* que Ian não estava sendo manipulador em relação ao anticoncepcional. Ela queria estar livre do risco de engravidar tanto quanto ele queria. Por que havia pensado de outro modo?

Ela estava se sentindo tranquila e feliz até abrir a porta do quarto e encontrar Ian caminhando diante da lareira de mármore, tenso, como um tigre enjaulado. Segurava o telefone celular na orelha. Parou e olhou para ela.

"Esqueça", ele disse, com os lábios contraídos. "Ela acabou de chegar." Ele desligou a ligação e colocou o telefone sobre o mantel.

"Onde você estava?", ele perguntou. Ela se retraiu com aquele tom de voz acusador. Ele caminhou na direção dela, os olhos brilhando como labaredas.

"Eu estava correndo", ela disse, olhando para seu short, camiseta e tênis, como quem dissesse "Não está vendo?".

"Fiquei preocupado. Você nem sequer deixou um bilhete."

Ela ficou boquiaberta. "Não pensei que você voltaria antes de mim", ela disse, surpresa com aquela fúria contida. "O que há de *errado*?"

Os músculos faciais de Ian ficaram ainda mais tensos. "Fui eu quem trouxe você para Paris. Sou responsável por você. Gostaria muito que você não desaparecesse desse jeito", ele disse, virando-se e afastando-se dela.

"Sou responsável por *mim mesma*. Tenho realizado tal tarefa muito bem nos últimos vinte e três anos, obrigada", ela respondeu, irritada.

"Você está aqui comigo", ele rebateu.

"Ian, isso é um absurdo", ela gritou. Não conseguia acreditar que ele estava sendo tão irracional. O que havia atrás de sua raiva? Será que ele era tão controlado, tão cuidadoso com os próprios planos que não permitia que fosse tomada uma decisão espontânea, como uma corrida de manhã? "Não acredito que você está *bravo* comigo por eu ter saído para correr."

Atrás da raiva de seus olhos, ela viu uma sombra de preocupação, de impotência. Puxa! Ele *realmente* havia se preocupado com ela. *Por quê?* Apesar de estar irritada, ela sentiu pena dele. Ian caminhou em sua direção. Ela resistiu à vontade de dar um passo para trás, pois ele parecia muito intenso.

"Estou bravo porque você saiu sem dizer nada a respeito de onde estaria. Se tivesse comentado mais cedo, teria sido diferente, ainda que eu dissesse que preferia que você não saísse sozinha em uma cidade desconhecida. Aqui não é Chicago. Você mal fala o idioma."

"Morei em Paris por muitos meses!"

"Não gosto quando alguém por quem sou responsável desaparece", ele disse com a mandíbula contraída.

Ele olhou para ela, que de repente tomou consciência da roupa que vestia: um top de corrida, uma camiseta justa e short. Seus mamilos enrijeceram quando ele olhou para seus seios.

"Vá tomar um banho", ele disse, virando e caminhando em direção à lareira.

"Por quê?"

Ele apoiou um braço no mantel e olhou para ela. "Porque você tem muito a aprender, Francesca", ele disse, com o tom de voz mais suavizado. Ela engoliu em seco.

"Você vai... me punir?"

"Fiquei muito preocupado quando voltei e encontrei o quarto vazio. Queria que você estivesse esperando por mim. Então, a resposta é *sim*. Vou castigar você, e então vou fodê-la para me satisfazer. Se você não tiver aprendido a lição depois disso, então talvez eu volte a puni-la. Vai demorar o tempo necessário até você entender que não gosto quando você age de modo impulsivo."

Ela sentiu os mamilos ainda mais rígidos em contato com o tecido do top. Apesar da irritação, sentiu-se excitada.

"Pode me castigar, se quiser, mas não permitirei que faça isso só porque fui correr. Não faz sentido."

"Pode pensar o que quiser. Mas vá tomar um banho e colocar um roupão. Mais nada. Espere por mim no quarto", ele disse, virando-se e pegando o telefone de novo. Teclou um número e cumprimentou alguém em francês brevemente antes de fazer várias perguntas. Ela havia sido dispensada.

Ela ficou onde estava, louca de vontade de mandar ele, o banho, o roupão e o modo autoritário para o meio do inferno.

Por outro lado, ela se sentia mal por ter, sem intenção, causado o medo que viu em seus olhos.

Também estava excitada com o que ele dissera. Ela pensava com frequência no dia em que ele lhe dera os tapas, e sempre se arrependia de as coisas terem sido interrompidas.

Ela *queria* ver como Ian direcionava aquilo. Queria satisfazê-lo.

Mas a preço do quê?, ela perguntou a si mesma ao caminhar para o quarto, conformada com a ideia de que faria o que ele quisesse.

Por que ele era tão misterioso?

Por que ele a transformara em um mistério... até para ela mesma?

8

Depois do banho, ela permaneceu nervosa no sofá macio na sala de estar da suíte, e a raiva só crescia. Como ele ousava deixá-la esperando daquela maneira? Seria uma maneira de controlar a situação?

Ele estava controlando a situação de mais de uma maneira. Ela sentiu vontade de correr para o banheiro e trancar a porta e também de esfregar sua vagina na almofada do sofá. A espera a estava irritando, mas por algum motivo que ela não compreendia, também a deixava excitada... a ansiedade... a excitação misturada à grande dose de ansiedade a respeito do que ele pretendia fazer com ela.

Ela se sobressaltou quando a porta da suíte foi aberta abruptamente e Ian entrou. Olhou para ela antes de se dirigir ao mancebo e pendurar seu paletó. Abriu as portas de um armário de cerejeira muito antigo e se abaixou, como se estivesse pegando alguma coisa. Ela se esticou, tentando ver o que ele estava fazendo, mas a porta bloqueava a visão. Quando ele começou a se endireitar, ela virou, sem querer que ele percebesse que ela observava cada movimento.

Por isso, ela ficou chocada quando ele deu a volta no sofá um minuto depois e colocou um chicote preto sobre a mesa de canto. Ela olhou com os olhos arregalados para a tira de couro de cinco centímetros por dez na ponta do cabo comprido e fino, e seu coração se acelerou.

"Não tenha medo", ele disse delicadamente.

Ela olhou para ele. "Mas parece que vai doer."

"Já castiguei você antes. Doeu?"

"Um pouco", ela admitiu, olhando para uma das mãos dele, que trazia o que parecia ser um par de algemas com alças que pareciam feitas de couro macio.

Ai, não.

"Bem, não seria um castigo se não doesse um pouquinho, certo?" Ela olhou para o belo rosto dele, encantada pelo som de sua voz baixa. "Fique de pé e tire o roupão."

Ela não deixou de olhar para ele ao ficar de pé, de certa forma, reunindo coragem vinda de alguma mensagem implícita nos olhos dele. Ela largou o roupão sobre a almofada. Ele observou seu corpo, e suas narinas se alargaram levemente. Ela estremeceu.

"Quer que eu acenda o fogo?", ele perguntou, referindo-se à lareira a gás.

"Não", ela disse, alterada emocionalmente pela combinação da pergunta educada e da intenção que ele tinha de castigá-la. Ela caminhou até o mantel.

"Fique de costas para mim", ele disse quando ela começou a se virar para ele. Ela queria poder olhar o que ele ia fazer com ela, ansiosa e excitada, mas fez um esforço para se conter. Será que fez isso porque de novo não queria dar a ele a satisfação de saber que estava curiosa ou será que, de certo modo, sentia que ele não ficaria feliz se ela espiasse?

Francesca se sobressaltou quando ele segurou um de seus punhos.

"Calma, linda", ele disse. "Você sabe que eu nunca a machucaria de verdade. Precisa confiar em mim."

Ela não disse nada, mas pensou em mil coisas enquanto ele passava a algema em seu braço direito. "Agora, pode ficar de frente para mim", disse Ian.

Ela se virou e sentiu os mamilos enrijecerem ao perceber a proximidade dele. Ian deve ter percebido. Ela não conseguiu esconder a excitação quando ele passou a algema no outro braço, pois sua cabeça estava a poucos centímetros de seus seios. A posição dos braços dela ao ser presa fazia seus seios aumentarem. Quando ele terminou, as mãos dela estavam unidas sobre seu monte de Vênus. Ele deu um passo para trás. Ela ficou ainda mais excitada ao ver que ele não tirava os olhos de seu peito.

"Agora, levante os braços e coloque-os atrás da cabeça", ele disse. Ela obedeceu e ele observou. "Afaste os cotovelos e arqueie as costas um pouco. Quero seus músculos bem alongados." Ela se esforçou para fazer o que ele queria, empurrando os seios para a frente e os cotovelos para trás, notando, pelo movimento de seus lábios, a excitação crescendo. A posição a deixou sentindo-se extremamente nua e exposta. Então, ele se virou. "Isso aumentará a sensação", explicou, dando as costas para ela enquanto se dirigia à mesinha.

"De dor?", ela perguntou, a voz trêmula em uma mistura de ansiedade e expectativa. Será que ele pretendia pegar o chicote?

Ele voltou, mas ela não viu o chicote. Ela sentiu o coração acelerado como se quisesse saltar do peito ao ver o pequeno frasco branco familiar. Ele o abriu e enfiou o dedo indicador no creme.

"Eu disse que gostaria que você não tivesse medo de mim", ele disse.

Ela gemeu e estremeceu quando ele, imediatamente, passou o dedo entre seus lábios vaginais e começou a cobrir seu clitóris com o creme, e ela sabia que em breve sentiria um formigamento, um ardor e... tesão.

Ela mordeu o lábio para conter um grito e percebeu que ele a observava com atenção.

"Mas quero deixar claro que isto se trata de um castigo", ele disse com firmeza.

"Quero deixar claro que apesar de dar a você permissão para me castigar", ela disse antes de perder o fôlego quando ele esfregou o creme no ponto exato, "continuarei saindo para correr — ou para qualquer coisa que eu quiser fazer — sem ter que pedir a sua permissão."

Ele abaixou a mão e se afastou. Ela abafou um grito. Ele se virou e se aproximou de novo, dessa vez, trazendo o chicote. Ela não conseguiu tirar os olhos do objeto estranho em sua mão de homem. Parecia que doeria mais do que a palmatória ou a mão de Ian.

"Pode abrir as pernas, *porra*?", ele disse baixinho.

Ela hesitou, e olhou para ele. Sentiu o calor intensificar em sua vagina quando viu o sorriso que ele continha... e o tom de ousadia.

Se ela concordasse em fazer o que ele queria, seria porque ela mesma queria. E o que dissera pouco tempo antes, impondo-se, era prova disso. Ela sentiu uma forte frustração ao perceber que ele a havia enganado para que concordasse e revelou seu desejo de uma vez.

Abriu as pernas, encarando-o o tempo todo.

"Sua raiva deixa seus músculos mais firmes, melhora a posição. Não me desagrada, por incrível que pareça", ele disse, e o contorno de seus lábios indicava que ele estava rindo baixinho, não apenas para ela, mas de si mesmo. Ele ergueu o chicote, e toda a irritação que ela sentia foi substituída pela ansiedade. Será que ele não ia bater em seu traseiro com ele, como fizera com a palmatória? Os músculos de seu abdome saltaram de excitação quando ele correu a tira de couro por sua barriga. Uma sensação erótica percorreu sua vagina quando ele passou o objeto sobre seu quadril. Ele ergueu o chicote e a atingiu.

Ela prendeu a respiração, sentindo o ardor na pele. Logo passou e deu lugar a uma sensação de formigamento.

"Forte demais?", ele perguntou, olhando para seu rosto e então para seus seios. Ele passou o couro pelas costelas, por cima do monte de seu seio direito. Ela gemeu descontroladamente quando ele pressionou o chicote contra seu mamilo e esfregou. "Seus belos mamilos estão me dizendo que está tudo bem." Ele ergueu o chicote e tocou a lateral de seu seio, e então a curva debaixo, e então o mamilo, com movimentos rápidos, firmes e concisos.

Ela sentiu algo arder dentro dela. O calor percorreu sua vagina, e a força de sua reação a deixou chocada quase tanto quanto o fato de ele ter acabado de bater em seu seio. Fechou os olhos quando a vergonha chegou. Ela devia ser muito pervertida para ter uma reação tão forte a algo tão horrível.

"Francesca?"

Ela abriu os olhos ao ouvir a tensão na voz dele.

"Você está bem?"

"Sim", ela respondeu, os lábios tremendo descontroladamente. O estimulante clitoriano parecia estar cumprindo sua tarefa com ainda mais vigor do que quando Ian a castigou, o que deixou o clitóris extremamente rígido.

"Foi bom ou ruim?", ele perguntou.

"Eu... *ruim*", ela sussurrou, a vergonha e a excitação buscando espaço em sua mente e corpo. A expressão dele ficou tensa. "E *bom*. Muito bom."

"Droga", ele murmurou, os olhos brilhando, mas ela teve a impressão clara de que ele gostou da resposta, não se sentiu irritado. Ele bateu com o chicote de novo, acertando a parte de dentro de seu outro seio, fazendo-o balançar levemente. Ela mordeu o lábio, mas o gemido vibrou em sua garganta. "Vou deixar a sua bunda vermelha por causa disso, sua..."

Ela não soube como ele completaria a frase, porque ele bateu em um dos mamilos várias vezes, com delicadeza, mas com a firmeza necessária para deixar uma sensação de ardor que fez Francesca ranger os dentes e fechar os olhos. Sem pensar, ela empinou os seios.

"Isso mesmo, mostre-se para mim", ela escutou Ian murmurar ao tocar a lateral de seu seio diversas vezes. "Agora... me diga o que quer neste momento", e escorregou o chicote de modo sensual entre seus seios. Ela ainda mantinha os olhos fechados, totalmente entregue à sensação. *Deus*, seu clitóris implorava atenção.

"Francesca?", ele perguntou.

Não. Ele não podia fazer com que ela dissesse aquilo. Ele escorregou o chicote por um mamilo e fez um movimento forte, estimulando-a muito. Ela respirou fundo.

"Eu gostaria que você..."

Ele bateu o chicote em seu mamilo de novo, e ela estremeceu.

"É só dizer. Não precisa sentir vergonha", ele disse, a voz grave e suave ao mesmo tempo.

Ela contraiu a mandíbula, dividida entre dizer a verdade e escondê-la. Ele massageou seu mamilo levemente com o couro.

"Eu gostaria que você... batesse no meio de minhas pernas."

Ela abriu os olhos quando ele parou os movimentos e não disse mais nada. "*O que foi?*", ela perguntou depois de um instante, sem conseguir entender a expressão dele.

Ele balançou a cabeça lentamente e ela percebeu que ele estava encantado. Suas narinas se alargaram, e ele, de repente, fez cara de tesão. Ela sentiu o coração acelerado. E percebeu que ele não esperava que ela dissesse aquilo.

"Bem... em qualquer lugar... sinto muito. Ian?", ela perguntou, surpresa, sem saber o que dizer.

"Nunca se desculpe por ser linda", ele disse, antes de dar um passo adiante e pousar a mão na lateral do rosto dela. Ele a beijou intensamente. O gosto dele — sua imposição — havia começado a deixá-la inebriada, e então, ele levantou a cabeça. "Você me deixa maluco." Francesca estava ofegante. O tom de voz dele mais parecia uma acusação, mas ela começou a perceber que, naquela situação, pelo menos, definitivamente era um sinal de que ele estava gostando.

Ela sentiu um calor forte na vagina, e o prazer dele se tornou o dela.

"Mas não vou me deixar enganar."

"Eu não estava tentando enganá-lo..."

"*Vou* terminar este castigo", ele disse como se quisesse ser durão, ignorando a reação dela. Ele a beijou delicadamente. "Agora, vire-se e mostre a bunda. Mantenha as coxas unidas, porque suas mãos estão presas. Vou deixar essa bunda linda queimando por ter me deixado tão preocupado."

Algo em seu tom de voz fez Francesca pensar que ele a castigaria com mais intensidade do que da primeira vez.

Ela abaixou os braços, inclinando-se e apoiando as mãos presas nos joelhos. Ele imediatamente começou a esfregar a tira de couro em suas nádegas, um carinho. Ela se lembrou de que ele havia pedido para ela arquear as costas levemente. Sentiu sua vagina se contrair e os mamilos supersensíveis arderam.

Ele parou de acariciar suas nádegas com o chicote. Ela olhou de lado para ele, com ansiedade.

Ele resmungou algo. Francesca viu sua ereção quando ele começou a tirar a calça rapidamente. Em vez de abaixá-la até as coxas, ele a deixou ao redor do quadril e apenas abriu caminho para o pênis rígido. Ele soltou o membro assim que o libertou, e os tecidos embolados da cueca e da calça o mantiveram suspenso em um ângulo horizontal em relação a seu corpo.

Ela olhou para seu pênis, boquiaberta. Nunca o vira tão perto. Ele não deixava. Ficou surpresa com sua beleza. Não conseguia entender como ele era capaz de andar por aí com algo tão óbvio e *grande* entre as pernas. Claro que ele não vivia duro daquele jeito... mas mesmo assim. Parecia incompreensível para ela o tamanho daquele pênis. Ela olhou, enfeitiçada, para o membro grosso e comprido com diversas veias em sua extensão, mantendo a ereção; a cabeça bem formada e deliciosa que fez Francesca ficar com água na boca; os testículos grandes, de pelos aparados.

"Eu devia tê-la vendado", ele disse. "Olhe para o chão, linda." Ela obedeceu, com dificuldade para respirar. Ele esfregou o chicote em suas nádegas. "Está pronta?"

"Sim", ela gritou. *Será que estava?*

Ele bateu em seu traseiro, e ela gritou. Talvez ele estivesse aprendendo a diferenciar os gemidos de prazer e os de dor, porque continuou a bater nela, acertando o chicote em diferentes partes do corpo, aquecendo seu traseiro todo. Quando já tinha batido o suficiente, começou de novo. As batidas sobre a pele já atingida não doíam. Ela rangeu os dentes, e o formigamento de seu clitóris a ajudava a tolerar o desconforto. Por que o couro parecia estar estimulando seus mamilos tão longe? E por que até mesmo as solas de seus pés começaram a arder enquanto ele continuava a castigar suas nádegas?

"*Oooh*", ela gemeu quando ele aplicou um golpe dolorido.

"Incline-se para a frente e coloque as mãos sobre os pés."

Ele disse aquilo de modo tão ríspido que ela virou o olhar para ele. Gemeu e estremeceu ao ver que ele segurava o pênis e se masturbava enquanto continuava a bater em seu corpo. Apesar de ele manter o olhar fixo na tarefa, deve ter percebido que ela estava olhando.

"Abaixe a cabeça", ele mandou.

Ela se inclinou, alongando as pernas, olhando para as mãos ao pousá-las sobre os pés. O gemido dele era de prazer. Seus pensamentos se espalharam quando ele usou a mão grande para afastar suas nádegas, expondo a vagina molhada ao ar frio.

Ela gritou quando ele bateu o chicote sobre sua carne delicada e excitada. Pressionou com mais força com a mão, expondo suas nádegas e lábios vaginais.

Ela sentiu os joelhos tremerem com o toque em seu clitóris inchado. De repente, compreendeu o valor do chicote como brinquedo sexual: pequeno, preciso, *letal* — pelo menos na mão de Ian.

Rapidamente, ele envolveu o ombro dela com a mão, mantendo-a firme quando o orgasmo chegou como um maremoto. Ela se soltou, perdendo o controle por alguns segundos, envolvida no calor do clímax explosivo. Com a mente distante, ela percebeu que Ian a segurava contra seu corpo enquanto ela estremecia, com o quadril pressionado contra o corpo dele, e o outro lado mantido por sua mão, e os dedos dele se moviam entre suas pernas, fazendo-a gritar de êxtase.

Ian agora a guiava com as mãos, e os espasmos foram diminuindo.

"Incline-se e apoie os braços no assento da cadeira", ele disse atrás dela. Ela se inclinou sobre a almofada da cadeira Luís XV. Ela sentiu Ian movendo-se atrás dela, sua calça roçando seu traseiro, e então a ponta de seu pênis. A excitação forte passou por seu corpo.

Ele suspeitava que ela acabaria por matá-lo, mas não pensou que seria de modo tão preciso... tão cruel. Ele procurou e encontrou uma camisinha, que desenrolou no pênis.

Eu gostaria que você... batesse no meio de minhas pernas.

Ele quase teve um ataque cardíaco quando ela disse aquilo. Ele vinha provocando-a para tentar fazer com que ela implorasse a ele para bater em seus lindos mamilos, o que ela claramente havia gostado tanto quanto ele.

E então ela havia dito *aquilo* com aquela boca rosada. E ele dissera que a estava castigando pelo pecado da impulsividade. Quem ele estava querendo enganar?

Ele colocou uma das mãos no quadril dela, mantendo-a firme, e segurou o pênis.

"Vou foder você agora. Com força", ele disse, observando o contraste sensual do traseiro vermelho e de suas costas e coxas brancas.

"Não vou esperar você gozar, linda. Você fez isso comigo, e tem que aceitar as consequências."

Ele usou a mão para puxar um dos lados das nádegas e abrir sua vagina, empurrando a cabeça de seu pênis pela pequena abertura. Sentiu que esticava sua pele. E também sentiu o calor dela pela camisinha. Segurou seu quadril para mantê-la no lugar enquanto fazia os movimentos, mas ela estava indo para a frente mesmo assim. Ela tentou encontrar uma maneira de se segurar. Ele esperou até que ela conseguisse se segurar nas costas da cadeira, os lábios retorcidos em um esforço para se manter firme.

Ele começou a fodê-la, tirando o pênis para fora de modo que apenas a cabeça se mantivesse ali dentro, e voltando a penetrá-la até as peles se encontrarem e ela gritar. O mundo dele se limitou à visão de seu corpo lindo, submisso e nu, e ao roçar quase insuportável de sua vagina quente apertada, puxando-o... a ponto de quase matá-lo.

Em meio ao tesão, ele percebeu que a penetração naquele corpo macio e quente estava fazendo a cadeira ser arrastada e deixar marcas sobre o carpete oriental. Não era culpa de Francesca — a culpa era só dele —, mas ele gemeu como um animal preso mesmo assim.

"Fique exatamente onde está", ele disse, erguendo o quadril dela com mais firmeza e enfiou o pênis duro ali, batendo em seu traseiro com a pelve e as coxas, enlouquecido demais para pensar que talvez pudesse estar lhe causando desconforto. *Meu Deus, que delícia*. Ele batia o corpo dela contra sua pelve, e seu pênis alcançava pontos profundos.

O rosnado dele foi forte ao gozar.

Francesca ficou deitada ali com o rosto pressionado contra o tecido macio da poltrona, boquiaberta pela sensação daquele momento. Toda aquela força explodindo em seu corpo. Acreditava que se lembraria da primeira vez que sentira Ian entregando-se ao prazer aconchegado dentro de seu corpo pelo resto da vida.

Ela teve a sensação de que algo vital estava sendo tirado de dentro dela quando ele se afastou abruptamente.

"Francesca", ele disse ao mesmo tempo que a colocou de pé, de costas para ele, e a virou em direção ao sofá. Os dois caminharam — com dificuldades, sem desfazer o contato entre os corpos — até o sofá. Ian caiu nas almofadas, puxando-a consigo. Ele se deitou do lado esquerdo, com as costas contra a gravata e os botões de sua camisa. Seu pênis quente, pegajoso e ainda impressionante pressionava sua coluna lombar.

Os dois estavam ofegantes e tentaram recuperar o fôlego. Ela adorou a sensação da respiração quente dele em seu pescoço e ombro.

"Ian?", ela perguntou quando a respiração dele estava mais controlada e começou a acariciar seu quadril e cintura.

"Sim", ele respondeu, com a voz rouca e baixa.

"Está mesmo bravo comigo?"

"Não mais."

"Mas estava antes?", insistiu.

"Sim."

Ela virou o rosto e observou que ele parecia cansado subindo e descendo a mão por seu corpo nu.

"Não entendi. Por quê?"

Ele interrompeu o carinho e hesitou.

"Por favor, diga", ela sussurrou.

"Minha mãe costumava fugir de casa com frequência quando eu era pequeno", ele disse.

"Fugir de casa?", ela perguntou. "Por quê? Para onde ela fugia?"

Ele deu de ombros. "Só Deus sabe. Eu a encontrava em lugares diferentes — em uma estrada de terra, tentando dar folhas para um cachorrinho assustado comer, tomando banho nua no rio gelado..."

Francesca sentiu uma onda de horror ao observar o rosto impassível dele.

"Ela tinha problemas mentais?", perguntou, relembrando o que a sra. Hanson havia lhe contado.

"Era esquizofrênica", ele disse, erguendo a mão e afastando os cabelos de sua testa. "Do tipo descontrolado. Mas também costumava ser muito paranoica de vez em quando."

"E ela... era sempre assim?", ela perguntou com dificuldade.

Os olhos azuis dele percorreram seu rosto. Ela rapidamente escondeu a preocupação, intuindo que ele a confundiria com pena. "Não, nem sempre. Às vezes, ela era a mãe mais doce, gentil e amorosa do mundo."

"Ian", ela chamou quando ele começou a se sentar. Percebeu que ele se afastava e detestava saber que tinha sido a causadora daquela reação.

"Tudo bem", ele disse, balançando as pernas compridas, de lado para ela. "Talvez isso ajude você a entender melhor por que eu não gostaria que você desaparecesse como fez."

"Deixarei um bilhete ou telefonarei se algo parecido acontecer no futuro, mas preciso tomar minhas próprias decisões", ela disse, observando-o com nervosismo. *Não* podia prometer que sempre estaria esperando por ele só para acalmar sua ansiedade.

Ele virou a cabeça. Ela sentiu sua irritação. Será que ele pretendia dizer que era melhor que ela fizesse o que ele mandasse, ou o acordo entre eles estaria desfeito? "Gostaria que você ficasse parada se uma situação desse tipo ocorrer", ele disse.

"Eu sei. Já ouvi", ela disse com suavidade. Sentou-se e beijou seu rosto. "E pensarei no que você gostaria que eu fizesse antes de tomar minhas decisões."

Ele fechou os olhos por um momento, como se quisesse se recompor. Será que ela nunca deixaria de irritá-lo?

"Por que não se limpa para podermos sair um pouco?", ele perguntou ficando de pé e saindo do quarto, provavelmente em direção à outra suíte, para se limpar. Ela sentiu uma onda de alívio ao perceber que não seria mandada de volta para Chicago naquele momento por não fazer exatamente o que ele queria, quando queria. E também sentiu um certo triunfo.

"Não vai mais tentar me dar uma lição... tentar me convencer de que as coisas só podem ser do seu jeito?", ela perguntou, incapaz de controlar o sorriso que se evidenciou em seu rosto.

Ele olhou para trás. Ela viu o brilho em seus olhos azuis que faziam com que pensasse em raios — como os que anunciavam uma tempestade ao longe. E parou de sorrir.

Quando aprenderia a manter-se calada?

"O dia ainda não terminou, Francesca", ele disse, a voz era uma ameaça discreta, e então se virou e saiu do quarto.

PARTE 5

PORQUE EU DISSE QUE SIM

9

Quando ela entrou na sala de estar da suíte depois de se lavar e se vestir, encontrou Ian sentado em frente a uma mesa, com o laptop aberto, o celular contra a orelha.

"Analisei o passado dele com cuidado. A experiência dele se baseia em empresas de internet que visam ao lucro e não são confiáveis. Ele não tem nem um pouco de disciplina financeira", ela ouviu Ian dizer. Ele olhou para a frente e viu quando ela entrou na sala. Manteve o olhar sobre ela enquanto falava. "O que eu disse é que você pode contratar quem quiser dentro de uma série de candidatos aceitáveis, Declan. Ainda precisa me apresentar tais candidatos, então, até lá, não comece o processo de contratação, muito menos com um fanfarrão desses." Mais uma pausa. "Isso pode ser o caso de todas as outras empresas do mundo, mas não das minhas", disse ele, a voz seca, e então se despediu rapidamente.

"Sinto muito por isso", disse ele, levantou-se e tirou os óculos. "Estou com um pouco de dificuldade para contratar os funcionários para uma empresa nova."

"Que tipo de empresa é?", perguntou Francesca, interessada. Ele nunca falava muito sobre seu trabalho.

"Um conceito de mídia social com jogos que estou testando na Europa."

"E você está tendo dificuldade para encontrar os executivos que quer?"

Ele suspirou e ficou de pé. Ele parecia bem à vontade — um jeito que ela havia encontrado de descrever as roupas de Ian quando ele não estava vestindo o terno de sempre. Naquele dia, sua roupa era uma blusa de lã em gola V azul-cobalto, uma camisa social branca com a gola para fora da blusa e uma calça preta que realçava seu belo corpo, com quadril estreito e pernas compridas.

"Sim, entre outras coisas", admitiu ele, digitando. "Costuma ser assim. Infelizmente, meu mercado voltado aos jovens atrai uma enorme variedade de executivos que gostam de gastar meu dinheiro só porque tenho."

"E apesar de você ser liberal com seu produto e ideias de marketing, é conservador financeiramente falando?"

Ele olhou para ela antes de fechar o laptop e caminhou em sua direção. "Você entende bastante de negócios?"

"Não, nadinha. Sou um desastre financeiro ambulante. Pergunte ao Davie. Mal consigo pagar o aluguel todos os meses. Só estava tentando entender seu estilo de trabalho pelo que conheço de sua personalidade." Ele parou a poucos centímetros dela e abriu os olhos, demonstrando surpresa.

"Personalidade?"

"Sabe como é...", disse ela, com o rosto corado. "Essa coisa do controle."

Ele sorriu e esticou o braço para tocar o rosto dela, como se estivesse atraído pelo calor.

"Não tenho medo de gastar dinheiro — nem muito dinheiro —, mas quero ter certeza de que é por um excelente motivo. Você está linda", disse ele repentinamente, mudando de assunto.

"Obrigada", ela murmurou, olhando para baixo, envergonhada, para a camiseta simples de manga longa de algodão que usava por dentro da calça jeans de cintura baixa e com seu cinto preferido. Ela havia soltado os cabelos, mas prendido a franja para que não lhe caísse nos olhos. "Eu... não trouxe muita roupa. E não sabia o que você queria fazer esta tarde."

"Ah... por falar nisso...", Ian abaixou a mão e checou o relógio. Como se aquele gesto tivesse sido combinado, bateram à porta da suíte. Ele atravessou o quarto e a abriu. Uma mulher atraente na casa dos quarenta anos, usando um vestido cor de chocolate e saltos de estampa de lagarto, entrou. Francesca permaneceu ali, boquiaberta, enquanto Ian cumprimentava a mulher em francês e então acenou para Francesca.

"Francesca, esta é Margarite. É minha ajudante de compras. Ela fala francês e italiano, mas não fala inglês."

Francesca cumprimentou a mulher com o pouco de francês que sabia. Olhou para Ian sem entender bem quando a mulher pegou uma fita métrica e o que parecia uma régua de madeira da bolsa chique que trazia. Aproximou-se de Francesca, sorrindo.

"Ian? O que está acontecendo?", perguntou ela, franzindo o cenho enquanto Margarite deixava de lado a régua de madeira e a bolsa e abria a fita métrica. Caminhou para mais perto de Francesca, que arregalou os olhos, incrédula, quando a mulher passou a fita ao redor de seu quadril e depois de sua cintura.

"Lin Soong tem uma capacidade incrível de adivinhar o tamanho das roupas das pessoas, e até mesmo de sapatos. Foi ela quem comprou a roupa que você usou ontem à noite, e ela parece ter acertado, como sempre. No entanto, achei melhor que ela pegasse as medidas exatas para fazer algumas roupas sob medida", disse Ian casualmente, do outro lado do quarto. Ela continuou olhando, horrorizada, enquanto Margarite media seu busto. Ian guardava alguns arquivos dentro da maleta, mas parou ao ver sua expressão.

"Ian, diga a ela para parar", ela disse baixinho, como se, falando naquele tom, conseguisse diminuir a possibilidade de Margarite se ofender, esquecendo-se de que a mulher não falava inglês.

"Por quê?", perguntou Ian. "Quero que suas roupas caiam perfeitamente bem."

Margarite pegou a régua de madeira, que Francesca percebeu servir para medir seu pé. Passou pela mulher sorridente, com a expressão rígida, e se aproximou de Ian.

"Pare com isso. Não quero roupas novas", disse ela, olhando para Margarite, que era muito educada, mas parecia confusa.

"Posso querer que você vá comigo a alguns eventos que exigem uma roupa mais formal", disse ele, fechando a maleta rapidamente.

"Sinto muito. Acho que não poderei ir se você acha que minha aparência não é adequada."

Ele olhou para a frente ao perceber o tom de sua voz. Suas narinas se entreabriram levemente quando ele percebeu a raiva que ela sentia.

Margarite fez uma pergunta em francês. O olhar de Ian era intenso, mas Francesca não desviou os olhos. Ele passou por ela e conversou rapidamente com Margarite. A mulher assentiu, sorriu com simpatia para Ian, pegou a bolsa e saiu.

"Pode me dizer o que foi tudo isso?", perguntou ele quando a porta se fechou. Seu tom de voz estava calmo, mas os olhos ardiam de raiva.

"Sinto muito. Foi uma oferta muito generosa de sua parte. Mas eu sei o tipo de roupa que você provavelmente diria à Margarite para comprar ou fazer. Sou uma universitária, Ian. Não posso comprar coisas assim."

"Sei disso. Eu vou comprá-las para você."

"Eu disse que não estava à venda."

"Eu disse que esse tipo de coisa é a experiência que posso oferecer a você", ele rebateu.

"Bem, não tenho interesse nesse tipo de coisa."

"Eu deixei claro que as coisas seriam do meu jeito, Francesca, e você concordou. Aceitarei sua relutância em pequenas doses, mas você foi longe demais desta vez", disse ele enquanto caminhava em direção a ela, claramente irado com sua resistência.

"Não, *você* foi longe demais. Passei quase a vida toda com figuras autoritárias dizendo que minha aparência estava errada e tentando alterá-la. Você acha mesmo que sou tão idiota a ponto de permitir que você faça a mesma coisa agora? Sou quem sou. Se não quer ficar perto de mim desta maneira, sinto muito", disse ela, com a voz trêmula.

Ele parou. Ela desejou que ele não olhasse para ela com seu olhar penetrante que lhe dizia tanta coisa. Inesperadamente, os olhos dela ficaram marejados. Doía, por algum motivo, saber que ele preferiria que ela fosse diferente. Ela sabia que aquele pensamento era irracional — ele não dissera que queria alterar quem ela *era*, apenas suas roupas —, mas ela não conseguiu conter a reação. Eles permaneceram ali, em silêncio, enquanto ela tentava se controlar.

"Deixa pra lá", disse ele baixinho depois de um momento, enquanto ela olhava pelas janelas da varanda ensolarada, os braços cruzados. "Talvez possamos discutir isso mais tarde. Não quero brigar com você agora. O dia está lindo. Gostaria de aproveitá-lo ao seu lado."

Ela olhou para ele com ansiedade. Será que ele realmente estava disposto a perdoá-la por recusar sua generosidade? Ela abaixou os braços.

"O que... estava pensando em fazer?"

Ele diminuiu a distância entre eles.

"Bem, estava pensando em fazer umas comprinhas e almoçar, mas agora que sei sua opinião a respeito do assunto, acho que podemos mudar os planos."

Ela conteve uma careta. Sabia que ele não gostava de mudar seus planos.

"O que acha de passear pelo Musée d'Art Moderne e almoçar depois?"

Ela observou o rosto impassível dele com atenção, à procura de sinais que mostrassem seu humor, mas não encontrou nada. "Sim, seria ótimo."

Ele assentiu e esticou o braço em direção à porta. Ela passou por ele, parando quando ele disse seu nome repentinamente, como se estivesse hesitante, sem querer dizer antes, mas finalmente havia conseguido. Ela olhou para trás.

"Quero que saiba que nem sonhei em criticar sua aparência. Você pode estar coberta de joias ou com uma camiseta simples, e ainda a considero extremamente atraente. Acho que você ainda não percebeu isso."

Ela entreabriu os lábios, chocada. "Eu... eu percebi. De verdade. Só quis..."

"Sei o que quis. Mas você é uma mulher extremamente bonita. Quero que se aproveite disso, Francesca."

"Parece que *você* vai se aproveitar disso... pelo tempo que for conveniente para você", ela não conseguiu se controlar, disse o que estava pensando.

"Não", respondeu ele, tão abruptamente que ela hesitou. Ele suspirou, como se estivesse arrependido da reação. "Eu admito que você provavelmente tem bons motivos para acreditar nisso, levando em conta o que sabe a meu respeito... até do que *eu* sei a meu respeito. Mas acho que adoraria que você se enxergasse com clareza... que reconhecesse seu poder."

Ela ficou olhando para ele, boquiaberta, confusa pela mensagem que viu em seus olhos.

Continuava surpresa quando ele segurou sua mão e a tirou do quarto.

Francesca teve que lembrar a si mesma, diversas vezes, que o acordo que tinha com Ian era puramente sexual, porque, na verdade, não poderia ter imaginado um dia mais romântico em sua vida. A pedido dela, eles deixaram Jacob sozinho e passearam pelas ruas de Paris, e Francesca sentiu muita animação e euforia andando de mãos dadas com Ian, sempre olhando para o lado para ter certeza de que estava sendo levada na cidade mais romântica do mundo pelo homem mais lindo e charmoso que já tinha visto.

"Estou faminta", disse ela com sinceridade depois de um breve e agradável passeio pelo Musée d'Art Moderne, onde continuou impressionada pelo tamanho de seu conhecimento artístico e gosto inato. Ele tinha sido o companheiro ideal — levando em conta o que ela queria ver, interessado no que tinha a dizer, revelando mais de seus conhecimentos e senso de humor do que nunca. "Podemos comer aqui?", perguntou ela, apontando para o belo e pequeno bistrô da calçada na Rue Goethe com cadeiras do lado de fora.

"Lin reservou uma mesa para nós no Le Cinq", disse Ian, referindo-se ao restaurante ultraexclusivo e caro em seu hotel.

"Lin Soong", disse ela, observando um casal sentado a uma mesa próxima, e a mulher respondeu, remexendo sua comida com os dedos enquanto ria de algo que seu companheiro havia dito. "Ela é extremamente eficiente para planejar as coisas, não é?"

"A melhor. É por isso que a contratei", disse ele enquanto olhava para ela de soslaio. Ela olhou para ele surpresa, um momento depois, quando ele parou diante da entrada do pequeno bistrô e fez um gesto para que ela entrasse, parecendo divertir-se.

"Tem certeza?", perguntou ela, animada.

"Tenho. Até mesmo eu sei ser espontâneo de vez em quando. Em doses homeopáticas, pelo menos", disse ele.

"Os milagres não deixarão de acontecer?", perguntou ela, provocante. Ele hesitou, mostrando-se levemente surpreso, quando ela ficou na ponta dos pés e beijou seus lábios antes de eles se sentarem a uma das mesas do lado de fora.

"Quer alguma coisa para beber além de água mineral com gás?", perguntou Ian educadamente, quando o garçom aproximou-se da mesa.

Ela balançou a cabeça. "Não, só isso, obrigada."

Ian fez o pedido e eles foram deixados a sós de novo. Ela sorriu para ele do outro lado da mesa, sentindo-se muito feliz, observando o tom azul intenso de seus olhos, mesmo à sombra das árvores acima deles.

"Você me disse, certa vez, que só se envolveu mais intimamente com um homem na faculdade. Como pode não ter tido um relacionamento sério nesses anos?", perguntou ele.

Ela evitou seu olhar. Sua experiência — ou falta dela — no âmbito afetivo não era bem o tipo de coisa que desejava discutir com um homem sofisticado como Ian.

"Nunca combinei com ninguém, acho." Ela olhou para ele com atenção e viu que ele continuava a observá-la, esperando. Ela suspirou. Ele não ia mudar de assunto. "Eu não me interessei pelos rapazes da época da faculdade, pelo menos não para namorar. Gosto de estar perto de homens, de modo geral. Eu me relaciono melhor com eles do que com mulheres. As mulheres são todas iguais... *Como estou? Onde você comprou essa calça? O que você vai vestir sexta à noite, assim podemos sair todas iguais?*" Ela revirou os olhos. "Mas quando o assunto são homens... a questão do...", ela hesitou, tendo dificuldades para encontrar as palavras certas.

"Dos detalhes sórdidos?", Ian tentou ajudar discretamente.

"É, acho que sim", ela admitiu, calando-se por um momento enquanto o garçom servia as bebidas. Os dois fizeram o pedido para o almoço. Quando o garçom saiu, ele olhou para ela de novo, como se esperasse.

"Não sei o que você quer que eu diga", disse ela, corando. "Os homens são bons pela diversão, para passear, passar o tempo, mas, para mim, eu nunca me liguei muito...", disse ela, sussurrando, "... a nenhum deles. Eram novinhos demais. Irritantes demais. Eu me cansava de vê-los sempre me perguntando o que eu queria fazer quando saíamos", disse ela em um rompante de sinceridade. "Afinal... por que *eu* sempre tinha que decidir?" Ela parou ao ver que ele esboçava um sorriso. "O que foi?"

"Você é uma submissa sexual nata, Francesca. A maior que já vi. Você também é singularmente inteligente, talentosa, independente... cheia de vida. Uma combinação única. Suas frustrações com namoro provavelmente surgem do fato de os homens estarem fazendo as coisas erradas com você, digamos assim. Você se *submeteria* a poucos homens no mundo." Ele pegou a taça e a observou por cima da borda ao tomar um gole da água gelada. "Ao que parece, sou um desses homens. Eu me considero muito sortudo por isso."

Ela resmungou, e não desviou os olhos dele. Será que ele estava falando *sério*? Ela se lembrava de como ele havia usado a palavra *submissa* naquela noite em que lhe dera aqueles tapas na cobertura. Ela não gostava do que a palavra em si indicava a seu respeito, e tentava esquecê-la desde então.

"Não sei do que você está falando", ela disse com desdém. Mas, dessa vez, não conseguiu parar de pensar no que ele dissera, não conseguiu parar de relembrar seu nojo quando um homem, em um encontro, tinha que beber bastante antes de fazer uma investida com intenção de fazer sexo, quando se comportava de modo indeciso ou imaturo...

... quando agia de modo oposto ao de Ian.

Ele ergueu as sobrancelhas levemente, como se tivesse percebido que as peças tinham se encaixado na mente dela.

"Podemos, por gentileza, mudar de assunto?", perguntou ela, olhando para as pessoas que passavam na calçada.

"Claro, se você prefere", disse ele, e Francesca suspeitou que o fato de ele concordar com tanta facilidade se devia ao fato de saber que já tinha sido bastante claro.

"Olha só", disse ela, indicando três jovens que passavam pelo bistrô com *scooters*. "Sempre quis alugar uma dessas no tempo em que passei em Paris. Parece tão divertido."

"Por que não alugou?", perguntou ele.

Ela corou dessa vez. Olhou ao redor, esperando desesperadamente ver o garçom chegando com as entradas.

"Francesca?", perguntou ele, inclinando-se levemente para a frente.

"Eu... uh... eu...", ela fechou os olhos brevemente. "Não tenho carteira de habilitação."

"Por que não?", ele quis saber, demonstrando confusão.

Ela tentou afastar o susto, sem saber exatamente por que estava se sentindo tão abalada diante daquela pergunta. Todos os seus amigos sabiam que ela não dirigia. *Muitas* pessoas da cidade não dirigiam. Caden, por exemplo, não tinha carro.

"No ensino médio, eu não tinha lugar *nenhum* para ir, e meus pais não me pressionaram. Eu optei por não fazer as aulas de direção", disse ela rapidamente, torcendo para que ele não percebesse a mentira.

A verdade era que, aos dezesseis anos, ela estava no ápice de sua obesidade. Todos os dias, ela agradecia a Deus por ter sido jovem quando a perda de peso abrupta ocorreu, aos dezoito anos. Para sua surpresa, não havia sinais em seu corpo dos anos em que esteve fora de forma. Os quilos a mais tinham desaparecido como se tudo não tivesse passado de uma experiência traumática da qual ela poderia se curar, e não um fato biológico.

Mas os dezesseis anos não tinham sido fáceis para Francesca. Ela havia sido colocada, para as aulas de direção, em um grupo com três outras meninas que faziam aulas de educação física com ela, três meninas que — por muito azar — sempre a perseguiam. As aulas de educação física já eram uma tortura diária. A ideia de passar uma hora presa com três meninas contendo o riso cada vez que ela fizesse uma barbeiragem, e um jovem professor que de certa forma compartilhava o desprezo das outras garotas, tinha sido demais para ela. Seus pais suspeitaram de que aquele era o motivo para ela querer evitar o curso, e não insistiram.

Provavelmente ficaram com tanto receio quanto ela.

"Quando me mudei para Chicago, não tive motivos para tirar a habilitação. Não tenho dinheiro para manter um carro, o estacionamento e o seguro, então perdeu o sentido", ela explicou.

"Como você vai de um lugar para o outro?"

"De ônibus, de bicicleta... a pé", disse ela, sorrindo.

Ele balançou a cabeça uma vez, rapidamente. "Isso é inaceitável."

Ela parou de sorrir. "Como assim?", perguntou, ofendida.

Ele olhou para ela com exasperação ao perceber que, mais uma vez, ela havia se ressentido. "Só quero dizer que uma moça como você deveria ter o mínimo de controle de sua vida."

"E você acha que dirigir é o básico do controle?"

"Sim", respondeu ele de modo tão tranquilo que Francesca riu. "É uma conquista no desenvolvimento tirar a habilitação, como dar os primeiros passos... ou aprender a controlar suas reações", disse ele quando ela abriu a boca para reclamar. A chegada das entradas interrompeu temporariamente a conversa.

"Há um motivo por trás de todas as expressões populares, sabe?", Ian pensou um momento depois, observando-a temperar a salada. "As que falam sobre estar no controle, com o volante na mão, dirigir o destino..."

Ela olhou para ele, relembrando-se muito bem de como ele havia descrito o que fazia com ela no St. Germain na noite anterior. Seu sorrisinho indicava que ele sabia que ela estava se lembrando.

"O que acha de eu ensinar você a dirigir?", perguntou ele.

"Ian...", ela começou, sentindo-se frustrada e um pouco impotente.

"Não estou dizendo isso para controlar você. Na verdade, quero que você se sinta mais no controle de sua vida", ele interrompeu, cortando o filé de frango rapidamente. Ele olhou para a frente à espera da resposta. "Vamos, Francesca. Seja um pouco impulsiva."

"Oh, *ha ha*", respondeu ela, de maneira sarcástica, um brilho sensual e travesso no olhar. "Você parece estar planejando me ensinar a dirigir aqui em Paris, depois do almoço."

"É isso mesmo", disse ele, pegando o telefone. Eles permaneceram bastante tempo no bistrô, conversando, bebendo café e esperando Jacob chegar com o carro que Ian havia pedido.

"Ali vem ele", disse Ian, olhando para uma BMW preta brilhosa com vidro escuro. Ela havia escutado quando ele pediu que Jacob alugasse um veículo de transmissão automática e o levasse ao bistrô. Agora, o motorista estava ali, menos de meia hora depois. Era muito estranho pensar nas coisas que uma pessoa podia fazer por capricho quando dinheiro não era problema.

Ela não conseguia acreditar que ele a convencera a fazer aquilo.

Francesca sorriu para Jacob quando ele entregou as chaves para Ian. "Não vamos levar você de volta ao hotel?", perguntou ela quando o motorista se virou e começou a caminhar pela calçada.

"Vou caminhando. Não é longe", respondeu Jacob com simpatia antes de acenar e se virar.

Ian abriu a porta do passageiro para ela. Francesca ficou aliviada ao perceber que ele não pretendia começar as aulas de direção nas ruas movimentadas de Paris. Ainda assim, ela tinha a plena certeza de que um desastre estava prestes a acontecer.

"Este carro é muito bom", disse ela, sentando-se no banco do passageiro e observando Ian ajustar o banco do motorista para suas pernas compridas. "Não podia ter alugado um carro velho? E se eu bater este?"

"Você não vai bater", disse ele ao começar a descer a rua sombreada. As nuvens se moviam, escondendo o lindo sol que eles haviam apreciado durante todo aquele dia de outono. "Você tem reflexos e visão excelentes. Percebi quando lutamos esgrima."

Ele olhou rapidamente para o lado e a flagrou olhando fixamente para ele. Ela hesitou por um momento. Ela o havia visto dirigir uma única vez — na noite em que a tirou do salão de tatuagens. Talvez ele estivesse certo a respeito do poder e da direção. Ele parecia totalmente no controle dirigindo no trânsito parisiense. Ela não conseguia desviar o olhar de suas mãos grandes segurando o volante de couro, o toque suave, mas firme, como o de um amante. Por algum motivo, ela se lembrou de Ian segurando o chicote. E estremeceu.

"O ar-condicionado está muito forte?", perguntou ele, com educação.

"Não, está bom. Aonde vamos?"

"Vamos voltar ao Musée de St. Germain", disse ele. "Fecha às segundas-feiras. Há um estacionamento de funcionários bem grande nos fundos, onde poderemos treinar."

Francesca imaginou-se batendo o carro bem no muro do palácio e não conseguiu decidir se estava feliz ou nervosa por saber que o avô de Ian era o dono da propriedade. Seria uma maneira horrorosa de o respeitável senhor tomar conhecimento de sua existência.

Vinte minutos depois, ela estava no banco do motorista do sedã, com Ian sentado a seu lado no assento do passageiro. Era muito estranho estar no assento do motorista.

"Acredito que isto é o básico", disse Ian depois de mostrar os mecanismos de controle e os pedais. "Mantenha seu pé no freio e engate a primeira marcha."

"Já?", perguntou ela com a voz estridente e nervosa.

"O objetivo é mover o carro, Francesca. Não poderá fazer isso se ele continuar parado", disse ele com seriedade. Ela fez o que ele disse, com o pé pressionando o freio.

"Agora, solte um pouco o freio, isso mesmo", falou ele quando o carro começou a mover-se no estacionamento vazio. "Agora, comece a testar a pressão no acelerador... devagar, Francesca", disse ele quando ela pisou com força demais e o carro deu um tranco para a frente. Ela pisou no freio de um modo ainda mais agressivo, e os dois foram para a frente, segurados pelo cinto de segurança.

Droga.

Ela olhou para Ian com nervosismo.

"Como pode ver", disse ele, "os pedais são muito sensíveis. Continue testando. É a única maneira de aprender."

Ela rangeu os dentes e cuidadosamente encostou o pé no acelerador. Quando o carro começou a responder a seu gesto sutil, um arrepio percorreu seu corpo.

"Muito bem. Agora, vire para a esquerda e dê uma volta", Ian orientou.

Ela acelerou demais na curva.

"*Freio.*"

Mais uma vez, ela fez com que os dois fossem impulsionados para a frente.

"Desculpa", disse ela.

"Quando eu disser '*freio*', quero que você pressione o freio com delicadeza. Se eu quiser que você pare, direi '*pare*'. Você precisa diminuir a velocidade ao virar, caso contrário, perderá o controle. Agora, mais uma vez", disse ele com gentileza.

Ele foi tão paciente com ela durante a meia hora que se seguiu que ela até se surpreendeu, ainda mais por perceber sua *total* falta de habilidade ao volante. Mas as freadas bruscas e as aceleradas diminuíram razoavelmente sob as orientações de Ian, e ela estava começando a se sentir animada dirigindo um veículo rápido e potente.

"Agora, estacione naquela última vaga, ali", ele pediu, apontando. A chuva começou a bater no para-brisa quando ela entrou na vaga e gritou, triunfante. "Muito bom", Ian a cumprimentou, sorrindo quando ela se virou para ele. "Vamos treinar mais quando chegarmos a Chicago. Pedirei que Lin envie a você as regras de trânsito para você estudá-las no avião quando voltarmos para casa amanhã, e você estará pronta para realizar a prova daqui a uma semana, mais ou menos."

Ela ficou tão contente que não fez qualquer comentário sobre o planejamento meticuloso que ele estava realizando para a vida dela. Manteve as mãos no volante e olhou para a frente, sorrindo. Aprender a dirigir tinha sido uma experiência muito mais libertadora do que ela imaginara. Ou será que ela só estava eufórica daquele jeito porque Ian tinha sido um instrutor paciente?

"Viu? Não é tão difícil", disse ele quando a chuva começou a cair com força no vidro. "Ligue o limpador de para-brisa e os faróis. Está começando a chover mais forte. Aqui", disse ele, apontando para os respectivos controles. "Ótimo. Vamos só testar mais uma coisa antes que a tempestade desabe. Quero que você engate a marcha à ré, saia desta vaga e vire o carro para a esquerda. Isso mesmo", disse ele quando ela começou a dar à ré. "Use os espelhos retrovisores. Não... não, para o outro lado, Francesca." Ela bufou, confusa, sem saber como mexer o volante enquanto se movia para trás para conseguir o resultado esperado. Desejando frear, ela pisou com força no acelerador ao mesmo tempo em que virou o volante na outra direção. Quando o carro deu um tranco para a frente, ela pisou no freio com força, e o carro rodou no chão molhado, completando um círculo.

Uma corrente de eletricidade pareceu percorrer suas veias depois do movimento inesperado e abrupto em que ela... perdeu o controle.

Francesca gritou.

O carro parou com um chacoalhão, fazendo os cabelos dela encostarem no volante quando o cinto de segurança a conteve. Ela sentiu algo estranho em relação ao carro — como se ele estivesse vivo e tivesse acabado de revelar um lado rebelde. Ela riu.

"Francesca", disse Ian com rispidez.

Ela parou de rir e olhou para ele com os olhos arregalados. Ele parecia assustado e um tanto nervoso. "Sinto muito, Ian."

"Estacione o carro", disse ele. Será que estava bravo com ela? Ele detestava desordem, odiava quando ela perdia o controle. Francesca seguiu as instruções rapidamente, sentindo-se um pouco sem fôlego e zonza, sem saber ao certo se sua reação se devia ao fato de o carro ter girado ou ao olhar de Ian.

"Eu disse que isso era uma má ideia", disse ela, girando a chave na ignição para não causar nenhum problema sem intenção.

"Não foi uma má ideia", disse ele, com os lábios tensos. Ela prendeu a respiração quando ele esticou o braço, os dedos emaranhando seus cabelos, virando o rosto dela para si. Quando ela se deu conta, ele já havia se inclinado para beijá-la. A adrenalina que percorreu seu corpo quando o carro girou no chão molhado não era nada em comparação à onda de excitação com o beijo inesperado de Ian. Ela derreteu-se contra o corpo dele, e o sabor de seus lábios a inebriou, os toques intensos de sua língua dominando seus sentidos. Ele aplicava uma sucção tão precisa que ela sentiu-se molhada como se ele a tivesse molhado com sua boca. Sua respiração estava ofegante quando ele se afastou, um pouco depois.

"Você é tão linda", disse ele com a voz rouca.

"Eu... eu o quê?", perguntou ela, ainda atordoada com o beijo.

Ele sorriu e acariciou seu rosto delicadamente. "Vá para o banco de trás e tire a calça jeans e a calcinha. Preciso sentir seu gosto. Agora."

Ela olhou para ele boquiaberta e então pelo vidro do carro.

"Não tem ninguém por perto. E mesmo se alguém passasse ou se algum segurança do museu fizesse a ronda, os vidros são escuros. Agora, faça o que estou mandando", disse ele com suavidade. "Encontrarei você lá atrás daqui a pouco."

Ela soltou o cinto de segurança, a respiração ainda ofegante, e abriu a porta do lado do motorista. Uma chuva forte havia começado a cair, então, ela bateu a porta rapidamente e passou para o banco de trás. Sentia-se extremamente estranha e excitada quando se sentou no banco macio da parte de trás do carro. Ian ainda estava sentado no banco do passageiro, com a cabeça baixa. Ela tentou imaginar se ele digitava uma mensagem no celular, e teve certeza de que era isso mesmo o que ele fazia ali.

Lentamente, ela começou a soltar seu cinto e a abrir o botão da calça.

Depois de tirar a calça e a calcinha, permaneceu ali, sentindo-se uma tola. Ele não se mexeu. Sua vagina formigava contra o assento macio. Ela se remexeu, estremecendo ao sentir a fricção prazerosa de sua pele sensível contra o couro frio. O que Ian *estava fazendo*? Ela abriu a boca para dizer que havia tirado a calça, mas ele, abruptamente, soltou o cinto de segurança.

Ela acreditou ter parado de respirar até Ian unir-se a ela um momento depois, no interior escuro do carro. Ele bateu a porta. Com ele a seu lado, o espaço repentinamente ficou mais restrito e íntimo. À distância, um trovão ressoava e a chuva caía no teto.

Ele olhou para ela. Passando a mão nos cabelos escuros levemente umedecidos pela chuva.

"Você sabe o que eu quero", disse ele baixinho. "Deite-se e exponha a sua vagina para mim."

Sua voz grave ecoou na mente dela naquele silêncio que se seguiu. Seu sexo latejou e formigou de excitação. Ela relembrou o prazer puro que ele havia proporcionado a ela na noite anterior, com a boca. Ela fez o melhor que pôde para encontrar uma posição para acomodá-lo.

Dessa vez ele não deu ordens. Apenas observou enquanto ela se recostava na porta e abria as pernas o máximo que conseguia, até onde o banco de trás permitia. Seu coração batia forte no peito quando ela se ajeitou. Sua ansiedade era tamanha que se transformou em uma pressão desconfortável em seu peito. Ele permaneceu imóvel, com os olhos entre suas pernas.

De repente, ele se inclinou para a frente e afastou as pernas dela, apoiando seus pés ainda calçados com sandálias no chão do carro, expondo-a ainda mais. Vê-lo abaixando-se entre suas pernas foi uma visão tão excitante que ela conteve um gemido antes mesmo de ele tocá-la.

Ela gemeu quando ele encostou a boca toda aberta sobre seu sexo. A sensação foi quente, úmida e insuportavelmente excitante. Ele moveu os lábios sensualmente contra o clitóris dela, aplicando uma leve pressão, e então, afastou seus lábios com a língua rígida. Ele se endireitou, enterrando o rosto ainda mais em seu sexo, tocando seu clitóris com ainda mais intensidade do que fizera na noite anterior, e o circulou, pressionou com tanta sofreguidão que ela gemeu e travou o quadril.

Ele a segurou firme com as mãos, forçando-a a sentir todo o prazer do momento. Ela segurou a cabeça dele, sentindo-se derreter embaixo dele. Ele a comia com concentração total, suas atitudes tão ríspidas eram implacáveis, como se a vagina dela tivesse feito algo de errado... como se ele precisasse mostrar quem mandava ali.

Ele mandava, Francesca pensou naquele momento de intensidade sexual. Ela bateu a cabeça no vidro do carro, mas não sentiu dor. Como poderia sentir desconforto em meio a tamanho prazer?

Que tipo de tola ela era para aceitá-lo como amante? Quando ele se afastasse dela, ela nunca se satisfaria com outro homem. Estaria arruinada para sempre.

Ele usou os dedos para separar seus lábios vaginais. Levantou a cabeça e começou a lamber o clitóris dela com força, pressionando e agitando até ela gritar seu nome, perdida em desejo. Vê-lo lambendo seu sexo era indecentemente obsceno... insuportavelmente excitante. Ela segurou seus cabelos curtos e gritou.

Ela explodiu em um orgasmo, segurando a cabeça dele como se acreditasse que se afogaria e ele fosse sua única salvação. Ele continuou a lambê-la enquanto ela estremecia, mantendo-a no ápice pelo que pareceu uma eternidade, exigindo que ela lhe desse aquilo. Quando ela relaxou, acreditando que ele havia extraído cada contração de prazer, ele moveu a cabeça e a língua de um modo que fez com que ela estremecesse de novo.

Ele tirou dela um último estremecer um momento depois, e levantou a cabeça. Sua vagina se contraiu quando viu a parte inferior do rosto dele brilhando com os líquidos dela. Ela estava ofegante quando ele olhou para ela com seriedade.

"Quero poder fazer isso com você", ela sussurrou, totalmente sincera em sua declaração. Que presente maravilhoso ele tinha o poder de dar. Ela queria retribuir.

"Você já fez? Já usou a boca para dar prazer a um homem?"

Ela negou, balançando a cabeça. Ele gemeu, e ela não soube dizer se ele estava contente ou irritado. Talvez as duas coisas.

"Melhor não. Você vai aprender, mas esse é o tipo de lição que não deve ser dada no banco de trás de um carro", disse ele antes de se ajeitar. Ela observou quando ele fechou os olhos brevemente e colocou a mão sobre a boca. Soltou a mão e olhou para ela, seu olhar distraído mais uma vez fixando-se em sua vagina, com olhos semicerrados. Mais uma vez, ele fechou os olhos.

"Vista-se", disse ele sorrindo, esticando o braço para abrir a porta do carro. "Levarei você de volta ao hotel, e você vai cumprir sua promessa."

A ansiedade que ela sentiu quando ele lhe dera a ordem de ir para o banco de trás começou a crescer de novo enquanto ela se vestia.

10

Ian não disse nada enquanto dirigia sob a chuva em direção ao hotel, e Francesca também estava tensa demais para puxar conversa. Era como se tivesse acontecido algo dentro daquele carro que ela não conseguia compreender. Uma tensão indescritível e pesada parecia tomar a atmosfera entre eles. Ela teria imaginado se tratar da pressão causada pela tempestade, mas sabia que as nuvens de chuva não tinham causado aquilo.

Ian era o motivo.

Quando chegaram ao hotel e estacionaram sob as copas das árvores, que formavam um túnel, um manobrista jovem e cheio de energia cumprimentou Ian pelo nome. Ian deu a ele algumas orientações em inglês a respeito de como seria feita a devolução do carro para a locadora, e então entregou a ele as chaves e um bolo de dinheiro.

"Obrigado, sr. Noble", disse o manobrista com um sotaque carregado. "Jamais se preocupe que o carro será entregue logo. Vou ver isso pessoalmente."

"*Não se preocupe. O carro será devolvido bem depressa*", corrigiu Ian de modo distraído ao segurar a mão de Francesca.

"Sim, isso mesmo. *Não se preocupe. O carro será devolvido bem depressa*", o jovem repetiu em voz alta, e então diversas outras vezes baixinho.

"Não pensarei mais nisso, Gene", disse Ian com um sorrisinho.

A conversa curta com o manobrista pareceu suavizar seu humor um pouco. Ele percebeu a expressão curiosa dela, de sobrancelhas erguidas, quando eles chegaram ao elevador. "Eu disse ao Gene que eu o contrataria para trabalhar na expedição se ele aprendesse inglês. Ele tem uma tia e um tio em Chicago e um grande sonho de ir para os Estados Unidos."

Ela sorriu quando eles entraram no elevador. "Cuidado, Ian."

Ele olhou para os lados enquanto usava o cartão para entrar na suíte.

"Você está expondo sua sensibilidade."

"Você acha?", perguntou ele sem a menor preocupação enquanto mantinha a porta aberta para ela entrar. "Acho que estou sendo bastante prático. Tenho observado, em primeira mão, como Gene trabalha com afinco. Ele faz de tudo para agradar, enquanto outros fogem disso."

"E é claro que você sempre gosta mais de quem está mais disposto a lhe agradar."

"Sim", disse ele, ignorando o sarcasmo em sua voz. Ele a havia levado ao quarto e agora virava-se para ela. "Está tendo problemas com isso, Francesca?"

"Com o quê?", perguntou ela, confusa.

"Em fazer um acordo no qual o objetivo principal seja me satisfazer?"

"Faço isso para agradar a mim mesma", disse ela, levantando o queixo.

Ele olhou para ela, divertindo-se. "Sim", disse ele, tocando seu rosto com as pontas dos dedos, delicadamente. Ela estremeceu. "E é isso o que torna você tão especial. Porque me satisfazer a satisfaz."

Ela franziu o cenho. Algo no que ele havia dito fez com que ela se lembrasse daquele assunto desconfortável sobre dominação e submissão.

Ele sorriu e abaixou a mão. "Eu prefiro que você não tenha tanta dificuldade com o básico, querida. Você não faz ideia de por que eu tinha que ter você a qualquer custo, não é? Existe uma característica em você que apenas um homem como eu consegue ver..." Ele hesitou ao notar a surpresa no rosto dela. Soltou o ar com força. "Talvez precisemos de tempo neste caso. De tempo e de prática."

Ela hesitou ao ver o brilho nos olhos dele.

"Por favor, tire a roupa e vista um roupão. Penteie o cabelo, mas prenda-o para trás. Sente-se no canto da cama. Voltarei já. Precisamos de algumas coisas para essa lição tão importante."

Você não faz ideia de por que eu tinha que ter você a qualquer custo, não é?

As palavras de Ian ficaram ecoando na mente dela enquanto ela fazia as coisas que ele pedia, e ainda escovava os dentes. Sentar-se para esperar na beirada da cama aumentou sua ansiedade. Ela não se sentia necessariamente feliz por estar tão disposta a satisfazer Ian sexualmente, a dar a ele o tipo de prazer que ele podia proporcionar a ela, mas foi honesta o suficiente para admitir a si mesma que sim, era verdade. Não tinha o direito de julgar Ian por suas preferências sendo que, ela mesma, tinha desejos igualmente fortes.

Seus pensamentos foram interrompidos quando Ian entrou no quarto vestindo apenas a calça preta, sem camisa e descalço, e trazendo apenas uma pequena sacola plástica. Ela o observou, ofegante ao ver seu corpo nu tão próximo. Será que ele um dia permitiria que ela tocasse e acariciasse todos aqueles músculos firmes e sua pele macia? Os mamilos dele eram minúsculos e quase sempre estavam enrijecidos, até onde ela conseguia se lembrar. Ele colocou a sacola sobre uma das cadeiras, na ponta da cama. Ele pegou algo como faixas que ela não conseguiu identificar direito, juntamente com algo que reconheceu: algemas de couro. Ele deu um passo em direção a ela, segurando os objetos.

"Por que preciso usar algemas para isto?", perguntou ela, demonstrando a decepção em seu tom de voz. Pensara que finalmente teria a oportunidade de tocá-lo.

"Porque eu disse que você deve usá-las", falou ele delicadamente. "Agora, levante-se e tire o roupão." Ela se levantou e abriu o roupão. O ar soprou gelado em seu corpo nu. Seus mamilos se enrijeceram quando ela deixou o roupão na ponta da cama.

"Está frio, mas acho que o que tenho planejado fará com que você se esquente logo. Vire de costas para mim", disse Ian.

Mais uma vez, ela teve que controlar a vontade de olhar para trás e ver o que ele estava fazendo. "Junte os punhos nas costas", ele a orientou. Ela sentiu o clitóris enrijecer-se de excitação quando sentiu as algemas em seus punhos, prendendo os braços em suas costas. "Agora, vire-se." Ela se surpreendeu ao ver o frasco branco que ele segurava. Sentiu o calor percorrer sua genitália. Já estava se acostumando com aquele frasco de creme. Seu corpo reagiu ao vê-lo. Ian parou, parecendo notar sua reação ao ver o creme.

"Conheço um especialista em medicina chinesa em Chicago que me recomendou este estimulante, mas eu nunca o havia usado antes de você. Estou tendo a forte impressão de que você o aprova", disse ele, esboçando um leve sorriso. Deu um passo em direção a ela, que prendeu a respiração, sabendo o que viria em seguida. Ele passou o dedo entre seus lábios vaginais e esfregou o clitóris, cobrindo-o com o estimulante. Ela mordeu o lábio inferior para conter um grito de excitação. Talvez fosse sua imaginação a respeito do que viria em seguida, mas já começava a arder de desejo.

Ele abaixou a mão. Ela observou ansiosamente quando ele pegou o objeto com as faixas pretas que ela havia notado antes. Havia um cordão fino preso a ele também, com um pequeno controlador.

"O que é isso?", perguntou ela, um tanto assustada

"É algo feito exclusivamente para seu prazer, linda. Não tenha medo", disse ele ao se aproximar dela. "É um vibrador que dispensa o uso das mãos", ele explicou, escorregando as faixas ajustáveis ao redor do quadril dela e ajustando-as. Ela olhou para baixo com uma mistura de fascínio e excitação ao vê-lo pressionar um objeto claro, com ranhuras e com aparência de silicone, contra seus lábios vaginais e clitóris. Ele ajustou a caixinha de controle com um botão na beirada da cama. "Não gosto de deixá-la desconfortável, mas como você ainda não tem experiência, suas primeiras aulas podem ser mais... complicadas até você se acostumar com as coisas. Quero que sinta prazer enquanto estiver aprendendo. Assim, tudo ficará mais fácil. Talvez."

"Não compreendo", disse ela enquanto ele ajustava ainda mais as alças do vibrador até estarem firmes, e então, deu um passo para trás, analisando seu trabalho. Era como se ela estivesse usando uma calcinha pequena com um pequeno vibrador entre seus lábios vaginais. Sua vagina já formigava pela leve pressão e pelo creme estimulante, e Ian sequer havia ligado o aparelho.

Ele olhou para ela com seriedade por um momento, e ela sentiu os mamilos se retesarem quando o olhar dele prolongou-se sobre eles. "Sou muito exigente quando o assunto é sexo oral."

"Oh", disse ela, incapaz de pensar em algo para dizer. Ele dissera aquilo quase como se fosse um pedido de desculpas.

"Nunca ensinei uma mulher a fazer isso. Suspeito que fracassarei nessa atividade, mas quero que saiba que pensei bastante nisso."

"Como assim?" Ela se sentia cada vez mais confusa. Será que eles estavam falando da mesma coisa? Ele dissera *sexo oral*, então, ela *acreditava* que sim, mas mesmo assim...

"É um pouco confuso. Não posso mudar minha natureza exigente, e duvido que conseguisse mesmo que tentasse muito, por mais atraído que eu me sinta por você."

Ela sentiu o rosto esquentar. Às vezes, Ian conseguia dizer as coisas mais bacanas sem perceber como suas afirmações casuais a afetavam.

"Por outro lado, sei que a maneira com que uma mulher é introduzida na prática do sexo oral tem enorme influência no fato de ela gostar ou não da atividade a longo prazo; por isso, tive que pensar muito."

"Entendo", ela sussurrou. Ela não podia acreditar que eles estavam tendo aquela conversa. Francesca não havia pensado na mecânica antes, mas o pênis de Ian era... formidável. Ela olhou para ele e viu que ele já estava observando seu rosto.

"Estou confundindo você", disse ele, suspirando. "Como disse, não quero que você não goste. Principalmente porque tenho imaginado você me chupando desde a primeira vez em que a vi. Vou querer com frequência, Francesca, e seria preferível que nós dois gostássemos."

Ela corou. O creme começou a arder e queimar seu clitóris.

"Certo", disse ela. Ele tocou seu rosto.

"Ajoelhe-se", disse ele.

Ele pousou as mãos nos ombros dela enquanto ela se abaixava, já que seus punhos estavam presos nas costas. Ela olhou para cima e engoliu em seco. Seu rosto estava bem de frente para a genitália de Ian. Ela observou, fascinada, enquanto ele desabotoava e descia o zíper da calça, revelando uma cueca muito branca. Ele enfiou a mão no lado esquerdo da cueca e tirou a cabeça de seu pênis. Desceu a calça e a cueca, mas não as tirou, deixou-as reunidas embaixo de seus testículos. De repente, ela estava a poucos centímetros de seu pênis exposto, das bolas com os pelos aparados. Ele estava duro — não extremamente duro como já o vira, mas excitado, mesmo assim. Ele era lindo. Ela lambeu o lábio inferior com nervosismo enquanto observava a cabeça grande e afilada. A parte mais grossa dele, na base, tinha a circunferência de uma ameixa pequena. Aquele pênis havia mesmo penetrado sua vagina? Como conseguiria enfiá-lo na boca?

"Você precisa permanecer vestido até agora?", perguntou ela, olhando para ele, com os olhos arregalados. Sentiu um arrepio percorrer seu corpo ao vê-lo de pé ali, tão alto e exigente, com o pênis saindo da cueca. Era uma visão intimidadora... e intensamente erótica.

"Sim. Está pronta para começar?"

Ele segurou o pênis e passou a mão por ele enquanto ela observava.

"Sim."

Ele soltou o pênis, que desceu um pouco. Ela sentiu os lábios formigando de ansiedade.

"Oh!", ela se sobressaltou.

Ele havia ligado o vibrador, que tremeu com intensidade contra seus lábios e clitóris. Ela olhou para ele, surpresa com a onda de prazer intenso. Ele observou seu rosto com atenção. Ela sentiu um calor percorrer seu peito, lábios e rosto. De repente, aquilo se tornou deliciosamente bom. Ele gemeu de satisfação e ficou de pé diante dela de novo. Segurou seu pênis.

"Ensinarei você a usar a mão e a boca em outra ocasião. Hoje, você vai se familiarizar com a sensação de ficar com meu pênis em sua boca", disse ele. Ela ficou parada quando ele se aproximou e passou a cabeça de seu pênis em seus lábios. Ela abriu a boca. 'Fique parada", ele orientou. Ela permaneceu móvel enquanto ele contornava os lábios dela, a pele macia de seu pênis quente escorregando em seus lábios trêmulos. O cheiro dele entrou em suas narinas... almiscarado, másculo. Sua vagina se contraiu e ela gemeu baixinho.

O pênis enrijeceu e a cabeça ficou mais rígida contra seus lábios. Sem conseguir se conter, ela encostou a ponta da língua na pele deliciosa.

"Francesca", ele avisou, pausando os movimentos circulares.

Ela olhou para ele com ansiedade. Ele franziu o cenho.

"Eu me esqueci da maldita venda para os olhos", ela acreditou tê-lo ouvido falar baixinho. "Abra os seus lábios."

Ela os abriu o máximo que conseguiu. Ele inseriu a cabeça do pênis ali dentro. "Use seus lábios para cobrir os dentes", ele disse em meio às batidas do coração dela, que ressoavam em seus ouvidos. "Faça uma proteção. Quanto mais forte apertar, mais prazer você me fará sentir." Ela o pressionou o mais forte que conseguiu quando escutou aquilo. Ele gemeu. "Ótimo. Agora, passe a língua na cabeça."

Ela fez o que ele dissera, ficando mais excitada ao observá-lo subir e descer a mão pelo pênis. Havia algo mais sensual no mundo do que ver Ian se tocar?

"Isso mesmo. Assimile o meu formato. Pressione." Ela seguiu as orientações com obediência. "Sim, isso", disse ele, a voz um pouco rouca, quando ele segurou a borda sob a cabeça e a puxou contra a minúscula abertura. Ela recebeu algumas gotas do líquido pré-ejaculatório. O gosto dele se espalhou pela língua dela, único... viciante. Ela pressionou mais. Ele gemeu baixinho e enfiou o pênis mais dois centímetros dentro de sua boca. Ele abriu a mão na nuca de Francesca, mantendo-a firme. Começou a movimentar o quadril, penetrando o pênis alguns centímetros e voltando, sem parar.

"Agora, chupe", disse ele.

Ela o apertou com os lábios mais firmes e aplicou uma sucção forte.

"Ah, isso. Que boa aluna", disse ele com a voz rouca enquanto continuava a mexer o quadril.

O vibrador a estava levando à loucura. Não podia escapar do estímulo persistente em seu clitóris inchado. Como no dia anterior, ela sentiu os mamilos e as solas dos pés começarem a arder também. Os lábios também estavam exageradamente sensíveis, esticados como estavam ao redor do pênis de Ian. Eles estavam começando a doer por conta da pressão ao redor do pênis pulsante. Ainda assim, ela queria mais. Precisava.

Ela abaixou a cabeça ainda mais, sentindo o pênis deslizar em sua língua, preenchendo sua boca. Ele gemeu e segurou os cabelos dela na nuca, interrompendo-a.

"Se você voltar a ser impulsiva desse jeito, vamos parar."

Ela abriu os olhos, e o tom de voz ríspido dele misturou-se a sua excitação. O pênis dele pulsava dentro de sua boca. O vibrador estava prestes a atingir o objetivo. Foi algo meio grosseiro. Ela não conseguiu conter a reação.

Olhou para ele sem saber o que fazer, incapaz de falar com a ereção total dele em sua boca. Ele ficou mais sério ao ver a expressão dela.

"Francesca?"

Ela começou a gozar, arfando com a respiração dificultada pelo pênis dele dentro de sua boca. Ela viu quando ele arregalou os olhos sem acreditar, e então ela fechou os olhos, envergonhada por não conseguir controlar seu enorme desejo.

Ian olhou para ela, sem entender sua expressão de desespero até que ela começou a tremer, obviamente experimentando um orgasmo. Era a primeira vez em que era chupado por uma mulher enquanto ela gozava. Nunca pensara no prazer de uma mulher enquanto satisfazia a si mesmo.

Que tolo.

Ele gemeu incontrolavelmente ao sentir os lábios suaves e quentes dela tremendo ao redor de seu pênis.

Sem conseguir se conter, ele enfiou os dedos nos cabelos macios dela e deslizou ainda mais fundo. Ela abafou um grito, e o som vibrou em seu pênis juntamente com os tremores que tomavam conta de seu corpo. Ele tirou o pênis alguns centímetros para que ela se aliviasse um pouco. Ela quase fez com que ele perdesse o controle quando continuou a pressioná-lo com a sucção e bateu a língua repetidas vezes na cabeça.

Ele abriu a boca para repreendê-la, mas parou no último instante, enfiando o pênis de novo. Que idiota repreenderia algo tão delicioso? Ele permitiu que ela assumisse o controle dos movimentos por um momento, observou sua excitação enquanto ela abaixava a cabeça, deslizando o pênis em um movimento de vaivém entre os lábios rosados.

"Isso mesmo", ele murmurou. "Acomode o máximo que conseguir." Ele sentiu um arrepio. O entusiasmo dela ajudava a compensar a inexperiência. E ela era forte. Ela o prendia com intensidade. Sua sucção era primorosa, mas ainda assim, ele a desafiou.

"Chupe com mais força", disse ele, começando a mexer o quadril no ritmo da cabeça dela. Ele gemeu, baixo e feroz, pois ela superou suas expectativas. Observou suas bochechas rosadas em movimento de sucção e sentiu que a parte interna delas tocavam as laterais de seu membro.

Foi demais. Ele puxou seus cabelos com delicadeza. Ela entreabriu os olhos, e olhou para ele, e ele viu seus lábios sendo tomados pelo pênis e os olhos escuros brilhando de excitação.

"Você precisa enfiar mais", disse ele. "Respire pelo nariz. Se ficar desconfortável por um momento, saiba que não permitirei que continue por muito tempo. Entendeu?"

Ela assentiu, e a confiança e o desejo que ele viu em seus olhos fizeram com que ele travasse a mandíbula. Ficou olhando para ela enquanto se movimentava e sentiu que sua garganta envolvia a ponta de seu pau. Sentiu um arrepio de prazer. Ela hesitou e engasgou um pouco, mas conteve-se o suficiente para não parar. Ele gemeu e saiu de sua boca. "Isso mesmo. Respire pelo nariz", ele disse ao enfiar o pênis em sua boca de novo. Dessa vez, ele fez uma careta quando seu pênis pulsou excitado enquanto permanecia em sua boca. "Me desculpa", disse logo ao se afastar. Ele se retraiu quando viu duas lágrimas descerem por seu rosto.

"Você está bem?", perguntou.

Ela arregalou os olhos como se quisesse acalmá-lo, e assentiu, fazendo com que ele enrijecesse mais. Ele fez uma careta quando o prazer percorreu seu corpo de novo ao ver como ela se dispunha a lhe dar prazer... ao ver sua generosidade. Ainda bem, porque ela era a graciosidade em pessoa. Ele sabia que não pararia. Sabia que não poderia parar.

Segurou a cabeça dela com as duas mãos, fixando seu olhar ao penetrar de modo mais raso, secando as lágrimas do rosto dela com os polegares. O brilho de excitação havia se intensificado em seus olhos escuros nos últimos minutos, mas ele viu algo mais dentro deles; algo que parecia abençoar aquele pecado.

"Você me satisfaz demais", disse ele.

Ele a manteve firme e penetrou até a garganta dela de novo. Perdeu o controle por um minuto, tudo ficou escuro enquanto ele se deleitava na boca molhada de Francesca e ela realizava cada um de seus desejos desesperados e depravados. Ele arregalou os olhos quando sentiu que ela tremia enquanto ele ia mais fundo. Começou a afastar-se em consideração ao desconforto dela, mas percebeu que não havia problema algum.

"*Francesca linda*", disse ele, com a emoção se elevando, quando percebeu que ela estava gozando de novo.

Ele explodiu em sua garganta, gemendo enquanto um prazer enorme se espalhava. Ainda assim, ele pensou em se afastar um pouco, mantendo os movimentos e gozando em sua língua. Seu rosto ficou tenso enquanto ele a observava, incapaz de desviar o olhar da imagem hipnotizante das bochechas rosadas dela, a expressão impotente dos olhos brilhantes e escuros enquanto ela se entregava à alegria de tê-lo satisfeito tão bem.

Sua garganta tremeu enquanto ela engoliu. Ele continuou a tremer e gozar, incapaz de conter as fortes ondas de prazer, apesar de Francesca aparentar dificuldade para receber a ejaculação. A suspeita foi confirmada quando ela gemeu, diminuiu a tensão momentaneamente e um pouco do sêmen dele vazou do canto de seus lábios.

Ele tremeu de modo incontrolável e fechou os olhos com força, sentindo mais uma contração abalá-lo, gravando a imagem dela em sua mente. Como era possível que uma moça inexperiente o deixasse tão descontrolado, tão acabado, como conseguia virá-lo do avesso até deixá-lo exposto, nu, da mesma maneira com que ele insistia para que ela ficasse?

Ao pensar nisso, ele abriu os olhos. Suas mãos tinham soltado os cabelos dela das presilhas. Mechas macias de fios sedosos caíam ao redor de seus ombros alvos e emolduravam seu rosto. Os olhos dela pareciam faróis. Ele olhou para sua beleza erótica como se ela fosse a primeira coisa que um homem visse depois de passar a vida cego.

Lentamente, ele tirou o pênis da boca de Francesca. Sua sucção fez um som alto ao se desfazer, e então ele se afastou. Fechou os olhos brevemente por não querer sair daquele calor.

Os dois permaneceram calados enquanto ele a ajudava a se levantar e soltava as algemas. Ela gemeu baixinho quando ele desligou o vibrador.

"Deixei em uma potência muito alta para você", disse ele, percebendo sua voz sem vigor, talvez porque sabia que estava mentindo. O vibrador não era *tão* potente. Francesca havia gozado duas vezes enquanto ele usava a boca dela para ter prazer porque ela era muito linda e muito reativa... *muito mais do que o esperado ou planejado.*

Parou enquanto soltava as faixas do vibrador.

"Ian?", perguntou ela. Ele se retraiu ao escutar sua voz rouca.

"Sim?", respondeu ele, evitando seu olhar enquanto mecanicamente começava a guardar as coisas que havia levado ao quarto dentro da sacola.

"Foi... foi bom?"

"Foi fantástico. Você, mais uma vez, superou minhas expectativas."

"Ah... porque... você me parece meio... contrariado."

"Não seja tola", disse ele baixinho, ajeitando a roupa e subindo o zíper da calça. Ele olhou para ela, ignorando sua beleza e expressão confusa. "Por que não toma um banho aqui, e eu usarei o outro banheiro? Depois, vou pedir o jantar."

"Tudo bem", disse ela, com incerteza na voz, o que ele percebeu.

Mas, por mais que tenha percebido, ele começou a sair do quarto. Parou de repente e se virou, sem controle. Ela não havia se mexido. Ele estendeu os braços.

"Venha aqui", disse ele.

Ela disparou pelo quarto. Ele a abraçou forte contra o peito, sentindo o cheiro de seus cabelos. Os seios dela eram uma deliciosa e sensual fartura contra suas costelas. Ele sentiu vontade de dizer como a experiência tinha sido maravilhosa — como *ela* era maravilhosa —, mas, por algum motivo, seu coração começou a bater com força, com desconforto. Não gostara da maneira com que havia se exposto no fim... enfraquecido por seu desejo por ela.

Ainda assim, os lábios dela o tentaram. Ele a beijou controlando-se, consciente de que ela provavelmente estava com dor. A doce respiração dela contra os lábios dele fez com que Ian sentisse vontade de levá-la para a cama para que pudesse passar a noite com os lábios e nariz enterrados na pele sedosa e cheirosa dela. Tal desejo o atormentou.

Mas, em vez disso, ele apenas a beijou e soltou, precisando provar a si mesmo que ainda era capaz de se afastar.

PARTE 6

PORQUE VOCÊ ME PROVOCA

11

Na manhã seguinte, Francesca colocou o comprimido na língua, bebeu um gole de água e engoliu. Olhou para o espelho do banheiro e desviou o olhar rapidamente quando viu seu reflexo. Ver-se tomando a pílula anticoncepcional trazia à mente as lembranças da noite anterior; Ian levando-a para um jantar a dois com uma vista romântica de tirar o fôlego, sua confusão ao ver como ele se mantinha alheio, sua irritação como resposta a seu afastamento, uma vez que antes ele se comportava de modo solícito...

... a discussão e a fuga dele.

Por que estava sequer se importando em tomar o anticoncepcional depois de ver o comportamento de Ian na noite anterior? Ela estava irritada e devia estar maluca para concordar com aquilo. Sua estupidez ficou evidente quando ele se afastou depois de uma experiência tão incrivelmente erótica como a do dia anterior.

Pelo menos para *Francesca* havia sido incrivelmente erótica e íntima. Ian não deve ter achado nada de mais.

Ou talvez pensasse ser apenas *mais um exemplo do bom serviço que merecia receber*.

Ela ficou irritada com aquele pensamento.

Sim, ele havia permanecido com ela depois de eles terem... feito o que fizeram — ela não sabia exatamente como *denominar* aquilo. Poderia ter dito fazer amor, mas Ian claramente não concordaria. Depois de ele tê-la instruído sobre como satisfazê-lo com sua boca? Depois de um ter feito o outro gozar? Depois de ele ter feito com que ela se entregasse tão abertamente a seu desejo que agora ficava difícil encarar-se no espelho?

Ele não só tinha passado um tempo com ela; quem visse diria que ele havia proporcionado a ela uma experiência única. Depois do banho em banheiros separados, ele reapareceu, extremamente belo com uma calça cinza que destacava suas pernas compridas e seu quadril estreito, uma camisa azul-clara de botões e um blazer.

"Está pronta? Vamos jantar no Le Cinq", disse ele, de pé na porta da suíte.

Ela se sobressaltou e olhou para o próprio corpo, assustada. "Pensei que pediríamos o jantar aqui no quarto. Não posso ir ao Le Cinq vestida deste jeito!", exclamou, relembrando tudo o que já lera e ouvira a respeito do exclusivo restaurante do hotel. Por que Ian havia mudado os planos? Ele havia dito que eles pediriam comida no quarto. Será que, repentinamente, considerava a atmosfera do quarto íntima demais?

"Claro que pode", disse ele, com um comportamento comum a um aristocrata britânico. Ele estendera a mão a ela antes de notar seu susto. "Reservei uma mesa particular no terraço para nós."

"Ian, não posso! Não deste jeito", ela protestou, passando a mão por sua roupa.

"Você *vai*", disse ele, lançando para ela um olhar divertido. "Não seremos vistos por outros clientes. E ai de quem torcer o nariz para a sua camisa do Chicago Cubs."

O que ele havia dito foi tranquilizador, e até meigo, mas, apesar de estar se acostumando com ele, Francesca sentia a preocupação distante que tomara conta dele depois do encontro elétrico e erótico entre eles.

Sentindo-se extremamente em dúvida, ela rapidamente calçou os sapatos quando Ian pediu, e deu a mão para ele. Passou o caminho todo, até o elevador e enquanto atravessavam os corredores, reclamando e dizendo que ela seria expulsa do luxuoso restaurante por aparecer de jeans e camiseta. Ian não respondeu, apenas a guiou sem comentar nada.

O sorridente maître do moderno restaurante cumprimentou Ian como se ele fosse um velho amigo. Francesca ficou parada, sem graça, enquanto os dois homens conversavam num francês rápido, e desejou que o belo chão de mármore se abrisse e a engolisse. O maître abriu um grande sorriso para ela quando Ian a apresentou, e ela corou quando ele segurou sua mão e encostou os lábios em seus dedos, como se ela fosse a Cinderela na noite do baile e não uma simples Francesca Arno vestindo uma camiseta.

Um momento depois, ela ficou boquiaberta ao ver o terraço iluminado por velas com uma vista espetacular da formação complexa de aço da Torre Eiffel. Duas luzes esquentavam a noite agradável e fria de outono. A mesa estava lindamente decorada com velas, peças de cristal e ouro e um belo arranjo de hortênsias brancas.

Ela olhou com surpresa para Ian e viu que o maître havia saído. Os dois estavam sozinhos na varanda, e Ian segurava a cadeira para ela.

"Você providenciou tudo isto?", perguntou ela, olhando para trás.

"Sim", respondeu ele, acomodando-a.

"Você devia ter deixado eu trocar de roupa para este jantar."

"Eu já lhe disse, uma vez, que uma mulher veste as roupas, Francesca", disse ele ao se sentar à frente dela. Seus olhos estavam da cor do céu da meia-noite à luz das velas. "Se uma mulher reconhece seu poder, ela pode sair vestindo trapos e as pessoas a reconhecerão como uma rainha."

Ela riu. "Isso é o tipo de coisa que o neto de um conde aprende. Mas eu vivo em um mundo diferente, Ian."

Eles fizeram uma refeição muito requintada, conversaram, beberam vinho e experimentaram delícias de um suntuoso menu, e foram servidos não apenas por um garçom, mas, sim, dois, e nenhum deles esboçou qualquer reação ao ver a roupa de Francesca. Aparentemente, ser convidada de Ian lhe garantia status especial. Quando ela sentiu frio, Ian ficou de pé, tirou o blazer e insistiu para que ela o vestisse.

Quem visse, pensaria que se tratava de uma noite romântica de conto de fadas, mas conforme o jantar avançou, a incerteza e a frustração com o distanciamento de Ian só aumentavam. Ele era solícito e educado... a companhia perfeita. A princípio, ela colocou a culpa da atmosfera pesada na onipresença de garçons que passavam ali durante a refeição, mas conforme o tempo foi passando, percebeu que não era esse o problema.

Ele definitivamente havia se desligado depois de ensinar a ela como satisfazê-lo. Por quê? Será que ela tinha feito tudo errado e ele foi educado demais para dizer a verdade?

Será que já estava cansado dela?

Suas suspeitas se confirmaram quando eles voltaram para o quarto mais tarde e ele perguntou se ela se importaria se ele trabalhasse um pouco. Ela respondeu com um distraído "Claro que não", mas sua incerteza logo se transformou em raiva. Ela foi ao banheiro e conferiu os e-mails pelo telefone.

Em determinado momento, ele entrou no quarto, fazendo com que o coração dela acelerasse. No entanto, ele apenas lhe entregou um pacote. Ela o abriu e encontrou ali pílulas anticoncepcionais suficientes para três meses.

"Isto acabou de ser entregue. Aaron, o farmacêutico, disse que você pode começar imediatamente. Pedi que ele incluísse as orientações em inglês", disse ele.

"Quanta consideração."

Ele hesitou diante do sarcasmo dela.

"Está brava por eu ter sugerido que você tomasse anticoncepcional? Os resultados de exames médicos recentes serão enviados a mim, e eu os mostrarei a você. Quero que tenha certeza de que sou totalmente saudável e que não tenho doença alguma. Enquanto estivermos juntos, não ficarei com mais ninguém."

"Não era nisso que eu estava pensando", disse ela, apesar de se sentir mais aliviada diante daquelas palavras. Ela devia ter abordado o assunto antes.

Ele observou o rosto dela. "Você percebeu que eu estava preocupado esta noite? Sinto muito", disse ele depois de uma pausa. "Preciso resolver algumas coisas do trabalho. Uma aquisição muito importante que estou planejando há muito tempo finalmente se concretizará na próxima semana."

Ela olhou para ele. Não era o trabalho dele o que a havia irritado, e ele devia saber disso. Era o contraste da experiência sexual incrivelmente íntima e a indiferença dele no momento.

Ele olhou para ela em silêncio por um momento, como se reunisse os pensamentos. Ela ficou ansiosa pensando no que ele podia estar prestes a dizer, e suavizou a expressão sarcástica. Sentiu a necessidade de segurar a mão dele para se acalmar.

"Quer que eu busque um copo de água para você?"

Ela fechou os olhos brevemente ao sentir a decepção invadir-lhe com aquela pergunta.

"Eu disse que sou abominável com as mulheres", disse ele com um tom ríspido e contido. Ela abriu os olhos.

"Você também me disse que não era um homem gentil. Percebi que nem antes nem agora você expressou um pingo de remorso por seus defeitos... nem um pingo de arrependimento."

A raiva tomou os olhos dele naquele momento.

"Acredito que você acha que pode me tornar um homem melhor", disse ele, retorcendo os lábios como se tivesse comido algo amargo. "Ouça um conselho, Francesca, e não se esforce à toa tentando entender. Sou o que sou, e nunca menti a você dizendo que era outra coisa."

Ela ficou olhando quando Ian saiu do quarto, e calou-se, tomada pela surpresa, pela raiva e pela mágoa.

Era isso o que ele pensava? Que ela queria mudá-lo apenas porque estava confusa com o afastamento dele depois de terem feito sexo?

Ou será que ele estava *certo* por alertá-la? Ele permanecera atento a todos os desejos dela ao longo da noite, levando-a a um jantar exclusivo de frente para a paisagem mais romântica do mundo.

Não havia lhe oferecido seu coração; prometeu experiência e prazer, e de fato cumpria o prometido.

Seus pensamentos só serviram para deixá-la ainda mais confusa, criando um nó de ansiedade em sua garganta. Ela tentou ler um e-book em seu celular, mas continuou muito confusa e magoada e então dormiu.

Quando acordou de manhã, ele não estava em nenhum lugar. Tinha uma vaga lembrança da ereção dele contra seu corpo em algum momento da noite — dos braços dele envolvendo-a, de seus lábios percorrendo a pele entre o pescoço e o ombro em um beijo eletrizante. Mas foi difícil determinar se a lembrança era um sonho ou realidade.

Encontrou um bilhete ao lado da cama.

Francesca,

Precisei ir a uma reunião durante o café da manhã no La Galerie, no térreo. Sinta-se à vontade para pedir o serviço de quarto, se quiser. Partiremos de Paris para Chicago às 11h30. Por favor, arrume as suas coisas e se prepare, e eu voltarei ao quarto para buscá-la às 9h.

Ian

Ela fez uma careta ao ler o bilhete. Ele passava a impressão de que ela era uma mala ou coisa assim.

Faltando dez minutos para as nove, ela estava na sala de estar da suíte, com a bolsa e a mala nos ombros, triste por deixar a suíte parisiense onde Ian havia ensinado a ela tanto sobre desejo, e a vontade de voltar para a realidade — para a sanidade mundana.

Ela olhou para o relógio e franziu o cenho. Nada de Ian.

Que droga.

Inquieta, ela escreveu um bilhete apressadamente para Ian, dizendo que o encontraria na recepção, e saiu do quarto. Assim, pararia de pensar em tudo aquilo e poderia ficar na luxuosa recepção e observar todos os clientes sofisticados enquanto esperava.

No andar térreo, ela se sentou em uma das macias e luxuosas poltronas e procurou o telefone celular dentro da bolsa, com a intenção de checar suas mensagens. De canto de olho, ela viu algo que chamou sua atenção. Quando percebeu que era o corpo alto e belo de Ian, ela se recostou na poltrona, olhando pelo canto do encosto do móvel. Ele estava saindo do La Galerie, um dos restaurantes do hotel, abraçando uma mulher morena e bem-vestida que parecia ter cerca de trinta e poucos anos. Francesca não conseguiu ouvir a conversa à distância, mas o olhar deles parecia intenso... íntimo.

Era por isso que ela havia, por reflexo, se escondido na poltrona?

Ian enfiou a mão dentro do belo blazer que estava vestindo e entregou um envelope à mulher. Ela o aceitou com um sorriso e ficou na ponta dos pés para beijá-lo no rosto. O coração de Francesca acelerou e então se acalmou ao ver Ian apoiar as mãos nos ombros da atraente mulher e beijar suas duas faces em retribuição.

Os dois sorriram de um modo que Francesca considerou comoventemente... triste. A mulher assentiu uma vez, como se quisesse se assegurar de que tudo ficaria bem, e então abaixou a cabeça e virou-se para atravessar o chão de mármore branco da recepção, colocando o envelope entregue por Ian na maleta de couro que carregava. Ian ficou ali por um momento observando a mulher se afastar, com uma expressão que ela nunca tinha visto em seus traços fortes e masculinos.

Ele parecia um pouco perdido.

Francesca se recostou na poltrona, olhando para o nada, mas com os olhos voltados para o belo arranjo de flores frescas sobre a mesa à sua frente. Seu coração pareceu afundar em seu peito. Parecia que ela havia se intrometido em uma atitude muito pessoal de Ian. Não entendeu totalmente o que havia acabado de ver, mas, de certo modo, *sabia* se tratar de algo importante para Ian... algo forte.

Algo que ele não *queria* que ela visse.

Quando ela viu que ele entrava em uma joalheria na recepção do hotel um momento depois, ela se levantou da poltrona e correu na direção dos elevadores.

"Oi. Pensei em esperar você na recepção", disse ela para ele alguns minutos depois, com falsa animação. Eles se encontraram na frente dos elevadores, e Francesca tentou disfarçar, como se tivesse acabado de chegar ali.

Ele hesitou ao vê-la. "Pensei ter pedido que me esperasse no quarto", disse ele, um pouco desconcertado... e extremamente lindo. Será que sua intensa beleza masculina um dia deixaria de surpreender Francesca, como se fosse um golpe?

"Sim. Vi seu bilhete." Ela viu as sobrancelhas dele se erguerem em um desafio silencioso. "*Eu* deixei um recado também, dizendo que encontraria você aqui embaixo."

Seus lábios estremeceram, mas ela não soube dizer se tinha sido por irritação ou divertimento.

"Devo um pedido de desculpas pelo meu atraso. Tive uma reunião importante com uma amiga da família que por acaso está na cidade, em uma conferência. Vou subir para pegar as minhas coisas e encontrarei você na recepção."

"Certo", disse ela, tentando imaginar quem podia ser aquela bela amiga da família que tinha a capacidade de penetrar o escudo aparentemente impenetrável de Ian.

Será que ele havia comprado algo na joalheria para aquela mulher misteriosa?

Sabendo que não podia fazer essa pergunta, ela começou a se afastar. Parou quando ele pousou a mão em seu braço.

"Me desculpe por ontem à noite."

Então ficou olhando para ele, calada e surpresa com o pedido dele e o que parecia ser um tom de verdadeiro arrependimento.

"Por qual parte?"

"Acho que você sabe qual parte", disse ele depois de um momento. "Eu estava muito distante ontem à noite. Receio que você tenha se sentido abandonada."

"E eu não fui?"

"Não, ainda estou aqui, Francesca... se é que isso vale alguma coisa", acrescentou. Ele se inclinou para a frente e a beijou de modo delicado e apaixonado. Será que aquilo era coisa de sua imaginação ou o beijo parecia dizer algo que Ian não conseguia falar?

Francesca ficou olhando para as costas dele quando Ian se afastou um momento depois, com a mesma sensação de surpresa de sempre, com o coração acelerado, latejando até seu sexo, por causa do beijo.

Apesar do pedido de desculpa, ela ainda conseguia perceber a preocupação de Ian enquanto Jacob os levava ao aeroporto e eles embarcavam no avião particular. Ela se dividiu entre a preocupação que sentiu por ele — compaixão por aquele olhar perdido que Ian exibia no hotel — e a irritação que se prolongava pela aparente capacidade dele de esquecer-se da presença dela ali.

"Qual era a importante aquisição da qual você falou?", perguntou

Francesca quando eles estavam sentados frente a frente no avião e ele se inclinou para pegar o computador da maleta.

"Há mais de um ano, estou atendendo um dono tímido — bem, na verdade, para ser sincero, uma pessoa extremamente irritante — de uma empresa, e parece que finalmente vamos conseguir um acordo", disse ele, abrindo o computador. "Não estou muito interessado na empresa em si, mas o acordo inclui uma patente de um software que eu exijo para essa nova empreitada de jogo com mídia social que estou lançando." Ele olhou para ela e então para o computador. "Você se importa?"

"Não, claro que não", disse Francesca, com sinceridade. Ele podia confundi-la e vexá-la, mas não era tão grudenta a ponto de exigir atenção constante. Ele imediatamente começou a trabalhar quando eles entraram no avião, lendo arquivos, digitando rapidamente e, às vezes, falando ao telefone brevemente.

Francesca viu, em uma mensagem em seu celular que Lin Soong havia enviado por e-mail o *Manual de Trânsito de Illinois*. *Quando Ian havia feito o pedido a sua assistente?* Na noite anterior, enquanto a ignorava depois do jantar romântico?

Aquilo mostrava que ele havia pensado nela... ainda que tivesse sido só um pouco?

E aquele não era exatamente o tipo de pensamento servil que uma suposta submissa tinha, constantemente tentando descobrir se seu mestre estava pensando nela, ou se estava satisfeito com ela?

Enojada por aquela ideia, Francesca decidiu forçar-se a esquecer o homem à sua frente. Enviou uma mensagem calorosa de agradecimento a Lin, e então perguntou a Ian se podia pegar seu tablet emprestado.

"Para quê?"

"Para ler uma coisa."

"O *Manual de Trânsito* que Lin enviou a você?"

"Não", ela mentiu. "Um romance bobo."

Ela sorriu quando ele olhou para ela de modo seco. Ele entregou o tablet sem hesitação e sem qualquer outro comentário.

Felizmente, Francesca conseguia se concentrar quase totalmente em uma tarefa quando Ian queria. Obedientemente, ela memorizou todas as regras de trânsito no voo de volta para casa, estranhamente determinada a conseguir sua carteira de habilitação agora que Ian havia abordado o assunto. A experiência de estar no controle de um carro a motivava. Depois de um tempo, ela esqueceu a irritação com Ian, e sentiu-se confortável com a presença dele enquanto cada um cuidava dos próprios assuntos.

Ela tirou um cochilo e usou o banheiro. Em sua ausência, Ian havia trazido para eles uma bebida da adega. Ela bebericou sua água com gás e o observou por um momento, enquanto ele trabalhava. Realmente era muito concentrado. Se conseguisse patentear seu foco, seria o homem mais rico do planeta.

Ele já é um dos homens mais ricos do planeta, ela pensou balançando a cabeça antes de voltar a estudar.

Quando a voz do piloto foi ouvida no sistema de comunicação, dizendo a eles que estavam iniciando o pouso em Indiana, Ian olhou para a frente, piscou várias vezes, como se estivesse vendo o mundo a seu redor pela primeira vez. Fechou o computador e passou os dedos pelos cabelos curtos e despenteados, fazendo Francesca sentir vontade de passar os dedos onde os dele estavam naquele momento.

"Como foi o estudo?", perguntou ele, com a voz um pouco rouca por ter permanecido calado por tanto tempo.

"Excelente", respondeu ela, nem um pouco surpresa com o fato de ele saber que ela mentira dizendo que leria um romance. Ele não deixava passar nada.

"Você diz isso com grande confiança", disse ele, bebericando sua água gelada e olhando para ela por cima da borda do copo.

"Não tenho motivos para não estar confiante."

Ele estendeu a mão de modo ansioso. Ela permaneceu olhando para ele e entregou o tablet.

Ele começou a fazer perguntas sobre o material. Francesca dava as respostas certas sem hesitar. O piloto informou que eles deveriam se preparar para a aterrissagem, e Ian fechou o tablet e o guardou dentro da maleta. Seu belo rosto estava inexpressivo, mas ela teve a impressão de que ele estava satisfeito.

"Tenho reuniões esta tarde e amanhã o dia todo no escritório, mas pedirei a Jacob que a acompanhe para dirigir um pouco. Com um pouco mais de treino ao volante, você conseguirá tirar a habilitação", disse ele com confiança.

Francesca ignorou a irritação que sentiu — foi como se conseguir a habilitação tivesse se tornado uma tarefa que ele desejasse cumprir a seu estilo metódico. Mas, em vez de tecer qualquer comentário a esse respeito, ela se concentrou em outra coisa que ele havia dito e que a surpreendera.

"*Esta tarde?* Que horas são em Chicago?"

Ele olhou para seu relógio. "A mesma hora em que saímos de Paris: onze e quarenta."

"Nossa, é como se nós tivéssemos nos transportado."

Ele abriu um sorriso inesperado. O avião desceu ainda mais em direção à aterrissagem, aumentando a sensação de frio na barriga. Aquele sorriso sempre o tornava mais próximo. Ela sentiu uma vontade enorme de perguntar a respeito da mulher que vira com ele naquela manhã, de perguntar por que ele aparentara estar tão afetado com aquela reunião...

... exigir que ele contasse algo a ela que a ajudasse a entender o mistério que ele era.

Mas Ian tinha outros planos, totalmente diferentes.

"Você disse que é um desastre com finanças", disse ele. Francesca olhou para ele, boquiaberta. Era como se ele tivesse acabado de retomar uma conversa que eles haviam tido no dia anterior, sem hesitar. "O que pretende fazer com o dinheiro que recebeu pelas pinturas?"

Ela segurou o braço da poltrona, remexendo-se levemente quando o avião pousou na pista. Ian não hesitou.

"O que quer dizer com o que pretendo fazer? Pretendo usá-lo para meus estudos... meu futuro."

"Naturalmente, mas você não terá que preencher um cheque de cem mil dólares para comprar o que quer que seja, certo?"

Ela balançou a cabeça.

"Por que não me deixa investir a maior parte dele?"

"Não", respondeu ela. Ela viu a expressão de incredulidade dele com sua inflexibilidade. Havia milhares de pessoa que festejariam a ideia de ter um gênio das finanças como Noble oferecendo-se para investir o dinheiro delas.

"Você não pode deixar tanto dinheiro assim em uma conta-corrente", disse ele como se estivesse dizendo a coisa mais óbvia do mundo. "Não faz o menor sentido."

"Faz sentido para mim! Pessoas como eu não investem dinheiro, Ian."

"Pessoas como você? Está querendo dizer outros tolos? Porque é isso o que você seria se decidisse deixar aquele dinheiro todo em uma conta-corrente", disse ele, com os olhos azuis brilhando.

Ela se inclinou para a frente, preparada para responder com raiva, mas acabou reconsiderando. Recostou-se de novo e olhou para ele, que permaneceu parado ao ver seu olhar observador.

"O quê?", perguntou ele, um tanto desconfiado.

"Investirei eu mesma se você me ensinar como."

Seu olhar assustado transformou-se em um olhar de quem se divertira com a resposta.

"Não tenho tempo para ensinar." Ela ergueu as sobrancelhas. "Não para ensinar sobre investimentos", acrescentou, sorrindo de maneira sensual. Ela sentiu seus batimentos aumentarem. *Meu Deus*, ele era lindo. Ele soltou o cinto de segurança quando o avião parou.

"Você gostaria mesmo de aprender sobre finanças?"

"Claro, preciso de toda a ajuda que conseguir."

Ele não disse nada ao fechar a maleta e ficar de pé. Pegou o blazer e se aproximou dela, segurando sua mão. Ela soltou o cinto de segurança, e ele a puxou para perto de si com delicadeza.

"Veremos o que podemos fazer entre as outras aulas", disse ele, abaixando a cabeça e beijando-a.

O que *era* aquele contraste entre a atitude alheia de Ian, às vezes, e seu modo intensamente caloroso que fazia com que ela sentisse tanto desejo?

Foi estranho para ela, meia hora depois, ver Chicago com um céu azul-claro. Estava como sempre estivera, mas a sensação era outra. Quando Jacob saiu da estrada e entrou na North Avenue com a limusine, ela se preparou mentalmente para voltar à vida de antes. Foi difícil encaixar mentalmente a Francesca de agora no mundo antigo. Paris havia feito essa mudança.

Ian havia feito essa mudança.

Ainda que ele fosse embora naquele dia, ela poderia realmente se arrepender de seu despertar sexual, do modo com que seu mundo havia sido expandido e aprofundado?

"Você vai pintar amanhã, depois da aula?", perguntou Ian de onde estava sentado, na frente dela, no banco de couro no fundo da limusine.

"Sim", disse ela, pegando a bolsa. Jacob havia acabado de parar na frente do condomínio Wicker Park, de Davie. Ela olhou rapidamente para Ian, sentindo-se um pouco estranha ao perceber que agora eles voltariam para seus mundos separados. Jacob deu uma batidinha no vidro e Ian se inclinou e bateu uma vez também. A porta permaneceu fechada.

"Gostaria que você jantasse comigo na quinta", disse ele.

"Tudo bem", disse ela, feliz e agitada com o que ele dissera.

"E na sexta e no sábado, eu gostaria de tê-la. Ponto."

O calor invadiu suas faces. E uma enorme sensação de alívio tomou conta de seu corpo. Pelo tom de sua voz naquele momento, ficou claro que ele *não estava* cansado dela ainda.

"Preciso trabalhar no sábado à noite."

"Domingo, então", disse ele, sem se abalar.

Ela assentiu.

"Pedi ao Jacob que a leve para dirigir esta tarde e amanhã à tarde também. Vocês dois podem combinar um horário para amanhã. Hoje, ele vai buscá-la às quatro. Talvez você queira descansar um pouco antes."

"Provavelmente não", disse ela com rispidez. "Vou sair para correr, e depois preciso fazer um trabalho para a faculdade." Ele olhou para ela em silêncio, o rosto encoberto pelas sombras do interior do veículo. Ela hesitou e segurou a bolsa mais perto do corpo. "Obrigada. Por Paris", disse ela rapidamente.

"Obrigado a você", respondeu ele.

Ela se inclinou para a porta.

"Francesca." Ele enfiou a mão no bolso de dentro do blazer e entregou a ela uma caixa de couro. Seu coração parou ao reconhecer o nome da joalheria que havia no hotel de Paris.

Ele entrou na joalheria de manhã para comprar algo para mim, *não para a mulher misteriosa.*

“Eu disse que encontraria algo para colocar em seu cabelo quando chegássemos em Paris, mas você não me deixou levá-la para fazer compras. Espero que você goste. Não estou acostumado a escolher coisas tão femininas sem a ajuda de Lin.”

Engolindo em seco, ela abriu a caixa. E se surpreendeu. Dispostos sobre um pano preto de veludo, havia oito grampos grandes, cada um deles com uma série de pedras na ponta. Nos cabelos presos, brilhariam como diamantes. Não era só um presente luxuoso, mas, sim, algo pessoal e de incrível bom gosto.

Ela olhou para Ian, com os olhos arregalados.

“Eu disse à atendente da joalheria como seus cabelos são, e ela garantiu que esse número de grampos os segurariam.” Ele piscou quando ela não disse nada. “Francesca? Você gostou deles, não é?”

Se ela não tivesse notado o tom de incerteza em sua voz sempre tão controlada, ela poderia ter tido o ímpeto de recusar o que acreditava ser um presente muito caro. Mas...

“Está brincando? Ian, eles são lindos.” Seus lábios tremeram ao olhar para os grampos de novo. “Não são diamantes *de verdade*, são?”

“Se não forem, acho que paguei demais por eles”, disse ele de modo sério, fazendo desaparecer todos os traços de incerteza de antes. “Você pode usá-los? No jantar de quinta-feira?”

Ela olhou para seu rosto. Por que era tão difícil dizer não a ele? Não era o desejo de agradá-lo que ela sentia sexualmente. Era algo mais... um desejo de mostrar a ele que havia considerado o presente de muito bom gosto... lindo...

... que *ele* era lindo com ela.

“Sim”, respondeu, tentando imaginar como cabelos decorados com diamantes combinariam com uma calça jeans.

O sorriso suave de Ian foi motivo suficiente para ela aceitar o luxuoso presente. Ela se forçou a desviar o olhar daquela visão linda e levou a mão à maçaneta.

"Mais uma coisa, Francesca."

Ela olhou para trás, sem fôlego.

"Só para que você saiba", disse ele, sorrindo ainda mais, quase um riso. "Se não fosse por essa maldita aquisição, eu estaria na cama com você neste momento, e estaríamos continuando nossas aulas com disciplina."

Os dias seguintes passaram voando enquanto Francesca realizava seus trabalhos da faculdade, pintava na cobertura de Ian e praticava direção com Jacob. As aulas de direção acabaram sendo mais divertidas do que ela esperava. O motorista de Ian era agradável, uma companhia divertida. Além disso, Jacob tinha duas qualidades importantes para ficar como passageiro enquanto Francesca pilotava um dos veículos automáticos e luxuosos de Ian: nervos de aço e senso de humor.

Na noite de quarta-feira, ela dirigiu pela primeira vez na cidade. Quando parou na frente do High Jinks e colocou o carro em ponto morto, lançou a Jacob um olhar esperançoso, que o motorista de meia-idade retribuiu com um sorriso.

"Acho que você estará pronta para fazer o teste assim que quiser."

"Acha mesmo?", perguntou ela.

"Acho, sim. Vamos sair do centro para fazer o exame. Será bem mais fácil do que na cidade."

"Eu me sinto mal por tirá-lo de suas tarefas esta semana", disse ela, pegando sua bolsa. Trabalharia naquela noite no High Jinks, e Jacob sugerira que ela fosse dirigindo até lá como parte da aula.

"Minhas tarefas são o que Ian me manda fazer", disse Jacob, com um brilho divertido nos olhos. "E ele me disse que minha tarefa é cuidar para que você consiga tirar sua habilitação... ah, e mantê-la em segurança a qualquer custo."

Ela baixou a cabeça para esconder a alegria ao ouvir o comentário. "Ele não está pedindo muito, não é?", perguntou Francesca, pensando nas várias vezes em que quase matou os dois nas ruas de Chicago.

Jacob riu. "Tem sido uma mudança agradável em minha rotina. Além disso, Ian está ocupado em seu escritório desde que voltamos de

Paris, acertando os detalhes de um acordo que será feito essa semana. Não tem precisado de mim."

Francesca ficou feliz em receber aquela notícia. Não tinha visto nem conversado com Ian desde seu retorno a Chicago. A ausência dele apenas deixava sua ansiedade para jantar com ele — e, claro, *vê-lo* — na quinta-feira ainda maior.

Infelizmente, ele não telefonou para dizer a hora em que queria encontrá-la para jantar. Assim, ela fez o melhor que pôde para se concentrar na pintura na quinta à tarde até a noite. A sra. Hanson diria a ele que ela estava no estúdio, se ele perguntasse. Lentamente, conforme o trabalho começou, todo o nervosismo que sentia em relação a ver Ian desapareceu, e ela entrou antes na sublime zona de foco criativo que tanto buscava como artista.

Quando uma cãibra no ombro tirou sua concentração perto das sete da noite, ela foi obrigada a largar o pincel e observar o que havia feito.

"Incrível!"

Os pelos de seu braço e nuca se eriçaram ao escutar a voz familiar e rouca dele. Ela se virou. Ele estava perto da porta, vestindo um terno cinza-escuro muito bem-feito, camisa branca e gravata azul-clara. Seus cabelos estavam sensualmente despenteados, como se ele tivesse ido para casa depois do trabalho com o vento do lago Michigan batendo em seu rosto. Francesca se aproximou de uma mesa para poder tirar a tinta do pincel, precisando de um momento para recuperar o fôlego depois de vê-lo.

"Está indo. Estou tendo um pouco de dificuldade para deixar a luz como quero no prédio da Noble Enterprises. Preciso ir ao prédio e permanecer na recepção para ver a luz dali, e também... ver como fica quando for pendurado."

Pelo canto do olho, ela viu que ele se aproximava dela, com o andar de um animal forte e esguio. Ela colocou o pincel em um solvente e virou-se para olhar para ele. Seus olhos azuis olharam nos dela e ali permaneceram.

Como sempre.

"O quadro está maravilhoso. Mas eu me referia a você. É incrível vê-la trabalhando. É como observar uma deusa criando uma pequena parte do mundo", disse ele, estendendo o braço para tocar seu rosto, com um sorriso leve ao mudar o rumo de seus pensamentos.

"Você gostou mesmo? Do quadro?", perguntou ela, incapaz de desviar o olhar dos lábios dele. Ele ficou perto o suficiente a ponto de ela sentir seu cheiro — sabonete inglês, a sutil fragrância apimentada de um pós-barba, e um pouco do ar da rua. O corpo dela reagiu imediatamente, captando a consciência sensual.

"Sim, mas isso não me surpreende. Eu sabia que o que quer que você pintasse ficaria maravilhoso."

"Não sei como você sabia disso", disse ela, olhando para o lado, envergonhada.

"Porque *você* é maravilhosa", disse ele, levando a mão a seu rosto, virando-o para o dele. Ele se inclinou e a beijou com decisão. Nada de lábios roçando dessa vez. Ele quase imediatamente penetrou sua boca com a língua, como se desejasse sentir seu gosto e não pudesse esperar mais nada. O calor e o prazer percorreram seu sexo quando ela sentiu o calor e o gosto dele... quando reconheceu que ele exercia total domínio de seus sentidos.

Quando ele levantou a cabeça um momento depois, Francesca abriu os olhos com dificuldade, ainda embriagada com aquele beijo intenso. Quando sentiu os dedos dele movendo-se rapidamente, desabotoando sua blusa, ela arregalou os olhos.

"A sra. Hanson?"

"Eu tranquei a porta quando entrei", disse ele.

Ela sentiu a lubrificação em seu sexo quando os dedos dele passearam no vale sensível entre seus seios. Ele mexeu o punho, e o feixe da frente de seu sutiã se abriu. Ele afastou as duas alças e observou excitado.

"Por que sou tão ansioso quando o assunto é você?"

"Ian...", ela começou, guiada por sua intensidade, mas ele a interrompeu, inclinando-se para pegar um dos mamilos na boca quente e úmida. Ela suspirou ao sentir o prazer em sua genitália, e levou a mão à cabeça dele. Ele se remexeu e lambeu a ponta com a língua firme, e voltou a sugar. Ela gemeu, com os dedos agarrando seus cabelos. Ele massageou o outro seio, pressionando o mamilo na palma de sua mão, e então o beliscou suavemente. Ela jogou a cabeça para trás e se entregou ao prazer intenso.

Ele levantou a cabeça depois de um momento e observou seus seios expostos, corados. "Tão lindos. Não sei por que não passei pelo menos um dia inteiro adorando-os", ele murmurou como se fosse para si mesmo, estimulando os dois mamilos de uma só vez. "Quero passar um dia inteiro adorando cada centímetro do seu corpo, mas um dia não basta. Além disso", disse ele, com os lábios tensos, "eu sempre perco o controle antes de conseguir acabar."

"Não tem problema nenhum perder o controle, Ian. Às vezes", disse ela de modo delicado.

Ele olhou para ela, com o olhar intenso enquanto continuava a acariciar um mamilo com uma das mãos. Começou a desabotoar sua calça jeans, olhando para ela o tempo todo.

"Quero observar você perder o controle. Agora", disse ele. Não desceu a calça jeans, apenas abriu o botão e deslizou os dedos compridos por dentro da calcinha.

"Oh!", ela disse quando ele alcançou seu clitóris e começou a estimulá-lo. E gemeu de satisfação.

"Está molhada. Gostou quando eu chupei seus lindos seios?", perguntou ele, olhando para ela, observando sua reação a seu toque íntimo.

"Sim", ela sussurrou.

"Coloque as mãos em seus seios. Aperte-os. Vou gostar de ver", disse ele ao perceber a hesitação dela.

Foi só o que ele precisou dizer. Ela apertou os seios com as mãos, massageando-os, sentindo a própria pele de uma maneira totalmente nova, porque Ian mantinha o olhar intenso sobre ela. Ele continuou a esfregar seu clitóris com precisão. Com a outra mão, ele segurou seu rosto e acariciou-a delicadamente com o polegar, o contraste entre seu toque íntimo em seu sexo e o carinho em seu rosto a levou à loucura. Ele olhou para os seios dela. Observou enquanto ela brincava com eles para satisfazê-lo... e, cada vez mais, se satisfazia.

"Isso mesmo. Aperte o mamilo", disse ele, com a voz rouca, seus movimentos entre suas coxas mais fortes. “Agora, segure-os... mostre esses belos mamilos rosados para mim.”

Francesca hesitou em meio à excitação. Segurou os seios por baixo, sem saber ao certo o que ele esperava. Ele se abaixou repentinamente e pegou primeiro um mamilo, depois o outro, e sugou com intensidade. Quando ela sentiu os dentes dele contra seu mamilo entumecido, sentiu um orgasmo delicioso. Um prazer intenso percorreu seu corpo.

Quando ela voltou a si, a mão dele ainda estava entre suas coxas, mas ele estava de pé, observando-a gozar. Lentamente, ele afastou a mão de sua vagina.

“Perdoe-me. Pensei que pudesse esperar até depois do jantar, mas observá-la pintando é o afrodisíaco mais potente”, disse ele, com os olhar intenso. Ela olhou para baixo e viu que ele abaixava a calça.

12

Quando ele tirou o pênis, ela entendeu por que ele precisou esticar tanto a cintura para colocá-lo para fora. Ele era enorme e estava ereto. Quando ela viu a rigidez de seu pênis grosso e lindo, imediatamente caiu de joelhos. Sem algemas dessa vez. Sem vibrador.

Apenas o desejo de Ian... e o dela.

Ele entrelaçou os dedos nos cabelos dela quando ela envolveu seu pênis com uma das mãos. Ela ficou impressionada com o peso dele, o calor pulsante... a vida naquele órgão. Usou a outra mão para tocar uma das coxas, que era bem rígida e coberta por pelos escuros. Ela não conseguia se cansar de senti-lo — tão viril, tão másculo. Ele gemeu quando ela passou a coroa de seu pênis contra o rosto e depois os lábios, brincando com a sensação. E tocou seus testículos redondos e firmes.

Ela suspirou de prazer e o enfiou na boca, e a circunferência dele esticava seus lábios.

Ele estava deixando que ela o tocasse pela primeira vez, e ela aproveitou a experiência. Escorregou a língua ao redor da cabeça, adorando a maneira com que os dedos dele prenderam seus cabelos com mais força, e então avançou com mais apetite.

Ela fechou os olhos e se perdeu em um momento voluptuoso e eterno. Seu mundo todo se resumiu à sensação de ter o pênis duro e pulsante de Ian em sua boca — a essência dele —, entre os lábios sensíveis e firmes, e sentir o corpo grosso escorregando em seu punho apertado, e ela foi sentindo o gosto dele até sentir o desejo por ele tornar-se insuportável.

Ela o enfiou até o fundo, não porque ele queria, mas, sim, porque *ela* queria. Seu desejo era grande dessa forma.

À distância, ela percebeu que ele dizia seu nome, aparentemente desesperado... um pouco perdido. Sua boca e sua mandíbula doíam por pressioná-lo com força, e sua garganta estava sendo castigada pelos movimentos, mas ela chupou mais forte, desejando aliviar a dor dele...

... ainda que por um breve e delicioso instante.

Os olhos dela se arregalaram, e o encanto forte induzido pela luxúria se desfez quando sentiu o pênis dele inchando dentro de sua boca. Ele ejaculou enquanto ainda estava no fundo, e Francesca sentiu--se totalmente entregue a sua misericórdia e completamente no controle, porque confiava que ele não a machucaria. E então, ele se afastou gemendo e continuou gozando em sua língua, com os dedos enrolados em seus cabelos enquanto controlava os movimentos, levando a boca para a frente e para trás de acordo com a extensão de seu pau, penetrando-a. Ela o chupou até as últimas gotas de seu sêmen doce espirrarem em sua língua, sua respiração ofegante ecoava nos ouvidos dela, e o puxão em seus cabelos se tornou um carinho.

"Venha aqui", ela escutou ele dizer um momento depois.

Relutantemente, ela tirou o pênis dele da boca, preferindo permanecer ali sugando o membro que ia amolecendo, mas continuava grande, brincando com ele... memorizá-lo. Ele a ajudou a ficar de pé e imediatamente se abaixou para envolver seus lábios em um de seus beijos intensos, porém suaves.

"Você é tão linda", disse ele um momento depois, sua respiração ainda ofegante contra os lábios doloridos dela. "Obrigado."

"De nada", disse ela, sorrindo. Algo no desejo dele e na capacidade que ela tinha de reagir a ele a havia satisfeito enormemente. Ele se abaixou para ela, encostando o polegar em seus lábios sorridentes.

"Você me deixa sem controle, Francesca."

O sorriso dela se apagou um pouco quando ela viu a sombra nos olhos dele. Teve a clara impressão de que ele não estava totalmente satisfeito por desejá-la daquele modo.

“Não há nada de errado com isso. Ou há?”

Ele piscou, e as sombras se dissiparam.

“Acho que não. Mas temos um compromisso”, ele murmurou, abaixando-se para beijar seu rosto, e então sua orelha. Ela estremeceu, sentindo um calor na vagina de novo. “Meu Deus, você é muito cheirosa”, disse ele, com os lábios agora em seu pescoço.

“Ian? Que compromisso?”, perguntou ela com dificuldade.

Ele levantou a cabeça, e ela desejou que não tivesse perguntado.

“Temos reservas para o jantar às oito e meia.”

“Podemos nos atrasar um pouco, não é?”, perguntou ela, passando os dedos pelos cabelos curtos e grossos dele, aproveitando a sensação. Raramente ele permitia que ela o tocasse. Ela odiava a ideia de parar por causa de um *compromisso*.

“Infelizmente, não podemos”, disse ele, afastando-se dela e ajeitando a calça. Ela fez a mesma coisa com a dela. Ele segurou sua mão e começou a tirá-la do estúdio. “Vamos jantar com o dono de uma empresa que venho tentando comprar. Tenho um bom motivo para acreditar que, esta noite, Xander LaGrange vai parar de fazer seus joguinhos irritantes de gato e rato e assinará o contrato. Acho que finalmente melhorei as coisas a ponto de torná-las algo que nem mesmo aquele cara mesquinho poderá recusar”, disse ele baixinho enquanto a levava pelos corredores silenciosos de sua cobertura.

“Oh”, disse Francesca, praticamente correndo para acompanhar as pernas compridas dele. Ela estava surpresa por ele tê-la chamado para uma reunião de negócios tão importante. *Seria uma atitude inteligente da parte dele?*, ela se perguntou enquanto o arrepio percorria sua barriga. Seus pais certamente teriam considerado essa uma decisão terrível. “Onde temos reservas?”

“No Sixteen”, disse ele, puxando-a para dentro de seu quarto e fechando a porta.

Ela hesitou. “Ian, é um dos melhores restaurantes da cidade”, disse ela, e o pânico começou a tomar conta dela. “Não tenho nada para vestir em um jantar assim... em uma hora!”, acrescentou, aterrorizada. “Você reservou outra sala particular?”

“Não.” Ele fez um gesto para que ela o seguisse. Abriu a porta e acendeu a luz. Ela entrou, olhando ao redor para as araras de ternos perfeitamente organizados. Ela pensou se tratar de um closet, mas era um quarto. Maior do que o dela, comprido e estreito. O cheiro da loção pós-barba de Ian estava no ar juntamente com algo agradável e apimentado. Ela percebeu cabides perfeitamente alinhados e filas e mais filas de sapatos de grife, e percebeu que os cabides e as sapateiras de cedro eram a origem do cheiro.

Ian balançou a mão na frente de uma estante, e ela ficou olhando por um momento, sem entender o que estava vendo.

Por que havia *vestidos* em seu guarda-roupa? E sapatos e acessórios de mulher?

Sua garganta, de repente, pareceu se fechar. Ela olhou para ele, perplexa.

"Não vou usando as roupas de outra mulher!", disse ela, magoada por ver que ele sequer conseguia sugerir que ela vestisse roupas que antes tinham pertencido a suas antigas namoradas.

Ele pareceu um pouco assustado com a reação dela. "Não são roupas de *outras mulheres*. São suas."

"Do que você está falando?"

"A Margarite as trouxe ontem. Elas não são feitas sob medida", disse ele, quase como se pedisse desculpa, "mas ela as ajustou de acordo com as suas medidas."

"Margarite", disse Francesca lentamente, como se estivesse pronunciando uma palavra estrangeira pela primeira vez. "Por que Margarite faria isso?"

"Porque pedi a ela, claro."

Por um momento, os dois permaneceram olhando um para o outro ali dentro do quarto.

"Ian, eu deixei bem claro que não queria que você comprasse roupas para mim", disse ela, com a raiva aumentando.

"E eu disse que haveria ocasiões em que eu desejaria que você fosse comigo a lugares onde você não poderia usar calça jeans, Francesca. Hoje à noite, por exemplo. Também pedi a você para usar seus novos grampos hoje à noite", ele disse tão rapidamente que a deixou assustada. "Onde estão eles?"

"*O que*... na minha bolsa", disse ela. "No estúdio."

Ele assentiu uma vez. "Vou buscá-los para você. Enquanto isso, você pode tomar um banho e se aprontar. Você encontrará lingeries ali", disse ele, assentindo na direção de uma pequena cômoda perto de onde os vestidos estavam pendurados. Ele começou a sair do quarto.

"Ian..."

Ele se virou, seu olhar foi como uma chicotada. "Não vou discutir isso com você. Você quer passar esta noite comigo?", perguntou ele em voz baixa.

"Eu... *sim*, você sabe que quero."

"Então, apronte-se e escolha um dos vestidos. Não se pode ir a um jantar desses de calça jeans."

Ele a deixou ali, parada, boquiaberta, irritada. Ela tentou pensar em um modo de se livrar daquele sentimento, mas não conseguiu. Era verdade o que ele dissera. Ela não podia acompanhar Ian Noble no salão principal de um dos restaurantes mais lindos e luxuosos da cidade vestida daquele modo.

Do jeito que *ela era*.

Sua raiva surgiu devido ao modo grosseiro dele, no entanto. Por algum motivo, as lembranças da impaciência de seu pai e o nojo que ele sentia por sua aparência quando ela ia a eventos sociais em que os amigos dele estavam voltaram e a atacaram, piorando o resultado do comportamento rude de Ian.

Pelo amor de Deus, Francesca, se tudo que sai de sua boca é tão idiota, por que você simplesmente não se cala? E não tente se entupir de comida como já fez hoje.

Ela tinha doze anos quando seu pai a levou para a cozinha e disse aquelas palavras. Ela voltou a sentir a onda de vergonha e insubordinação que havia sentido antes — uma mistura familiar de emoções. Francesca nunca se entupiu de comida em público — a verdade era que o olho crítico de seu pai parecia estar sempre sobre ela quando ela comia alguma coisa. Sempre fora desse jeito.

Se o pai a considerava uma vergonha ambulante, então era exatamente isso o que ela fazia de tudo para ser.

Ian havia ignorado as vontades dela em relação às roupas e só pensou em seu compromisso. E, enquanto isso, Francesca pensou que ele a compreendia... que era sensível a seus problemas, até.

Ela abriu uma das gavetas da cômoda e passou os dedos sobre as calcinhas, sutiãs e meias requintadas.

Ele havia dito que queria que ela assumisse sua sexualidade... que se tornasse forte com ela. Será que aquilo tudo fazia parte de suas manipulações para fazer com que ela fizesse isso?

Ela pegou um par de meias pretas que iam até o meio das coxas. Bem, se Ian queria *fogo*, era melhor que se preparasse para o resultado.

Ele estava fazendo o nó da gravata quando ela saiu do banheiro cinquenta minutos depois. Seus olhares se cruzaram no reflexo do espelho que ele usava, acima de uma penteadeira de cerejeira. Ele percorreu o corpo dela com o olhar, e seu corpo ficou rígido no mesmo instante.

Ela estava escandalosamente linda, com um vestido em gola V colado ao corpo, que marcava sua cintura fina, as curvas voluptuosas de seu quadril e as coxas firmes. Ele notou, com uma mistura de arrependimento e excitação possessiva, que os lábios carnudos ainda estavam inchados pelo que fizera com ele mais cedo. Outro homem experiente reconheceria aquilo e ele não se incomodou com a ideia de colocar Francesca em exposição daquela maneira diante de um homem como Xander LaGrange. Seus cabelos brilhosos, loiro-avermelhados, haviam sido presos à cabeça com o que ele acreditava ser os grampos de diamantes que havia dado a ela. Ela usava brincos simples de pérolas. Não conseguia desviar o olhar da extensão perfeita de pele no decote V, revelando a maior parte de seu peito e parte de seus ombros alvos. Ele não acreditava que se tratava de um vestido comprado pronto. Parecia uma peça feita sob medida para ela.

Ela estava extremamente elegante e sensual.

“Escolha outro vestido, por favor”, disse ele, forçando-se a desviar o olhar daquela imagem extremamente atraente para terminar de dar o nó na gravata.

“Vamos nos atrasar”, respondeu ela. Ele olhou para ela, tentando decidir se ela evitava seu olhar com aqueles olhos de ninfa de cílios compridos, que sempre o matavam. Ela conferiu o que havia dentro de sua bolsa de mão de pele de lagarto. Uma onda de desconfiança tomou conta dele, e mais uma vez olhou para ela.

Ela não podia ter escolhido aquele vestido absurdamente sensual para fazer com que ele pagasse por ter comprado roupas a ela, certo? Os saltos de dez centímetros e as meias que ela estava usando fizeram com que uma fantasia vívida surgisse em sua mente, e ele imaginou aquelas pernas lindas e compridas, cobertas pelas meias, envolvendo seu corpo enquanto ele a penetrava de modo furioso... submissa...

... e gritando de prazer.

Ele fez uma careta e entrou no quarto onde estavam as roupas para ela. Xander LaGrange era um devasso. Não suportava aquele homem, para ser sincero, e já tinha sido a pior tortura de todas atender a seus pedidos ridículos e narcisistas para que a aquisição fosse realizada de acordo com o que Ian esperava. Ian havia convidado Francesca para acompanhá-lo naquele jantar em que o acordo seria fechado porque temia acabar dizendo algo grosseiro para o nojento LaGrange, o que acabaria com suas chances de adquirir a empresa dele. Com Francesca, ele se concentraria menos na cara de LaGrange, pensando ter conseguido um lado melhor do acordo do que Ian.

Seria mais fácil para ele controlar sua reação enquanto Francesca estivesse ali. Sua vivacidade o deixava mais sensível.

Mas ele não esperava levar um "alerta de sexo" a um jantar de que Xander LaGrange participaria.

Ele voltou para o quarto, segurando uma echarpe preta leve com um broche. "Se quer usar esse vestido, por favor, use isto. Ele cobrirá toda essa...", ele fez uma pausa, olhando para seu peito exposto no decote V. Os seios dela estavam muito bem cobertos, ainda que uma área grande de pele de seu peito e ombros estivesse à mostra. O modo com que o vestido moldava e dava forma a seus seios, no entanto, era um chamariz e tanto. O tecido preto fazia com que sua pele ficasse excepcionalmente alva e em destaque... muito nua.

"Pele", ele terminou, ignorando sua ereção. "Vou falar com Margarite. Pedi a ela roupas sensuais, porém discretas, não roupas de fazer babar e arregalar os olhos."

"Não estou vendo você babar", disse ela, virando-se para poder colocar a echarpe sobre os ombros. Ele não a ajudou naquele momento e ela olhou para trás, e o viu olhando para suas nádegas presas no tecido justo.

"Está marcando seus contornos", murmurou ele antes de ajeitar as pontas da echarpe sobre as mãos dela. Ele segurou seus ombros e a virou em direção a ele, observando-a. "Você não escolheu esse vestido para aprontar comigo, certo?"

"E o que eu aprontaria?", perguntou ela, erguendo o queixo.

"Para me desafiar."

"Você me pediu para escolher um daqueles vestidos, e foi o que fiz."

"Cuidado, Francesca", disse ele com um tom sério, passando a ponta do dedo na pele suave de seu rosto e percebendo seus tremores. Uma onda de calor percorreu seu pênis. Ela acabaria por matá-lo antes que a noite terminasse.

"Cuidado com o quê?", perguntou ela.

"Você sabe o que penso a respeito da impulsividade. Você conhece as consequências", disse ele, segurando a mão dela para sair do quarto.

O Sixteen localizava-se no Trump International Hotel & Tower, e a sala de jantar era tomada pelas paredes cobertas por peças de cerejeira e um enorme candelabro de cristal Swarovski. Eles jantaram ao lado de uma enorme janela de nove metros de altura, que ia do chão até o teto, com uma vista maravilhosa da cidade, com alguns dos prédios tão próximos que ela acreditava que poderia esticar o braço e tocá-los.

Inicialmente, Francesca pensou que a melhor maneira de descrever o companheiro de jantar, Xander LaGrange, era como *educado*, mas logo alterou a descrição para esperto. Soube que Ian e ele haviam se conhecido na Universidade de Chicago e eram velhos rivais — ou, pelo menos, do ponto de vista de Xander.

"Então, vocês dois estudaram na mesma faculdade?", perguntou ela quando Xander fez uma vaga referência ao modo com que os dois tinham se conhecido.

"Eu era primeiro anista da Universidade de Chicago", Xander explicou. "Quando ele entrou, eu e o resto do departamento de ciência da computação estávamos sempre tentando sair da brilhante sombra dele. Ian e eu tínhamos o mesmo mentor acadêmico. O professor Sharakoff me pediu para corrigir os trabalhos e para Ian escrever um livro com ele."

"Não exagere, Xander", disse Ian discretamente.

"Eu pensei que estava minimizando os fatos", disse LaGrange com um sorriso forçado que seus olhos não acompanharam.

LaGrange tinha trinta e poucos anos, com cabelos loiros e curtos tornando-se grisalhos nas têmporas. Era suficientemente belo e charmoso, pensou Francesca, para um jantar. Imediatamente, ela sentiu o conflito velado entre Ian e ele, no entanto. Quando o garçom se aproximou para anotar os pedidos de bebidas, ela já havia notado que apesar de Ian estar sendo totalmente educado com o outro homem, não gostava dele. Ela percebia seu desconforto de onde ele estava, com a postura rígida e os músculos tensos.

Xander LaGrange, por outro lado, estava com muita inveja de Ian... até de um modo agressivo, talvez. Ela observou os sorrisos de dentes brancos, que mais pareciam rosnados, e tentou imaginar se a inveja de LaGrange não vinha de sua relutância frente aos termos de Ian para a aquisição de sua empresa durante todo aquele tempo.

"Quer uma água com gás?", perguntou Ian quando o garçom chegou.

"Não, acho que quero champanhe", disse ela, retribuindo o sorriso de LaGrange, que aprovou sua escolha. Ela estava se sentindo um pouco ousada... eufórica. Talvez fosse o vestido sexy, ou a vista maravilhosa, ou o brilho de aprovação nos olhos de LaGrange enquanto a observava do outro lado da mesa — ou a ameaça velada de Ian quando eles saíram do quarto —, mas ela estava se sentindo rebelde e...

... agitada.

Será que era *aquele* o poder que Ian insistia para que ela mostrasse?

"Onde você conheceu essa flor, Ian?", perguntou LaGrange, olhando para Francesca com intensidade, depois de Ian pedir uma garrafa de champanhe. Ian explicou que ela havia sido a escolhida para fazer a pintura em sua propriedade. "Talentosa e linda", LaGrange a elogiou quando Ian terminou de falar. Ele olhou para Ian de uma maneira que parecia feroz. "Dá pra entender por que você quis trazê-la."

Os olhos de Francesca imediatamente se voltaram para Ian. Será que LaGrange estava insinuando que Ian a havia levado como colírio para tornar as negociações mais fáceis? Ela ainda não sabia bem por que ele a havia convidado para aquele jantar. A expressão de Ian denunciou uma leve irritação.

"Eu trouxe Francesca porque tenho andado tão ocupado com esse acordo com você que não tenho tido chances de vê-la."

"E eu adorei", LaGrange garantiu, seus olhos escuros passando pelo rosto e colo dela. O garçom abriu a garrafa, aumentando a alegria de Francesca. "Não existe acordo que uma bela mulher não facilite", ele acrescentou, fazendo-a corar de vergonha.

Ian estava tenso a seu lado? Ela pensou que não quando ele começou a conversar com LaGrange amigavelmente a respeito dos detalhes finais da negociação. Pela conversa, ela entendeu que um grande empecilho nas negociações até aquele momento tinha sido o fato de LaGrange querer pagamento parcial em ações da empresa de Ian, enquanto este insistia em uma compra apenas com dinheiro. Ela conseguia imaginar Ian recusando-se a dar participação em sua empresa — ainda que fosse pouca — a qualquer pessoa que fosse. Aparentemente, ele havia finalmente oferecido a LaGrange uma quantia que não poderia ser recusada.

"Nenhum homem em sã consciência recusaria tal oferta, Ian", LaGrange concordou por fim, erguendo a taça de champanhe para que fizessem um brinde. "Então, brindemos a sua nova empresa."

O sorriso de Ian pareceu um pouco contido quando Francesca se uniu a eles no brinde. "Lin Soong entregou todos os itens necessários em minha cobertura esta noite. Podemos ir para lá depois do jantar e cuidar de toda a papelada."

A conversa passou para assuntos mais corriqueiros. LaGrange incentivou Francesca a falar sobre seu novo trabalho e sobre a faculdade, o que ela fez com mais animação do que o normal, provavelmente por causa do champanhe. Ian olhou de soslaio para ela quando o garçom encheu a taça pela terceira vez, mas ela ignorou de modo determinado o alerta sutil. E concordou na hora em que LaGrange sugeriu que eles pedissem mais uma garrafa.

Enquanto saboreava a deliciosa entrada de robalo negro, ela sentiu vontade de ir ao banheiro. Pediu licença e começou a empurrar a cadeira para trás. Ian ficou de pé e puxou a cadeira para ela.

"Obrigada", disse ela, olhando em seus olhos. Ele hesitou quando ela começou a tirar a echarpe. "Estou com um pouco de calor", ela explicou.

Ele não teve opção; teve que ajudá-la a tirar a echarpe, mas ela notou a rigidez em sua mandíbula. Pegou sua bolsa e seguiu à procura do banheiro das mulheres, envergonhada e animada ao ver quantas pessoas se viraram para ela enquanto atravessava o salão. Torceu para que Ian também a estivesse observando. A atenção que estava recebendo era mais inebriante do que o champanhe.

Será que era *aquilo* que as belas mulheres viviam todos os dias? Incrível, ela pensou, enquanto sorria para um homem na casa dos quarenta anos que olhava para ela, isso o fez tropeçar, atrapalhando a mulher que o acompanhava quando a segurou pelo braço para se endireitar.

LaGrange parecia muito animado quando ela voltou para a mesa e Ian ficou de pé para ajudá-la a se sentar. "Acredito que você para o trânsito com frequência, não é, Francesca?", ele murmurou, olhando em seus olhos por cima da borda da taça.

"Nunca", respondeu ela com alegria sincera. "Só uma vez... tropecei no meio da Michigan Avenue depois de correr uma minimaratona e sentir uma cãibra horrorosa."

LaGrange riu como se ela estivesse sendo deliciosamente tímida. Ele não era tão mau, certo? Ian estava sendo grosseiro demais. Ela sorriu para ele, olhando de canto de olho para Ian. Parou de sorrir quando notou o brilho fraco nos olhos de Ian, ele sempre fazia com que ela se lembrasse de raios — o sinal de uma tempestade iminente.

O restante do jantar transcorreu em uma mistura sensual de pratos deliciosos, cristal Swarovski, os olhares de admiração e o flerte de LaGrange — a sexualidade intensa de Ian ao lado dela o tempo todo... aumentando... crescendo. Ela riu muito mais do que deveria, e também exagerou no champanhe e na diversão sentida ao ver os olhares de Xander e dos outros homens do restaurante. Ela estava totalmente ligada a Ian enquanto os três conversavam, e, de certo modo, sabia que ele também prestava atenção nela. Adorou perceber que mantinha um homem como Ian Noble interessado no poder intoxicante de sua sexualidade.

Quando ela afastou a cadeira um pouco enquanto eles bebericavam o café, percebeu que o vestido justo havia subido um pouco em suas coxas, revelando a parte rendada de uma de suas meias. Viu a mão de Ian parar no caminho em direção à xícara de café e sentiu o olhar dele em suas pernas.

Surpresa com sua ousadia, ela escorregou um dedo por baixo da renda da meia, acariciando a pele macia em um movimento lento e sensual de penetração. Arriscando uma olhadela inocente para Ian, viu em seus olhos azuis que ele mal conseguia se conter.

Ela hesitou e abaixou o vestido, sentindo-se queimada por aquele olhar.

Ian permaneceu em silêncio sentado ao lado dela na parte de trás da limusine no caminho de volta à cobertura. Ela se esforçou para manter a conversa, esperando que LaGrange não interpretasse o silêncio de Ian como grosseria. Ian, afinal, não a havia convidado para aquele jantar de negócios para encantar LaGrange, para deixá-lo mais sensível para as negociações finais? Bem, ela fez o pretendido, certo? LaGrange parecia ter se divertido muito no jantar, e parecia pronto e disposto a assinar na linha pontilhada.

LaGrange se mostrou um pouco disposto e alegre *demais*, no entanto, ao empurrar Jacob para o lado e ajudar Francesca a sair da limusine. Sua mão desceu até seu quadril enquanto ela se endireitava, e então passou para seu traseiro. Francesca se assustou e imediatamente se afastou, repelida pelo toque do homem. Ela se retraiu internamente quando olhou para trás e viu o olhar gélido de Ian ao sair da limusine.

Merda. Ele viu.

Ela permaneceu calada no elevador até a cobertura. O efeito intoxicante do champanhe estava diminuindo, e, de repente, ela se deu conta de seu comportamento tolo naquela noite. Ian havia agido de modo educado, mas discreto — talvez estivesse furioso com ela, era difícil saber pela expressão séria dele —, enquanto LaGrange continuava falando sem parar, aparentemente sem notar o humor horroroso de Ian e o arrependimento de Francesca.

"Deixarei vocês à vontade para terminarem suas negociações", disse ela quando eles chegaram à entrada da cobertura. "Foi um prazer conhecê-lo, Xander."

LaGrange segurou sua mão e a manteve entre as suas. "Não, você precisa nos acompanhar em uma saideira. *Insisto.*"

"Insisto que não posso", disse ela, com a atitude simpática, mas igualmente firme. "Tenho muitas coisas para fazer amanhã na faculdade. Boa noite", disse ela, voltando-se na direção do quarto de Ian. De repente, sentiu uma vontade maluca de tirar o vestido.

"Mas *não*, é..."

"Espere por mim", disse Ian com seu sotaque britânico e tom autoritário, interrompendo os protestos de LaGrange com precisão.

Ela sentiu mais uma pontada de revolta ao ver o brilho em seus olhos. Como ele ousava falar com ela daquela maneira na frente dos outros? Ela ergueu o queixo, mas então se lembrou de como havia se comportado no restaurante. Que tola. Olhou para LaGrange, que parecia ofendido. Será que ele se sentia insultado por Francesca ou pelo modo com que Ian havia acabado de lhe interromper? Ela assentiu para Ian uma vez e se virou para sair, deixando os dois ali. Sentiu uma onda de insegurança.

Queria repreender Ian por seu exagero mais cedo, mas talvez tivesse ido longe demais.

Ele provavelmente ficaria furioso por seu comportamento insinuante daquela noite. *Mas ele não havia merecido?*, ela pensou enquanto checava as mensagens no telefone já no quarto de Ian. Não podia permitir que ele dominasse sua vida o tempo todo.

Ela entrou no banheiro de Ian um momento mais tarde e começou a tirar os belos grampos de diamantes, tentando convencer a si mesma de que estava certa por desafiá-lo de modo sutil. Ele havia ignorado sua recusa em comprar roupas... e a levou para jantar esperando que ela jogasse charme e atraísse sua presa com sua sexualidade. Como podia usá-la como um objeto, daquela maneira?

Bem, o ocorrido faria com que ele não voltasse a usá-la daquela maneira no futuro, ela pensou com ansiedade enquanto soltava os cabelos e levava a mãos às costas para descer o zíper do vestido.

Parou ao escutar um baque à distância. O que podia ter sido aquilo? Ela hesitou, sem saber se deveria checar se Ian estava bem. Era como se alguém tivesse caído no chão.

Seu coração se acelerou um momento depois, quando escutou a porta do quarto de Ian sendo aberta e fechada com uma batida rápida, e o barulho inconfundível da tranca.

Ela olhou para o lado e viu Ian na porta aberta do banheiro.

"Fique de vestido", disse ele, com a voz fria. Ela percebeu que suas mãos ainda estavam para trás, enquanto se preparava para abrir o vestido. "Venha aqui."

O terno dele estava desabotoado, seu músculos tensos, a expressão rígida. Ela olhou em direção à braguilha e viu a evidência clara de sua virilidade ali. Seu coração saltou no peito.

"Xander já foi?", perguntou ela ao sair do banheiro, com a voz trêmula.

"Sim, para sempre."

Ela parou a poucos metros dele. "Como assim, *para sempre*? Está dizendo isso porque ele vendeu a empresa e você não vai mais vê-lo?"

"Não. Porque eu mandei ele enfiar a empresa dele no cu."

Ela hesitou, pensando que poderia ter entendido mal o que ele havia dito com seu sotaque carregado. Ela arregalou os olhos quando notou o brilho de ódio em seus olhos.

"Ian... você *não*... mas você queria tanto aquela empresa de software, tem trabalhado tanto para fechar esse negócio." Ela sentiu um peso no peito. "Ai, não, você não disse a Xander LaGrange para enfiar a empresa no cu por causa da maneira com que *eu* me comportei hoje, não é?"

"Eu disse ao Xander LaGrange onde ele podia enfiar a empresa e o joguei de cara no elevador agora porque não *suporto* aquele babaca infeliz", respondeu Ian com a mandíbula cerrada ao se aproximar dela.

Francesca olhou para ele e viu a fúria em seus olhos. Quase se afastou, porque ele parecia muito irritado, mas ele a impediu segurando seu braço. "E também porque ele teve a coragem de me pedir algo mais antes de assinar."

"O quê?"

"Você." Ele ignorou o susto dela. "Não foi totalmente egoísta. Disse que eu poderia assistir enquanto ele fechava o acordo na sua boceta."

Ela se sobressaltou.

"*Palavras dele*, Francesca. Não minhas."

Ela olhou para ele incrédula e ansiosa. Não conseguia acreditar que Xander LaGrange era um idiota tão odioso. Ainda assim... se ela não tivesse jogado tanto charme naquela noite, tentando desafiar Ian, Xander não teria feito o que fez. Ian fecharia o negócio. Ela sentiu os olhos marejados.

Oh, não. Ela havia arruinado tudo para ele. Talvez ele tivesse merecido um pouco de perturbação por seu comportamento arrogante, mas ela não pretendia que *aquilo* acontecesse.

"Ian, sinto muitíssimo. Não queria... espero que você não *pense* que eu..."

Ele pousou a mão na lateral da cabeça dela, segurando-a ali, imóvel, enquanto seu olhar fazia com que ela se calasse. "Sei que você não quis estragar o acordo. Você não é tão vingativa. Além disso, é ingênua demais para sequer saber o que está fazendo. A imbecilidade de Xander em sugerir que eu dividisse você com ele foi apenas a cereja do bolo. Assim que aquele idiota colocou a mão em você, o acordo foi desfeito. Eu só o trouxe à cobertura para dizer isso a ele. Mas antes disso, ele fez a última exigência para a compra e acabou indo embora de modo muito mais... *precipitado* do que ele planejou."

"Não acredito nisso", disse ela, horrorizada.

"Porque você não faz ideia de como um homem como Xander LaGrange pensa. Você se divertiu brincando com fogo. Você tem o corpo e o rosto de uma deusa e a mentalidade de uma menininha de seis anos com um brinquedo novo."

A raiva substituiu sua tristeza. "Não sou criança, e eu só estava tentando provar que não aceito ser tratada como criança, Ian!"

"Você está certa", disse ele, segurando seu braço. Ele começou a caminhar para o outro lado da enorme suíte, e Francesca o seguiu desajeitada com os saltos. "Quer brincar como mulher, quer acender os fósforos para ver se eu queimarei? Bem, pois então é melhor que esteja disposta a assumir as consequências, Francesca", disse ele, procurando na gaveta e tirando algumas chaves dali.

Seu peito foi tomado por ansiedade, arrependimento e uma excitação cada vez maior, e ela teve dificuldade para respirar. O que ele estava fazendo destrancando aquela porta? Ela o seguiu quando ele a puxou pelo braço e entrou em um quarto que tinha cerca de cinco metros e meio por um metro e meio. No espaço, havia um conjunto completo de armários e gavetas embutidas de cerejeira. Ele fechou a porta e ela olhou ao redor. O canto do fundo era pontuado por espelhos e uma mistura de molas, rédeas e faixas pretas de náilon. Francesca arregalou os olhos ao ver o equipamento, e seu coração começou a bater forte, ressoando em seus ouvidos.

"Fique de pé na frente do sofá e tire seu vestido."

Ela desviou o olhar do equipamento intimidador e percebeu que havia um sofá macio na parede oposta àquela com estantes e espelho. Um elegante candelabro no teto, estranhamente, combinava com o espaço. *Ian gostava de misturar cristal com coisas relacionadas a sexo*. Havia outras coisas na sala sem janelas, como dois ganchos com faixas na parede, um banquinho alto e muito curvo na frente de uma peça de madeira presa à parede como uma barra de balé e um banco estofado.

"Ian, o que é este quarto?"

"É o quarto onde você receberá seus castigos mais sérios", disse ele antes de se aproximar das gavetas e abrir uma delas. Ela arregalou os olhos ao ver diversas palmatórias e instrumentos com faixas de couro. Sentiu a boca seca ao ver o cabo da palmatória preta de couro muito familiar e o pegou.

Oh, não.

"Eu não queria ter estragado suas negociações esta noite", disse ela apressadamente.

"E eu disse que sabia disso. Não vou castigar você porque Xander LaGrange é um idiota. Vou castigá-la por me provocar a noite toda. Eu não pedi para você tirar seu vestido?”, perguntou ele, com um tom de diversão nos olhos quando voltou a olhar para ela, com a palmatória na mão. Sua descontração se foi ao ver que ela não se mexia.

“A porta não está trancada, Francesca. Pode sair, se quiser. Mas se permanecer, fará o que estou mandando.”

Ela caminhou pelo quarto, parou na frente do sofá, com certa dificuldade para controlar a respiração. Percebeu que seu reflexo nos espelhos estava pálido quando esticou o braço para descer o zíper do vestido. Ian parou do outro lado e abriu outra gaveta enquanto ela retirava a peça justa do corpo.

Um vestido-bandagem, *mesmo.*

Ela hesitou depois de se despir. “Isto também?”, perguntou, trêmula, referindo-se ao sutiã, calcinha e meias que estava usando, além dos saltos pretos de pele de lagarto.

“Tire apenas o sutiã e a calcinha”, disse ele, pegando alguns itens de uma gaveta e aproximando-se dela. Seu corpo bloqueou a visão de Francesca, e ela não conseguiu ver direito, enquanto tirava as peças, o que ele havia colocado em cima da mesa, além da palmatória. Viu apenas uma coisa antes de ter a visão totalmente bloqueada quando ele começou a caminhar em sua direção — um item que parecia um tubo comprido em forma de cone, feito de borracha preta, com um anel preso à ponta mais grossa.

Ela olhou para a mão dele, e sentiu o clitóris arder de excitação ao ver o frasco de estimulante. Ele deve ter percebido para onde ela olhava — ou talvez tenha notado seus mamilos enrijecidos — porque em meio à seriedade, esboçou um sorriso.

“Isso mesmo. Sou fraco quando o assunto envolve você. Fraco de dar dó. Não consigo tolerar a ideia de vê-la sentindo qualquer tipo de desconforto”, disse ele ao abrir o frasco. Enfiou um dedo no creme branco e olhou para ela. “Mesmo quando você merece um belo e rígido castigo.”

Ela hesitou. “Sinto muitíssimo, Ian”, disse, não por causa da intimidante palmatória sobre a mesa, nem por causa daquele estranho tubo.

Ele franziu o cenho levemente e se aproximou dela, que se sobressaltou quando ele passou o dedo entre seus lábios vaginais, esfregando o creme em seu clitóris com rápida precisão, e ela gemeu.

“Eu mimo você”, disse ele, afastando a mão, deixando-a arder.

“Terei dificuldades para acreditar nisso daqui a alguns minutos, quando meu traseiro estiver ardendo”, ela murmurou.

Ele observou seu rosto. Os olhos dela se arregalaram quando viu o sorriso amplo dele. Sentiu um calor entre as pernas.

Ela o observou, cada vez mais ansiosa, quando ele voltou para a mesa e tirou o paletó, admirando os músculos por baixo de sua camisa. Ele enrolou as mangas da camisa. Ela viu um pouco dos braços fortes e de seu relógio de ouro. Sentiu uma excitação nervosa, um frio na barriga.

Ele estava falando sério.

Quando Ian voltou, ela tentou ver o que ele segurava.

“Curiosa?”, perguntou ele.

Ela assentiu.

“Como vou vendar seus olhos daqui a pouco, vou contar o que pretendo fazer.” Ele mostrou as algemas já conhecidas. “Vou prender seus braços, vendar seus olhos e lhe darei palmadas quando estiver deitada em minhas pernas. Quando seu traseiro estiver lindo e quente”, ele mostrou o objeto de borracha com a ponta circular, parecendo a ponta de uma chupeta, além de um frasco com um gel transparente, “vou lubrificar este plug anal e preparar seu ânus para o meu pau.”

O coração dela parou por alguns segundos.

“Você vai fazer *o quê*?”

“Você ouviu”, disse ele, colocando o lubrificante e o plug anal no sofá. Ele fez um meneio de cabeça indicando um de seus punhos. “Na frente”, disse, e ela uniu as mãos à frente de seu monte de Vênus, obedecendo às orientações dele sem pensar. “Com certeza você sabe que os homens gostam disso”, disse ele, notando a surpresa em seu rosto.

“Mesmo se as mulheres não gostarem?”

“Algumas mulheres gostam. Bastante.”

Ela pensou no pênis enorme de Ian e tomou sua decisão. Seria um castigo ser penetrada no ânus, pura e simplesmente, mesmo com o estimulante clitoriano já começando a deixá-la formigando de prazer. Ele foi até a mesa e voltou segurando uma faixa longa e preta de seda — a venda. Ela franziu o cenho quando ele levantou as mãos para cobrir seus olhos.

Depois de amarrar o tecido cobrindo os olhos de Francesca, ele a levou para o sofá. Ela pensou ter ouvido o som de seu corpo grande e forte caindo nas almofadas. Ele a guiou até seu colo. Ela abaixou-se de modo desajeitado, e com os braços presos, seus cotovelos bateram nas coxas duras dele.

"Desculpa", murmurou.

"Não tem problema. Você se lembra da posição que ensinei a você?", perguntou ele. Ela assentiu e escorregou os seios por cima da coxa dele, até que as curvas inferiores estivessem pressionadas contra o músculo forte, as mãos amarradas ficassem esticadas acima de sua cabeça e o traseiro exposto se curvasse sobre a outra perna dele. Ela sentiu seu sexo se contraindo quando claramente sentiu os contornos do pênis dele contra suas costelas e barriga. Uma onda de excitação e pânico percorreu seu peito quando ela notou totalmente o volume e sentiu a ereção pulsante dele pelo tecido da calça.

"Ian, você nunca vai conseguir colocar *isto* dentro de meu..."

Ele acertou seu traseiro com a palmatória, e ela pulou em seu colo.

"Vou, sim, linda", disse ele. "E vou adorar cada segundo. Agora, mantenha essa bunda parada."

Ela mordeu o lábio para conter o gemido quando ele começou a bater em seu traseiro, e depois em suas coxas, com batidas rápidas e ardidas. Seu clitóris endureceu. Ela percebeu que gostava dos tapas em cima do colo dele mais do que da palmatória. Gostava do toque de Ian, e de sentir a mão dele tão quente quanto seu traseiro, e também do modo com que seu pau pulsava contra seu corpo quando ele acertava aqueles tapas firmes nas curvas inferiores de suas nádegas. Ela se concentrou totalmente na sensação provocada pela excitação dele pressionada contra seu corpo e na espera pelo próximo tapa.

Adorava quando ele interrompia o castigo e acariciava seu traseiro com a mão grande, como se quisesse aliviar o ardor. Ela gemeu quando ele, de repente, apertou um dos lados das nádegas com a mão e ergueu seu quadril, esfregando seu corpo contra seu pênis extremamente duro.

"Por que você tem que me provocar, linda?", perguntou ele, num sussurro.

"É a mesma coisa que me pergunto em relação a você", ela resmungou, com o rosto enfiado no sofá, abafando sua fala. Ele ainda a estava pressionando contra seu corpo rígido e excitado, e seu clitóris adorou a pressão.

Ele gemeu e soltou o quadril.

"Você é sempre uma pedra em meu sapato", disse ele, sério.

"Sinto muito", ela gemeu, sentindo falta da pressão de seu pau, e da mão dele em seu traseiro. O que ele estava fazendo? Ela tentou imaginar, virando o rosto, tentando escutar algo que respondesse sua pergunta. Ela gritou quando ele abriu suas nádegas com a mãos e as manteve assim. Seus músculos ficaram tensos de ansiedade quando sentiu uma pressão fria e rígida contra seu ânus.

"Acho que você não sente muito, não", ela escutou Ian dizer. A pressão aumentou, e a ponta do plug anal escorregou em seu ânus. "Acho que você gosta de me provocar assim como eu amo castigar você."

"Ian", ela gemeu incontrolavelmente quando ele enfiou o plug ainda mais dentro dela, e então começou a escorregar o tubo de borracha para a frente e para trás vários centímetros, indo e vindo, fodendo seu ânus usando a haste da ponta, e a lubrificação tornava o deslizar fácil, apesar da pressão.

"Sim?", perguntou ele, com a voz rouca.

Ela abriu a boca, com o rosto quente pressionado contra o veludo do sofá.

"É uma sensação tão... estranha", ela conseguiu dizer. Não sabia descrever adequadamente como era... sentia ansiedade deitada no colo dele, à sua mercê, envergonhada por dar a ele controle de algo tão pessoal, uma parte proibida de seu corpo, excitada por sentir as terminações nervosas ganharem vida com o estímulo, aumentando o ardor de seu clitóris de um modo que nunca havia experimentado antes...

... e era mais do que excitante sentir a tensão cada vez maior nos músculos de Ian enquanto fodia seu traseiro com o plug.

Ele o enfiou fundo, fazendo com que ela gritasse assustada.

"Está machucando?", perguntou ele, mantendo a pressão com os dedos para manter o plug inserido.

Ela balançou a cabeça, negando, com o rosto enterrado no sofá, surpresa demais para falar. O creme clitoriano estava no ápice de seu efeito. Ela sentia formigamento e calor. Como se Ian tivesse percebido, ele enfiou a mão por baixo de seu corpo e afastou seus lábios vaginais, esfregando o pedaço de carne entumecido. Ela estremeceu em seu colo.

"Você pode começar a perceber por que uma mulher pode gostar disso", disse ele ao tirar o plug de seu ânus e inseri-lo de novo, "tanto quanto um homem?"

Ela gemeu descontroladamente. E como podia. As terminações nervosas de seu ânus continuaram a ganhar vida enquanto ele seguia enfiando e tirando o plug de seu ânus e esfregava seu clitóris. Se ele continuasse fazendo aquilo, ela logo gozaria.

Infelizmente, aquilo não era o que Ian pretendia. Ele tirou a mão, e o plug escorregou para fora do ânus, fazendo com que ela gemesse com a repentina interrupção. Ela sentiu os dedos dele mexendo nas algemas. Ele as abriu e então tirou a venda de seus olhos. Ela piscou, ajustando os olhos à luz fraca do candelabro depois de passar alguns minutos com a venda. Ele segurou sua mão.

"Fique de pé. Vou ajudar você", disse ele.

Ela ficou contente por ter a ajuda de suas mãos ao tentar fazer o que ele pedira, ainda desorientada pela luz e pela interrupção abrupta do prazer. Ficou de pé diante dele, sentindo-se quente, excitada, abalada e sem firmeza nos saltos. Ele olhou para ela, o olhar intenso denunciando sua excitação, as pernas compridas levemente afastadas, sua ereção muito evidente.

"Você gostou daquilo, não gostou?", perguntou ele, observando-a com os olhos semicerrados.

"Não", ela sussurrou, sabendo que seu rosto corado, a pele quente e os mamilos eriçados a desmentiam.

Ele apenas sorriu e ficou de pé. Ela olhou para ele, incapaz de disfarçar o tesão, quando ele delicadamente afastou de seu rosto os cabelos soltos. Ela suspirou baixinho ao sentir o toque da mão dele na parte baixa de suas costas, acariciando-a, e o tecido de sua calça e camisa esfregando contra sua pele sensível.

"Negando mesmo diante da clara derrota? Você sempre me surpreende, linda", ele murmurou. "Venha comigo", disse ele, segurando sua mão. Ela caminhou ao lado dele, parando de repente ao ver seu reflexo no espelho.

As meias pretas até as coxas faziam sua pele ficar muito pálida em contraste, assim como os fios ruivos entre suas pernas. Seus cabelos desciam desgrenhados até a cintura. Seus mamilos tinham um tom rosa escuro e estavam eriçados de excitação, e os globos alvos de seus seios subiam e desciam conforme ela respirava ofegante.

Ela ficou olhando, chocada com a imagem de si mesma transformada pelo desejo.

"Está vendo?", perguntou Ian, inclinando-se perto dela, com o hálito quente em seu ouvido causando uma onda de prazer em seu corpo. "Está vendo, não está?", perguntou ele enquanto passava a mão por sua barriga em um gesto possessivo. "Está vendo como é linda?"

Seus lábios avermelhados se separaram, mas ela não disse nada.

"Pode dizer", ele sussurrou. "Diga que vê o que eu vejo quando olho para você."

"Vejo", respondeu ela, com o tom de voz atordoado... um pouco assustador, se ela pensasse bem, o fato de ele ter espelhos mágicos.

"Sim. E você não brinca com esse poder, não é?"

Ela precisou de um instante para perceber que o sorrisinho de Ian não era gerado por soberba nem petulância. Não... ele parecia triunfante pelo que ela vira no espelho... por ela ter admitido. *Por que ele se importava com o fato de ela se considerar ou não bonita?*

Ele a levou ao aparelho estranho que pendia do teto com ganchos e faixas, e seu coração se acelerou. Ele puxou para baixo a barra preta horizontal, esticando uma mola no aparelho de modo que três arreios de dez centímetros cobertos por couro caíram horizontalmente a cerca de um metro e vinte do chão. *Espere...* aqueles círculos de couro podiam ser usados para suspender um corpo no ar. Se aquele pedaço redondo de couro servia para sustentar a cabeça, e aquele arreio fosse para a região do peito, e a inferior para a pelve, então aquelas outras faixas poderiam ser usadas para prender as mãos e os tornozelos de alguém.

A pessoa ficaria totalmente presa... indefesa, Francesca percebeu. Ela olhou para Ian enquanto ele segurava o balanço. A luz do candelabro refletiu em seus olhos azuis. Sua expressão de incredulidade desapareceu quando sentiu uma pressão forte no peito.

Oh, não.

Ela já era totalmente impotente quando se tratava de Ian Noble... e não tinha nada a ver com as amarras.

Ele estendeu a mão, chamando-a.

Os músculos de seu traseiro se contraíram; ela sentiu a excitação umedecer seu sexo.

Ela levantou a mão e ele a segurou, puxando-a em sua direção.

"Está na hora de você aprender que, quando brinca com fogo, acaba ficando à mercê dele", disse ele.

As mãos de Ian eram delicadas, mas ele a segurou com firmeza quando a ergueu do chão, e deslizou seu corpo, de barriga para baixo, pelos aros de couro. Ajustou as faixas abaixo de seu quadril, embaixo de seus seios e sob a testa. Ela gritou assustada quando as faixas fizeram seu corpo descer um pouco.

"Shhhh", disse ele, acariciando suas costas. "As faixas são passadas em prendedores de aço presos no teto. É extremamente seguro. Relaxe."

Ela soltou o ar depois de um momento, percebendo que, agora que havia se acomodado, realmente se sentia firme. Sentindo-se estranha, excitada e com um pouco de medo, ainda assim ela confiou que Ian a manteria em segurança. Ele tirou a mão de suas costas. Tocou as panturrilhas e, depois, os tornozelos dela. Ela olhou para os lados, mas não conseguiu ver nada através de seus cabelos. Ela sentiu quando ele escorregou primeiro um pé por um aro de náilon, e depois o outro, e os prendeu em seu tornozelo. Ele havia amarrado seus pés em um ângulo mais baixo do que seu corpo, fazendo com que suas pernas ficassem soltas, como se estivesse inclinada para a frente, mas no ar.

Depois de prender seus pés, ele deu a volta até a frente dela e prendeu seus pulsos de modo parecido, deixando os braços soltos em uma posição semiestendida sob seu peito.

O modo rápido e habilidoso com que ele mexia nas faixas e no corpo dela mostrava que Ian tinha muita experiência com aquilo.

"Vou pegar algo para prender seus cabelos."

Por um momento, ela não conseguiu vê-lo. Depois, suas mãos muito habilidosas afastaram seus longos cabelos do rosto. Ela virou o rosto levemente e conseguiu vê-lo no espelho enquanto ele virava a mão, torcia seus cabelos e finalmente os prendia com uma presilha grande. Ela não conseguia tirar os olhos do corpo dele no espelho; não conseguia tirar os olhos de si mesma, nua e suspensa no ar, vulnerável a tudo e a qualquer coisa que Ian quisesse fazer com ela.

Talvez ele tenha notado que ela os observava com ansiedade pelo espelho, porque passou os dedos compridos embaixo do queixo dela e olhou em seus olhos pelo espelho.

"Não tenha medo", disse ele.

Ela hesitou, e viu algo nos olhos dele que lhe deu coragem. Intensidade. Suavidade. Uma intenção forte de possuí-la, mas não de um modo que ela devesse temer ou odiar. Ela assentiu uma vez, sentindo-se sem fôlego.

Ele se aproximou da mesa e, quando voltou, trazia uma palmatória. Ela sentiu o clitóris arder ao ver o objeto na mão dele. De repente, ela se deu conta de como seu traseiro estava vulnerável, suspensa ali, pelo quadril, no ar. Prendeu a respiração quando ele parou e levantou a palmatória, esfregando a fina e bela penugem de suas nádegas ainda vermelhas.

Ele segurou as faixas acima do arreio que segurava o quadril de Francesca, prendendo-a no lugar. Ela observou pelo espelho, de olhos arregalados, quando ele jogou a palmatória para cima e voltou a pegá-la com habilidade. Quando voltou para a mão dele, o lado coberto de couro ficou virado para as nádegas dela.

"Vou lhe dar dez tapas", disse ele, ajustando a palmatória contra seu traseiro. As bandas arderam com aquela sensação... com a visão do couro preto pressionando a carne de suas nádegas rosadas.

Ele levantou a palmatória e balançou. Ela se assustou com o impacto, e seu corpo se lançou levemente para a frente, ainda seguro pela mão de Ian. "*Ai*", ela gritou quando a palmatória a acertou de novo, fazendo seus nervos despertarem. Ele manteve o objeto pressionado contra suas nádegas.

"Eu disse que você ficaria em segurança, e sempre será assim." No espelho, ela viu que ele olhava para suas nádegas enquanto fazia movimentos circulares com a palmatória, massageando-a. "Mas isso não quer dizer que não haverá um pouco de desconforto. Afinal, isto é um castigo."

Ela gemeu quando ele aplicou mais um golpe em seu traseiro. Ele gemeu, baixo e rouco, e usou a palmatória para massagear sua pele mais uma vez. "Adoro deixar suas nádegas vermelhas", sussurrou e mais uma vez aplicou um golpe. Foi um baque forte o bastante para fazer com que ela fosse para a frente alguns centímetros. "Vá contando, Francesca", disse ele. "Estou perdendo a concentração."

Ela olhou para seus traços rígidos quando ele disse aquilo, com o coração acelerado como uma locomotiva, o creme clitoriano entre suas pernas. *Ian* perdendo a concentração? Ele balançou o braço, e ela arregalou os olhos.

Paft.

"Cinco", ela gritou. Não conseguia desviar os olhos dele no espelho: o modo com que sua camisa se estendia em seu peito quando ele levava o braço para trás, o foco rígido nela ao pousar a palmatória, a força que aplicava nos movimentos enquanto mantinha o traseiro no lugar para que ela fosse castigada.

Ele deu vários outros golpes, e então xingou baixinho. Soltou a amarra do quadril. Francesca foi lançada para a frente e para trás dezoito centímetros em cada direção. Ela mal conseguiu perceber, porque estava ocupada demais olhando para ele no espelho. Ele rapidamente escorregou um círculo de couro na ponta da palmatória ao redor de seu pulso e começou a abrir a calça. As peças permaneceram ao redor de seu quadril, mas ele puxou o pênis para fora da cueca. E acariciou o membro comprido, grosso e exposto.

"*Ian*", ela gemeu, sentindo um calor entre as pernas ao ver seu corpo viril. Ele escorregou a palmatória do pulso e segurou com força de novo.

"Sim?", perguntou ele, com a voz rouca de excitação.

"Você está me matando", disse ela de modo incontrolável, sem saber bem o que estava dizendo. Havia muita pressão acumulada dentro dela. Parecia que ela estava prestes a se incendiar. Por que aquela posição suspensa e impotente a deixava tão excitada?

"Não é nada além do que você faz comigo", disse ele com seriedade ao firmar a mão na faixa do quadril e balançar a palmatória.

"Oito", ela gritou. Seu traseiro estava ardendo, mas, ainda assim, a maior parte de sua atenção se concentrava na sensação do pênis de Ian pulsando quando ele aplicava o golpe, com a cabeça macia e firme contra o quadril dela.

Quando ela gritou "dez", já estava extremamente lubrificada, ofegante, e seu traseiro estava pegando fogo. Ian passou a mão em suas nádegas vermelhas e soltou a amarra. Ela gemeu quando ele segurou um dos lados e o massageou com a palma da mão.

"Sua bunda vai ficar uma delícia, linda. Quente. Você vai derreter meu pau", disse ele, esboçando um sorriso.

"Vai machucar?", perguntou ela, tremendo.

Ele parou seus carinhos, ainda segurando sua bunda, e olhou nos olhos dela no espelho.

"Um pouco no começo, talvez. Mas minha intenção é castigar você por sua impulsividade, não torturá-la."

"E... enfiar o seu pau... *faz parte* de meu castigo?"

Ele a soltou e se virou, caminhando em direção à mesa. Tentou ver o que ele estava fazendo ali no reflexo, mas o corpo dele, e o dela, bloqueavam parcialmente a visão. Quando ele voltou, carregava um plug preto de borracha. Ela arregalou os olhos. Era maior do que o primeiro que ele usara. Entre aquele brinquedo sexual de aparência intimidadora e a ereção de Ian, Francesca não sabia para onde olhar.

"Não considero o sexo anal nada além de um prazer", disse ele ao se aproximar dela. "Vamos ver se você o considera um castigo ou uma experiência mútua de prazer."

Depois de dizer isso, ele passou o braço esquerdo nas faixas do arreio do quadril, mantendo-a firme. Usou a lateral da mão para abrir suas nádegas e encostou a ponta do plug no ânus dela.

"Masturbe-se", ele ordenou, tenso.

Ela levou as mãos amarradas em direção à pelve, flexionando os braços. Seu clitóris estava aninhado contra a faixa encapada. Ela enfiou um dedo sob a faixa e o acomodou entre os lábios vaginais. Estava encharcada. Assim que começou a esfregar o clitóris entumecido, o prazer percorreu seu corpo.

E então... sentiu uma dor aguda que logo passou.

Ela arfou, percebendo que Ian havia inserido a ponta grossa do plug em seu ânus. Ela se masturbou ainda mais. A pressão era incontrolável. Seu corpo estava pegando fogo. *Nossa*... ela estava prestes a gozar.

Ian segurou seus pulsos e abaixou seus braços. Ela protestou baixo.

E viu a expressão satisfeita dele no espelho.

"Acho que já temos a resposta a respeito de você considerar o sexo anal um castigo ou um prazer, certo?"

Ela mordeu o lábio, olhando com nervosismo para seu traseiro no espelho. Ele havia inserido o plug de borracha completamente enquanto ela sentia um forte prazer. A base do brinquedo sexual pressionava suas nádegas.

Ela estava prestes a explodir pendurada ali, no ar, com os nervos à flor da pele e a carne sensível. Ficou surpresa com o que viu no espelho. *Ian estava se despindo*. Tirou os sapatos e as meias. Tirou a camisa. Francesca suspirou ao ver a linha de sua cintura, o abdome rígido, e o peito forte e grande. Sua respiração ardeu nos pulmões de ansiedade.

Sim.

Ele tirou a calça e a cueca, escorregando-as pelas pernas compridas. Finalmente, ela viu seu corpo totalmente exposto.

Ela fechou os olhos com força. Ele era lindo, o máximo do poder masculino, até doía olhar para ele daquela forma, tão exposto. Ela gritou quando, de repente, começou a rodar. Arregalou os olhos, e viu a sala rodar. Parou e desencostou a testa da faixa. Ian estava a poucos centímetros do rosto dela, e passou a segurar a amarra do peito, mantendo-a firme à sua frente. Ela olhou para ele.

"Isto é o que o balanço tem de mais interessante", disse ele, obviamente observando sua expressão surpresa. "Posso colocar você em qualquer posição que eu quiser, num piscar de olhos." Ele segurou o pênis por baixo e o levou aos lábios dela, deixando clara a sua intenção. A cabeça de seu pênis escorregou para dentro, alargando a entrada. Ela olhou para ele enquanto recebia a cabeça, e então a tocou com a língua firme. Ele rosnou ao observá-la.

Como era possível para ela sentir-se tão impotente e tão no controle ao mesmo tempo?

Ele usou a mão para balançar o corpo dela vários centímetros para a frente, vários centímetros para trás. Seu pênis deslizou para dentro e para fora da boca de Francesca. Ele continuou o movimento por um momento, fodendo sua boca, controlando-a totalmente, mas não tirou vantagem, apenas deslizava vários centímetros por sua língua, indo e voltando, até seu pênis inchar muito entre os lábios entreabertos.

"Isso é bom", ele murmurou, dando um passo para trás, com o pênis saindo dos lábios dela. "Bom demais, na verdade", acrescentou baixinho. "Segure-se."

De repente, ela estava girando de novo na posição contrária. Ela olhou para ele no espelho, encantada. Ele desceu mais a faixa do quadril de modo que ela fosse parar no meio de suas coxas.

"*Ai!*", ela gritou quando, repentinamente, foi erguida pela cintura, como se ele estivesse levantando um travesseiro de plumas. Delicadamente, ele manteve o plug anal inserido com uma das mãos.

"Passe os pés pelo outro lado pela faixa inferior, de modo que fique sentada." Ela fez o que pôde para seguir as orientações, mas foi a manipulação habilidosa dele que a colocou na posição que ele queria. Quando ela se ajeitou de novo e ele a segurou, a falta de tensão na faixa da cabeça fez com que o tecido caísse. A faixa da parte de cima do corpo caiu para as costelas dela, e ela se sentou no arreio mais baixo, com os joelhos flexionados e os braços presos no colo. Quando já estava acomodada no arreio, ele escorregou a faixa das nádegas mais para baixo, para a parte de cima das coxas dela.

Francesca estava zonza de excitação e com a maestria de Ian na manipulação do balanço. Ela se sentia no meio de um espetáculo de acrobacia do Cirque du Soleil.

Ele tirou o plug preto de borracha lubrificado do ânus dela, e ela gemeu. Ele o jogou no chão. Ofegante, ela observou enquanto ele lubrificava seu pênis até deixá-lo brilhando. E posicionou-se atrás dela. Primeiro, segurou as faixas do arreio inferior, e depois, as do superior, flexionando os braços até as faixas se esticarem, puxando Francesca em direção a seu corpo.

Ela estava em uma posição sentada na frente de Ian, de costas para ele, com a parte superior do corpo inclinada para a frente... com as nádegas totalmente expostas, como se estivesse se oferecendo.

Ela não conseguia respirar. Sentiu a cabeça grossa e rígida do pênis dele esfregar-se contra seu ânus que formigava, e a pressão que ele exerceu.

"*Ian*", ela disse com a mandíbula tensa.

"Está na hora de você arder, linda", disse ele com um rosnado.

Ele segurou as faixas num ponto mais baixo e segurou a barra da faixa de couro sob as coxas dela. Ela não tinha aonde ir, apenas contra o pênis dele. Ele mexeu o quadril e a puxou contra si de uma vez. Gritou quando sentiu o membro dele deslizar para dentro vários centímetros, e sentiu uma dor aguda. Ele parou, com o corpo contraído.

Ela viu o reflexo dele no espelho. Parecia que ele havia acabado de realizar uma atividade física intensa. Todos os músculos de seu corpo estavam delineados e tensos. O suor brilhava em seu abdome marcado e peito arfante. Os músculos de seu traseiro estavam contraídos enquanto ele se mantinha no limite. Ele estava incrível naquele momento — uma tempestade sexual prestes a explodir. A parte de seu pênis que não estava enfiada no ânus dela parecia assustadoramente grande. Ele pulsava no canal estreito. Ela jurava que conseguia sentir sua pulsação na carne sensível. E ficou encantada com a sensação de suas peles estarem tão próximas, tão unidas.

"Você está bem?", perguntou ele.

"Sim", disse ela, percebendo que realmente estava bem. A dor aguda de início havia desaparecido, deixando apenas uma sensação de pressão proibida. Seus lábios e sua face estavam rosados. Seu clitóris formigava.

"Ótimo, porque seu ânus está pegando fogo", ele murmurou ao mesmo tempo que se movimentou e puxou o corpo dela para mais perto. Ele gemeu alto e começou a balançar Francesca para a frente e para trás em seu pênis que pulsava. "Meu Deus, é delicioso penetrar você."

Francesca gemeu com aquela nova sensação erótica... ao ver Ian perdido de desejo. Não sentiu dor, apenas uma pressão intensa e incontrolavelmente excitante dentro dela. As terminações nervosas de seu ânus estavam tão sensíveis que ela sentia todas as nuances do pênis dele. Os músculos de suas coxas estavam contraídos, aplicando pressão no clitóris. O orgasmo se aproximava. Ela olhou boquiaberta para o espelho enquanto o pênis dele desaparecia cada vez mais dentro de seu corpo a cada novo movimento. Finalmente, a pelve dele bateu contra as nádegas dela.

Ele a segurou contra seu corpo e rosnou. O momento foi demais para ela. Muito quente. Então começou a tremer quando o orgasmo tomou conta de seu corpo, com uma força ainda maior por ter sido contido por tanto tempo.

Ao longe, ela escutou Ian dizendo palavrões. Ele continuou com os movimentos enquanto ela gozava, usando seu ânus de modo possessivo, forte, com os quadris batendo com força em suas nádegas vermelhas enquanto segurava o balanço — e o corpo dela — satisfazendo-se ao máximo. Era forte demais, sim. Ela não teria aguentado a pressão por muito tempo. Estava totalmente à mercê dele, com o ânus contraindo e apertando seu pênis enquanto era tomada pelo orgasmo intenso.

Ele a penetrou uma última vez, e o gemido dele deu a ela a impressão de que ele se sentia impotente naquele momento, apesar de ser o dono da situação. Ele passou o braço ao redor da cintura dela, prendendo-a contra ele de um jeito desesperado. Ela gritou quando sentiu o pênis dele inchar. E um rosnado saiu da garganta dele. Ele abaixou a cabeça, fez uma careta e pressionou os lábios contra as costas dela. Ela mordeu o lábio e fechou os olhos ao senti-lo explodir dentro dela.

Ele gemeu e continuou a se movimentar para dentro e para fora enquanto ejaculava, com a respiração quente contra a pele dela. Ela sentiu os olhos arderem. Suas lágrimas não eram de dor, mas da sensação forte de ardor em seu peito.

Será que ela havia se apaixonado por aquele homem?

De que outra forma poderia explicar a total e absoluta confiança que sentia nele, a disposição de se entregar totalmente a ele?

O que mais aquela sensação eufórica poderia ser enquanto observava Ian pelo espelho, entregando-se totalmente ao prazer? Ou estava se apaixonando ou estava enlouquecendo.

De qualquer modo, ele estava certo. Francesca se encontrava totalmente nas mãos de Ian.

PARTE 7

PORQUE EU PRECISO

13

Ian desamarrou Francesca, e então, delicadamente, ajudou-a a sair das faixas, ainda abalado pelo orgasmo arrasador e por uma mistura de emoções que não soube identificar. Quando ela apoiou os pés no chão, ele a abraçou, sentindo prazer com a sensação da pele acetinada dela contra a sua.

Apoiou a mão no queixo dela para levantar seu rosto em direção ao dele e a beijou profundamente, tentando entender como podia sentir um desejo tão intenso por ela e, ao mesmo tempo, tamanho carinho. Teria sido muito duro com ela? Ela era tão macia, feminina, delicada, ele pensou enquanto acariciava suas curvas firmes. Guiou as próprias reações de acordo com as dela. Enquanto ela apertava seu pênis de modo ritmado, enquanto gozava minutos antes, ele nem sequer pensou em sua delicadeza.

Ela era um mistério para ele — um mistério interessante, provocante e doce ao qual ele não conseguia resistir.

Interrompeu o beijo um momento depois e segurou a mão dela. Fechou a porta quando os dois saíram do quarto, e então a levou ao banheiro. Sem nada dizer, ele abriu a porta de vidro do box e abriu o chuveiro. Quando sentiu que a temperatura estava confortável, deu um passo para o lado e um meneio de cabeça para que ela entrasse. Ele a seguiu e fechou a porta.

Ela parecia ter percebido sua atitude dócil, porque permaneceu calada enquanto ele, meticulosamente, lavou seu lindo corpo nos minutos que se seguiram. Ele percebeu que ela o observava enquanto passava as mãos sobre sua pele sedosa. O vapor se enrolava nos dedos dele enquanto a lavava... e adorava. Algo dentro dele ainda queria que ele se afastasse como havia feito em Paris, quando se sentiu tão maravilhado com tamanha doçura e retribuição.

A experiência daquela noite havia bloqueado suas defesas, e ele se viu impossibilitado de manter a sanidade e resistir a ela.

Ele lavou o próprio corpo de modo muito mais simples, porém meticuloso, e fechou o chuveiro. Depois de secar os dois com uma toalha, mais uma vez, ele segurou a mão dela e a levou para a cama. Afastou a colcha da cama e se virou para ela, soltando a presilha de seus cabelos. Os fios pesados se soltaram, envolvendo os ombros e as costas de Francesca. Imediatamente, ele envolveu aquela cabeleira macia com os dedos.

Os olhos dela, grandes e sérios, fizeram com que ele sentisse um aperto no peito.

"Deite-se na cama", ele murmurou.

Ela se deitou, encolhendo-se de lado, de frente para ele, que se deitou ao lado dela, encostando a barriga na dela, e puxou o lençol para cobri-los. Ele acariciou seu quadril macio enquanto o silêncio se acomodava entre eles. Nenhum dos dois disse nada, mas Ian notou que ela ainda prestava atenção nele.

E então, ela tocou os lábios dele com as pontas macias dos dedos. Ele fechou os olhos, tentando, sem sucesso, proteger-se de uma sensação indesejada, porém incontrolável.

Raramente permitia que uma mulher o tocasse de modo tão íntimo, mas deixou que Francesca o fizesse. Seus dedos curiosos e insistentes o atormentaram ao longo dos vários minutos seguintes e ela analisou seu rosto, pescoço, ombros, peito e barriga. Quando, delicadamente, ela passou a unha sobre um de seus mamilos, ele gemeu de prazer. Ele fixou o olhar no dela quando Francesca envolveu seu pênis com a mão um momento depois.

O toque foi muito delicado. Por que, então, ele sentiu que uma ferida profunda dentro dele havia sido exposta quando ela começou a mexer o braço para masturbá-lo?

Sem aguentar aquela tortura prazerosa, ele se virou e encontrou um preservativo na gaveta do criado-mudo, desejando que o tempo passasse depressa para que o efeito do anticoncepcional começasse logo, quando poderia penetrá-la e sentir sua pele.

Um momento depois, ele se deitou sobre ela, e os dois respiravam de modo ofegante, e ele aconchegou seu pênis na vagina quente e apertada dela. Ian abriu os olhos e viu que ela olhava para ele.

"Estou prejudicando você, Francesca?", perguntou ele.

Por um momento, ela não respondeu, mas ele notou, pela expressão séria de seus olhos, que ela compreendia que ele não se referia apenas àquela noite, mas, sim, a tudo — à incapacidade dele de resistir a uma mulher tão vibrante, talentosa e linda, apesar de ele, inevitavelmente, acabar por ofuscar seu brilho com sua falta de luz... podendo afastá-la.

Ele sentiu uma pontada aguda ao pensar na possibilidade de ver-se rejeitado por ela.

"Isso importa?"

Ele sentiu que seus músculos faciais se contraíram diante da resposta delicada. Começou a se mexer, penetrando seu corpo com movimentos longos e fortes, estremecendo de prazer.

Não, não importava.

Ele não conseguia se afastar dela, independentemente de quais fossem as consequências para ela... ou para ele.

Quando terminaram de fazer amor, ele a abraçou e os dois conversaram como namorados — pelo menos era o que Francesca acreditava ser uma conversa entre namorados, já que não tinha experiência nenhuma nesse aspecto. Foi uma situação excitante ouvir Ian contar sobre sua infância em Belford Hall, a propriedade de seu pai em East Sussex. Ela sentiu vontade de perguntar a ele como tinha sido sua vida com a mãe no norte da França. Certamente tinha sido uma experiência muito comum em comparação com o luxo e privilégio da vida de um neto de conde... mas não teve coragem.

Ansiosamente, abordou de novo o assunto de Xander LaGrange.

Mas Ian foi claro ao dizer que o comportamento não tinha sido a causa principal do fim das negociações.

"Foi apenas a gota d'água", disse ele. "Detestei ter que bajular Xander para conseguir aquele software. Nunca gostei dele, desde os meus dezessete anos. Foi horrível ter que ser simpático. Tenho evitado encontrá-lo pessoalmente há semanas." Ele hesitou, como se estivesse relembrando o ocorrido. "Na verdade, eu ia me encontrar com ele na noite em que nos conhecemos, a noite de sua festa no Fusion. Pedi a Lin que cancelasse."

Ela sentiu o coração acelerar ao ouvir aquilo. "Pensei que sua cara de poucos amigos quando Lin se aproximou de você no Fusion se devesse ao fato de você não querer perder tempo sendo apresentado a mim."

Ele apertou o queixo dela com delicadeza quando ela olhou para ele. "Por que pensaria isso?"

"Não sei. Pensei que você tivesse muitas coisas melhores a fazer do que me conhecer."

Ela sentiu-se confortada quando ele riu baixinho. Ele pressionou sua cabeça levemente, e ela voltou a repousar em seu peito.

"Não digo coisas que não sinto, Francesca. Eu estava ansioso para conhecê-la desde que vi sua pintura na entrada e reconheci você como a artista que havia pintado o *Gato*", disse ele, encurtando o nome do quadro que ficava em sua biblioteca... o quadro que ela havia feito dele. Ela encostou os lábios na pele dele e o beijou, emocionada com aquela verdade revelada. Os dedos dele envolveram seus cabelos.

"Mas o que você fará em relação ao software de que precisa para sua empresa nova?", perguntou ela um momento depois.

"Farei o que deveria ter feito desde o princípio", disse ele com rapidez, massageando o couro cabeludo dela com os dedos, causando ondas de prazer que a fizeram estremecer. "Criarei um software próprio. Será um esforço que demandará tempo extra, mas eu devia ter feito isso desde o começo, sem me importar com aquele idiota. Nunca sai coisa boa de negociações com homens como LaGrange. Eu estava enganando a mim mesmo."

Mais tarde, ela contou a ele quando começou a entender que era uma artista, durante um acampamento para crianças acima do peso, quando tinha oito anos.

"Não perdi nem um quilo no acampamento, para desagrado de meus pais, mas percebi que era excelente em desenho e pintura", disse ela, deitada com a cabeça apoiada no peito dele, sentindo-se satisfeita e inebriada enquanto Ian acariciava seus cabelos.

"Seus pais pareciam obcecados com seu peso", disse ele, com a voz grave reverberando por seu peito, sendo sentida por Francesca em sua orelha. Ela acariciava o bíceps dele com dedos curiosos, tentando conferir a força e a resistência daquele músculo.

"Eles eram obcecados por me controlar. Meu peso era uma das poucas coisas que eles não conseguiam manipular."

Os músculos dele haviam se contraído quando ela dissera aquilo?

"Seu corpo se tornou um campo de batalha", disse Ian.

"É isso o que diziam todos aqueles psicólogos."

"Só fico imaginando o que esses mesmos psicólogos diriam a respeito de você se envolver comigo."

Ela levantou a cabeça do peito dele para olhar em seus olhos. A luz da suíte estava fraca. Ela não conseguia ver a expressão dele muito bem.

"Diz isso por você ser controlador?", perguntou ela.

Ele assentiu uma vez. "Eu disse a você que praticamente enlouqueci minha ex-mulher."

A pulsação de Francesca se tornou mais intensa ao observar a beleza dele. Sabia que era raro para ele falar de seu passado. "Você... se importava tanto com ela que sempre se preocupava com seu bem-estar?"

"Não."

Ela hesitou diante daquela resposta tão rápida e firme. Ele se retraiu levemente e desviou o olhar. "Eu não era apaixonado por ela nem nada, se é isso o que quer saber. Eu tinha vinte e um anos, ainda na faculdade, e fui muito tolo por me envolver com ela. Eu havia discutido com meus avós naquela época. Uma discussão séria. Passamos meses sem nos falarmos. Acredito que eu estava um pouco vulnerável com a possibilidade de ser cegado por uma mulher como Elizabeth. Eu a conheci em um evento beneficente na Universidade de Chicago — ao qual minha avó foi enquanto tentava se acertar comigo. Elizabeth era uma bailarina talentosa de uma importante família norte-americana. Aprendeu a desejar o tipo de status que minha avó tem."

"E que você tem", disse Francesca, baixinho.

"Foi o que Elizabeth pensou a princípio... antes de nos casarmos e de realmente me conhecer, e então, perceber o erro que havia cometido. Ela queria um príncipe encantado e encontrou um demônio", disse ele, esboçando um sorriso. "Elizabeth podia ser virgem, mas estava longe de ser inocente na arte de conseguir o que queria. Planejou prender-me em sua armadilha, e eu fui tolo o bastante para permitir que ela o fizesse."

"Ela... engravidou de propósito?"

Ian assentiu, observando o rosto de Francesca. "Sei que muitos homens dizem isso, mas, em nosso caso, foi verdade comprovada. Quando ela engravidou e nós nos casamos, vi suas cartelas de anticoncepcional antigas no banheiro. Aparentemente, ela tomava os comprimidos de modo muito irregular. Quando quis confrontá-la, ela admitiu ter parado de tomar a pílula quando começamos a sair. Disse que era porque queria ter um filho meu, mas eu não acreditei. Ou, melhor, acredito que ela queria engravidar de mim para que nós nos casássemos, mas não acredito que ela realmente queria se tornar mãe."

Francesca sentiu um certo medo. "Tem receio de que eu possa estar fazendo a mesma coisa? Com o anticoncepcional?"

"Não."

"Como pode ter tanta certeza?", perguntou Francesca, mas sentiu um alívio com a resposta.

"Porque hoje, aos trinta, sou muito melhor em observar as intenções das pessoas do que era aos vinte e um", disse ele de modo seco.

"Obrigada", ela sussurrou. "E então, o que aconteceu quando você confrontou Elizabeth?"

"Eu tinha certeza de que ela faria alguma coisa para prejudicar a criança quando eu descobrisse como ela havia me manipulado. A gravidez já havia servido para os planos dela. Estávamos casados. Ela era muito bonita, fisicamente falando, e uma bailarina dedicada. Apesar de precisar engravidar, acho que ela temia o que poderia acontecer com seu corpo... como aquilo mudaria sua vida. Ela não era o tipo maternal. Pensei que ela pudesse fazer algo para pôr fim à gravidez. Era algo que me assustava." Ele olhou para ela fixamente. "Eu não me preocupava tanto em proteger Elizabeth, mas, sim, a criança que ela gerava. Então, sim, eu me tornei excessivamente controlador. Você sabe como sei ser."

"Mas, certa vez, você disse que ela tentou culpar *você* pela perda do bebê", Francesca relembrou.

Ele assentiu. "Ela disse que foi porque eu cobrava muito que ela cuidasse de si mesma, porque eu fui muito controlador em relação a suas atividades diárias, aos seus horários. Ela achava que eu restringia a liberdade dela... que a tornei prisioneira de minha ansiedade. Sem dúvida, ela tinha razão. É o que eu faço quando me importo com alguém, e eu me importava com aquela criança."

"Mesmo assim, isso não parece motivo suficiente para uma mulher perder um bebê. Uma a cada cinco mulheres sofre um aborto espontâneo, certo? Por que não pode ter sido apenas algo natural e não alguma coisa que *você* fez?", perguntou Francesca, confusa e um pouco irritada com a tal Elizabeth. Ela parecia uma megera manipuladora.

"Nunca saberemos ao certo. Mas não importa", disse ele.

Francesca acreditava que importava, *sim*, e muito. Aquilo estava relacionado ao motivo pelo qual ele se considerava tão prejudicado quando o assunto era relacionamentos, tão desconectado.

"Por que você se *casou* com ela se não a amava?", ela não conseguiu controlar a curiosidade.

Ele deu de ombros, e ela tocou um de seus ombros fortes. Queria confortá-lo. Não conseguia tirar as mãos dele. Não sabia quando ele permitiria que ela voltasse a tocá-lo tão livremente de novo.

"Eu nunca permitiria que um filho meu fosse um bastardo", disse ele.

Ela interrompeu as carícias naquele instante. Era apenas a segunda vez que ele mencionava sua ilegitimidade a ela. Lembrou que ele chamara a si mesmo de bastardo quando eles se conheceram na festa em sua homenagem.

"Seu pai", ela sussurrou, notando o brilho em seus olhos azuis. Seria aquele um brilho de alerta, uma mensagem silenciosa para que ela agisse com cuidado? Ela continuou, apesar do risco que corria. "Você sabe quem ele é?"

Ele negou balançando a cabeça. Ela sentia a tensão nos músculos do corpo dela, mas ele se manteve parado na cama. Francesca decidiu acreditar que ele não se afastaria, como suspeitava que ele poderia fazer antes daquela noite.

"Você já teve curiosidade para saber quem ele é? *Tem?*"

"Só gostaria de obter informações suficientes para poder matar o imbecil."

Ela ficou boquiaberta, chocada. Não esperava aquela agressão concentrada, intensa. "*Por quê?*"

Ele fechou os olhos brevemente, e ela ficou pensando se havia ido longe demais. Será que ele se retrairia agora?

"Independentemente de quem ele é, deve ter se aproveitado de minha mãe. Não sei se posso classificar o ato como estupro ou sedução de uma mulher muito vulnerável e doente, mas qualquer que seja o caso, definitivamente, carrego comigo os genes de um degenerado."

"Oh, Ian", ela sussurrou, com o coração cheio de compaixão. Aquilo devia ter sido um pesadelo em sua infância. E também era um pesadelo para um homem adulto... "E você nunca o viu? Ele nunca apareceu?"

Ele balançou a cabeça, com os olhos ainda fechados.

"E sua mãe, ela nunca..."

Ian abriu os olhos e olhou para ela. "Ela ficava nervosa sempre que eu, na infância, tocava no assunto, e começava com seus comportamentos repetitivos e ritualistas. Depois de um tempo, comecei a evitar o assunto da identidade de meu pai como o diabo foge da cruz. Mas, por dentro, passei a odiá-lo. *Ele* havia feito aquilo com ela, ele a tornara assustada e nervosa. De certo modo, eu sabia."

"Mas ela já era doente... esquizofrênica..."

"Sim, mas havia algo no assunto relacionado a ele que sempre fazia com que ela entrasse em um período ruim... sombrio."

Ela não conseguia suportar aquela expressão no rosto dele, pois sentia uma pontada por dentro. Ela o abraçou com força. "Ian, sinto muito."

Ele resmungou ao sentir o carinho, e então riu baixinho. Voltou a acariciar seus cabelos. "Você acha que me apertar como uma cobra aperta sua presa vai fazer tudo ficar melhor, linda?"

"Não", respondeu ela, falando perto do peito nu dele. "Mas não fará mal."

Ele a envolveu em seus braços e a deitou de costas, deitando-se por cima dela. "Não mesmo", disse ele, antes de se inclinar e beijá-la daquele modo maravilhoso que fazia com que ela se esquecesse de tudo por um tempo... até mesmo do sofrimento dele.

Francesca sabia que se lembraria daquela noite passada nos braços de Ian, e em sua cama, para sempre. Havia sido sublime vê-lo abrindo-se com ela... mesmo que fosse só um pouco. No passado, ele havia lhe dito que o relacionamento deles seria puramente sexual, e não havia dúvidas de que a atração — obsessão — que os unia era extremamente forte.

Mas naquela noite, a interação entre eles tinha sido mais do que sexo. Ou, pelo menos, era o que Francesca achava...

Ela acordou com a luz dourada e brilhante entrando pelas cortinas. Piscou, notando que estava sozinha na cama luxuosa onde passara tantas horas eróticas e íntimas com Ian na noite anterior.

"Ian?", ela chamou, com a voz ainda rouca de sono.

Ele saiu do banheiro, lindo com uma calça social azul-escura, uma camisa branca, uma gravata de seda preta com listras azul-claras e aquela fivela de cinto que sempre fazia com que ela se distraísse, por estar localizada tão baixa no quadril dele. Ela realmente o vira totalmente nu na noite anterior, seu reflexo lindo naqueles espelhos, todos aqueles músculos contraídos enquanto ele a fodia?

Teria sido um sonho fazer amor com ele a noite toda?

"Bom dia", disse ele, caminhando em direção à cama, fechando uma abotoadura com dedos ágeis.

"Bom dia", disse ela ainda grogue, sorrindo para ele, sentindo-se bem sob o calor do sol, sublime ao vê-lo.

“Infelizmente, terei que sair da cidade por um tempo. Não sei bem quando voltarei.”

O sorriso dela se desfez. As palavras dele ecoaram em sua mente como um tiro que ricocheteia.

“Já conversei com o Jacob, e ele vai ensinar você a andar de moto. Gostaria que você tirasse a habilitação de moto também, ao mesmo tempo que tira a de carro. Lin enviará a você as ‘Regras de Trânsito’ para motos. Deixarei meu tablet para que você estude”, disse ele, apontando para a mesa na sala de estar da suíte. Sua maneira rápida de falar só serviu para deixar Francesca ainda mais confusa.

“Desculpe, Ian? Eu ainda estou tentando entender a parte ‘Terei que sair da cidade por um tempo. Não sei bem quando voltarei.’”, disse ela, tentando sentar-se na cama, apoiando a parte superior do corpo no cotovelo.

“Recebi um telefonema hoje cedo.” Ele estava evitando olhar para ela? “Tenho uma emergência para resolver.”

“Ian, *não...*”

Ele parou quando ouviu o tom da voz dela, a mão ainda parada na abotoadura. Seus olhos brilharam.

“Não *o quê?*”

“Não vá”, disse ela repentinamente.

Por um momento terrível de ansiedade, o silêncio reinou.

“Sei que você provavelmente se sente vulnerável devido à noite passada, mas não fuja”, ela pediu, um pouco chocada consigo mesma. Será que ela havia temido aquela fuga ao longo da noite, enquanto eles conversavam e faziam amor e dividiam suas experiências? Será que ela estava preocupada com a possibilidade de ele abandoná-la depois daquele momento de intimidade?

“Não entendi muito bem do que você está falando”, disse ele, abaixando os braços. “Não tenho escolha, preciso ir, Francesca. Com certeza você compreende que tenho negócios que tomam a minha atenção, às vezes.”

“Oh, eu compreendo”, disse ela, com as emoções tentando ganhar o controle. “Você está indo embora agora e não tem nada a ver com o que aconteceu ontem à noite.”

"Não, não tem", disse ele. "De onde você está tirando isso?"

Ela olhou para baixo, para o lençol, sem querer que ele visse as lágrimas em seus olhos. Ela sentiu vontade de gritar de raiva... de dor. "Certo. De onde estou tirando isso?", perguntou ela com amargura. "Que moça idiota e inocente eu sou. Por que não me lembrei de que tudo isto só gira em torno de sexo, uma questão de conveniência para você? Ah, e para o seu pau, claro. Não nos esqueçamos dessa parte essencial do jogo."

"Você está agindo como uma tola. Recebi um telefonema. *Preciso* sair. É só isso."

"Por quê?", ela exigiu saber. "Qual é a emergência? Pode dizer."

Ele hesitou, claramente assustado com aquela reação. Ela notou que os cantos de seus lábios estavam pálidos de raiva. "*Porque eu preciso*. Há certas coisas que são inevitáveis, e esta é uma delas. Não vou embora por nenhum outro motivo. Deveria ser explicação suficiente para você. Além disso, seu comportamento alterado não faz com que eu me sinta seguro para confiar em você", ele acrescentou baixinho, afastando-se. A fúria cresceu dentro dela. Era demais vê-lo ignorá-la daquela maneira de novo, principalmente depois de ter se aberto para ele na noite anterior... pensando que ele estava fazendo a mesma coisa com ela.

"Se você for embora agora, não vou esperar por você. Será o fim."

Ele se virou, irado. "Está me *ameaçando*, Francesca? Está querendo briga? Você é realmente tão vingativa?"

"Como pode me perguntar isso sendo que você está fugindo por causa do que aconteceu entre nós?", perguntou ela, sentando-se na cama, segurando o lençol sobre os seios.

"A única coisa que está acontecendo entre nós é que você está agindo como uma mimada egoísta. Tenho uma emergência da qual cuidar."

"Então, diga o que é. Faça essa gentileza, pelo menos, Ian. Ou você acha que devido às regras de nosso maldito relacionamento, por causa de minha natureza supostamente *submissa*, eu nem sequer tenho o direito de perguntar isso?", ela vociferou.

Ele pegou o blazer que havia colocado nas costas de uma poltrona.

Foi então que ela viu sua bolsa de couro ao lado da maleta. Ele *realmente* partiria. Ela sentiu-se atacada de novo. Ele vestiu o blazer e voltou a olhar para ela de modo frio.

"Como eu disse, não sinto vontade de me explicar a você comportando-se dessa maneira." Ele pegou a bolsa. "Telefonarei à noite. Talvez você esteja se sentindo melhor até lá."

"Não se dê ao trabalho. Não estarei me sentindo *melhor*. Posso garantir", disse ela com o máximo de dignidade... o máximo de frieza que conseguiu.

Ele empalideceu. Ela sentiu uma forte vontade de retirar o que dissera, mas sua teimosia — seu orgulho — não permitiu. Ele assentiu uma vez, com os lábios contraídos, e saiu de seu quarto, fechando a porta suavemente, um clique que soou como um fim horrível aos ouvidos dela.

Francesca fechou os olhos quando a tristeza pesou em seu peito.

Três dias depois, ela estava no Departamento de Veículos Motorizados em Deerfield, Illinois, estudando as "Regras de Trânsito" para motos no tablet de Ian. Sim, ela ainda pretendia nunca mais ver Ian para assuntos sexuais e ele havia realmente acreditado no que ela dissera naquela manhã ensolarada de sexta-feira, porque, desde então, não havia tentado entrar em contato. Ela tentou convencer a si mesma de que estava feliz por ele não estar telefonando, mas, de certa forma, sua tentativa não foi muito bem-sucedida.

O que tinha sido aquela expressão que tomara conta do rosto dele quando ela pediu a ele que não telefonasse? Por que tanto aquela situação, três dias antes, quanto naquela ocasião em que ele se assustara ao descobrir que ela era virgem, *ele* fizera cara de abandonado, e não ela? Os pensamentos davam a sensação de que o coração dela estava sendo amassado por uma enorme mão invisível.

Não, ela não perderia tempo com aquelas coisas. Era impossível entender os elementos complexos e misteriosos da alma de Ian. Era bobagem sequer tentar.

Ela se surpreendeu um pouco ao ver que continuava realizando as aulas de direção com Jacob, apesar do rompimento entre ela e Ian. Mas havia se tornado totalmente obcecada pela ideia de obter a habilitação. Talvez, em parte, ela acreditasse no que Ian dissera. Seria um marco importante em seu desenvolvimento que ela passasse, por causa de seus problemas emocionais na infância e na adolescência. Sua compulsão por dirigir, de certo modo, tinha a ver com sua vontade de assumir controle total de sua vida pela primeira vez. Os estudos estavam indo bem. O quadro que estava fazendo para Ian logo seria finalizado.

Pela primeira vez na vida, ela sentiu que realmente começava a ganhar controle... não estava apenas sobrevivendo dia a dia. Queria estar no controle da vida de Francesca Arno, exatamente como Ian sugerira. Se tudo estivesse fadado a ser um fracasso, bem... pelo menos ela podia dizer quem era a responsável.

Seus olhos arderam depois de tanto estudar no tablet. Ela já havia passado no teste de direção comum, mas ainda tinha que passar no exame de moto.

"Está se sentindo confiante?", perguntou Jacob ao lado dela, enquanto lia o jornal. O Departamento de Trânsito estava lotado. Eles estavam esperando havia quase duas horas para serem chamados para que Francesca realizasse a prova.

"Para a parte escrita, pelo menos", disse ela. "Talvez devêssemos ter praticado por mais de um dia na moto de Ian?"

"Você vai se sair bem", Jacob garantiu. "Na verdade, você tem mais jeito com moto do que ao volante de um carro, e você passou na prova sem qualquer dificuldade."

Ela lançou a ele um olhar de suspeita. "Quase reprovei no exame. A primeira coisa que fiz quando entrei na estrada foi cortar outro motorista."

"Mas esse foi o único erro", disse Jacob. *Que homem gentil!*

Seu nome foi chamado.

"Deseje-me sorte", disse ela ansiosamente quando ficou de pé.

"Não precisará de sorte. Vai conseguir", disse ele com muito mais confiança do que o necessário, na opinião dela.

Ela fez a parte prática do exame de motocicleta com a moto de

Ian: um modelo europeu esguio e supermoderno. Jacob dissera a ela, ao longo dos últimos dias, que Ian amava motos havia muito tempo.

"Acho que ele me disse que costumava consertar motos quando era criança. Ele tem um talento natural assustador para isso. Acredito que tenha a ver com sua mente matemática, que mais parece um computador. Só sei que ele consegue consertar um carro em metade do tempo que eu demoro, e eu tenho quase o dobro da idade dele", dissera Jacob alguns dias antes, com um toque de orgulho na voz.

Ela também soube, por Jacob, que Ian era sócio de uma empresa francesa extremamente famosa e inovadora que fabricava motos e scooters supercaras, de tecnologia de ponta.

O único motivo que fizera com que ela concordasse em aprender a guiar a moto era que acreditava que Ian se lembrava do que ela dissera a respeito de scooters em Paris. E, na verdade, uma daquelas scooters cabia em seu orçamento limitado para transporte e estacionamento em uma cidade tão movimentada e, assim, ela ganharia mais independência e vontade de gerenciar sua vida com mais cuidado. Ela planejava comprar uma scooter barata quando obtivesse a habilitação, e não estava nem um pouco preocupada por ter tirado vantagem do que Ian oferecera mesmo depois de ter sido abandonada por ele.

Ela aceitaria os cem mil dólares que ganharia como comissão. Ela aceitaria tudo que ele havia oferecido e se afastaria dele, do mesmo modo que ele havia se afastado dela.

Pelo menos, era o que dizia a si mesma. Era confortante pensar que ela era tão durona com Ian quanto ele estava sendo com ela.

Imbecil. Foi embora logo depois de ela ter se exposto a ele... depois de aparentemente ter feito a mesma coisa com ela.

"E então?", perguntou Jacob, colocando-se de pé quando ela se aproximou dele na sala de espera depois de realizar o exame de moto, com a expressão séria. Ele observou o rosto dela com ansiedade, arregalando os olhos. "Não se preocupe. Nós o faremos de novo depois de você praticar mais."

Francesca sorriu. "Eu estava enganando você. Eu passei. E, dessa vez, sem a menor dificuldade."

Ele a abraçou e parabenizou, Francesca riu, feliz e aliviada. Ela havia conseguido! Antes tarde do que nunca.

Jacob se afastou para colocar a moto de Ian dentro da limusine — ela se surpreendeu ao perceber quanto espaço havia dentro do carro luxuoso. Francesca permaneceu na sala de espera, pois teria que ficar ali até ser chamada de novo para tirar a foto para sua habilitação. O Departamento de Trânsito era sinônimo de espera. Depois de alguns minutos de impaciência e tédio, ela abriu o tablet de Ian, feliz por poder passar o tempo com alguma outra coisa que não fosse estudar as regras de trânsito. Ela clicou em uma busca e diversos itens apareceram no menu... obviamente, sites que Ian visitava regularmente. Sentindo-se um pouco culpada, ela observou o histórico. Quais sites Ian visitava? A maioria dos assuntos fazia sentido — negócios e pessoas cujo passado ele estava pesquisando.

Um dos assuntos não fazia sentido. Ela clicou no link, olhando para os lados para ter certeza de que Jacob não estava ali para ver que ela estava intrometendo-se nas coisas de Ian.

O Instituto de Pesquisa e Tratamento de Genoma — um órgão de pesquisa e tratamento extremamente respeitado localizado a sudeste de Londres em um local adorável. Francesca observou a paisagem silvana e o prédio alto e ultramoderno. Demorou um momento para ela entender que o local era líder mundial em pesquisa e tratamento da esquizofrenia.

Ela pensou na mãe de Ian e sentiu uma certa tristeza. Será que ele realizava pesquisas em busca de cura para a doença cruel e debilitante de Helen Noble? Será que, talvez, patrocinava alguma pesquisa?

"Jacob? O que é o Instituto de Pesquisa e Tratamento de Genoma?", perguntou ela ao motorista com um tom de voz falso quando ele se sentou ao lado dela, alguns minutos depois.

"Não faço ideia. Por quê?"

"Você não sabe? É uma espécie de centro de pesquisa e hospital. Nunca escutou nada relacionado a ele e a Ian?"

Jacob balançou a cabeça. "Nunca. Onde fica?"

"Sudeste de Londres."

"Então, está explicado", disse Jacob de modo firme enquanto dobrava o jornal. “Se for uma das empresas britânicas de Ian, eu não teria como saber.”

“Por quê?”

“Ele nunca me pede para dirigir em Londres. Lá, ele tem um carro no apartamento que possui na cidade.”

“Ah”, disse Francesca, torcendo para que estivesse escondendo a curiosidade de modo adequado. “E tem algum outro lugar onde ele tem um carro e não precisa de seu serviço?”

Jacob pensou por um momento. “Não, nenhum de que me lembre neste momento. Eu vou a todos os lugares, menos Londres. Mas isso não é de surpreender. Ian é inglês, certo? Faria sentido que ele não precisasse de um motorista em Londres. É por isso que não estou dirigindo para ele no momento.”

“Certo”, Francesca concordou, assentindo, com o coração acelerado diante daquela notícia inesperada. Ian estava em Londres. Ele não havia contado a ela, claro, e a sra. Hanson não sabia onde ele estava ou estava mantendo segredo, a pedido dele. Que estranho. Ian Noble se sentia à vontade em todos os lugares. Podia dirigir em qualquer cidade. Não *precisava* de motorista. Só queria ter um pela conveniência. Ele era o gato que andava sozinho, mesmo. Todos os lugares eram iguais para ele. Ela relembrou como havia captado esse aspecto da personalidade dele em sua pintura tantos anos antes, e o comparara à história de Rudyard Kipling. Ela sabia, por experiência própria, que em qualquer lugar aonde ia, ele era confiante, firme, o dono do ambiente.... terminantemente sozinho.

Então, por que em Londres era diferente? Por que ele dispensava seu motorista de confiança, Jacob?

Ela virou a cabeça quando seu nome foi chamado.

“Pronto”, disse ela, quase sem conter a emoção de conseguir sua habilitação — e teve que se conter também para não fazer mais perguntas sobre Ian e Londres a Jacob.

“Você vai dirigir no caminho para casa”, disse Jacob.

“Pode apostar que sim”, disse ela, sorrindo.

Na tarde seguinte, ela se sentou em uma cadeira na recepção da Noble Enterprises, sozinha. O salão passava uma sensação de eficiência moderna, luxo e calor — graças ao chão de mármore bege-rosa, aos móveis de madeira maciça e às paredes beges. O segurança da mesa redonda no centro do salão não parava de olhar na direção dela com cada vez mais desconfiança. Ela estava ali havia quase duas horas, observando a luz na enorme parede onde seu quadro seria pendurado, tirando algumas fotos com seu telefone celular.

Queria ter certeza de que estava levando em conta a iluminação do lar que o quadro teria em breve.

Finalmente, o segurança concluiu que ela estava aprontando alguma coisa e saiu de sua guarita. Francesca ficou de pé e guardou o telefone no bolso de trás.

Não queria ter que explicar por que estava ali. "Estou indo", garantiu ao rapaz, que tinha um rosto marcado por espinhas e mãos enormes. Seus olhos eram atentos e gentis, no entanto.

"Posso ajudá-la, senhorita?", perguntou ele.

"Não", respondeu ela, andando para trás. Quando ele deu um passo em sua direção como se quisesse segui-la, ela suspirou. "Sou a artista que fará o quadro que será colocado bem ali", disse ela, apontando para a grande área da parede acima da mesa da segurança. "Eu estava observando a mudança de luz na recepção."

O guarda lançou a ela um olhar de suspeita, e ela olhou para o lado e viu o restaurante Fusion. "Er... com licença, vou até o Fusion cumprimentar o Lucien."

Por um segundo, ela pensou que o segurança a seguiria quando ela entrou no restaurante, mas quando olhou para trás após entrar no elegante bar, viu que as portas de vidro permaneciam fechadas e que o rapaz não estava em lugar algum. Respirou aliviada.

"Francesca!"

Ela reconheceu a voz de Lucien, com forte sotaque francês.

"Oi, Lucien. Zoe! Olá, como você está?", Francesca cumprimentou os dois, feliz por ver os jovens que tentaram fazer com que ela se sentisse à vontade no coquetel realizado em sua homenagem. Zoe e Lucien permaneceram lado a lado. Eram três da tarde de uma terça-feira e no bar só havia os três. Ela parou, hesitante, ao ver Lucien tirar o braço da cintura de Zoe e a expressão levemente culpada dos dois. Por que eles tinham tanto cuidado em relação aos toques que trocavam?

"Muito bem", disse Zoe, apertando a mão dela. "Como está o quadro?"

"Conforme o esperado. Estou tendo um pouco de dificuldade com a luz. Fiquei sentada na recepção estudando como seria a luz naquele quadro ao longo do dia, e o segurança quase me colocou para correr", disse ela, sorrindo de modo contido. "Entrei aqui na esperança de escapar dele."

Lucien riu. "Quer beber alguma coisa?", perguntou ele, caminhando na direção do grande bar de imbuia. "Água com gás e limão, certo?"

"Sim", disse Francesca, agradavelmente surpresa ao ver que ele havia se lembrado. Zoe sentou-se ao lado dela em um dos bancos, e fez mais algumas perguntas a respeito do quadro. Percebeu que Lucien não perguntou o que Zoe queria beber, simplesmente colocou uma garrafa de *ginger ale* diante dela.

"Vocês dois estão saindo?", perguntou Francesca alguns minutos depois, tomando um gole de sua água. Hesitou ao ver a expressão assustada de Lucien e Zoe. "Quero dizer... só pensei que parecia... deixa pra lá", disse ela, bebendo mais um gole e colocando o copo em cima do balcão. "Ignorem o que digo. Sempre digo as coisas mais tolas."

Lucien começou a rir. Zoe sorriu com hesitação. "Não é isso. Zoe e eu estamos saindo. Só estamos tentando ser discretos."

"Discretos?", perguntou Francesca, confusa.

"Ian, para resumir", disse Lucien, ainda rindo.

"Ian? Por que estão tentando evitar Ian?", perguntou Francesca.

"A Noble Enterprises não gosta que seus funcionários namorem, principalmente gerentes e não gerentes", disse Lucien.

"Sempre digo ao Lucien que sou *assistente* de gerente", disse Zoe de maneira alterada, olhando fixamente para ele. Estava claro que aquele era um assunto muito discutido e controverso entre os dois. "Não acho que estamos infringindo regras. Estamos em duas áreas totalmente diferentes na empresa. Com certeza Ian não se importaria."

"Quem se importa se Ian se importa?", perguntou Francesca, inclinando-se para a frente franzindo a testa. "Por que todo mundo o respeita tanto como se ele fosse o rei do pedaço? Vocês dois têm o direito de viver a vida como querem, não de acordo com os caprichos dele."

Um silêncio prolongado sucedeu seu desabafo. Francesca demorou um momento para perceber que Lucien estava olhando bem atrás dela e que Zoe estava se virando lentamente no banquinho, com a expressão congelada.

Francesca fechou os olhos e respirou fundo. "O Ian está atrás de mim, não é?", ela sussurrou para Lucien. A falta de expressão de Lucien foi a resposta.

Ela se virou no banquinho, sentindo a ansiedade aumentar. Ele estava entre a entrada do restaurante e o espaço do bar onde Zoe e ela estavam. Ao vê-lo, ela sentiu suas defesas abaladas. A saudade chegou forte, a ponto de roubar seu fôlego. Ele vestia um terno preto impecável que destacava os contornos másculos de seu corpo esguio de modo perfeito, uma das camisas sociais brancas de que mais gostava, e uma gravata prateada. Seu rosto parecia de mármore entalhado: lindo, frio, impassivo. Mas seus olhos brilhavam intensos, enquanto ele a observava — e apenas ela —, das sombras do bar mal iluminado.

"Quando você voltou?", perguntou Francesca, com a boca seca.

"Agora", respondeu ele. "A sra. Hanson disse que você comentou que pretendia vir à recepção. Eu não a encontrei, e então fui ao meu escritório, e Pete — o segurança — me disse ter encontrado uma jovem que permaneceu na recepção a tarde toda olhando para o nada, tirando algumas fotos do nada de vez em quando e que disse a ele que estava estudando a luz." Ele esboçou um sorriso ao dizer aquilo? "Eu tive a impressão de que ele temeu que você pudesse ser uma ameaça à segurança ou uma fada."

"Ah... entendi", disse Francesca, sentindo-se estranha, como se ele tivesse acabado de acariciá-la com seu último comentário. Ela olhou para Zoe com desconforto. Será que ela, com sua boca grande, havia acabado de colocar Lucien e Zoe em apuros?

"Está fazendo um intervalo, sra. Charon?", perguntou Ian com gentileza.

Zoe desceu do banco e ajeitou a saia, corando levemente. "Eu estava fazendo um intervalo, mas está na hora de voltar para o escritório."

Ian assentiu, olhando para Zoe e então para Lucien. "Sim. É sempre melhor manter a discrição nesses assuntos", disse, olhando nos olhos de Lucien.

Lucien assentiu. Francesca percebeu, surpresa, que Ian havia acabado de dizer ao casal que não se opunha ao relacionamento deles, desde que não deixassem transparecer.

"Posso falar com você por um momento? Quero lhe mostrar algo", disse Ian a Francesca. Zoe passou por eles, tentando claramente fugir enquanto as coisas estavam boas.

"Eu... está bem", disse ela, sentindo-se um pouco presa pela situação, sem falar do olhar intenso de Ian e de sua reação ao vê-lo. Ela havia realmente acreditado que conseguiria expulsá-lo de sua mente e alma tão facilmente por causa da raiva. O que era aquela fúria, e os sentimentos inexplicáveis que ela nutria por ele?

Ela se despediu de Lucien, lançando-lhe um olhar como um pedido de desculpa. O funcionário sorriu mostrando que estava tudo bem.

"Aonde vamos?", perguntou Francesca quando ele a levou para fora do Fusion e eles caminhavam em direção à saída da recepção, passando pelos elevadores. Ela pensou que ele a levaria a seu escritório, mas, na verdade, eles estavam seguindo em direção à rua.

"Voltaremos à cobertura. Quero mostrar algo para você lá."

Ela parou de repente, e olhou para ele. Algo mudou nos traços fortes dele, e ela tentou imaginar se ele também se lembrava de que dissera algo parecido a ela semanas antes... na noite em que ela o conheceu na Noble Enterprises.

"Não quero ir à cobertura com você", disse ela, de modo rígido. Parecia mentira? Para ela, sim. Uma parte dela queria muito ir à cobertura com ele. Por que ela tinha que achá-lo tão irresistível? Ele era como uma droga em seu organismo, mas era pior do que qualquer tipo de vício. Pior porque sua alma estava envolvida. Pior porque ela via uma parte da alma de Ian também... o que a perseguia.

"Estava torcendo para que você mudasse de ideia a respeito do que me disse antes de minha partida", disse ele baixinho, aproximando-se dela. Nuvens cobriam os raios de sol. Os olhos dele estavam muito brilhantes com as nuvens escuras e baixas no fundo. Eles permaneceram na calçada movimentada enquanto as pessoas passavam, mas parecia que ela estava presa em uma bolha com ele.

"Não fiz birra, como você pensou que fosse, Ian", disse ela. "Você me ignorou e foi embora."

"Eu voltei. Eu disse que voltaria."

"E eu disse que não estaria disponível quando você voltasse." Os olhos dele brilharam naquele momento. De certo modo, ela sabia que Ian não gostaria de ouvir aquilo.

Gosto de saber que você está à minha disposição.

Ela estremeceu ao se lembrar daquilo. Desviou o olhar e virou-se para o rio, sem vê-lo. "O quadro está ficando bom."

"Eu sei. Fui ver seu progresso quando cheguei em casa hoje à tarde. Está espetacular."

"Obrigada", disse ela, ainda evitando os olhos dele.

"Jacob me disse que você passou nos exames de habilitação. Ele ficou muito orgulhoso de você."

Ela sorriu ao ouvir aquilo. Havia sido um momento de orgulho para ela também — profundo, de muitas maneiras. Ela devia aquilo a Ian.

"Passei. Obrigada por me incentivar." Ela olhou para os próprios sapatos. "Você fez boa viagem a Londres?"

Ele não respondeu no mesmo momento, e ela olhou para ele.

"Não sabia que eu havia lhe dito para onde estava indo", disse ele.

"Você não disse. Eu adivinhei. Por que você sempre vai a Londres sozinho?", perguntou ela de modo impulsivo. "Jacob me disse que você nunca o leva."

Ela percebeu que Ian ficou sério. "Não culpe Jacob. Ele também não sabia onde você estava. Eu estava fazendo algumas perguntas a respeito de Londres e ele por acaso disse que nunca dirige em Londres. Imaginei que você devia estar lá, já que Jacob estava aqui em Chicago."

"Por que você estava tão curiosa?"

Francesca hesitou. Por que mesmo, se afirmava não estar mais interessada nele?

"O que você queria me mostrar na cobertura?"

A inexpressão dele mostrava que ele sabia muito bem que ela estava evitando responder à sua pergunta. Ele estendeu a mão, fazendo um sinal para pedir que ela caminhasse ao lado dele. "É algo que tem que ser mostrado, não descrito."

Ela hesitou por alguns segundos. Será que ela realmente estava pensando em perdoá-lo por abandoná-la de modo tão abrupto na sexta sem qualquer explicação?

Ela suspirou e o acompanhou.

Não estava aceitando a derrota, mas exatamente como na primeira noite, era muito difícil resistir a ele. Talvez por causa da solidão que a ausência dele deixara, ou sua chegada repentina que a pegara de surpresa, ou talvez por causa da onda avassaladora de calor e felicidade que ela sentia ao vê-lo.

Independentemente do motivo, naquela tarde, sua resistência a Ian Noble estava muito fraca.

14

Ela saiu do elevador, e a entrada do apartamento de Ian pareceu estranha, apesar de ela já ter se familiarizado com ela nas últimas semanas. Muita coisa havia mudado desde a primeira vez em que ela espiara o mundo dele. Apesar disso, aquela sensação de ansiedade ao entrar na cobertura com Ian atrás dela era muito familiar.

"Por aqui", disse ele, com a voz baixa e rouca como dedos delicados acariciando sua nuca. Sua ansiedade e curiosidade cresceram quando ela o acompanhou até a sala que ela agora sabia ser o escritório-biblioteca onde *O gato que caminha sozinho* estava pendurado.

Quando ela abriu a porta e entrou na sala, a primeira coisa que viu foi um homem virado de lado.

"Davie?", exclamou ela, totalmente chocada por ver o amigo naquele ambiente inesperado.

Davie olhou para trás e sorriu. Repousou o quadro que estava arrumando e virou-se na direção dela. Francesca olhou com surpresa para o amigo e para o quadro que ele estava dispondo sobre uma mesa comprida contra a parede.

"Ai, meu Deus! Onde você conseguiu isso?", perguntou ela, incrédula, ao ver um quadro com uma imagem que ela havia feito do Wrigley Building, do Union e Carbide Building, e da obra-prima do estilo gótico, o East Wacker. Ela havia feito o quadro quando tinha vinte anos e o vendeu por duzentos dólares a uma galeria. Ela detestou ter que abrir mão dele, mas não tivera outra opção.

Antes que Davie pudesse responder, ela começou a olhar ao redor, boquiaberta pelo susto. Não conseguia respirar.

Seus quadros tomavam a biblioteca toda. Davie havia colocado todos eles pela sala, dezesseis ou dezessete deles — amores antigos —, todos eles partindo do mantel e do *Gato que caminha sozinho*, que estava pendurado acima de todos eles. Ela nunca tinha visto tantos de seus quadros juntos. Tivera de abrir mão deles um a um, e um pedaço de sua alma foi embora a cada vez. Em parte, ela odiava a si mesma por não conseguir manter as valiosas obras de sua criatividade por perto... sagradas.

E, agora, elas estavam todas em uma sala.

Ela estremeceu de emoção.

"Cesca", disse Davie, com a voz embargada. Ele deu um passo em direção a ela, sem sorrir.

"Você fez isso?", perguntou ela, tocada.

"Fiz porque me pediram", disse Davie. Ela acompanhou o olhar dele.

Ian estava de pé na porta da biblioteca, observando Francesca com um olhar que parecia de preocupação — e algo mais, algo mais sombrio... mais triste — enquanto observava seu rosto.

Oh, não. Ela podia se proteger da arrogância dele. Sua maneira controladora. Sua soberba.

Mas não daquela expressão ansiosa e vagamente perdida em seu rosto de traços fortes, belo. Era demais. O peso das emoções dela surgiu como uma tempestade caindo em uma praia.

Ela saiu correndo da sala.

"Deixe que eu vou", disse Davie quando Ian se virou para ir atrás de Francesca, sentindo um nó na garganta ao ver a angústia no rosto lindo dela. Ian detestava sentir-se inútil. Havia moldado a vida toda para evitar aquela sensação desconfortável. Mas, ainda assim, teve que aceitar aquela emoção odiosa ao se controlar com grande esforço e observar Davie passar por ele, indo atrás de Francesca.

"Como você fez isso, Davie?", perguntou ela quando o amigo entrou no estúdio um minuto depois. Ficou feliz por ver que era Davie, e não Ian, pois este havia derrubado as frágeis defesas que ela ainda mantinha ao fazer aquilo. Como ele sabia que entregar a ela suas obras do passado derrubaria os muros que ela havia erguido para se proteger dele?

Davie deu de ombros e se aproximou da mesa onde ela mantinha seus objetos de pintura. Pegou uma folha de papel-toalha e a entregou a ela.

"Ian me deu carta branca para localizar e comprar o máximo deles que conseguisse. Com tantos recursos, não foi tão difícil quanto você pode estar pensando."

"Com tanto *dinheiro*, é o que você está dizendo", disse Francesca, secando as lágrimas do rosto com o papel-toalha.

Davie olhou para ela. "Eu sei que você me disse na semana passada que o lance entre você e Ian havia terminado, mas nós já tínhamos começado a fazer isso um pouco antes... antes de sua ida a Paris, inclusive. Está brava comigo?"

"Por ter se unido a Ian?", perguntou ela, sorrindo.

"Eu não teria feito nada disso se o motivo não fosse bom. Você sabe que já faz tempo que tento recuperar alguns de seus trabalhos mais velhos. É porque eu acho que você é uma artista tão talentosa que eu quis fazer isso, Cesca. Foi o meu principal motivo para concordar em ajudar Ian a reunir essas obras. Não o dinheiro dele." Ele olhou para outro lado. Aproximou-se do quadro. "Você se superou", disse ele. "Este é o melhor trabalho que você fez."

"Você acha mesmo?", perguntou ela, caminhando para se aproximar dele.

Davie assentiu, analisando o grande quadro. Ele olhou para ela. "Eu sei que você disse que seu... *caso* com ele havia terminado, Ces, mas percebi que Ian é maluco por você. Sim, no passado, eu tinha minhas dúvidas a respeito de seu envolvimento com ele. Mas não foi uma compra qualquer. Você não acreditaria no esforço e dedicação que ele empregou em adquirir sua obra."

Ela não sabia bem como deveria se sentir. Duas lágrimas escorreram de seus olhos. "Ele faz isso porque *pode*, Davie."

"Qual é o problema disso?", perguntou Davie, com cara de confuso. "O que Ian Noble tem para você se intimidar tanto? Vejo que você se sente atraída por ele, mas arrasada por isso também. O que ele fez a você?", perguntou Davie, surpreso e então preocupado enquanto observava o rosto dela.

"Ah, Davie", ela murmurou com tristeza. Nunca contara a ele sobre o aspecto sexual da relação que ela mantinha com Ian... sobre o fato de ele ser dominante e insistir para que ela fosse submissa. Ela de repente explodiu, e sua explicação foi dada em acessos desconfortáveis enquanto tentava dar a Davie uma boa ideia da situação e quase não conseguiu.

"Francesca", disse Davie, sem qualquer desconforto. "Praticar sexo excêntrico *não é* algo terrível. Sei que você não teve muita experiência..."

"*Nenhuma*... antes de Ian", ela relembrou.

"Certo. Mas as pessoas fazem vários tipos de ousadias no quarto. Desde que os dois concordem e ninguém esteja se machucando..." Ele empalideceu ao dizer isso. "O Ian não está machucando você, certo?"

"Não, não... não é isso", disse ela. "Bom... eu gosto... *adoro* o jeito com que ele faz amor comigo", disse ela, corando. Ela nunca tivera uma conversa tão detalhada com Davie antes... com ninguém, na verdade. "Mas é que ele, *o tempo todo*, é muito controlador. Veja como ele fez tudo isso com você sem que eu soubesse! Ele sabia que, assim, eu ia querer perdoá-lo por ter desaparecido na semana passada sem qualquer explicação, depois de termos nos aproximado tanto."

Davie suspirou. "Eu disse a você. O Ian me pediu para encontrar os seus quadros há algum tempo. Ele não teria como saber que vocês dois acabariam brigando para sugerir que isso seria uma maneira de fazer as pazes. Olha, tenho passado um tempo lidando com ele nas últimas semanas, enquanto eu procurava seus quadros, e negociamos preços. Sei que ele é dominador, mas também é muito atencioso. Sim, é teimoso, tudo é sempre do jeito dele, mas foi difícil discutir com ele, uma vez que ele sabia claramente que queria fazer isso para agradar você."

Ela apenas ficou olhando para o amigo... *desejando* acreditar nele...

"Só conheço uma outra pessoa tão teimosa quanto ele", disse Davie de modo desafiador. Francesca riu. Sabia quem era aquela outra pessoa.

"Se você deixasse claro que o domínio dele sobre você poderia acontecer apenas no sexo e dentro do quarto, acha que isso ajudaria?", perguntou Davie.

"Mas ele compartilha tão pouco de si mesmo. Tem a capacidade de se desligar como quem desliga um aparelho."

Davie assentiu, mostrando que compreendia. "Bem, a decisão é sua, claro. Mas eu não tenho tanta certeza a respeito da capacidade que ele teria de afastar-se de você. Pode ser misterioso a maior parte do tempo, sem dúvida, mas isso não quer dizer que ele não se importa. Só quer dizer que ele é bom em esconder que se importa. Bem, só queria que você soubesse que ele tem se concentrado e sido muito generoso na reunião de seus quadros. Tem sido um homem em busca de uma missão." Davie olhou para o relógio. "Preciso ir. Vou fechar a galeria esta noite."

"Obrigada, Davie", disse ela, abraçando o amigo. "Tanto por reunir os quadros quanto por falar comigo sobre Ian."

"Disponha", disse ele, lançando-lhe um olhar significativo. "Conversamos mais depois, se quiser."

Ela assentiu enquanto o observava sair da sala, deixando-a ali para pensar em suas dúvidas e esperanças.

Dez minutos depois, ela bateu levemente à porta da suíte de Ian. Entrou quando escutou um "Entre". Ele estava sentado no sofá da sala de espera, com o blazer desabotoado, as compridas pernas flexionadas, observando as mensagens em seu telefone celular, com o olhar fixo nela quando ela se aproximou.

"Eu estava vendo os quadros de novo", disse ela. "Me desculpe por ter corrido daquele jeito."

"Você está bem?", perguntou ele, pousando o telefone no sofá.

Ela assentiu. "Eu fiquei... emocionada."

Os dois se calaram e ele a observou.

"Pensei que eles a deixariam feliz. Os quadros."

Os olhos dela arderam e ela olhou para o tapete oriental. Droga. Ela pensou que não voltaria a chorar.

"Eles me deixaram muito feliz. Mais do que consigo explicar." Ela ousou olhar para ele. "Como soube que eles me deixariam feliz?"

"Percebo como você se orgulha de seu trabalho", disse ele, pondo-se de pé. "Fico imaginando como foi difícil para você abrir mão deles."

"Foi como entregar um pedaço de mim a cada vez", disse ela, tentando sorrir, torcendo as mãos de modo nervoso. Olhou para o rosto dele quando Ian se aproximou, e sentiu-se atraída por seu olhar. "Não sei se um dia conseguirei retribuir. Bem... eu sei que os quadros são seus. Você os comprou. Mas vê-los todos juntos de novo é muito especial. Mas você não acha que tudo isso é um pouco demais?"

"Por que seria demais? Você acha que estou fazendo isso para levá-la para a cama de novo?"

"Não, mas..."

"Fiz isso porque você tem um talento singular. Você sabe o quanto valorizo a arte. Eu gostaria de ver seu trabalho valorizado como deve ser. Meu apoio não significaria nada se você não fosse tão talentosa, Francesca."

Ela soltou o ar lentamente. Como discutir diante do que parecia ser tão sincero? "Obrigada. Muito obrigada por pensar em mim, Ian."

"Penso em você mais do que imagina."

Ela engoliu em seco, relembrando o que Davie havia dito antes... "*Ele é bom em esconder.*"

"Sinto muito por tê-la chateado na semana passada. Tive realmente uma emergência para resolver. Não estava tentando evitar você", disse ele. "Meus sentimentos em relação a nós dois continuam os mesmos. Gostaria que você reconsiderasse o que disse naquele dia. Não consigo parar de pensar em você, Francesca", disse ele, e seu tom de voz fez com que ela voltasse a olhar para ele.

"Se... se continuarmos da maneira como estávamos, Ian... você promete que tentaria me controlar... e dominar apenas entre quatro paredes?", perguntou ela, sem conseguir respirar direito. Aquele pedido havia lhe custado mais do que pensara. Ele não respondeu no mesmo instante, e ela sentiu o coração acelerar no peito. Ele estava inexpressivo, mas os olhos brilhavam de emoção.

"Você está dizendo durante o sexo? Porque não posso garantir que desejarei você apenas dentro de um quarto. Como percebeu em Paris, o desejo pode surgir em qualquer lugar."

"Ah... sim, foi o que quis dizer. Admito que gosto quando você me domina durante o sexo, mas não quero que controle a *minha vida*."

"Como tentei controlar a de Elizabeth?"

"Você admitiu que confia mais em mim do que confiava nela."

Ela percebeu que ele estava pensando e sentiu a necessidade de se explicar.

"Na verdade, quero agradecer a você por me incentivar a ter mais controle sobre minha vida", disse ela, sem querer que ele pensasse que ela não tinha ideia das mudanças que ele havia causado nela durante o relacionamento relativamente breve. "Agradeço muito por ter feito isso. Mas *eu* quero estar no controle, Ian. Fora do sexo, quero dizer", ela acrescentou baixinho.

Ele contraiu os lábios. "Não posso garantir que não me intrometerei onde você não quiser."

"Mas vai tentar?"

Ele olhou para ela, e em seguida desviou o olhar e suspirou.

"Sim, vou tentar."

Ela sentiu o coração acelerar. Correu até ele e o abraçou, apertando sua cintura até ele resmungar. Ele parecia estar rindo quando ela olhou para ele, um momento depois. Deve ter notado a alegria que ela sentiu ao ouvir aquelas palavras. *Vou tentar*.

"Tenho uma ideia", disse ela. "Vou levar você para um passeio de moto."

"Não posso", disse ele, acariciando o rosto dela.

"Mas o Jacob disse que sei guiar muito bem... melhor do que dirijo carros."

Ele abriu um sorriso amplo, e ela hesitou com a surpresa. "Não foi isso o que eu quis dizer. Tenho que ir para o escritório. Estou atrasado com o trabalho."

"Ah", disse ela, desanimada. Mas recuperou-se logo. Entendia que ele tinha enormes responsabilidades.

"Mas agora que você disse, eu trouxe para você uma surpresa de Londres", disse ele, ainda mantendo o sorriso no rosto que normalmente era tão sério.

"O que é?"

Ele abaixou os braços e deu a volta até o armário. Quando se virou, estava com um capacete preto de moto em uma mão, com um par de luvas pretas de couro enfiado na abertura, e um cabide com uma jaqueta preta de couro, supermoderna.

"Meu Deus! *Adorei!*", disse ela, pegando a jaqueta no mesmo instante. Era uma peça que chegava até o quadril, com um zíper prateado na diagonal e botões. Ela acreditava que a peça ficaria justa. Passou os dedos sobre o couro firme. "Posso experimentar?", perguntou ela a Ian, com os olhos brilhando de emoção.

"Não vai reclamar do presente?", perguntou ele com bom humor quando ela rapidamente tirou a jaqueta do cabide.

Ela corou ao escutar aquilo. "Eu deveria reclamar... mas é que... parece que eles foram feitos para mim", disse ela, observando o capacete com alegria.

"É porque foram, mesmo", disse ele. Ela sorriu olhando para trás enquanto corria até o banheiro para ver seu reflexo vestindo a jaqueta. Como ele sempre conseguia pensar no presente perfeito? Ela gostaria de poder fazer a mesma coisa por ele. Escutou o telefone de Ian tocar à distância ao subir o zíper da jaqueta e se virou de um lado para o outro. A jaqueta servia perfeitamente em seu corpo — justa, macia e sensual.

Ela voltou para o quarto, sorrindo. Ian sentou-se no sofá de novo, conversando ao telefone. Ele ergueu as sobrancelhas, admirado, enquanto ela exibia a jaqueta para ele, e correu os olhos azuis por todo o corpo dela.

"Vamos falar sobre a emissão da nota promissória", ele estava dizendo a quem quer que estivesse do outro lado da linha. Ela caminhou na direção dele, sentindo-se ridiculamente feliz depois de sua conversa com Ian. Será que havia cometido um erro ao baixar a guarda para ele?

Mas ele dissera que *tentaria* não ser tão controlador. Aquilo tinha significado muito para ela. Sabia que as pessoas não mudavam da noite para o dia e, no caso de Ian, o desejo que ele tinha por controlar e monitorar as pessoas a seu redor vinha da infância, quando fora forçado a cuidar de sua mãe, e não o contrário.

Talvez fosse isso o que estivesse, em parte, por trás da disposição de Francesca em aceitar o presente. Se ele tentasse ser mais flexível, ela poderia fazer a mesma coisa. Claro, a linda jaqueta e o capacete definitivamente eram presentes fáceis de aceitar, ela admitia, passando as mãos pelos contornos macios da peça. Os olhos de Ian brilharam quando ela passou a mão pelo couro logo abaixo dos seios.

Ela sentiu o sangue esquentar também. Deu mais um passo na direção dele. Ele a observou com o olhar fixo, as narinas se abrindo. A ausência dele — o medo que ela sentiu de nunca mais poder tocá-lo — foi relembrada por ela, repentinamente.

"Vamos ver os juros das notas promissórias e os custos gerais, e podemos compará-los ao empréstimo bancário", disse Ian ao telefone.

Ela sentiu uma pontada de ousadia, gratidão e desejo no peito. Ele havia dado a ela um presente de valor inestimável, seus quadros. Havia devolvido a ela seu passado.

Ela queria dar algo em troca.

Ele ficou inexpressivo quando ela se aproximou dele e, delicadamente, separou seus joelhos. Ele arregalou os olhos quando ela se ajoelhou entre eles. Ele segurou sua mão quando ela tocou a fivela prateada de seu cinto. Ela olhou para ele, implorando silenciosamente, e ele tirou a mão.

Ela abriu o cinto e desabotoou a calça com dedos ágeis.

"Mas a emissão da nota promissória nos daria mais flexibilidade para futuras aquisições em que quisermos usar os empréstimos dos bancos", Ian dizia ao telefone. Ela passou os dedos pelos testículos dele, cobertos pela cueca, enquanto tentava descer sua calça. Ele gemeu e então pigarreou para disfarçar. Ela olhou para ele quando Ian levantou o quadril para ajudar um pouco, ajudando-a a descer sua calça e cueca até as coxas.

Ela segurou o pênis dele com uma mão um momento depois, analisando-o fascinada. Ele estava firme como sempre. Uma onda de carinho e desejo tomou conta dela ao vê-lo, com a sensação... com aquele cheiro de homem invadindo sua narina. Em poucos segundos, ela sentiu que ele havia enrijecido, viu seu pênis crescer e engrossar.

Maravilhoso.

Ela fechou os olhos e o enfiou na boca, desejando senti-lo cada vez mais duro ali. *Nossa, adoro isso*, ela pensou quando o desejo a envolveu. Quando ela o tomava em sua boca antes de ele ficar totalmente ereto, conseguia abrigar mais de seu pênis. Ela começou a mexer mais a cabeça conforme foi ficando mais entusiasmada. O pênis dele inchou, separando ainda mais seus lábios trêmulos. Ela se arrepiou quando ele passou os dedos por seus cabelos, e o arrepio tomou seu crânio todo. À distância, ela ouviu quando ele disse: "Uh, o que foi, Michael? Sim, veja quanto gastaríamos nas duas situações".

Ele estava totalmente rígido, preenchendo a boca de Francesca, transbordando, com a mão em sua nuca, segurando seus cabelos, usando a força para guiar o ritmo com delicadeza. Ela começou a usar a mão no mesmo ritmo que a boca, acariciando a cabeça do pênis quando ele deslizava pela boca dela, segurando-o com dificuldade com um movimento para baixo conforme ela o abocanhava.

Ele emitiu um som de engasgo e tossiu.

"Hum... sim, faça-me um favor, Michael, e me passe o preço de uma nota de dez anos e outra de vinte. Tomarei a decisão quando vir os dados. Sim, só isso por enquanto, obrigado."

Ela viu quando o telefone dele foi deixado sobre a almofada do sofá. Olhou para cima, para ele, para seu pênis enfiado em sua boca.

"Não faça essa cara de inocente", disse ele, usando a mão em seus cabelos para movimentá-la para cima e para baixo, controlando-a. "Você sabia exatamente o que estava fazendo, certo? Não sabia?", perguntou ele com firmeza enquanto a incentivava a se mover com mais rapidez. Ela assentiu e murmurou uma afirmação. Ele gemeu. "Você tem o objetivo de me torturar, Francesca."

Ela sugou com toda a disposição e balançou a cabeça levemente. Ele rosnou.

"Não precisa negar o que é óbvio, linda", disse ele, com a voz mais rouca.

Ela gemeu, perdendo-se no feitiço de dar prazer a ele.

Ela o abocanhou até senti-lo no fundo da boca. Ele gemeu de prazer e então puxou os cabelos dela, exigindo que ela o chupasse depressa e de modo raso. Ela o masturbou, ávida para lhe dar prazer, louca para vê-lo sucumbir, desesperada para senti-lo. Ele empurrou a cabeça dela mais para baixo, e ela encostou o pênis na garganta de novo, com as narinas abrindo-se para puxar o ar. Ele ergueu o quadril levemente, e gemeu. Seu gemido contido se tornou um rosnado quando começou a gozar. Ela sentiu que seu pênis aumentou, e arregalou os olhos quando ele começou a ejacular diretamente em sua garganta.

Ele se afastou um instante depois, e recomeçou os movimentos entre os lábios dela, terminando de gozar em sua língua.

Depois de um momento, ele soltou os cabelos dela ao massagear seu couro cabeludo. Relaxou seu corpo grande e rígido nas almofadas do sofá. Ela o tirou de sua boca fazendo um breve som.

"Você merece ficar com o traseiro vermelho por isso", disse ele, observando-a com os olhos entreabertos enquanto ela lambia o resíduo de seus lábios. Ela viu o sorrisinho dele e retribuiu. Ele não estava nem um pouco bravo. Estava, sim, bastante satisfeito, totalmente deliciado.

"Você vai deixar meu traseiro vermelho?", perguntou ela, e um arrepio percorreu seu corpo.

"Sem dúvida. Você vai levar uns bons tapas. Não pode ficar me distraindo enquanto cuido dos negócios, Francesca", ele murmurou, suas atitudes contrariando suas palavras enquanto acariciava os cabelos dela com uma das mãos e seu rosto com a outra, delicado. Apreciando. Ela percebeu que ele havia adorado ser distraído.

"Vá ao banheiro e vista um roupão", disse ele.

Ela ficou de pé e seguiu as orientações, com a pulsação acelerada. Quando voltou ao quarto alguns minutos depois, parou ao ver Ian esperando por ela, vestindo apenas uma calça, com o peito musculoso e rígido exposto.

"Siga-me", disse ele, segurando a mão dela. Seus olhos se arregalaram quando ela viu que ele estava pegando as chaves da maleta.

"O que eu fiz não foi tão ruim, certo?", perguntou ela com ansiedade enquanto ele abria a sala onde disse que ela receberia um castigo mais severo.

"Você comprometeu minha capacidade de pensar de modo racional enquanto eu tentava tomar uma decisão relacionada aos negócios", disse ele ao levá-la para dentro da sala e fechar a porta, trancando-a.

Ele a levou até o banco alto que ela notara na primeira noite em que estivera ali, aquele que ficava na frente da barra parecida com aquelas de sala de balé e era curvada para dentro. A parte da frente era bem normal, como um meio círculo. Mas a parte de trás era afundada, como se um círculo tivesse sido interrompido. Ian se afastou para ir ao armário de cerejeira, abrindo uma gaveta. Ela observou o banco, confusa e cada vez mais excitada. Quando viu que Ian segurava o frasco de estimulante clitoriano e a palmatória preta de couro, seu sexo se contraiu com força.

Ele observou o rosto dela com atenção um momento depois, enquanto passava o creme em seu clitóris.

"Vou lhe dar quinze boas palmadas. Você merece mais pelo que fez."

O rosto dela ficou quente devido à excitação. "Você não estava reclamando."

Ele esboçou um sorriso ao ouvir aquilo.

"Sente-se nesse banquinho, com o rosto virado para a parede", disse ele. Ela obedeceu, inclinando-se para a frente para evitar a ponta de trás do banco. "Recoste-se, de modo que suas nádegas fiquem para fora. Incline-se para a frente e apoie as mãos na barra. Isso mesmo."

De repente, quando apoiou as mãos na barra, ela percebeu o que aconteceria, pois inclinou a parte de cima do corpo para a frente e o traseiro ficou para fora da beirada do banco. O creme começou a esquentar seu clitóris enquanto ela observava, pelo espelho, Ian movendo-se atrás dela, segurando a palmatória de couro preta.

Ai, não. O traseiro dela estava totalmente exposto e vulnerável... e no ponto perfeito para o braço dele.

Paft.

Ela soltou um gemido estridente ao sentir o tapa e a ardência.

— *Shhh* — disse Ian, virando a palmatória e passando a parte macia em seu traseiro. — Foi forte demais?

— Eu aguento — disse ela, sem fôlego.

Ele olhou para ela pelo espelho e sorriu.

Ele tomou impulso com o braço e acertou mais um golpe, e então, outro. Dessa vez, ele usou a mão para aliviar a ardência, acariciando e apertando cada parte com a palma.

"Que pena você ter um bumbum tão lindo", ele murmurou enquanto observava a si mesmo golpeando-a.

"Por quê?"

"Talvez, se não fosse o caso, eu não tivesse que castigá-lo tanto."

O gemido de dor deu lugar ao de prazer quando ele pegou impulso de novo, acertando a parte inferior do traseiro dela. Francesca viu o pênis dele pulsar contra o tecido de sua calça. Ele suspirou e passou a mão sobre a genitália.

"Pensei que eu estivesse sendo punida por distrair você na hora do trabalho", disse ela, observando, de olhos arregalados, enquanto ele acariciava o pau e balançava a palmatória mais uma vez. "Ai", ela gemeu incomodada um segundo depois, quando ele a acertou na mesma região — na parte inferior de suas nádegas — uma segunda vez. Ele gostava muito de bater naquele lugar. Apesar da rápida ardência, o clitóris dela ardeu reagindo.

"Me desculpa", disse ele, batendo mais para cima. "Você *está* sendo punida por me distrair. Só estou dizendo... que uma bunda tão linda tem que ser punida com frequência", disse ele, esboçando um sorriso. Ela abafou um gemido quando ele a acertou de novo. Viu, pelo reflexo do espelho, que seu traseiro começava a ficar rosado.

Ela não conseguiu reprimir um gemido de excitação quando ele abriu o zíper e desceu a calça e a cueca para baixo de seus testículos e de sua ereção.

"Ian", ela gemeu ao ver seu pênis exposto.

"Está entendendo o que quero dizer?", perguntou ele, batendo nela de novo, tirando seu fôlego. Ele acariciou o próprio pênis e a acertou de novo. Ela não conseguia tirar os olhos da mão dele subindo e descendo no contorno bem marcado do pênis duro. "Eu não pensei em foder você, apenas puni-la. Mas sua bunda linda me fez mudar de ideia."

"*Uh*", ela gemeu quando, de novo, ele golpeou suas nádegas, que já estavam queimando. Ela rangeu os dentes ao ver que ele impulsionava o braço para trás mais uma vez.

"Quantas mais?", perguntou ela.

"Não sei. Você me distraiu de novo", disse ele com seriedade, aplicando mais um golpe. Ela viu que ele acariciava o pênis com mais rapidez agora, fazendo uma careta. Ele acertou a curva mais baixa das nádegas dela de novo, fazendo sua carne se mover para cima com o golpe. Disse um palavrão baixinho e jogou a palmatória no sofá, surpreendendo Francesca.

"Meu castigo terminou?", perguntou ela, ao perceber a abrupta interrupção.

"Não", disse ele, caminhando depressa até o armário, de onde tirou uma camisinha. "Mas meu pau está quase explodindo", disse ele de maneira tensa. Ela observou, sem fôlego, enquanto ele tirava as roupas depressa e se aproximava dela, rolando a camisinha para cobrir sua ereção avantajada.

"Fique de pé", disse ele, posicionando-se atrás dela.

O clitóris de Francesca ardia entre suas pernas enquanto ela obedecia. Suas nádegas queimavam. Resistiu à vontade de passar a mão nelas.

"Apoie-se na barra e incline-se para a frente", disse ele, segurando o quadril dela com gentileza. Ela obedeceu. Assim que ela firmou a parte de cima do corpo segurando-se à barra, ele separou suas nádegas e enfiou o pênis nela.

"Tão molhada. Tão pronta", disse ele, olhando para o traseiro dela.

"*Ahhh*", ela gemeu, arregalando os olhos ao sentir o domínio total e repentino.

"Eu disse", falou ele, firmando a mão em seu quadril e começando a penetrar a vagina dela. "Você faz isso comigo, Francesca. Precisa aceitar as consequências. Usarei você para o meu prazer."

Ela teve a sensação de que ele abalava seu mundo durante os minutos em que transou com ela. Observava Ian pelo espelho, e permanecia boquiaberta enquanto ele a penetrava sem parar, com todos os músculos de seu belo corpo rígidos, o pênis bem lubrificado adentrando sua abertura molhada de modo incansável.

Ele não estava preocupado com o prazer dela, mas, sim, em observar a si mesmo tendo prazer, a pressão deliciosa de seu pau dentro dela, a lubrificação... foi demais. Ela começou a gozar, estremecendo, gemendo sem controle. Ele disse um palavrão e estapeou suas nádegas antes de segurar-se a ela, mantendo o traseiro dela colado a seu corpo enquanto gozava.

Os dois permaneceram juntos pelo que pareceram alguns minutos, apesar de ela ter suspeitado, mais tarde, que estava enganada. Ian normalmente tinha muito cuidado ao retirar a camisinha depois do sexo. Mas fez *questão* de acariciar as costas, quadril e nádegas de Francesca depois pelo que pareceu uma deliciosa eternidade. A respiração dos dois se acalmou.

Finalmente, ele saiu de dentro dela, gemendo ao fazer isso. Ele a ajudou a se virar, girando-a em seus braços.

Beijou Francesca, que fechou os olhos, se entregando totalmente ao beijo da mesma forma com que se entregara ao sexo.

"Sabe o que quero fazer com você agora?", perguntou ele com os lábios colados ao dela um momento depois.

Ela sentiu o gosto dos lábios dele e olhou para Ian com os olhos semicerrados.

"O quê?", perguntou com a voz rouca.

Algo brilhou nos olhos azuis dele e ela tentou imaginar se o desejo dele ainda não havia sido apaziguado. Ele balançou a cabeça uma vez, como se quisesse esvaziar a mente de pensamentos, e segurou a mão dela. Os dois saíram da sala, que ele trancou.

"Vista-se e espere por mim", disse ele. Ela observou, com uma expressão que era mistura de confusão por ver o comportamento dele e admiração por seu traseiro lindo e nu — uma visão que ela não tinha com a frequência com que gostaria. Quando ele saiu do quarto um instante depois, ela estava totalmente vestida. Olhou para ele de modo surpreso.

Ele vestia uma calça jeans justa, uma das camisetas brancas que usava por baixo da roupa de esgrima, uma jaqueta de couro com a manga puxada até o cotovelo. Ela perdeu o fôlego ao ver seu corpo forte com um efeito tão encantador. Ela nunca se cansaria de olhar para ele.

“O que você está fazendo?”, perguntou ela, incrédula.

“Mudei de ideia.”

“A respeito do quê?”

“A respeito de ir trabalhar. Vamos sair de moto. Quero ver você em ação.”

Ela ficou boquiaberta, controlando o riso. Não acreditava naquilo. Ele ia fazer algo sem planejamento... de modo tão espontâneo? *Ian?*

Ela vestiu a jaqueta, cada vez mais animada, e foi pegar o capacete e as luvas.

“Você fará um passeio maravilhoso”, ela disse a ele antes de os dois saírem.

“Você acha que está dizendo algo que não sei?”, perguntou ele atrás dela, e Francesca abriu um largo sorriso.

Como era possível um dia começar tão entediante e assustador e terminar tão feliz?, ela pensou enquanto os dois estavam dentro do elevador, um momento depois. Ele estava lindo com a calça jeans e a jaqueta, com o capacete embaixo do braço. Ian notou que ela olhava para ele e abriu um sorriso lento, delicioso... travesso. A porta do elevador se abriu no andar da garagem, interrompendo o belo sorriso dele.

Ela caminhou até a vaga da garagem, familiar com o local por já ter estado ali com Jacob. Uma área grande do espaço era reservada para os carros de Ian. Jacob tinha uma espécie de escritório ali embaixo, juntamente com todas as ferramentas e equipamentos eletrônicos que ele usava para a manutenção e para fazer a limpeza dos veículos.

Ela parou um momento depois, quando Ian subiu na moto preta com facilidade e confiança.

“E então? Suba!”, disse ele delicadamente, percebendo que ela olhava para a moto ao lado da dele. Era um pouco menor do que a de Ian, mas parecia potente a seu modo, com detalhes cromados e uma capota de motor brilhante e preta com faixas vermelhas.

“De onde veio esta?”, perguntou ela, surpresa.

Ele deu de ombros, apoiando o pé no chão e inclinando a moto entre as coxas fortes. Como ele podia parecer tão à vontade em uma moto potente quanto ficava quando usava um terno impecável e chique? Ao ver as mãos dele cobertas pelo couro preto, ela sentiu um arrepio inexplicável.

"É sua", disse ele, referindo-se à moto.

"Não! Quer dizer..." Ela parou, arrependendo-se de sua reação. Olhou para ele, pensando. A tarde tinha sido *muito* boa. Os quadros. Ian havia concordado em tentar não controlá-la fora do quarto, havia lhe dado a jaqueta e o capacete, e o prazer que ela havia sentido, o sexo que tinham feito... não queria estragar tudo com uma discussão, mas uma *moto*! Era demais, não era? Principalmente depois dos quadros e de seus novos equipamentos para andar de motocicleta.

Mas antes que ela pudesse protestar, Ian a interrompeu.

"Certo, é *minha*. Tenho várias motos. Estou emprestando esta a você por enquanto", disse ele, olhando rapidamente para ela. "Pode aceitar isso, Francesca?"

Ela sorriu e se aproximou da moto, sentindo a excitação aumentar no peito quando sentou-se no assento de couro e se deliciou com o conforto da moto.

Ah, sim. Ela podia aceitar aquilo.

Jacob havia dito a ele que Francesca sabia lidar muito bem com uma moto quando Ian perguntou que tipo de motocicleta comprar para ela. Ficou feliz ao ver que Jacob estava certo. Observá-la atravessando as ruas da cidade, fazendo curvas fechadas e passando por locais com facilidade era um grande prazer. Quando percebeu que aquilo que sentia era orgulho, riu baixinho. Por que era tão bom ter mostrado algo de que ela gostou tanto? O mais importante era que ela havia se *encontrado*... que havia adentrado uma camada do que era, sem dúvida, uma fonte profunda e rica de seus muitos talentos e glórias.

Ele olhou de soslaio e viu Francesca a seu lado quando eles voltaram para a cidade pela Lake Shore Drive naquela noite. Ela fez sinal de positivo e ele conseguiu imaginá-la sorrindo atrás do visor escuro de seu capacete. A moto, de certa forma, colocava sua força física natural em destaque, sua energia fresca e vital...

... um traseiro preso em uma calça jeans que despertava nele a vontade de arrastá-la de volta à cobertura sempre que Ian olhava para ele, o que acontecia o tempo todo.

Ele fez um sinal e pediu para que ela entrasse em um estacionamento perto do Millenium Park. Alguns minutos depois, eles saíram do estacionamento a pé para a Monroe Street, entre o Art Institute e o Millenium Park. As nuvens tinham se dissipado, e a noite caía agradável e fresca.

"Aonde vamos?", perguntou ela, sorrindo de orelha a orelha, com uma mecha de cabelos batendo em seu rosto. Ele afastou a mecha e segurou a mão dela.

"Pensei em levar você para jantar."

"Excelente." Seu entusiasmo fez com que ela parecesse sem fôlego, adorável. Ele se esforçou para desviar o olhar da imagem arrebatadora à sua frente.

"Você guia muito bem", disse ela. "Fica tão à vontade em uma moto. Quantos anos tinha quando começou a pilotar?"

"Onze anos, acho", disse Ian, semicerrando os olhos enquanto tentava se lembrar.

"Tão novo!"

Ele assentiu. "Quando fui para a Inglaterra pela primeira vez, saído da França, tive muita dificuldade para fazer a transição... era um mundo totalmente novo. Uma maneira de viver totalmente nova. Minha mãe não estava por perto", disse ele, contraindo os lábios com tristeza. "Foi difícil me acostumar. Tenho um primo mais velho, então, eu sempre o chamei de tio. O tio Gerard percebeu, um dia, que eu adorava motores. Quando descobri uma moto velha quebrada na garagem de sua propriedade, que ficava perto da casa de meu avô, implorei para que ele permitisse que eu a pegasse para reconstruí-la. Meu fascínio com motos começou ali. Meu avô compartilhava desse gosto, e eu comecei a me aproximar do tio Gerard e dele."

"E você começou a sair de seu casulo?", perguntou Francesca, observando-o enquanto caminhavam.

"Sim, um pouco."

Eles ouviram alguns indícios de música quando chegaram à Michigan Avenue. Ian viu várias pessoas na calçada.

"Ah, o Naked Thieves está tocando no Millenium Park hoje. Caden e Justin estão aí no meio", disse Francesca.

"Naked Thieves?"

Ela tentou perceber se ele sabia do que ela falava. "A banda de rock, Naked Thieves..."

Ele deu de ombros, sentindo-se um pouco tolo, apesar de saber que não deixara transparecer. Pela expressão no rosto jovem dela, Francesca esperava que ele conhecesse a banda. Ele olhou para seus lábios rosados e bem desenhados, e esqueceu-se do breve embaraço.

"Como você não conhece o Naked Thieves? Você é um ícone entre os jovens, mas...", ela balançou a cabeça. Sua risada pareceu triste e incrédula. "Parece que você nasceu de terno e maleta na mão."

Aquilo doeu um pouco. Ele, mais do que ninguém, teria adorado se tivesse vivido uma infância... uma juventude de verdade... tardes de verão sem fim sem qualquer preocupação no mundo, revoltas adolescentes contra pais controladores com quem ele não se desse bem, e a quem, na verdade, amasse demais e soubesse que sempre estariam por perto... ir a um show de rock em um parque com uma garota linda como Francesca.

"O que você está fazendo?", perguntou Francesca quando ele pegou o telefone celular do bolso da jaqueta.

"Vou telefonar para Lin. Já que você quer ir ao show, ela poderá conseguir ingressos de última hora para o camarote."

"Ian, os ingressos para o camarote já se esgotaram há muito tempo. Pode acreditar, Caden e eu tentamos comprar os ingressos."

"Vamos conseguir dois", disse ele, encontrando o número de Lin.

Ele parou e olhou para a frente quando Francesca pousou a mão em seu braço. O sol que estava se pondo e o reflexo de seus cabelos davam a seu rosto e lábios um tom ainda mais rosado. Os olhos escuros dela brilharam como se o desafiassem.

"Vamos nos sentar na grama."

"Na grama", ele repetiu com seriedade.

"É, não dá para ver muita coisa, mas dá para escutar. E qualquer pessoa pode fazer isso", disse ela, segurando a mão dele para levá-lo na direção do parque.

"É esse o problema, certo?"

"Ah, deixe de ser tão *britânico*."

Ele quase reagiu — foi um reflexo. Não estava acostumado a ver as pessoas falando com ele da maneira como Francesca falava, sem hesitar. Ele viu o brilho de excitação naqueles olhos de ninfa, no entanto, e suspirou. Conseguiria se acostumar a ser provocado e sutilmente reprimido — com facilidade — *se* fosse ela a fazê-lo.

"Eu mimo muito você", disse ele enquanto caminhavam entre os jovens à frente deles. "Não faria isto por mais ninguém. Quero que saiba disso."

Ele parou de repente quando ela se virou, ficou na ponta dos pés e beijou seus lábios. Ele sentiu seu cheiro e gosto, e sua surpresa desapareceu. O gemido suave dela quando ele aprofundou o beijo foi tão delicioso quanto todo o resto. Ele olhou para o rosto sublime dela um momento depois, quando ela se afastou com os olhos semicerrados.

"Essa foi a coisa mais linda que você já disse para mim", disse ela.

Talvez porque você seja a coisa mais linda que já me aconteceu.

A pontada de arrependimento que ele sentiu quando os dois adentraram o parque lotado um minuto depois o surpreendeu.

Ele deveria ter dito as palavras em voz alta.

Mas não tinha tanta certeza de que *poderia* abaixar a guarda daquela maneira e ser tão honesto, e pensar nisso o incomodou mais do que em qualquer outro momento.

"Este foi *o melhor dia da minha vida*", ela enfatizou, totalmente entusiasmada quando eles entraram na suíte de Ian, mais tarde. "Primeiro, os meus quadros — obrigada de novo, Ian, ainda estou surpresa. E depois, o passeio de moto — que moto maravilhosa — e então, Naked Thieves no parque!"

"Mal conseguimos ouvir o som do show. Parecia que alguém estava gritando feito doido com estática", disse Ian, divertindo-se, abrindo as mãos. Ela se virou para que ele pudesse tirar sua jaqueta. Apesar do comentário ácido, ela notou que ele esboçava um sorriso e sabia que ele não estava tão decepcionado assim com a experiência.

"É porque você não conhece as músicas", disse ela, recusando-se a afastar a felicidade que sentia.

"Eles chamam aquele barulho de música?", perguntou ele ao colocar a jaqueta nas costas da cadeira. Francesca ficou de frente para ele.

"Mas você parece ter se divertido."

Ele viu a expressão desafiadora dela e balançou a cabeça. Ela riu. Ela se referia ao fato de eles terem passado a maior parte do show dando amassos, e o clima esquentou tanto que Ian disse, de repente, que eles tinham que ir embora, a menos que quisessem ser presos por atentado ao pudor.

Ele a surpreendera assim que entraram no parque e ele procurou um espaço vazio onde pudessem ficar. "Fique aqui um pouco", dissera ele. "Não se sente ainda."

Ela observara, curiosa e surpresa, quando ele se aproximou de um grupo de jovens que fazia um piquenique e que estava a cerca de seis metros. Ian conversou com eles e apontou para alguns itens. Ela viu que ele entregou dinheiro ao grupo. Um momento depois, ele se afastou, deixando as pessoas surpresas e muito satisfeitas. Estava claro que não tinha dado a eles pouco dinheiro pelo prêmio: dois cobertores, algumas garrafas de água gelada e um prato de papel coberto com guardanapo no qual ela descobriu, mais tarde, que havia quatro pedaços de frango frito.

"Acho que você *gostou* do primeiro show de rock de sua vida", ela o provocou, relembrando a verdade que ele havia lhe dito quando eles se acomodaram embaixo de um dos cobertores, e a multidão enlouquecida a poucos metros parecia isolada em um mundo paralelo.

"Gostei de tocar você", respondeu ele simplesmente, fazendo Francesca corar. E correu o olhar por ela. "Por que não vai se aprontar para se deitar?"

Ela estremeceu ao ouvir a voz baixa dele. Caminhou em direção ao banheiro.

"E, Francesca?"

Ela se virou para ele. Manteve a testa franzida, esperando que ele falasse.

"Para mim, também foi", disse ele, finalmente.

Ela não entendeu.

"O melhor dia da minha vida."

Ela permaneceu ali, observando, quando ele entrou no closet, e seu coração acelerou, incrédulo, diante de tamanha honestidade inesperada. Nos cantos escuros e tomados pelo medo de seu cérebro, ela se lembrou de algo. Detestava o medo que sentia das palavras de Ian.

Ofereço a você o prazer e a experiência. Nada mais. Não tenho mais nada a oferecer.

Até quando algo tão maravilhoso poderia durar, uma vez que ela estava vivendo tudo aquilo com um homem que relutava tanto em dividir sua vida...

... uma vez que ela havia arriscado dar seu coração a um enigma como Ian Noble?

As semanas seguintes passaram voando, tudo envolto no sentimento crescente que Francesca alimentava por Ian. Ela se acostumou com o jeito dele, compreendeu que, muitas vezes, quando ele parecia distante, estava, na verdade, processando enormes quantidades de informações, planejando coisas para suas diversas empresas em múltiplos níveis, tomando decisões de modo muito conciso e rápido. E continuou com as aulas dentro do quarto, Francesca foi florescendo sob sua orientação. Ian mostrava-se exigente e intenso como sempre — talvez até mais —, mas conforme ela foi se ajustando à submissão sexual e passou a confiar mais nele, as trocas entre eles se alteraram, tornando-se, de certo modo, mais doces, uma troca de poder, carinho e prazer. Ela acreditava que o nível mais profundo de intimidade permitia a experiência mais rica, e tentava imaginar se Ian pensava da mesma forma que ela.

Ele deu a ela aulas fora do quarto também, como esgrima, que ela fez com prazer. Eles passavam vários domingos falando sobre o básico de investimentos, e Ian a desafiou a criar um plano mais plausível para seu dinheiro, com base no que aprendera nas aulas. Ela mostrou a ele dois projetos. As perguntas educadas e o leve franzir de testa de Ian fizeram com que ela voltasse ao planejamento nas duas vezes. Na última apresentação de planejamento de investimento, ele lhe dera um breve e orgulhoso sorriso, e ela soube que finalmente havia aprendido algo valioso sobre como cuidar das finanças. Além disso, Ian ensinou a ela, também, algumas coisas básicas na vida.

Mas ele não foi o único professor. Com o incentivo de Francesca, ele passou a ser mais espontâneo de vez em quando, a viver no momento... a viver a vida como um homem de trinta anos, e não como alguém décadas mais velho.

O problema era que ele não havia sido claro o suficiente para dizer o que sentia por ela — por eles —, e ela teve vergonha e medo de dizer que havia se apaixonado por ele. Afinal, ele havia deixado claro que o relacionamento entre eles não envolveria amor. Será que ele a consideraria uma tola por confundir desejo e paixão com algo muito mais profundo?

Aquela ideia a assombrava. Ela a deixava de lado várias vezes quando estava com ele, sem querer arruinar os momentos que tinham, preocupada que acabaria por estragá-los se começasse a falar sobre ansiedades que não eram para já, mas, sim, para o futuro. Era como se, o tempo todo, ela fizesse planos para manter o equilíbrio na corda bamba do caso amoroso deles, sempre receosa de que perderia Ian... ou de que ele fosse embora.

E então, em uma fria noite de outono, o momento decisivo chegou.

Francesca estava trabalhando no estúdio da cobertura, cuidando dos últimos detalhes do quadro. Afastou a mão do quadro, prendendo a respiração ao observar a pequena figura preta — um homem com um sobretudo preto aberto, caminhando ao longo do rio, com a cabeça baixa contra a brisa que vinha do lago Michigan.

Será que Ian perceberia que ela o havia colocado de novo dentro de um de seus quadros? Aquilo fez sentido para ela de certa forma, ela pensou enquanto limpava o pincel. Ele havia se infiltrado de modo indelével em quase todos os aspectos da vida dela.

Ela sentiu o coração acelerar ao analisar o quadro.

Terminado.

Seguia uma tradição de, após gravar tal palavra na mente, não acrescentar mais tinta à tela em questão. Sentindo-se animada com a realização, correu para fora do estúdio à procura de Ian. Era domingo, e ele havia decidido trabalhar na biblioteca e não no escritório.

Ela estava prestes a entrar no corredor que levava à biblioteca, quando ouviu a porta se abrir e vozes baixas e tensas... um homem e uma mulher conversando.

"... e é mais um motivo para eu agir depressa, Julia", dizia Ian.

"Quero reforçar de novo que não existem garantias, Ian. Só por ser um período especialmente bom não quer dizer que teremos resultados duradouros, mas nós, no Instituto, estamos cheios de esperança..."

A voz da mulher, carregada com o sotaque inglês, foi desaparecendo enquanto ela e Ian percorriam o corredor em direção ao elevador, mas Francesca conseguiu espiar quem era, e viu se tratar da mulher atraente com quem Ian tomara café da manhã em Paris, aquela a quem ele se referira como amiga da família. Ela sentiu um aperto no peito quando, mais uma vez, notou a tensão na conversa, parecida com a que ela havia sentido na recepção do hotel. Assim como da outra vez, ela se retirou, voltando para o estúdio sorrateiramente.

Não sabia como, mas simplesmente sabia que Ian não gostaria que ela o abordasse agora... que fizesse perguntas... que tentasse cuidar dele.

Ainda que ela quisesse fazer isso mais do que qualquer outra coisa no mundo.

Passou mais tempo do que o necessário limpando a área de trabalho no estúdio, tentando dar a ele tempo para que se recuperasse. Por fim, mais uma vez foi procurá-lo, mas não o encontrou.

Viu a sra. Hanson na cozinha, limpando os balcões.

"Estava procurando o Ian", disse ela. "Terminei o quadro."

"Puxa! Que notícia maravilhosa!" A sra. Hanson voltou a ficar mais séria. "Mas, infelizmente, Ian não está aqui. Teve que sair de Chicago por uns dias. Houve uma emergência."

Francesca teve a sensação de que levara um golpe invisível no peito. "Mas... eu não compreendo. Ele estava aqui agora há pouco. Vi que estava com aquela mulher..."

"A dra. Epstein? Você a viu chegando?", perguntou a sra. Hanson, com cara de surpresa.

Dra. Julia Epstein. Certo. Então era esse o nome dela. "Eu a vi saindo. Qual foi a emergência? Ian está bem?"

"Ah, sim, está. Não se preocupe com isso."

"Aonde ele foi?", ela quis saber, ainda magoada e incrédula com o fato de que Ian havia partido sem sequer ir ao estúdio para se despedir.

A sra. Hanson evitou olhar em seus olhos e voltou a limpar. "Não sei muito bem..."

"A senhora realmente não sabe ou está dizendo isso porque Ian disse para não contar?"

A governanta olhou para ela, assustada. Francesca olhou para ela fixamente. "Eu realmente não sei, Francesca. Sinto muito. Existe uma parte da vida de Ian que ele sempre guarda para si, não conta nem para mim, que conheço todos os seus hábitos e peculiaridades."

Francesca deu um tapinha no braço da senhora. "Eu compreendo", disse.

E compreendia, mesmo. Se a sra. Hanson não sabia aonde Ian havia ido, então, aquilo só tinha uma explicação.

Ele havia ido para Londres — o local daquele canto secreto de seu universo, o lugar ao qual Jacob nunca tinha sido convidado, nem a sra. Hanson... e com certeza, tampouco Francesca. Mas aquela dra. Epstein, no entanto... ela, com quase toda certeza, sabia a respeito daquela parte da vida de Ian. A voz tensa de Ian não saía de sua mente, assim como a expressão perdida que ele demonstrava na recepção do hotel.

Aquela mulher era uma *médica*? E se Ian não estivesse bem de saúde? Não, não podia ser. Ele era o maior exemplo de homem saudável e vivo. Ainda que não aparentasse tamanho bem-estar, ela havia comprovado suas boas condições nos resultados de seus últimos exames um pouco antes, para mostrar a ela que não tinha doença alguma que os impedisse de fazer sexo.

"A senhora conhece bem a dra. Epstein?", perguntou Francesca.

"Não, eu apenas a vi por pouco tempo, uma ou duas vezes, quando ela veio aqui, na cobertura. Tenho a impressão de que ela trabalha em Londres, mas não sei ao certo que tipo de médica ela é. Francesca? Está tudo bem?", perguntou a sra. Hanson de modo ansioso, e Francesca tentou imaginar o que a governanta havia pensado ao ver sua expressão.

"Sim, estou bem", ela apertou o braço da sra. Hanson para acalmá-la e começou a sair da cozinha. *Quanto custaria uma passagem de Chicago a Londres?* "Mas acho que também deixarei a cidade por alguns dias."

PARTE 8

PORQUE EU SOU SEU

15

Davie se ofereceu para ir com ela a Londres, mas Francesca recusou veementemente. Ao contar sobre seus planos ao amigo, ela foi propositalmente vaga e contou algumas mentirinhas, dizendo que soubera, pela sra. Hanson, que Ian estava tendo uma crise de família em Londres e que ela havia decidido ir para lá para oferecer ajuda.

Na verdade, ela não queria que Davie soubesse que ela havia criado um plano tolo sem ter a menor ideia do que faria quando desembarcasse do avião no aeroporto Heathrow. A única coisa que ela sabia era que, independentemente do que Ian estivesse fazendo em Londres, estava se sentindo angustiado, e ele havia decidido proteger as pessoas de sua vida para que não sentissem dor.

Ele ficaria furioso com ela se, por algum milagre, ela conseguisse localizá-lo. Mas, ainda assim, ela não suportava pensar que ele pudesse estar sofrendo sozinho de qualquer modo que fosse, e ela estava totalmente certa de que essas visitas de "emergência" a Londres estavam relacionadas aos demônios espirituais que o atormentavam.

Além disso, se o que houvesse em Londres pudesse destruir o que eles poderiam vir a ter juntos no futuro, não seria melhor simplesmente descobrir agora em vez de adiar o inevitável?

Ian havia telefonado enquanto ela estava no voo de O'Hare para Heathrow, ela notou ao desembarcar. Aquilo era o que ela desejava que acontecesse de fato, uma vez que ela não tinha qualquer plano para quando chegasse em Londres. No entanto, quando ela tentou retornar a ligação, caiu na caixa postal dele.

Desanimada, ela permaneceu no aeroporto, trocando dinheiro, pegando a mala, torcendo para ter um tipo de revelação milagrosa acerca da localização do apartamento de Ian e de seu paradeiro. Nada lhe ocorreu, e ela ainda não tinha conseguido estabelecer contato com Ian. Assim, ela entrou em um táxi e deu a orientação para que o motorista a levasse ao único lugar que ela sabia estar ligado a Ian e a suas viagens a Londres.

"O Instituto de Pesquisa e Tratamento de Genoma", disse ela ao motorista, referindo-se ao hospital e centro de pesquisa de esquizofrenia sobre o qual lera no tablet de Ian. Lembrou-se da dra. Epstein dizendo "o Instituto". Será que ela estava se referindo a esse mesmo instituto? Quais outras dicas ela tinha sobre a possível localização dele?

Quarenta minutos depois, o taxista parou o carro diante da entrada ultramoderna, com uma porta de vidro, do instituto, que ficava em um lindo jardim com árvores. Ao longe, ela viu vários pares de pessoas caminhando em um jardim verdejante, e uma das pessoas vestia roupas brancas. Será que eram enfermeiros ou acompanhantes dos pacientes?

A incerteza atingiu Francesca como um golpe no banco de trás do táxi. O que estava fazendo? Que loucura fizera com que ela entrasse em um avião e fosse a um hospital em uma parte distante de Londres, onde não conhecia ninguém e não tinha por que estar lá?

O motorista olhava para ela de modo questionador.

"O senhor se importaria de me esperar?", perguntou ela com nervosismo enquanto pagava a corrida.

"Posso esperar dez minutos, no máximo", disse ele bruscamente.

"Obrigada", disse ela. Se aquela viagem não levasse a nada, ela saberia em pouco tempo.

Hesitou ao adentrar a recepção um momento mais tarde. Não era exatamente como a recepção da Noble Enterprises em Chicago, mas havia semelhanças: os móveis elegantes de madeira, o mármore rosado e os móveis de tons neutros.

“Posso ajudá-la?”, perguntou uma jovem sentada atrás de uma mesa redonda.

Durante alguns segundos, Francesca ficou ali, sem palavras. E então, algo lhe ocorreu, e ela disse o que pensou antes de terminar de processar a ideia.

“Sim, eu gostaria de falar com a dra. Epstein, por favor.”

Seu coração se comprimiu no peito por um segundo que estendeu-se de modo surreal enquanto ela observava a expressão impassível da mulher.

“Claro. Quem devo anunciar à dra. Epstein?”

Ela suspirou aliviada e imediatamente sentiu uma onda de ansiedade. “Francesca Arno. Sou amiga de Ian Noble.”

A mulher arregalou os olhos ao ouvir aquilo.

“Pois não, sra. Arno”, disse ela, pegando o telefone.

Ela esperou impacientemente enquanto a recepcionista falava com diversas pessoas, e a última delas foi a própria dra. Epstein. O que a doutora podia estar pensando, ao saber que uma desconhecida que se dizia amiga de Ian Noble havia aparecido no Instituto perguntando sobre ela? Infelizmente, Francesca não conseguiu escutar muito da conversa. A recepcionista desligou o telefone.

“A dra. Epstein disse que virá à recepção para recebê-la. Deseja algo para beber enquanto espera?”

“Não, obrigada”, disse Francesca. Acreditava que não conseguiria segurar nada em seu estômago, devido à ansiedade que sentia. Apontou para uma sala de espera logo atrás de si. “Vou me sentar e esperar.”

A recepcionista assentiu uma vez e voltou para sua papelada. Cinco minutos depois, a dra. Epstein apareceu na recepção — cinco minutos torturantes e longos. Francesca se levantou da cadeira como se tivesse molas no traseiro quando reconheceu a médica, que agora usava um avental branco de laboratório por cima de um vestido verde sofisticado. Uma mulher elegante caminhava ao lado dela, com roupas comuns, mas, obviamente, de muita qualidade e bom gosto. Francesca teve a leve impressão de que, apesar de a companhia da dra. Epstein ser mais velha — cerca de setenta anos, talvez —, ela gozava de plena saúde.

"Francesca Arno?", perguntou a dra. Epstein ao se aproximar. Ela estendeu a mão, e Francesca a apertou.

"Sim, sinto muito por aparecer de modo tão inesperado, mas..."

"Qualquer amigo de Ian é bem-vindo." O tom da médica era simpático, mas seria um sinal de curiosidade ou confusão que tomava seu rosto enquanto observava Francesca? "Acredito que você ainda não conheceu a avó de Ian. Francesca Arno, a Condessa Stratham, Anne Noble."

Francesca olhou chocada para a senhora atraente. Por um momento de desespero, ela não soube se deveria se curvar a uma condessa. Com certeza havia alguma regra de etiqueta que ela não sabia, e sua falta de modos ficaria clara desde o começo?

Felizmente, a condessa notou seu desconforto antes de Francesca começar a gaguejar como uma tola.

"Por favor, pode me chamar de Anne", a avó de Ian disse com simpatia, estendendo a mão. Francesca viu olhos parecidos com os de Ian — azul-escuros, diretos e incisivos.

"Acredito que vim ao lugar certo", Francesca murmurou ao apertar a mão macia de Anne.

"Você não sabia?", perguntou Anne.

"Não, não sabia totalmente. Eu estava... procurando Ian."

"Claro que sim", disse Anne, afastando a ansiedade e a confusão de Francesca. "Ele comentou sobre você comigo, mas eu não sabia que você viria a Londres. No momento, Ian está caminhando pela propriedade, por isso, eu vim recebê-la no lugar dele."

"Então, o Ian *está* aqui?", perguntou Francesca com a voz carregada de surpresa.

Anne e a dra. Epstein se entreolharam.

"Você não *sabia* que ele estava?", perguntou Anne.

Francesca sentiu desânimo ao negar com um movimento de cabeça.

"Mas você deve saber, pelo menos, que minha filha está aqui?"

"Sua... filha?", perguntou Francesca, com a cabeça girando. A porta de vidro de repente pareceu brilhante demais, lançando um brilho real em tudo. A sra. Hanson não havia dito que os avós de Ian tinham apenas uma filha?

"Sim, a minha filha, Helen, mãe de Ian. Ele está caminhando com ela no momento. Graças ao trabalho árduo de Julia e do Instituto." Anne olhou de soslaio para a médica. "Helen está vivendo um período incrivelmente lúcido. James, Ian e eu não poderíamos estar mais animados."

"Devemos viver as coisas um dia de cada vez... por ora", disse a dra. Epstein.

As duas mulheres olharam para Francesca. Anne esticou o braço e tocou seu ombro. "Você está muito pálida, querida. Acredito que seria melhor se deixássemos essa jovem sentar-se em algum lugar confortável, não acha, dra. Epstein?"

"Com certeza. Vamos levá-la ao meu escritório. Tenho um pouco de suco de laranja lá; talvez o nível de açúcar de seu sangue esteja um pouco baixo. Quer comer alguma coisa?"

"Não... não. Estou bem. A mãe de Ian ainda está *viva*?", perguntou Francesca, com a mente fixa naquela informação.

Anne ficou séria por um instante. "Sim. Hoje ela está."

"Mas a sra. Hanson... ela me disse que a mãe de Ian havia morrido há anos."

Anne suspirou. "Sim, é o que a Eleanor acha." Francesca demorou alguns segundos, por estar muito surpresa, para perceber que Eleanor era o primeiro nome da sra. Hanson. "James e eu tomamos a decisão quando Helen voltou para a Inglaterra, acreditando que isso talvez fosse... melhor? Mais fácil?", disse Anne, com a expressão muito triste enquanto tentava encontrar as palavras certas para uma decisão feita décadas antes, durante um período de estresse e ansiedade. "Para que quem havia conhecido e amado Helen antes de ela adoecer se lembrasse dela como era e não como essa maldita doença a deixou, roubando sua identidade... sua alma. Talvez tenha sido uma atitude errada. Talvez não. Ian não concordou com nossa decisão."

"Bem... ele tinha só dez anos quando Helen foi levada de volta à Inglaterra, certo?", perguntou Francesca.

"Não, de jeito nenhum", respondeu Anne. "Mas só contamos a Ian que sua mãe estava viva e recebendo cuidados em uma instituição em East Sussex quando ele tinha vinte anos — e era grande o bastante para compreender que havíamos tomado a decisão para protegê-lo. Ian, como quase todas as outras pessoas, acreditava que sua mãe havia morrido."

O silêncio ecoou nos ouvidos de Francesca.

"Ian deve ter ficado furioso quando descobriu", disse ela antes que pudesse se controlar.

"Sim, ficou", disse Anne de modo seco, sem se abalar com a sinceridade de Francesca. "Não foi um bom momento para Ian nem para James nem para mim. Ian praticamente passou um ano sem conversar conosco, enquanto estudava nos Estados Unidos. Mas acabamos nos entendendo, e nosso relacionamento foi refeito." Ela balançou a mão de modo vago em direção à porta. "E então, Ian construiu este local, e nós três trabalhamos juntos para desenvolvê-lo, encontrando alguns pontos em comum. O Instituto tem sido um local de cura de nosso relacionamento com nosso neto e também para Helen", disse ela, sorrindo de modo grato à dra. Epstein, apesar de seus olhos permanecerem tristes.

Anne parecia estar em conflito e segurou com mais força o cotovelo de Francesca, fazendo um gesto para que ela caminhasse com ela. "Estou vendo que você está chocada por essa notícia. Acho que seria melhor que Ian tivesse conversado mais sobre esse assunto com você, dadas as... circunstâncias incomuns."

"Ian e Helen irão à sala da manhã depois de caminharem", a dra. Epstein disse a Anne.

"Vamos lá, então", Anne disse a Francesca, de modo repentino e decidido, enquanto elas caminhavam em direção aos elevadores. "James já está aqui. Poderei apresentar você ao avô de Ian."

Surpresa demais para reclamar, Francesca acompanhou Anne, com a mente vibrando com a notícia de que Helen Noble ainda estava viva e aparentemente estava recebendo tratamento naquele local, com o coração apertado de angústia por Ian.

Elas tomaram o elevador até o topo. Quando a porta se abriu, a dra. Epstein acenou para elas, dizendo que precisava voltar ao laboratório.

"Ela é uma cientista brilhante", Anne disse a Francesca de modo confidencial enquanto elas atravessavam um corredor que terminava em uma sala repleta de luz e janelas. Alguns pacientes passaram por elas, lançando olhares curiosos a Francesca. "Agora que o genoma humano foi decifrado, a dra. Epstein e seus colegas têm usado a informação para criar remédios melhores para a esquizofrenia. Ian patrocina todo o trabalho dela. Tem sido muito inovador. Um remédio que a dra. Epstein desenvolveu foi aprovado, recentemente, pela Agência de Medicamentos Europeia, e ela recomendou que Helen fosse tratada com ele. Até agora, ocorreram alguns altos e baixos no tratamento, mas esta semana tivemos algumas melhorias muito grandes. Ian está muito feliz. Helen não costumava reconhecer Ian, seu pai e a mim, porque sua psicose era muito grave, mas *agora*... que diferença. Ela até recebeu permissão para andar pela propriedade, algo que não tem sido possível desde que ela chegou aqui, há seis anos."

"Que ótimo!", disse Francesca, olhando ao redor enquanto elas entravam no que a dra. Epstein chamara de sala da manhã. Muitas janelas grandes davam vista para uma área linda com árvores e campos. Pacientes, visitantes e, talvez, membros das famílias estavam espalhados pela sala confortável, e alguns jogavam jogos de tabuleiro, outros conversavam e aproveitavam a vista. Francesca acreditava que os pacientes dali eram alguns dos mais sortudos, cujos sintomas eram mais controlados. Eles pareciam estar muito bem e entravam e saíam da sala quando queriam, sem ajudantes.

Um homem mais velho e robusto ficou de pé quando elas se aproximaram dele. Seu corpo grande e em forma fez com que Francesca se lembrasse de Ian.

"Francesca Arno, quero que conheça meu marido, James", disse Anne.

"É um prazer conhecê-la", disse James, segurando sua mão. "Ian falou ontem sobre você para nós — algo que nós notamos, pois ele raramente fala de alguma mulher, para a minha decepção e a de Anne também", disse James, com os olhos castanhos brilhando. "Estávamos com a dra. Epstein quando ela recebeu o telefonema informando que você estava aqui. Não sabíamos que você viria à Inglaterra."

"É porque eu decidi vir de repente."

"Ian não sabe que você está aqui?", perguntou James, aparentando confusão.

"Não", disse Francesca. Talvez James tenha notado sua inquietude, pois deu-lhe um tapinha gentil no ombro, olhando para as janelas que davam vista para o campo. "Bem, logo ele saberá. Vejo que ele e Helen estão se aproximando. *Meu Deus...*"

Os dedos de James apertaram o ombro dela momentaneamente. Francesca havia olhado para a janela quando ele olhou. Ela também se assustou com o que viu. Ian estava caminhando ao lado de uma mulher de aparência frágil, que usava um vestido azul largo em seu corpo extremamente magro. Enquanto James falava, a mulher se virou abruptamente, e deu um soco na barriga de Ian. Ela perdeu o equilíbrio e começou a cair, mas Ian conseguiu segurá-la com seu corpo. Mas as tentativas dele de estabilizar a mãe foram interrompidas pela luta de Helen como se, de repente, ela temesse por sua vida nas mãos de Ian.

"Chame a dra. Epstein", disse James a uma das atendentes que também percebera o que estava acontecendo lá fora. James e três outros funcionários correram em direção à porta que levava ao campo para ajudar Ian.

"Ah, não. De novo, não", disse Anne com a voz embargada enquanto ela e Francesca observavam horrorizadas. Helen se debatia sem parar enquanto Ian tentava acalmá-la. Com a mão aberta, ela acertou o rosto dele. O coração de Francesca ficou apertado quando viu a angústia contida no belo rosto dele ao receber o golpe. Quantas vezes Ian vira a mãe comportar-se daquele modo? Quantas vezes a mulher amorosa e gentil havia sido substituída por aquela desconhecida violenta e assustadora? Um grito estridente pôde ser ouvido na sala da manhã — o som do medo de Helen Noble e o retorno de sua loucura.

"Espere", disse Anne com a voz grossa, segurando o braço de Francesca, interrompendo-a quando esta correu em direção a Ian, incapaz de permanecer parada ao vê-lo em um momento tão vulnerável. "Eles já estão cuidando dela."

Ela e Anne permaneceram lado a lado, observando com tristeza enquanto os três funcionários levantavam e continham a mulher psicótica em crise e começaram a levar seu corpo em luta para dentro da clínica. Quando eles passaram por Francesca e Anne na sala da manhã, caminhando rapidamente em direção ao corredor, ela viu o rosto de Helen pela primeira vez — ela mostrava os dentes, com saliva escorrendo pelo queixo, os olhos azuis arregalados e vidrados, aparentemente concentrados em um pesadelo aterrorizante que apenas ela via.

Não, Francesca pensou. Aquela não era Helen Noble. Não mesmo.

Uma enfermeira correu pelo corredor em direção aos funcionários, com a dra. Epstein atrás dela, em ritmo acelerado. Os funcionários cuidadosamente colocaram a mulher berrando no chão, e a enfermeira aplicou-lhe uma injeção.

Anne começou a chorar baixinho enquanto observava sua filha sendo levada. Francesca abraçou a senhora pelos ombros, sem saber o que dizer, ainda chocada.

"Ian", disse ela quando olhou para o lado e viu ele e o avô caminhando em sua direção. Ela nunca o vira tão pálido. Os músculos de seu rosto estavam rígidos.

Seu olhar era frio como gelo.

"Como ousa vir aqui?", disse ele ao se aproximar, quase sem mover os lábios, a boca e a mandíbula ainda contraídas. Francesca sentiu o coração parar de bater. Nunca o vira daquela maneira... tão angustiado, furioso... tão exposto. Não sabia o que dizer. Ele nunca a perdoaria por ter ido até ali sem ser convidada, por vê-lo no que provavelmente era um dos momentos mais vulneráveis de sua vida.

"Ian..."

Mas ele a ignorou passando por ela na direção em que haviam levado sua mãe. James lançou um olhar triste à esposa e seguiu o neto.

Anne segurou a mão de Francesca e a levou a uma cadeira. Sentou-se a seu lado, e toda a alegria que Francesca notara ao conhecê-la havia desaparecido.

"Não culpe o Ian", disse Anne. "Ele e Helen estavam tendo uma manhã maravilhosa e agora... tudo se perdeu de novo. Ele está triste, claro."

"Eu entendo o motivo", respondeu Francesca. "Eu não deveria ter vindo. Não fazia ideia..."

Anne deu um tapinha distraído em seu braço. "É uma doença devastadora. Brutal. Tem sido difícil para todos nós, mas muito mais para Ian. Desde cedo, ele não teve escolha, teve que cuidar de Helen sozinho. Ele me contou, quando já morávamos juntos havia algum tempo e ele decidiu se abrir, que sempre teve que monitorá-la, com medo de que a loucura ficasse aparente aos vizinhos, e alguém decidisse que ela deveria ser internada e ele acabasse sendo mandado para um orfanato. Ele vivia, todos os dias e horas, com medo de que ela se ferisse ou com medo de se separar dela. Mal frequentava a escola como as outras crianças, porque precisava cuidar da mãe. A cidade em que Helen foi morar — nós, até hoje, não sabemos como nem por que ela foi parar ali — era muito distante e um tanto subdesenvolvida. Não tenho dúvidas de que alguma agência de proteção à criança teria sido informada a respeito da pouca frequência de Ian à escola se a cidade fosse maior. Assim, ele conseguiu manter a doença de Helen em segredo, sabia onde a mãe mantinha a reserva de dinheiro e cuidava de tudo, realizava trabalhos esporádicos no bairro, realizava as tarefas, e ficou claro que ele tinha muito talento para consertar equipamentos eletrônicos, realizar pequenos reparos. Era ele quem fazia as compras, limpava, cozinhava, mantinha a pequena casa organizada e a protegia com diversas medidas de segurança, pensando no comportamento errático e ocasionalmente violento de Helen durante suas crises psicóticas... como a que você acabou de presenciar", disse Anne. Ela suspirou longamente. "Tudo isso aconteceu até quando nós finalmente descobrimos Helen e ele, e Ian ainda não havia completado nem dez anos."

Francesca sentiu um arrepio. Não era à toa que ele era tão controlador. Meu Deus, coitado. Como devia ser solitária a sua vida. Que sofrido devia ser para ele ter momentos de amor e ligação durante os momentos lúcidos da mãe, mas vê-los desaparecer em um surto psicótico... Assim como tinha sido naquele dia. De repente, ela se lembrou da expressão dele que tocava profundamente, a cara de alguém que tinha sido abandonado e estava perdido, mas que sabia com certeza que voltaria a ser rejeitado.

"Sinto muitíssimo, Anne", disse Francesca, percebendo que suas palavras não eram adequadas, não faziam *jus* ao que ela sentia.

"A dra. Epstein nos alertou para que não fôssemos muito otimistas. Mas é difícil não torcer, ainda mais porque Helen estava progredindo muito. Nós a *vimos*, ainda que por pouco tempo, conversamos com ela... *ela mesma*, a nossa Helen. Nossa amada e doce Helen." Ela suspirou. "Bem, ainda há outros tratamentos que estão sendo desenvolvidos. Talvez... um dia..."

Francesca percebeu, no entanto, devido ao jeito contido de Anne falar, e do olhar distante, que ela estava prestes a desistir da esperança de um dia ver sua filha feliz e bem. Pensou que os Noble já deviam ter visto melhorias em Helen diversas vezes, mas que, depois, acabaram se decepcionando diante da força da loucura.

Francesca ficou de pé, trêmula, vários minutos depois, quando Ian voltou à sala da manhã. "Ela está dormindo", disse Ian à avó, evitando olhar para Francesca. "Julia administrou os remédios. A mamãe voltará à medicação que tomava antes. Pelo menos, ela a mantém estável."

"Se estável quer dizer sedada, acho que você tem razão", disse Anne.

Ian demonstrou insatisfação com aquele comentário. "Não temos outra opção. Pelo menos, ela não se machucará." Ele olhou para Francesca. Ela se retraiu ao ver a frieza nos olhos dele. "Vamos embora", disse ele. "Já liguei para meu piloto, e ele está preparando o avião para decolar para Chicago."

"Certo", disse Francesca. Ela poderia tentar explicar por que ela estava ali quando eles entrassem no avião. Ela se desculparia por ter se intrometido. Talvez conseguisse fazer com que ele entendesse...

... mas sempre que pensava na vulnerabilidade que ele havia demonstrado... sua mágoa, ela perdia a coragem, temendo que ele nunca a perdoasse.

Ele mal conversou com ela no caminho ao aeroporto, apenas ficou olhando para a frente enquanto dirigia, segurando o volante recoberto de couro com muita força. Quando ela tentava quebrar o silêncio com um pedido de desculpas, ele a interrompia bruscamente.

"Como você sabia onde eu estava?"

"Já vi você algumas vezes com a dra. Epstein... uma vez em Paris e outra na cobertura. Escutei quando ela disse 'o Instituto' e a sra. Hanson me disse que ela era uma médica."

Ele olhou para ela. "Isso não explica nada, Francesca."

Ela se afundou no banco do passageiro. "Eu... eu percebi que você havia navegado no site do Instituto de Pesquisa e Tratamento de Genoma diversas vezes quando peguei emprestado seu tablet para estudar para o exame de direção." A culpa fez com que ela se retraísse ainda mais quando percebeu o olhar de ira dele.

"Você verificou meu histórico de navegação?"

"Sim", ela admitiu, com tristeza. "Me desculpa, eu fiquei curiosa... principalmente para saber para onde você havia ido tão repentinamente. E então, Jacob me disse que você nunca o levava a Londres, e comecei a ligar os pontos."

"Bem, não posso dizer que você é burra", disse ele, com as mãos segurando o volante com ainda mais força. "Você deve estar muito orgulhosa de suas habilidades de detetive."

"Não, estou me sentindo péssima. Me desculpa, Ian."

Ele não disse nada, mas seus lábios continuavam contraídos e sua pele estava pálida em contraste com os cabelos pretos. O silêncio dele impediu qualquer outro tipo de comunicação, até eles entrarem no avião.

A voz do piloto foi ouvida pelo sistema de alto-falantes, dizendo que eles haviam recebido permissão para decolar.

"Sente-se e feche o cinto para a partida", disse ele, fazendo um meneio de cabeça em direção à poltrona onde ela costumava se sentar. "Mas quando estivermos voando, quero você no quarto."

Francesca ficou boquiaberta. Algo no tom de voz dele deixava claro por que ele queria que ela fosse para o quarto. Ela prendeu o cinto com dedos trêmulos. "Ian, você não vai se sentir melhor tentando me controlar só porque se sente tão...."

Ela parou de falar quando viu os olhos dele brilharem com uma fúria contida. "Você está enganada. Eu me sentirei muito bem ao deixar seu traseiro bem vermelho e ao penetrá-la com fúria. Você já está tomando a pílula há tempo suficiente. Vou fodê-la sem proteção e gozar bem dentro de você, vou escorrer de dentro de você por dias."

Ela se retraiu, não por causa das palavras — em outras circunstâncias, o discurso grosseiro dele a teria excitado. Mas não *eram* outras circunstâncias. Ele dissera aquilo para feri-la intencionalmente por tê-lo visto em seu momento mais frágil.

"Você quis se meter no meu mundo particular, tudo bem. Apenas se lembre de que pode não gostar do que vai ver", disse ele, baixinho.

"Nada do que eu vi hoje fez com que você caísse em meu conceito", disse ela com firmeza. "No mínimo, fez com que eu entendesse você cem vezes mais... fez com que eu amasse você mil vezes mais."

Ele ficou sem reação. A palidez tornou-se ainda mais intensa. O coração dela ressoava em seu ouvido no silêncio tenso que se seguiu. Por que ele não falava mais nada? Ela não percebeu que o avião havia partido. Não conseguia acreditar que havia acabado de dizer a verdade que vinha tentando esconder dele.

O silêncio se estendeu por uma eternidade, aparentemente piorado pela pressão nos ouvidos dela enquanto eles ganhavam altitude.

"Você é como uma criança", disse ele por fim, com os lábios contraídos. "Eu disse, desde o começo, que esta relação era estritamente sexual."

"Sim, mas eu pensei... nas últimas semanas, parecia que as coisas vinham mudando", disse ela, desanimada. Sentiu o coração apertar quando ele balançou a cabeça lentamente, sem desviar o olhar do rosto dela. Soltou o cinto de segurança.

"Quero possuir você, Francesca. Dominar você. Ver essa teimosia toda se submeter ao prazer... a mim. Foi o que ofereci. Você insistiu em interferir em meu mundo, então, agora, você pode deixar de se iludir com sonhos de menina. É *tudo* o que posso oferecer", disse ele, apontando na direção do quarto. "Agora, entre ali, tire todas as suas roupas, e espere por mim."

Durante alguns instantes, ela ficou olhando para ele, ainda sofrendo a dor que as palavras dele haviam causado. Estava prestes a recusar quando pensou na dor forte de seu rosto quando sua mãe começou a atacá-lo. As feridas dele eram muito maiores do que as dela. Talvez isso o ajudasse a sentir-se no controle depois de tamanha impotência e dor? Afinal, as pessoas não extravasavam suas angústias durante o sexo, usando o intenso ato sexual para se equilibrarem em meio ao caos?

Sim. Ela poderia ajudar Ian dessa forma. Compreendia que a raiva dele surgia da dor que sentia por estar tão exposto... tão vulnerável.

Ela abriu o cinto lentamente.

"Tudo bem. Mas só estou fazendo isso porque eu me apaixonei por você. E não sou uma menininha ingênua. Acho que você me ama e só é orgulhoso e teimoso demais — e está magoado com o que aconteceu com sua mãe hoje — para sequer reconhecer isso."

Em seu rosto, a dor evidenciou-se muito rapidamente, e desapareceu. Ele não disse nada quando ela se levantou e caminhou em direção ao quarto.

16

Ian entrou no quarto dez minutos depois. Seu corpo imediatamente enrijeceu-se de desejo ao vê-la sentada nua no canto da cama. Ela havia erguido os cabelos e prendido a maior parte dele, de alguma forma. Seus mamilos rosados deixaram Ian com água na boca, pois estavam eretos, e não de excitação, ele pensou, mas, sim, de frio. Ele sabia que não havia roupão no banheiro. Tinha sido errado de sua parte fazer com que ela esperasse tão exposta daquela maneira. Ainda assim, algo de seu corpo nu e alvo demonstrava forte vulnerabilidade e causava um desejo quase doloroso.

"Fique de pé", disse ele rapidamente, recusando-se a sensibilizar--se. Será que um dia veria uma mulher mais linda?

Seria, em algum momento, *afetado* por outra mulher como se sentia afetado por Francesca? Uma mistura vulcânica de emoções havia começado a fervilhar dentro dele quando ela dissera aquelas palavras incendiárias.

"Fez com que eu amasse você mil vezes mais."

Aquilo tinha sido demais para ele. Ele já tinha sido castigado pela notícia dada por James, assim que os funcionários levaram sua mãe, de que Francesca estava na sala da manhã...

... de que Francesca havia presenciado todo o ocorrido.

Ele sentiu um desejo incontrolável de castigá-la por ver não apenas a própria mãe em uma situação tão vulnerável, mas também a ele mesmo. Ele havia passado uma boa parte de sua vida protegendo Helen de olhares curiosos, de olhares assustados. De certo modo, saber que Francesca havia testemunhado toda a loucura de sua mãe era muito mais doloroso do que saber que qualquer outra pessoa o tivesse feito.

Ele se aproximou do armário e destrancou uma porta. Sentiu uma onda de animação quando viu que os olhos dela se arregalaram para o que ele pegou um instante depois. “Sim, eu deixo alguns itens aqui no avião, e não são os objetos aos quais você está acostumada. Vamos começar com seu castigo e então passaremos a outras maneiras de fazer você se contorcer.”

Ela ficou corada ao ouvir aquilo, mas ele não soube dizer se sua reação era por excitação ou raiva. Mas ele *queria mesmo* que ela se contorcesse, pensou enquanto pegava os elásticos pretos. Ele queria ver Francesca retorcendo-se arrependida e com desejo; queria vê-la implorando com aqueles lábios rosados que assombravam os sonhos dele...

... queria ouvi-la dizendo de novo que o amava.

O pensamento foi afastado tão rapidamente quanto ocorreu. Ele arrastou um baú acolchoado que ficava à beira da cama em direção ao centro do quarto.

“Entre aqui”, ele disse a ela alguns segundos depois, aproximando-se, segurando a faixa elástica. Tão perto daquela forma, ele sentia o cheiro de fruta do xampu dela. “Segure-se em meus ombros e entre.”

“O que é isso?” Ele tentou ignorar como seu toque era macio, porém firme, sobre sua camisa.

“É uma faixa que prenderá suas pernas enquanto eu a castigo, prendendo você. Pode ser um pouco desconfortável, mas você sentirá muito prazer.”

“Não entendo como”, disse ela, fazendo uma careta enquanto ele esticava a faixa preta de doze centímetros, circular, puxando-a até chegar à altura das nádegas de Francesca, prendendo as coxas com força e erguendo seu traseiro, expondo a carne firme para a mão e a palmatória dele. Ele esticou o braço e envolveu uma parte das nádegas dela na palma de sua mão. Seu pênis pulsou.

“Agora você está vendo?”, perguntou ele, soltando o traseiro dela com relutância. A faixa de elástico conseguia fazer o que um bustiê fazia pelos seios, expondo totalmente as nádegas dela, prendendo-a.

"Ian!", ela exclamou surpresa quando ele, de repente, segurou-a no colo, carregando-a em direção ao banco acolchoado.

"Tenho que carregar você com as pernas amarradas", disse ele, colocando-a ajoelhada sobre a almofada. "Permaneça de joelhos por um momento. Não se mexa." Quando ele voltou, trazia duas algemas. Diferentemente daquelas de couro macio que ele usava com ela, devido à sua pele sensível, aquelas eram de metal. "Coloque os braços nas costas", disse ele. Franziu a testa depois de prender as mãos dela nas costas. "Não quero que tente se livrar dessas algemas, Francesca. Pode acabar se machucando."

"S... sim", disse ela. Ele olhou para ela, dentro de seus olhos escuros. Sentiu um desejo louco — forte, uma necessidade assustadora, raiva — quando reconheceu o brilho no olhar dela.

"Por que olha para mim com tanta confiança?", perguntou ele.

"Porque confio em você de verdade."

"Você é uma tola." Ele tocou seu cotovelo, guiando-a. "Permaneça de joelhos. Incline-se para a frente. Mostre seu traseiro. Encoste os seios nos joelhos. Pressione a testa na almofada e permaneça nessa posição ao longo do castigo. Não olhe para mim, ou terei que castigá-la com mais força." Ela era, realmente, uma ninfa; seus olhos exerciam um poder mágico sobre ele. Se olhasse dentro deles por tempo suficiente, logo começaria a acreditar no que via ali, brilhando como um feixe incessante.

Ele buscou a palmatória. Sabia por que ela havia arregalado os olhos ao ver aquele objeto um momento antes. Ele era feito de madeira envernizada, era comprido e estreito — tinha apenas oito centímetros de largura. Era uma ferramenta mais séria para o castigo corporal do que a palmatória preta de couro que ele preferia utilizar em sua pele delicada.

Mas ele estava determinado a fazer com que ela pagasse pela decisão impulsiva de segui-lo até Londres. Estava determinado a fazer com que ela pagasse por dar início à tempestade de sentimentos que ele vivia naquele momento.

Ele precisou conter um gemido ao se aproximar e olhar para ela. A faixa elástica exibia seu traseiro bem desenhado, fazendo com que ele sentisse o pênis pulsar de tesão. Ian acariciou um dos lados, e então o outro, levantando o traseiro para que pudesse tocar e punir cada pedacinho da carne firme e volumosa.

Ela se assustou quando ele bateu a palmatória na parte inferior de sua bunda, mas ele sentiu que ela havia abafado o choro. Ele gostava de ver que ela se controlava.

Assim como gostava de tudo nela...

... tudo, menos sua impulsividade; tudo, menos sua tolice e inocência em acreditar que me ama.

Tudo... principalmente sua impulsividade e uma sabedoria inocente que deve ser valorizada, não humilhada.

Ele bateu três vezes em seu traseiro, na sequência, afastando os pensamentos confusos de sua mente. Seu pau se apertava no tecido forte de sua calça. Sim, era daquilo que ele precisava. O desejo o guiava pela mistura inebriante de emoções que sentia.

O desejo sempre fazia isso.

Ela não conseguiu conter um grito dessa vez, e ele parou, acariciando suas nádegas macias com as pontas dos dedos.

"Não acredito que você veio a Londres", disse ele, com a voz vibrando de raiva.

"Eu teria ido mais longe para encontrar você."

Ele parou, e sua expressão ficou mais séria quando ouviu a voz dela embargada.

"Você está chorando?", perguntou ele, observando a nuca dela.

"Não."

"Está sentindo muita dor?"

"Não."

Ele segurou a palmatória com mais força e golpeou o traseiro dela duas vezes. "Esta é a primeira vez que estou punindo você sem o estimulante clitoriano. Talvez o desconforto esteja sendo maior do que o prazer", disse ele, balançando a palmatória para acertá-la de novo, gemendo ao ver o golpe reverberando em sua carne firme. Ele segurou o pênis duro por cima da calça, e fez uma careta.

"Não, não é isso", disse ela com a voz abafada. Ela se sobressaltou levemente quando ele a golpeou de novo.

Curioso, tentando entender o que ela queria dizer, ele passou os dedos na abertura estreita entre suas pernas logo acima da faixa apertada. Sentiu a lubrificação quente no dedo indicador. Sem fazer qualquer comentário, ele tirou a mão e deu mais vários tapas.

Ele *nunca* conseguiria controlá-la totalmente, porque ela o vencia sempre que ele tentava.

Quando ele terminou, o traseiro dela estava vermelho e quente ao toque. Ela estava levemente ofegante e o rosto estava corado quando ele a tirou de cima do banco e a colocou de pé. Ajoelhou-se diante dela, tirando a faixa preta de suas coxas e descendo-a até seus pés.

Ele tirou as algemas. Ela gemeu, surpresa, quando ele passou a faixa elástica ao redor de seu pescoço e começou a descer o tecido por cima de seus seios. Não foi fácil, mas quando terminou, os belos seios vermelhos dela estavam saltados e expostos de modo muito sensual por cima da faixa apertada, como suas nádegas haviam ficado. Ele gemeu aprovando e prendeu os punhos dela de novo em suas costas.

"O que você vai fazer?", perguntou ela, sem entender, quando ele pegou um açoite de couro preto. Era flexível, feito mais para atiçar e arder a carne do que ferir e causar dor. Ele compreendeu o tom de medo na voz dela. Nunca havia usado o açoite nela.

"Seu castigo ainda não terminou. Isto é um açoite." Ele o levantou para que ela analisasse as faixas finas, de cerca de trinta centímetros e macias, presas a um cabo coberto por couro. "Não faça essa cara de medo... parece mais ameaçador do que de fato é. É muito seguro em minhas mãos. Causará uma pontada gostosa e despertará seus nervos."

Ela arregalou os olhos quando ele o ergueu, mas não protestou quando ele bateu as faixas de couro na lateral de seu seio alvo. "Assim. Dói?", perguntou ele, parando para acariciar e apertar o seio firme. Ela não respondeu e ele olhou em seu rosto. A expressão dela era de medo, mas os olhos brilhavam de excitação. Ela balançou a cabeça negando, aparentemente sem voz.

Ele sorriu e desceu o açoite no outro seio, e então no primeiro, observando, fascinado, os seios pálidos ganharem cor, um tom rosado, e os mamilos se tornarem mais entumecidos. Ele salivou.

"Estão ardendo?", perguntou ele um momento depois, quando soltou o açoite e massageou os seios dela com as mãos.

"Sim", disse ela.

"Ótimo. Você merece", ele murmurou. Beliscou delicadamente os dois mamilos e ela estremeceu de prazer. "Se eu não cuidasse tanto de você, estaria aplicando algo muito pior no momento pelo que você ousou fazer."

"Por eu ter me apaixonado por você?"

Ele parou de apertar os seios dela e encontrou seu olhar. Ela estava mais ofegante do que antes, e sua carne subia e descia sutilmente nas palmas da mão dele.

"Não. Por ter se intrometido nas minhas coisas e espiado a minha vida."

Por ter visto minha mãe em um momento tão vulnerável... por ter visto a minha dor.

"Eu disse que sinto muito, Ian", disse ela com os lábios rosados.

"Não acho que seja verdade", disse ele, sentindo-se furioso de novo. Ele se inclinou para a frente e envolveu os deliciosos lábios dela em um beijo ávido. Só conseguia pensar em enfiar o pau na buceta molhada e apertada dela, descontrolando-se a ponto de esquecer-se de tudo, sentindo o mais arrebatador prazer. O hálito dela estava quente e doce quando ela respirou contra os lábios dele um momento depois.

"Você não vai me fazer mudar de ideia", ela sussurrou.

Ele fechou os olhos como se quisesse impedir a sensação que tomava conta dele. Seu desespero aumentou.

"É o que veremos", disse ele, virando-se para ela para poder abrir as algemas, olhando para seu traseiro ainda vermelho. Ele havia batido nela com mais força do que nunca, percebeu com um pouco de arrependimento, mas ela não havia reclamado, nem mesmo quando teve a chance. E a lubrificação abundante que ele sentira entre suas coxas era indício claro de que a excitação era maior do que o desconforto.

"Vire-se e incline-se para a frente na ponta da cama. Apoie as mãos na madeira aos pés da cama para se segurar."

Ela seguiu as orientações dele sem hesitação, inclinando-se sobre a cama, mas ainda de pé. Ela não olhou para trás quando ele se aproximou por trás, mas ele percebeu sua curiosidade e ansiedade.

Linda Francesca, tão confiante.

"Não tenha medo", ele murmurou. "Desta vez, verei você entregar-se ao prazer, não à dor."

Ele ligou o vibrador Rabbit em uma velocidade baixa, tirou a calcinha dela, expondo a entrada de sua vagina. Seu pênis pulsou, latejando com mais força ao ver como a pequena abertura estava úmida, como seus dedos deslizavam em seus lábios vaginais e extensão do períneo devido à excitação.

Ele penetrou o vibrador até o fundo de sua vagina. Ela se sobressaltou quando ele ligou as orelhas do coelho e elas se remexeram com força sobre seu clitóris.

"Ah!"

"É bom?", perguntou ele ao tirar o vibrador de sua vagina e voltar a penetrá-la. Sua vagina envolveu o silicone como uma boca sugando alguma coisa. Deus, ele mal podia esperar para entrar nela...

... mas esperaria. Veria Francesca submetendo-se primeiro... implorando a ele. Ian não conseguia entender por que precisava daquilo tanto quanto precisava do ar que respirava, mas não conseguia controlar o forte desejo.

Ele a manipulou com o vibrador, estimulando o clitóris, deixando as orelhas do coelho agirem no clitóris, ouvindo a respiração, os gemidos e os gritos dela... Quando sua respiração se tornou mais entrecortada, ele desligou os vibradores clitorianos e apenas estimulou seus lábios vaginais e a vagina com o brinquedo.

"Oh, por favor...", ela gemeu um instante depois. Ele sabia que ela estava prestes a gozar, e que apesar de sentir prazer com o vibrador dentro de sua vagina, queria as orelhas do coelho em seu clitóris.

"Seu clitóris é sensível demais. Você vai fazer as coisas acabarem muito rápido."

"Por favor, Ian", ela repetiu, sem se importar, segurando-se com mais firmeza aos pés da cama e começando a rebolar, aproveitando o vibrador.

Ele bateu em seu traseiro com força suficiente para fazer arder. Ela parou de se mexer.

"Quem está no controle aqui?", perguntou ele, baixinho.

"Você", ela sussurrou depois de uma pausa.

"Então, pare de mexer a bunda", disse ele, e começou a tirar e penetrar o vibrador nela de novo, deixando que a parte rotatória e a base com ranhuras fizessem o trabalho. O gemido que ela deu um pouco depois foi intenso e desesperado. Ele ligou o vibrador em um nível mais alto.

"*Ooohhh*", ela gemeu. "Ian... permita que eu me mexa."

"Fique parada", disse ele, penetrando o vibrador mais fundo até ele sentir o calor e a lubrificação contra seus dedos, onde segurava o cabo do aparelho. Ele pensou na imagem profundamente erótica da ponta de silicone entrando e saindo de sua abertura apertada. Os gemidos e gritos excitados e frustrados dela tomavam os ouvidos dele. Ele a atormentava, mantendo-a à beira do orgasmo, sentindo prazer com o poder que exercia sobre ela.

"Por favor... quero gozar", ela implorou, e seu pedido foi um som gutural. Ele parou com a estimulação ao perceber o esforço na voz dela. Desejava prolongar o prazer. Desejava dar a ela tudo o que ela pedia... e mais.

O conflito dentro dele foi grande demais. Ele tirou o vibrador e o jogou sobre a cama.

"Fique de pé", disse ele, e a excitação fez com que ele falasse de modo mais grosseiro do que o pretendido. A cor em sua face tornou-se mais forte quando ele a virou na direção dele. Uma camada de suor brilhou em sua sobrancelha e acima de seu lábio superior. Ela era mais do que linda. Ele enfiou o dedo na abertura encharcada entre os lábios dela. Ela suspirou, mas ele manteve a mão imóvel.

"Se quer gozar, quero que me mostre", disse ele.

Ela olhou para ele, com os olhos demonstrando toda a sua excitação, mas ele viu que ela estava confusa.

"Você pode gozar na minha mão, mas tem que me mostrar que quer. Não vou me mexer."

Ela mordeu o lábio inferior trêmulo e ele quase desistiu da ideia. Quase.

"Vamos", disse ele.

Ela fechou os olhos, como se quisesse se proteger do olhar dele, e começou a mexer o quadril contra o dedo dele. Soltou um gemido. Ele observou, fascinado, mantendo a mão, o dedo e o braço firmes, sem estimulá-la, fazendo com que ela conseguisse seu prazer.

"Isso mesmo. Mostre que você não tem vergonha. Mostre que pode se submeter ao desejo", disse ele. Ela remexeu o quadril de modo mais intenso, subindo e descendo contra a mão dele... tão desesperada para sentir prazer. Quando deu um grito leve e frustrado, ele quase cedeu.

Quase.

"Abra seus olhos, Francesca. Olhe para mim", ele mandou, e sua voz interrompeu momentaneamente a tensão.

Ela entreabriu os olhos enquanto continuava a se esfregar na mão parada dele. Ele viu seu desespero, sua impotência, o medo de que sua necessidade fosse maior até que o orgulho.

"Não tenha medo", disse ele. "Você está mais linda do que nunca para mim neste momento. Agora, goze na minha mão."

Ele flexionou o braço, aplicando pressão, dando a ela o alívio de que tanto precisava e merecia. Ele fechou os olhos por um momento com a sensação deliciosa da lubrificação dela molhando seus dedos enquanto ela gozava.

Um minuto depois, ele a virou e conseguiu dizer algumas palavras, mesmo em meio a toda aquela excitação, e pediu para ela se inclinar para a frente e se segurar aos pés da cama de novo. Quando finalmente enfiou o pênis naquela abertura quente e deslizante, arregalou os olhos. Era como penetrar uma mulher pela primeira vez — não, incomensuravelmente melhor —, era uma nova área da vida, uma experiência nova, extremamente forte.

Ele perdeu o controle, tudo pareceu ficar escuro por um momento enquanto o prazer e o desejo tomavam conta dele, bloqueando sua consciência. Ele se remexia como um louco, com os pulmões ardendo, o pênis doendo, os músculos contraídos... uma sensação arrasadora.

"Francesca", disse ele, parecendo bravo, apesar de não estar mais irritado. Abriu as mãos ao redor das costelas delicadas dela e a puxou para que ela ficasse de pé diante dele, com o corpo levemente inclinado para a frente. Ele continuou a penetrá-la, sentindo os batimentos rápidos dela em suas mãos, os tremores de seu corpo quando ela gozou, as paredes cheias de músculo de sua vagina apertando e tremendo em seu pau inchado.

Sem pensar, ele empurrou a parte de cima do corpo dela para baixo de novo, segurando seu quadril, fodendo com movimentos curtos e intensos, rangendo os dentes em meio ao prazer cegante. Ele mexeu o corpo dela contra o dele, e seus músculos estavam tão contraídos que ele a ergueu do chão.

O orgasmo percorreu seu corpo com a força de um raio. Ele gemeu com o prazer intenso quando começou a ejacular dentro de Francesca. Um desejo pungente tomou conta dele, mesmo em meio ao caos — uma necessidade de marcá-la, de possuí-la totalmente... fazer com que ela fosse dele.

Ele tirou o pênis molhado de dentro da vagina e se masturbou, ejaculando em suas nádegas e costas, até sua essência acumular-se sobre a pele dela.

Ele permaneceu ali por um minuto após a passagem do furacão, segurando o pênis, puxando o ar, olhando para a imagem forte do corpo nu dela, onde escorria sêmen. Pensou na maneira rude com que a punira, de como a forçara a engolir seu orgulho e aliviar-se em sua mão, de como a havia fodido como louco.

Sentiu uma ponta de arrependimento. Que aumentou.

Ele ajudou Francesca a ficar de pé, e foi ao banheiro buscar uma toalha. Ele a secou com cuidado, e então tirou a camisa e a colocou sobre seu corpo. Ele tinha errado ao expô-la tanto.

Ele olhou para ela com relutância enquanto abotoava a camisa, cobrindo a pele macia que ele queria observar... adorar. Abriu a boca para falar, mas o que poderia dizer? Suas atitudes tinham sido duras, egoístas e provavelmente imperdoáveis.

Ele tentara provar que ela era tola por acreditar que havia se apaixonado, mas agora que havia conseguido, não sentia nada além de um arrependimento profundo.

Incapaz de tolerar o olhar dela, ele se virou e saiu do quarto.

Dez dias depois, Davie estava dentro do closet de Francesca, vestindo um smoking e remexendo nos cabides da arara enquanto Francesca o observava de onde estava, na beira da cama.

"O que acha deste?", perguntou Davie, saindo do closet, segurando um vestido.

Ela hesitou ao ver que ele segurava o vestido que ela havia usado para o jantar de comemoração no Fusion meses antes — na noite em que conheceu Ian. Parecia impossível que sua vida tivesse mudado tão drasticamente em um período tão curto. Parecia improvável que ela tivesse se apaixonado tão profundamente, e então perdido o controle. Mas quando pensava em todo o ocorrido, tudo fazia muito sentido.

Davie notou que ela não se empolgou com o vestido. Ele o segurou para observar melhor. "O que foi? Ele é lindo."

"Eu não vou, Davie", disse ela, com a voz rouca por ter permanecido muito tempo calada.

"Você vai, sim", disse Davie, olhando para ela de modo estranho. "Você não vai se enfiar em seu quarto durante todo o feriado."

"Por que não? É o meu feriado", disse ela, e pegou uma almofada decorada e mexeu nas franjas. "Não fugi de nada que tinha para fazer. Não posso ficar trancada no meu quarto, se eu quiser?"

"Então... a verdade finalmente se revela. Francesca Arno é o tipo de mulher que ela costumava detestar, aquela que sofre e se recusa a comer depois de terminar com um cara."

"Ian e eu não terminamos. Só não nos falamos nos últimos dez dias." *E provavelmente nunca mais vamos nos falar.* Ela se lembrou de como ele a havia deixado sozinha no quarto do avião — o arrependimento, a revolta... o desânimo. Ela acreditava que ele tinha algo a lhe oferecer além do sexo, mas ele não pensava da mesma maneira. Aquela não era uma relação de troca? De que importava ela ter toda a fé do mundo, se ele duvidasse? "Além disso, terminar dá a impressão de que estávamos juntos antes, e não estávamos. Não do modo tradicional, pelo menos."

"Você ao menos tentou entrar em contato com ele?", perguntou Davie, pendurando o vestido no banheiro.

"Não. Ainda consigo sentir a fúria dele. É como se ela estivesse sendo emanada do rio Chicago até a nossa casa."

"Isso não é fúria", ela pensou ter ouvido o amigo dizer baixinho.

"*O que foi?*", perguntou ela, confusa.

"É sua *imaginação*, Ces. Por que não liga para ele?"

"Não. Deixa pra lá."

Davie suspirou. "Vocês dois são tão teimosos. Não podem ficar nesse impasse para sempre."

"Não estou em um impasse."

"Ah, claro. Quer dizer que você desistiu totalmente, então."

Pela primeira vez em dias, a raiva interrompeu seu desânimo, trazida pelas palavras de Davie. Ela olhou para ele com irritação e Davie sorriu, levantando a mão.

"Vamos lá. Justin e Caden estão esperando. Além disso, temos uma surpresa para você."

Ela suspirou frustrada, mas ficou de pé. "Não quero me animar. E mesmo que quisesse, por que vocês me levariam a uma festa de solteiros — ainda mais sendo um evento de gala — para isso? Você sabia que eu não tinha nada de bom para vestir. Detesto essas festas. E você também detestava."

"Mudei de opinião. É por uma boa causa", disse ele enquanto ela passava por ele a caminho do banheiro.

"Que boa causa? Salvar meu coração despedaçado?"

"Fico contente só por tirá-la daqui de dentro", respondeu ele, sem se afetar pelo sarcasmo.

A festa de gala para solteiros seria em um clube moderno e da moda no centro de North Wabash. Caden e Justin estavam muito bonitos dentro do carro, com seus smokings recém-adquiridos. Francesca, por outro lado, já queria ir embora, e eles ainda nem tinham chegado lá. Lembranças terríveis e maravilhosas haviam começado a ocorrer enquanto ela colocava o vestido longo e relembrava, com muitos detalhes, a última vez em que o usara.

Não são as roupas que fazem a mulher, Francesca. É justamente o contrário. Essa vai ser a primeira lição que vou ensinar para você.

Ela estremeceu ao se lembrar da voz rouca de Ian. Como sentia saudade dele. Era como se tivesse uma grande ferida aberta dentro de si, um lugar que ela não conseguia alcançar para tentar amenizar.

Davie estava com dificuldades para encontrar um local para estacionar perto da festa, e eles estavam rodando já fazia algum tempo. Ela olhou pela janela do carro enquanto eles atravessavam o rio Chicago e viu o prédio da Noble Enterprises a alguns quarteirões.

Seria ela exatamente a mesma moça ingênua que havia ido ali para um coquetel de comemoração em sua homenagem? Ela que fora tão frágil, tão indecisa... tão rebelde, para que ninguém notasse? E havia sido ela mesma que entrara na cobertura de Ian, mais encantada com o homem misterioso a seu lado do que com a maravilhosa cobertura e suas peças de arte... com a linda vista?

"É como se estivessem vivos, os prédios... alguns mais do que os outros. Quer dizer, é o que me parece. Eu sempre pensei assim. Principalmente à noite... Eu consigo sentir."

"Eu sei que sim. Foi por isso que escolhi o seu trabalho."

"Não foi por causa das linhas retas e das reproduções precisas?"

"Não. Não mesmo."

Ela sentiu os olhos arderem ao se lembrar da conversa. Ele a vira tão bem, mesmo no começo, viu coisas nela que ela mesma não havia visto. E valorizara tais coisas, cultivara suas qualidades até que...

... não. A resposta era não. Ela não era mais a mesma jovem.

Davie parou em um estacionamento na Wacker Drive, ao sul do rio, mais a leste do que o local desejado. Francesca estremeceu incontrolavelmente quando a brisa do rio entrou em seu casaco fino de lã enquanto eles atravessavam a ponte. Davie percebeu e a abraçou. Justin entendeu o recado e a abraçou do outro lado, envolvendo-a, os corpos deles ajudando a protegê-la. Caden também se uniu aos amigos, o que Francesca achou engraçado, e ele deu o braço a Justin para ajudar a bloquear o vento forte que vinha do rio. Eles a envolveram tão perto que, enquanto caminhavam na calçada, depois de terem passado do rio e da ponte, Francesca tropeçou.

"Meninos, não estou conseguindo ver!"

"Mas está quentinha, não é?", perguntou Justin, brincalhão.

"Sim, mas..."

De repente, Justin e Caden a estavam empurrando em uma porta giratória de vidro. Ela arregalou os olhos quando percebeu aonde eles a haviam levado. Ela tentou parar, mas Justin a estava empurrando por trás e ela não teve escolha além de entrar na recepção do prédio da Noble Enterprises.

Ela olhou ao redor, perplexa por estar no território de Ian tão repentinamente... *contra sua vontade*.

Dezenas de pessoas se viraram quando ela chegou. Ela viu o rosto familiar e sorridente de Lin, de Lucien e de Zoe... e — assustou-se — Anne e James Noble sorriram para ela à distância. Aquele homem elegante, de cabelos grisalhos, que ergueu a taça de champanhe para ela em um brinde silencioso, não era aquele Monsieur Garrond, o curador do Musée de St. Germain, que Ian havia apresentado a ela em Paris? Não. Não podia ser.

Ela arregalou os olhos, incrédula, quando viu os pais de pé, sem jeito, ao lado de uma samambaia; seu pai, carrancudo, mas a mãe fazia o melhor que podia para abrir um sorriso simpático.

"Por que todo mundo está olhando para mim?", ela sussurrou para Justin quando ele se aproximou. Sentiu o pânico crescer dentro de seu peito diante daquela cena surreal. Justin deu um beijo carinhoso em seu rosto.

"É surpresa. *Veja*, Francesca. É tudo para você. Parabéns." Ela se surpreendeu ao ver para onde ele estava apontando, para onde, antes, não havia nada na maior parede da recepção. Seu quadro havia sido emoldurado e pendurado. Estava maravilhoso... perfeito...

Justin, delicadamente, tocou o queixo dela ao ver que a amiga não conseguia tirar os olhos da peça, e virou sua cabeça para que ela visse o que mais havia no salão. A recepção toda tinha sido preenchida por seus quadros, todos eles dispostos em cavaletes, todos eles muito bem emoldurados. As pessoas estavam caminhando com roupas de gala, bebericando champanhe e, aparentemente, admirando seu trabalho. Um quarteto de cordas tocava Brandenburg Concerto nº 2, de Bach.

Ela olhou para Justin e então para Davie, assustada. Davie sorriu para ela de modo confortante. "O Ian planejou isto", disse ele. "Alguns dos colecionadores mais influentes, renomados especialistas e críticos de arte, curadores de museus e donos de galerias de todo o mundo estão aqui hoje. Esta festa é em sua homenagem, Francesca... uma chance de o mundo ver o seu enorme talento."

Ela se retraiu. *Ai, meu Deus. Todas essas pessoas estão analisando meu trabalho? Mas ninguém parece estar rindo nem zombando, pelo menos*, ela pensou ao ver os rostos, com ansiedade.

"Não compreendo. Ian planejou isto antes de Londres?", perguntou ela.

"Não. Ele entrou em contato comigo um dia ou dois depois de sua chegada e pediu minha ajuda para providenciar as coisas. Eu já tinha todos os quadros emoldurados. Conseguimos reunir mais quatro de seus quadros para acrescentar à coleção. Ian mal pode esperar para mostrá-los a você."

Ela teve um pressentimento e olhou para as pessoas.

Ian estava ao lado dos avós dele, sério, majestoso e arrebatadoramente lindo com seu smoking clássico preto com gravata-borboleta. Seus olhos brilharam ao vê-la... ganharam vida. Apenas Francesca, que já o conhecia tão bem, viu a ansiedade em seus traços que poderia ser interpretada como frieza e impassividade por outros.

Ela pensou que teria um ataque do coração. Levou a mão ao peito.

"Por que ele fez isto?", perguntou ela a Davie, baixinho.

"Acho que é a maneira que ele tem de dizer que está arrependido. Alguns homens mandam flores. Ian..."

"Manda o mundo", disse Francesca com os lábios tensos. Ian começou a caminhar em sua direção, e ela seguiu na direção dele também, movendo-se como uma sonâmbula até o homem de quem não conseguia desviar os olhos, e a quem desejava mais do que tudo que tinha na vida.

"Olá", disse ele baixinho quando eles se encontraram.

"Oi. Que bela surpresa!", ela conseguiu dizer, tendo a impressão de que seu coração tomava todo o espaço dentro do peito, apertando seus pulmões. Ela percebeu, à distância, que, provavelmente, havia dezenas de olhares sobre eles, mas ela só conseguia se concentrar no calor — na leve esperança — dos olhos de Ian.

"Eu os dispus de um jeito que você gostou?", perguntou ele, e ela soube que ele se referia aos quadros.

"Sim, estão perfeitos."

O coração dela saltou como sempre fazia quando ele sorria. Ele levantou as mãos. Reconhecendo o gesto familiar, ela desabotoou o casaco e virou-se. Quando ele tirou o casaco dos braços dela, ela se virou para ele, com o queixo erguido, a coluna ereta — sim, mesmo no vestido pesado. Ele percorreu seu corpo com o olhar e ela percebeu que ele reconhecia o vestido. Seu sorriso chegou aos olhos. Ele pegou duas taças de champanhe de um garçom que estava passando e murmurou um pedido antes de entregar o casaco ao homem.

Um momento depois, ele entregou a ela uma taça e se aproximou. Francesca teve a impressão de que os outros membros da festa tentavam voltar para suas conversas, dando um pouco de privacidade a eles. Ian encostou a taça na dela.

"A você, Francesca. Que você tenha tudo o que merece na vida, porque não existe ninguém mais merecedor."

"Obrigada", disse ela, bebericando com relutância, sem saber como deveria estar se sentindo em uma situação tão incomum como aquela.

"Você pode passar a noite comigo, tanto agora", ele olhou ao redor do salão lotado, "quanto mais tarde? Quero lhe dizer algumas coisas em particular. Espero que escute."

Ela sentiu um nó na garganta ao tentar imaginar que "coisas" eram aquelas. De repente, duvidou que pudesse aguentar as próximas horas, curiosa para saber o que ele diria. Uma pequena parte dela disse que ela se recusaria, a parte que queria manter seu coração seguro. Mas, então, ela olhou nos olhos dele e a decisão foi tomada.

"Sim. Escutarei."

Ele sorriu, pegou a mão dela e a levou até as pessoas.

*

Passava da meia-noite quando Ian abriu a porta de seu quarto e ela entrou no quarto elegante e levemente iluminado.

"Pensei que nunca mais entraria neste quarto", disse ela rapidamente, olhando ao redor, valorizando cada detalhe do santuário particular de Ian como nunca fizera. Eles permaneceram a noite toda juntos, Ian não saía de seu lado, Francesca totalmente consciente de sua presença enquanto era apresentada a pessoas muito influentes do mundo das artes ou enquanto Ian mostrava a ela os últimos quatro quadros que tinham sido recuperados, ou enquanto eles conversavam com familiares e amigos. Durante todo o tempo, ela tentou imaginar o que ele estava pensando... o que ele diria a ela quando estivessem sozinhos.

Ela havia sido abordada por três renomadas galerias para que apresentasse futuras coleções ali, e recebeu o convite para realizar uma exposição no Museu de Arte Contemporânea de Barcelona. Ela conversou com Ian sobre o assunto, uma vez que ele era o dono de seus quadros, e ele dissera, logo de cara, que a decisão era dela. Quatro colecionadores haviam feito ofertas por seus quadros, mas Ian se recusou a vendê-los, sem qualquer hesitação. Para coroar, uma das ofertas tinha sido feita na presença de seu pai, que ficou incrédulo com o valor oferecido. De modo geral, o efeito causado por Ian nos pais dela foi forte. Eles estavam tão tímidos e dispostos a agradar que Francesca pensou que, certamente, Ian devia tê-la considerado uma mentirosa pelas coisas que dissera sobre eles. Ela ficou um pouco irritada com o comportamento servil demonstrado por eles, mas sentiu-se aliviada por eles terem sido agradáveis a noite toda.

Ian fechou a porta do quarto e se recostou nela. Francesca olhou para ele.

"Obrigada, Ian", disse ela. "Eu me senti a dona do baile esta noite."

"Fiquei feliz por você ter vindo."

"Duvido que iria se Davie e os outros não tivessem me enganado. Pensei que você não desejaria me ver depois de Londres... depois de tudo. Você estava tão bravo."

"Eu estava mesmo. Mas já não estou há algum tempo."

"Não?", perguntou ela.

Ele negou, balançando a cabeça, sem olhar nos olhos dela. Contraiu os lábios. "Não, mas não consegui entender bem que diabos eu *estava sentindo*. Não demorei muito a perceber, mas, depois disso, tive que encontrar uma maneira de dizer a você em uma situação da qual você não pudesse fugir de mim com facilidade. Eu peço desculpas pelo subterfúgio esta noite." Sua expressão era de amargura. "Peço desculpas por tudo."

Ela se surpreendeu com a declaração. "Pelo quê?"

"Por tudo. Desde a primeira coisa que disse a você que foi inadequada e grosseira até a última coisa egoísta que fiz. Sinto muito, Francesca."

Ela hesitou, sem conseguir olhar para ele. Ainda que soubesse que conversas como essa eram necessárias, depois de tudo o que havia acontecido entre eles, elas pareciam secundárias ao que ela havia visto em Londres.

"Como está a sua mãe?", perguntou ela, baixinho.

"Estável", disse ele, ainda recostado na porta. Suspirou depois de alguns segundos e deu um passo na direção dela. Ela não conseguiu desviar o olhar enquanto ele tirava o smoking e o colocava nas costas de uma cadeira, pois estava encantada pela sua beleza. "Não temos muita esperança de que ela vai melhorar com esses remédios, mas, pelo menos, não vai piorar."

"Sim. Sei que você não quer minha piedade, Ian. Não fui a Londres para oferecer minha compaixão."

"Então, por que você foi?", perguntou ele, falando baixo e intensificando o momento.

"Para oferecer o meu apoio. Eu sabia que o que havia em Londres era doloroso para você, ainda que não soubesse o que encontraria ali. Eu só queria estar perto de você. Só isso."

Ele sorriu brevemente. "Você faz com que isso pareça um ato tão simples. Não... *eu* fiz com que parecesse assim. Peguei sua atitude de cuidado e gentileza e joguei em sua cara", disse ele de modo seco, com a mandíbula rígida.

"Sei que você se sentiu exposto. Sinto muito."

"Tenho sido responsável por protegê-la há muito tempo", disse ele de repente, depois de uma longa pausa.

"Eu sei. Anne me disse", compreendendo que ele se referia à mãe.

Ele franziu o cenho. "Foi a minha avó quem me disse que eu estava sendo um idiota teimoso e egoísta. Ela passou uma semana sem falar comigo quando contei algumas das coisas que disse a você depois de encontrá-la no Instituto. Ela nunca fez isso antes", disse ele, com a testa enrugada como se ainda não conseguisse entender como reagir ao fato de sua avó amorosa e elegante tê-lo chamado de idiota.

Ela sentiu o coração acelerar, agradecida pelo apoio de Anne. "Eu não estava ali para julgar. Ainda que estivesse, não haveria nada contra você, apenas uma mulher doente com um filho que a ama e espera o melhor, apesar de tudo."

Ele ergueu a cabeça, olhando para a parede mais distante.

"Tratei você de modo injusto... errado. Gosto de puni-la para ter prazer sexual, mas nunca quis machucá-la de verdade. Mas naquele dia no avião... foi o que fiz. Não completamente, mas *uma parte* de mim quis..."

"Para fazer com que eu sofresse como você estava sofrendo?"

Ele olhou para ela com culpa. "Sim."

"Eu compreendi, Ian", disse ela suavemente. "Não foi o ocorrido no quarto do avião o que me magoou. Você não me machucou, e deve saber que senti prazer com aquilo. Mas você foi embora depois daquilo."

Ela sentiu a tensão aumentar.

"Eu estava envergonhado. Dela. De você tê-la visto. Ou de mim, por ainda ter a maldita vontade de impedir que os outros vejam minha mãe. *De que importa a situação agora?*", ele desabafou.

As palavras amargas pareceram pairar no ar entre eles, uma toxina expelida, palavras secretas que ele carregava dentro de sua alma desde a infância, talvez as palavras mais importantes e fortes que ele já havia dito a ela... a qualquer pessoa.

Francesca se aproximou dele e envolveu sua cintura, encostando o rosto na camisa branca. Sentindo o cheiro de homem que ele exalava, ela o apertou com força. Ela fechou os olhos com força enquanto a emoção tomava conta dela. Compreendia que era muito difícil para ele dizer aquelas coisas, um homem que se protegia da vulnerabilidade, que permanecia corajoso e forte porque acreditava não ter outra opção.

"Eu amo você", disse ela.

Ele segurou o queixo dela com os dedos e levantou seu rosto. Passou o dedo sobre a mandíbula de Francesca. Ela percebeu o cenho franzido enquanto ele a observava.

"O que foi?", ela sussurrou.

"Não dei a mim mesmo permissão para me apaixonar por você."

Ela riu baixinho ao entender as palavras ditas. Era típico dele dizer algo daquele tipo. O amor cresceu dentro do peito dela, grande e puro, beirando a dor. "Você não pode controlar tudo, Ian, muito menos isto. Quer dizer que me ama?", perguntou ela, com hesitação.

"Acredito que eu amei você desde antes de nos conhecermos, quando percebi que era você que me pintava nas telas... que retratava a minha dor com tanta propriedade. Eu senti vergonha do que você via, mas não consegui controlar a vontade de que você visse mais e mais sobre mim. Você é boa demais para mim", disse ele bruscamente. "E tenho certeza de que não mereço você. Mas você é minha, Francesca. E se isso significa alguma coisa... eu sou seu. Por quanto tempo você quiser."

As palavras abalaram Francesca, tirando seu equilíbrio. Mas, então, ele a beijou e ela conseguiu encontrar seu eixo.

TIPOLOGIA Adriane por Marconi Lima
DIAGRAMAÇÃO Verba Editorial
PAPEL Pólen Soft
IMPRESSÃO Geográfica, julho de 2013

FSC
www.fsc.org
MISTO
Papel produzido a partir de fontes responsáveis
FSC® C019498

A marca FSC® é a garantia de que a madeira utilizada na fabricação do papel deste livro provém de florestas que foram gerenciadas de maneira ambientalmente correta, socialmente justa e economicamente viável, além de outras fontes de origem controlada.